Seeking Mr. Wrong
by Natalie Charles

ロマンス作家の恋のお悩み

ナタリー・チャールズ
多田桃子=訳

マグノリアロマンス

SEEKING MR. WRONG
by Natalie Charles

Published by arrangement with the original publisher,
Pocket Books, a Division of Simon & Schuster, Inc.
through Japan UNI Agency, Inc., Tokyo

タリアへ

主な登場人物

アレッタ・オズボーン――通称レッティ。小学校付属幼稚園の先生で絵本作家。
エリック・クレイマン――小学校の代理教頭。
グレッチェン・ハウスチャイルド――小学校の校長。
ミンディ・リング――小学校の先生。レッティの友人。
マックス・アンダーソン――小学校の保健体育の先生。
フェイ・ミルバンク――レッティの姉。看護師。
ウィンストン・ミルバンク――通称ウィン。フェイの夫。弁護士。
ポーシャ&ブレイズ――フェイの子ども。双子。
マーシー・ウィンターズ――レッティの担当編集者。
サディ――レッティの父の四番目の妻。
ジェイムズ・アビントン――レッティの元婚約者。
アンドリュー・クレイマン――エリックの弟。警察官。
サラ――エリックの姉。

ロマンス作家の恋のお悩み

1

わたしはコネチカット州ウェストボローで育った。どうでもいいことだけど。というのも、ここでは大したことはなにも起こらない。事件と言えなくもないことといえば、〝コッパーヒルへようこそ〟と書かれた看板を、何者かがスプレーを使って〝ウンコップーホールへようこそ〟と書き換えた一件くらいだ。町じゅうが騒然となった。うちのママはその看板を見て、首元の真珠の首飾りを握りしめていた。コッパーヒルはウェストボローでいちばん家賃の高い高級住宅街だ。そこに行けば、きれいに刈り整えられた芝生と、美人妻と、スポーツカーが見られる。書き換えられた看板は一、二週間のうちに取り換えられてしまったけれど、コッパーヒルを車で走っていると、わたしはときどきあの看板が懐かしくなる。やっぱり、かなりコップーホール寄りの人間なのだろう。

姉のフェイと、その夫であるウィンストン（ウィン）・ヘンリー・ミルバンク三世はコッパーヒルに住んでいる。由緒ある植民地風の灰色の家にはベッドルームが五つもあり、私道は家の前で環状になっているので、車を出し入れするとき三点方向変換なんてする必要はない。家の一階にある部屋はすべて食べ物絡みの名前がついた色のペンキで塗られている。バタークリーム（ダイニングルーム）、セージ（客用のトイレ）、ウェルフリート・オイスター（ファミリールームと玄関）、マジパン（キッチン）。庭の芝生はきちょうめんに刈りこまれ、はしはきゅっと押しこまれて、手すきで整えられているので、もうほとんど人工芝に見える。お金もずいぶんかかっているらしい。フェイからぐちを聞かされた。ウィンと地虫との戦いについて。

「あの調子で続けられたら、子どもたちのための信託資金を使いきられちゃうわ」フェイは言った。「だけど、ウィンはやつらを殲滅《せんめつ》するって決意してるの」フェイはため息をつき、いっぽうの肩をすくめて締めくくった。「とはいえ、うちの芝生はご近所でいちばん見栄えがするから、そのくらいしないとね」

フェイは完全にコッパーヒルに染まっている。

一枚の写真を見れば、わたしとフェイがどんな姉妹かは一目瞭然だ。たった一度だけ両親に無理やり連れられていった〈シアーズ・ポートレイト・スタジオ〉で撮影した写真。当時は、いい記念になるとでも思ったのだろう。そして、ママはたまたまクーポンを持っていたのだろう。ママはわたしたちにおそろいの白いフリルの襟がついた赤いチェックのワンピースを着せ、絶対まばたきしちゃだめよ、と言った。わたしは素直に全力で目を見開いていた。結果、写真のなかのわたしはどう見ても、ちょっとなにかを恐れているような、おかしな目つきになっている。とにかく、まばたきはしなかった。

当時、フェイは十三歳で、そのころからすでに大人の男性たちを引きつけていた。フェイと一緒に食料品店に行くと、よく男の人に呼び止められたものだ。男たちは必ず姉の全身を眺めて、こう言った。「きみ、いくつ？」それから決まって、彼女が十八歳になるころには、どんなにすごい美人になることかと感嘆の言葉を聞かされるのだった。フェイなら、ロリコンを捕獲するバイトをして大学の授業料くらい稼げたと思う。警察は落とし穴の前にフェイを置いて待機し、変態が近づいてきた瞬間に、フェイをぴゅっと引っこめればいいのだ。フェイは、そのくらいすごい美人なのだ。ハート形の顔。澄みきった青い瞳。絹糸を思わせる長くてまっすぐなブロンド。あの写真を撮った当時からフェイ本人も自分がすごい美人だとわかっていたからこそ、自信に満ちあふれた笑みを浮かべて写真に納まっている。

それに引き換え、わたしは当時十歳で、歯に矯正用のブリッジを取りつけたばかりだった。目を異様に見開いているのに加えて、本当にばかみたいに笑っている。見せられるような歯もないのに。見えているのは矯正用の金具と腫れた歯茎だけだ。わたしの髪は、肩までの長さの、ものすごく頑固な茶色い直毛だ。ロマンス小説のヒロインならではの栗色だとか、琥珀色だとかいう特別な色合いではない。野ネズミの色と同じ、単なる茶色。ふんわりと肩を取り巻く豪華な雰囲気もない。わたしの直毛は招かれもしないのに肩に行きあたり、ほかに行くところもないのでそこでだらだらしているだけだ。というわけで、写真のなかのわたしは口元に金属をぎらつかせて恐ろしい表情を浮かべ、酔ってだらけた親戚のおっさんみたいな髪形をして、すごい美人の姉の横に立ち、見開いた目であらぬ方向を見つめている。ママはこの写真を暖炉の上に飾っていたけれど、わたしを思いやって、その年のクリスマスカードには別の写真を使ってくれた。

つまり、こういうこと。フェイが弁護士と結婚してコッパーヒルで暮らすいっぽう、わたしが幼稚園の先生をしながら絵本を書き、つい最近、結婚式の二日前に実はゲイだった婚約者に捨てられても、誰も意外に思わない。わたしたち姉妹の運命は、あの〈シアーズ・ポートレイト・スタジオ〉で撮った写真にすでにありありと表れていたのだから。

フェイから電話がかかってきたとき、わたしはベッドルームで愛犬のオーディンの横に落ちていたジーンズを見つめていた。股の部分がかみちぎられている。「もしもし?」

「レッティ? フェイだけど。明日の午後、二、三時間、双子を見ててほしいの」フェイは頼みごとをしたりしない。自分がなにを求めているかを冷静に説明するだけだ。「幼稚園の保護者説明会があるの。夕食も食べていって。ローストにするから。牧草飼育の」ローストで釣るつもりらしい。

「明日はパパが双子の面倒を見てくれるって言ってなかった?」わたしは破れたジーンズを持ちあげ、犬用ベッドの上でごろんと横になっている黄色いラブラドールレトリバーをにらみつけた。オーディンはうれしそうに尻尾を振っている。

「パパはサディと別の用があるんですって。ヨットに乗りにいくとか言ってたわ」

意外ではない。法廷弁護士のパパは半分引退したようなもので、ヨットを愛している。パパにはほかにもいろいろ趣味があって、ウイスキー、葉巻に加え、若い女性との結婚・離婚を繰り返すのもそのひとつだ。サディで四人目。

「わかった、行くわ」わたしはかみちぎられたジーンズを見おろした。いちばんのお気に入りだったのに。「だけど、夕食はどうしようかな」明日は水曜日だ。学校の職員会議の前日。夏休みの最後の一日のスケジュールは前もって決めてある。赤ワインのグラスを手に熱いお風呂につかって、夜はくだらないテレビ番組を見て過ごす。「木曜日には学校が始まるし。それに、オーディンが寂しがるし」自分の名前を聞いて、オーディンはむくっと頭を起こした。

「どっちにしろ食事はするでしょ、レッティ。犬なら大丈夫よ。いいから、スイートピーの新作を持っていらっしゃい。読み聞かせをしてくれたら、ポーシャとブレイズも喜ぶから」

わたしは数年前から幼稚園で使うために絵本を書き始めた。おもに社会のマナーを教える教科書にしたかったため、第一作のタイトルは『スイートピーの みんなに こんにちは!』で、二作目は『スイートピー わけっこだいすき』だった。これまでに出版された五冊の絵本すべてに登場する小さな女の子は、人間と一緒に暮らしているけれど、体はサヤエンドウだ。まだ婚約していたころ、ジェイムズはこの点にひどくいらついていた。「スイートピーは花だよ」ジェイムズは諭すように言った。「きみは花であるスイートピーと、エンドウ豆の一種であるシュガースナップピーを混同しているんだ」

「ジェイムズ、スイートピーは人間の頭とサヤエンドウの体を持っているのよ。読者がそこまでリアリズムを求めていると思う?」

わたしはこのとき創作上の特権を主張し、今日まで主張し続けている。とはいえ確かに、まさにこの理由でスイートピーの絵本に星ひとつのレビューを書いた園芸家が何人かいた。

この作者に誰か園芸の基本を教えてあげたら、ですって。

「ありがとう、フェイ。ぜひ、あの子たちに新しい原稿を読んで聞かせたいわ」わたしは言った。「土曜日に編集者とランチする予定なの。そのとき、もうこの本は実際に子どもたちに読み聞かせて、生の感想を得られてますって言えたらいいわよね」

「でしょ、でしょ。あの子たち、あなたの絵本が大好きだから。ポーシャ！　ちゃんとパンツをはいて！」フェイは電話口でため息をついた。「お医者さまは、これが普通だって言ってたんだけどね。成長の一時的な段階だって」

「ふうん。で、何時に行けばいい？」

「三時半に来て。そのころには双子もキャンプから帰ってきてるから。ポーシャ！　パンツをはきなさいって言ってるでしょ！　ごめんね、レッティ、もう切らなきゃ。ポーシャがまた裸になってる」電話は切れた。

コッパーヒルでも子どもの存在は容認されているけれど、子どもたちはあまり外で遊べていないのではないか、とわたしは疑っていた。あの住宅街なら、そういう条例があってもおかしくない。犬は鎖につないでおくこと、子どもは家から外に出さないこと、そして、なにがあっても、物干し用ロープの使用は禁止といった条例が。でも、先に述べたとおり、わたしはコップーホール寄りの人間だから、翌日の三時半にフェイの家に着くやいなや、外に出て、地虫を殲滅した、人工芝に似てるけど人工じゃない芝生の上で遊びましょう、と双子に勧めた。九月初めの雲ひとつない晴天の日だ。暖かい日の光が燦々と降り注ぐ、労働祭の週末も目前の完璧な日。子どもはそういうのが好きなはずだ。ところが、わたしが戸棚の奥から見つけてきた全粒粉クッキーと天然アップルジュースで釣ろうとしても、ポーシャとブレイズは外で遊ぼうとしなかった。

「あたしたちは外に行きたくないの」ポーシャは胸の前でぽっちゃりした腕を組んで言った。「おうちのなかでゲームをして遊んでほしいの」

ポーシャは生意気なのではない。ポーシャは〝リーダー〟だ。そういうふうに言っておかないと、ポーシャの自尊心を傷つけ、取り返しのつかない事態になる、とフェイからお達しが出ていた。ところが、言うまでもなくポーシャのほうはまったく遠慮なんてしないでわたしの自尊心をちょくちょく崩してくれる。〝おばちゃん、どうしていつも同じシャツ着てるの？〟とか、〝おばちゃん、どうしておばちゃんはママみたいにメイクしてかわいくならないの？〟とか言って。だから、わたしはここに来てからまだ三十分もたっていないのに、もう保存料入りのクッキーの筒に感情を吹きこみたくなっていた。

「お外に出てピクニック・ゲームをするのはどう？」わたしは言った。「毛布を敷いたっていいわよ」

ブレイズは目を輝かせ、賛成しそうに見えた。ところが、ポーシャがすぐにまたわたしを撃墜した。「だめ。おうちで。もうなにも言わないで」

わたしも本気で外の空気を吸って体を動かしたいわけではなかった。ただ、隣の家に住むドクター・ルイストンの動向を探りたかったのだ。あの男は茶色のちょびひげなんか生やして、怪しく光る小さな目をしている。地下室に、ばらばらにした人体の一部を隠し持っているに違いない。この懸念については姉にも話していた。「隣の人が連続殺人犯に違いないいって気づいてる？　家と家のあいだにフェンスを立てたほうがいいんじゃないかしら」

「ドクター・ルイストンのこと？　あの人は歯医者さんよ」フェイは、まるでそれによってあの人物がまっとうで高潔な人格の持ち主であると証明されるかのように言った。「結婚して三人も子どもがいるし」

「そういう人が殺人犯じゃないとは限らないのよ、フェイ。間違いない。あの男はメーソンジャーに尿を入れて保存してるわ」

どうしてあの男に対してわたしがここまでの確信を抱いているか？　なぜなら、ドクター・ルイストンにはうさんくさく、人を寄せつけない雰囲気があり、一度など、自分の庭からブレイズを追い払っていたからだ。かわいそうなブレイズ。あの子はただボールを取りにいっただけなのに。いくつもの死体が発見されて、ついにあの男が逮捕されたら、わたしのところにもリポーターがインタビューしにくることを願うばかりだ。そうしたら、こう言うと決めてある。「ああ、あの人が？　やっぱり、そうだろうと思ってました」

フェイはこの話題を嫌い、わたしの疑いを、ぞっとする妄想だと非難した。フェイの言うとおりなのかもしれない。それでも、ポーシャやブレイズと一緒にいるリビングルームで、わたしはカーテンをそっと開き、外にいるドクター・ルイストンのようすをうかがった。彼は大きなごみ袋を家の前に運び出していた。実のところ、コッパーヒルではなにか注目する

16

ものを見つけないとやってられないのだ。退屈すぎて。

〝ドクター・ルイストンはごみ袋を引きずって私道を進みつつ、人目をはばかる視線を右左に向けた。最初、血の量に衝撃を覚えた。とっくに血には慣れているはずだったのに。この少女は特別に血の気が多かったのだ。彼の全身に突き抜けるような興奮が走った。秘密を手にした悦びだ。わたしのものだ、と彼は思った。永遠に、わたしのもの。

不意に、ドクター・ルイストンは顔をあげた。気のせいか、それとも、隣家の窓から誰かがのぞいていた？〟

わたしはカーテンから手を離した。「ねえ、ふたりとも？　お隣さんのことどう思う？　あの人、窓を黒く塗りつぶしたバンに乗ってない？」

ポーシャとブレイズは聞いていなかった。どちらが大きい紙で絵を描くかをめぐって、けんかをしている。

「だめだよ、ぼくが最初に取ったんだから！」ブレイズは甲高い声を出し、「だめ！」と言って、げんこつでポーシャの頭をたたいた。

〝やったわね、ブレイズ〟わたしは心のなかで言った。〝ついに暴君に対抗するために立ちあがったのね〟

「あたしの番なの！　この前もブレイズが取ったでしょ！」ポーシャはブレイズの腕につかみかかった。かみつこうと口を大きく開けている。

わたしはため息をつき、時計に目をやった。長い午後になりそうだ。「ねえ、ふたりとも？

あなたたちのために特別なものを持ってきたのよ。ねえってば！」わたしは指を鳴らし、しまいには力ずくでふたりを引き離した。「あなたたちのために特別なものを持ってきたんだけど」

双子はどちらもウィンに似ていた。ライトブラウンの髪、ややがっしりした体形。けんかしたばかりで興奮冷めやらぬふたりは、ふっくらした頬を真っ赤にしている。「キャンディなの？」と、ポーシャ。

「いいえ、キャンディではないわ」わたしは大げさに眉を動かし、わくわく感を盛りあげようとした。「おばちゃんが書いた新しい本よ！　一緒に読んでみない？」

「みない」ブレイズはそっぽを向いた。「テレビが見たい」

「なに見るか、あたしが決める！」ポーシャは叫び、リモコンを取りにダッシュした。

「みんな、テレビは見ません」わたしはすばやくリモコンを取って作りつけの本棚の上のほうに置いた。「あなたたちに本を読み聞かせたいの」

「えー、いいよ」と、ブレイズ。ポーシャが気をそらしているうちに、ほったらかしになった紙を確保している。

「聞いて。アルファベットの本なのよ。絵もわたしが描いたの！」

「アルファベットの本は赤ちゃんのだよ」ポーシャは口をとがらせ、両手を腰にあてた。

「あたしたちはテレビが見たいの」

全然うまくいかない。わたしは唇をぎゅっと閉じ、アプローチの仕方を変えた。「じゃあ、こうしましょう。わたしが読む本をおとなしく聞いていてくれたら、一緒にアイスクリームを買いにいってあげる」

　これは効き目があった。ふたりとも茶色の目を大きく見開いた。

「トッピングもつけていい？」ブレイズは訊いた。

「もちろんいいわ」わたしは黄褐色のユニット式ソファに腰をおろし、両隣をぽんぽんとたたいた。「ここに座って」

　双子はそれぞれソファの両側によじ上り、温かい体をわたしの脚にぴったりとくっつけた。その動作があまりにもかわいかったので、わたしは胸がいっぱいになり、原稿を持ちあげながら、世のなかのパパやママがわたしが書いた絵本を子どもたちに読み聞かせている光景を思い浮かべた。わたしの小さな絵本が、誰かの子ども時代の思い出の一部になる。自然と笑顔になりつつ、わたしはタイトルのページを開いた。「題名は『スイートピーの　おいしいアルファベット』よ」

「どういう意味？」ポーシャは訊いた。

「すぐにわかるわ。これはおいしい食べ物が大好きな子どもたちやパパやママのためのアルファベット本なの」ポーシャからさらに突っこんだ質問をされる前に、わたしは最初のページをめくった。「〝Aはナス《Aubergine》のA。ナスはむらさきいろ。ナスはやわらかい。ナスはやいて、サフランのソースをかけましょう！〟」大きなナスの上で踊るスイートピーの絵が添えられている。わたしは横のページを指した。「こっちを見て、ここには焼きナスのサフランヨーグルトがけのレシピがあるのよ。これを見れば、子どもたちがパパやママと一緒にお料理ができるの。おもしろそうでしょ？」

われながら冴えた思いつきだと思っていた。レシピがたっぷり載ったアルファベット本。親と子どもが一緒になって楽しめる本だ。次のページをめくるわたしの横で、ブレイズは背もたれのクッションに頭をうずめ、早くもうつろな目になっていた。「〝Bはブルスケッタの B。ブルスケッタをバゲットにのせれば、すてきなごちそうのできあがり。バジルをぱらぱらとちらして、さあ、めしあがれ！〟これが、バルサミコ酢を利かせたプラムトマトのブルスケッタのナイスなレシピよ。おばちゃんの大好物のレシピなの！」

ポーシャは首を不自然な角度に傾け、退屈していることを強調した。「もうすぐおしまい？」

「えっ、まだよ。アルファベットには二十六文字あるんだから。まだ、これからCでしょ」わたしは明るく言った。「〝Cはクレーム・フレッシュの――〟」

「つまんない」ブレイズはソファを滑りおり、お絵描き帳のほうへ這っていった。

「ブレイズ？　あと少しよ――」

「いいよ、もう読まない」ブレイズは床に腹這いになり、赤いクレヨンを握って絵を描き始めた。

「あたしもお絵描きしたい！」ポーシャも言い、ブレイズの横に走っていった。今回、ブレイズは紙を一枚ちぎってポーシャに渡し、ふたりは並んで仲よくお絵描きを始めた。

わたしは相反する気持ちに悩んだ。双子に本を気に入ってもらえなかったいっぽう、本がつまらなかったおかげで、ふたりは仲よく一緒に遊ぶことができたのだ。どっこいどっこいということにしよう。「オーケー、誰かに訊かれたら、おばちゃんの本、すっごくおもしろかったって言ってね？」

「いいよ」ポーシャは関心なさそうに答えた。「でも、アイスクリームは買いにいくんでしょ？」

「もちろん。約束は約束だものね」

双子はまだチャイルドシートに座らなければいけないので、フェイはレクサスLXを置いていってくれた。この車の塗装の色は〝ネビュラグレイパール〟というらしい。わたしが〝薄い灰色〟と言ってしまったとき、フェイに訂正されたのだ。ポーシャとブレイズをチャイルドシートに固定するとき、わたしは緊張のあまり息を詰めていた。この高級車がいくらするか知っているからだ。祖父が遺してくれた家に住もうと決めたとき、その遺産の半分の額をフェイに支払うために、わたしはローンを組んでいた。万が一、フェイの車に傷やへこみをつけようものなら、修理費を支払うためにまたしてもローンを組まなければならないだろう。いっぽうフェイは、今日の午後のあいだ、わたしの小さいトヨタ・カローラを使っている。わたしは自分の車を実用的で、さらにはスポーティでもあると思いこむことができていたのに、ポーシャはわたしたちが車を交換すると知ってパニックに陥った。「ママ、あんな昔の車を運転しちゃだめ！　走ってるときにばらばらになっちゃったらどうするの？」わたしは歯を食いしばって耐えていた。

〈ウェスト・クリーマリー〉から一ブロックしか離れていないリンデン・ストリートに車を停められる場所が見つかってラッキーだった。とてもよく晴れたすがすがしい日なので、少し歩けば三人とも気分がよくなりそうだ。

「あたしはチェリーチョコレートチップアイスにレインボートッピングする」ポーシャはそう宣言した。

「おいしそうね。チェリーチョコレートチップがなかったらどうする？」

「あるよ。どうしてわかるか知りたい？」わたしの返事を待たずにポーシャは言った。「あたしのヴァギナが教えてくれるの」

フェイから警告は受けていた。ポーシャは、フェイが〝探索期〟と呼ぶ成長段階のまっただなかにいるらしい。

「もちろん、完全に正常なことなのよ」フェイは言っていた。「だけど、とりあえず気をつけて。最近、ポーシャは体のプライベートな部分に夢中になってるの。ポーシャの探索をわたしたち大人は温かく見守って、恥ずかしい気持ちにさせないことが大事なのよ」

そうですか。だけど、姪が実際に自分の陰部と会話をしているなんて思ってもみなかった。

「ふうん。そうなの？」

「そうよ」ポーシャは答え、わたしをじっと見つめた。「レッティおばちゃんのヴァギナは、おばちゃんに話しかけてくる?」

わたしはポーシャに〝ヴァギナ〟っていい言葉じゃないわ、と言いそうになった。でも、じゃあ、かわりになんて呼ばせればいいのだろう? 〝ヴァチッチ〟とか? そんな言葉を使っていたら、それこそポーシャがばかみたいだ。教えている幼稚園で、体のプライベートな部分のことを妙にかわいこぶった名前で呼んでいる子どもたちを、わたしはいつもかわいそうに思っていた。〝ウィンキー〟とか〝チャチャ〟とか。どうしても心配してしまうのだ。この子たちは大人になってもこういう言葉を使い続けるのだろうか。こういう言葉ひとつが、多くの破局の原因となるのではないだろうか。

「それは、ないわね、わたしのヴァギナは話しかけてこない」わたしはポーシャを抱きあげてチャイルドシートからおろし、歩道に連れていくと、今度はブレイズを車からおろしにいった。優しいブレイズは、こんな質問をしてこない。「歩道にいてね、ハニー、走ってる車のそばに行っちゃだめよ」

プライベートな部分についての会話はこれで終わりになるよう願っていたのに、ポーシャは簡単にはあきらめない。「どうして、おばちゃんのヴァギナは話しかけてこないの? けんかしたの?」

わたしはぎょっとしてポーシャを振り返った。おばちゃんをもてあそんでいるのだろうか? そうでもないようだ、ポーシャは真ん丸な目に好奇心をたたえている。フェイは自分の娘のこんな質問にどう答えてほしいと考えているのだろう。恥ずかしい気持ちにさせないように答えるにはどうしたらいいのか。わたしは途方に暮れた。

「わたしのヴァギナも前は話しかけてくれたんだけどね、いまはしばらく前から寝こんじゃってるみたい。とても悲しいことだわ」まるで悪い知らせを打ち明けるように、そっと締めくくった。

「えっ」ポーシャは眉間にしわを寄せ、コンクリートの地面を見つめた。「どうして寝こんじゃったの？」

またしても鋭い質問だ。姪の頭には鋭い質問がぎっしり詰まっている。ありがたいことに。

「ちょっと複雑な事情があるの」わたしは姉からあとでしかられずにすむ、うまい説明はないかと考えこんだ。「簡単に言うと、健康のために眠らされてるの」

「どういう意味？」チャイルドシートから歩道におろされたブレイズが訊いた。

「こぶがいっぱいできたときとか、すごく具合が悪くなったときに、お医者さんはその人が休めるように眠らせるのよ」わたしは、この説明が事実からそう離れてはいないと思った。あと数年は双子がインターネットを使って事実を確かめることもないはずだ。「ジェイムズおじちゃんのことを覚えてる？」

「うん」双子は声をそろえた。

「おばちゃんはあのおじちゃんと結婚したかったんでしょ」ポーシャはさらに言った。

「ジェイムズのせいなの」わたしは言い、双子の手を握った。「じゃあ、アイスクリームを買いにいきましょう！」

ところが、今度はブレイズがわたしの痛いところを突いた。「ジェイムズおじちゃんにカッコーにされたから？」

わたしはブレイズを見おろした。「カッコー？　どういうこと？」

「角が生えたカッコー」ポーシャが説明した。「パパが言ってた。おばちゃんはジェイムズおじちゃんにカッコーにされたって」ポーシャはキャキャッと笑いだした。

わたしは顔をしかめてポーシャたちがしたという会話の意味を解明しようとしながら、交差点に差しかかった。そのとき、ぴんときて、みぞおちにパンチされたみたいなショックを覚えた。「寝取られ男《カッコルド》でしょ。ジェイムズおじちゃんにカッコルドにされたって言ってたんでしょ」

ブレイズはうなずいた。「うん。パパはそう言ってた」

「あなたたちのパパはそんなことを言ってたのね？　今度会ったら、くわしく聞かないと」ウィンは子どもたちにカッコルド——妻に浮気された夫は嫉妬の角を生やすという迷信——の話なんかして、わたしをいい例として使ったのだ。血圧がぐんぐんと上昇して頭に血が上ったが、わたしは毅然とあごをあげてアイスクリーム店に歩いていった。夕食前のアイスクリームはもはや双子を釣る餌ではなくなっていた。思いやりもへったくれもない義理の兄に対する反抗のあかしだ。「あのね、〝カッコルド〟って本当は男の人にだけ使える言葉なのよ。正しくは、ジェイムズおじちゃんに寝取られ女《カックイン》にされたって言うの」〝本当は、あなたたちのパパはなんにもわかっちゃいないのよ〟

言ってみたはいいけれど、双子たちはすでに興味を失っていた。そのほうがいいのだろう。アイスクリーム店に入っていくと、ガラスドアの上に取りつけられている小さな銀のベルがチリンチリンと鳴った。注文の列ができていたので、わたしたちも並んで待った。ちょうどアイスクリームの冷凍ショーケースの前まで来たところで、ポーシャがわたしの袖を引っ張り、ひそひそ声を出した。「トイレに行きたい」

わたしはうしろにずらりと並んでいる人たちに目をやった。「いま？　アイスクリームを買うまで待てない？」

ポーシャは首を横に振り、ジーンズを押さえた。「だめ。もう、もれちゃう」

わたしはため息をつき、双子の手を握った。「わかったわ。行きましょう。ふたりとも」

「女の子のトイレなんか行かないよ」アイスクリーム店の奥にあるトイレに向かう途中でブレイズが抗議した。「ぼくは女の子じゃないもん！」

もう、どうすればいいの。

奥には男性用と女性用のトイレがひとつずつあった。わたしは女性用トイレに入るようポーシャをうながした。「はい、行ってきて、わたしたちはここで待ってるから」

「だめ、ボタンをはずしてくれないとできない」ポーシャは言って、はいているジーンズを指した。

「だけど、おばちゃんは――」わたしは口を閉じ、顔を両手で覆った。心を落ち着けるために何度か深呼吸をしてから言う。「ブレイズ、いい子ちゃんね？　ポーシャがトイレするのを手伝ってくるから、ここで待っていてくれる？」

「いいよ」

「ひとりでどこかに行っちゃだめよ、わかった？　すぐ出てくるから」

わたしとポーシャはトイレのなかに三分もいなかった。わたしはポーシャが水道で手を洗うあいだ抱っこしていてあげて、そのあとペーパータオルを手渡し、それからトイレのドアを開けてブレイズを捜した。

ブレイズはいなくなっていた。

「あれ、ブレイズ？」店内に戻って店じゅうを見まわす。アイスクリーム店には大勢の客がいたが、ブレイズの姿はどこにもなかった。「ブレイズ？」

返事はない。わたしのうしろではポーシャも呼んでいた。「ブレイズ？」ポーシャはちょっとのあいだ待ったあと、あきらめたように首を横に振り、小さな肩をすくめた。「もう一生会えないかも」

わたしはパニックに襲われた。なんて無責任な行動をしてしまったのだろう？　すぐに最悪の事態が脳裏に浮かんだ。ブレイズが消えてしまった。誘拐された。何者かに声をかけられ、店から連れ出された。店にいる人もみんな、その人物がブレイズの親だと思いこんでいたのだ。フェイとウィンは子どもたちに、知らない人についていってはいけないって教えていなかったの？　ふたりはいつもちゃんと子どもたちを見ていれば、そんなことを教える必要はないと思ったのかもしれない。

「ブレイズ?」わたしは声をあげ、助けを求めた。「どなたか、小さな男の子を見かけませんでしたか?」

もちろんアイスクリーム店に小さな男の子は何人もいる。みんなのぽかんとした顔を見て、わたしはそのことに気づき、言い直した。「赤いシャツを着て、グレイのズボンをはいた男の子です」みんな、まだぽかんとしている。「アップルレッド色をした長袖のワッフルセーターと、ミスティグレイ色のコーデュロイズボンです。ポケットが四つもついた、スリムタイプの」わたしは言い足した。ウェストボローの住人なら、カタログに記載されていそうな言葉にはすぐ反応してくれるはずだ。予想は正しかった。

「その子なら裏口から出ていったような」若い女性が答え、裏口のドアを指した。「あそこから」

「ありがとうございます!」わたしはポーシャの手を取った。「行くわよ」

急いで店を出て、足の短いブレイズが時速何キロくらいのスピードで進むか計算しようとした。ひとりで歩いていったのなら、まだ一ブロックか二ブロックしか離れていないはずだ。ポーシャはせかされて不満の声をあげ、足を引きずっていたが、わたしは足取りをゆるめなかった。頭は不安でいっぱいだった。この子たちを外に連れ出した上ブレイズに怪我をさせたりしたら、フェイに殺される。なによりも、そんな事態になったら、一生、自分を許せないに決まっている。

わたしたちは夕日が差しこむ狭い路地に足を踏み入れた。裏から見ると薄汚れている店やレストランの建物がずらりと並んでいた。ぽつんぽつんと緑色のフェンスがあり、大小のごみ箱が目につかないよう覆い隠している。わたしは左右に目をやった。ブレイズはどっちへ行ったのだろう？　ポーシャが手を引っ張った。「ちょっと待って、ポーシャ。ブレイズを見つけなきゃ」

「ブレイズはあそこにいるよ」ポーシャは言い、路地の右を指した。

ポーシャの言うとおり、ブレイズがいた。路地の向かい側、何軒か建物を挟んだところにある灰色のコンクリートの階段に座っていた。わたしの心臓は止まりそうになった。ブレイズの横に男がいて――ああ、信じられない――ブレイズにタバコを手渡そうとしている。

「ブレイズ！　だめよ！　そんなもの、いますぐ捨てなさい！」

わたしはポーシャの手を離して、全力で駆けだした。タバコを吸うなんて！　五歳児が！　フェイに二度と口を利いてもらえなくなる。「いますぐやめて！　動かないで！」

ブレイズはタバコを手にしたまま固まった。「タバコは人を殺すのよ。死んじゃってもいいの、まだちっちゃいのに？」わたしはブレイズの手からタバコをもぎ取った。直後に、タバコと見えたものが、ぺろぺろキャンディの棒だと気づいた。すごくばかみたいなことをしちゃった。

ブレイズと一緒に階段にいた男性が、くっくと笑った。「おいおい。もうそれを吸ってもいい年だって言ったじゃないか」

わたしにそんな冗談は通じなかった。目をあげて男性を見据え、自分の考えをはっきり告げようとしたのに、彼を見た瞬間、頭のなかは真っ白になった。うそでしょ、かっこいい。はっとするほど鮮やかな緑色の瞳に、角張ったあご。いたずらっぽくわたしに笑いかけている豊かな唇。白いTシャツと黒いスラックスを身に着け、いい体をしている。ジムに住み着いている筋肉オタクみたいなわけではなく、純粋に強靭な体つきなのだ。わたしが始めようとしていた口撃なんて、ものともしないだろう力強さ。

わたしは息を吸った。「こんなことしてはいけないんですよ。知らない子にキャンディをあげるなんて。この子にアレルギーがあったらどうするんです？　糖尿病だったら？」

〝彼は女性を見つめて首をかしげ、興味を覚えて口元に笑みを浮かべた。彼女の愛情深さと、母性本能の強さに、ほれぼれとせずにはいられない。そして、もちろん、幼い子どもたちを見つめる彼女の印象深い顔立ちにも目を留めずにはいられなかった。気品のある横顔。やわらかそうな茶色の髪。アイルランドの春に萌ゆる草原を思わせる、はしばみ色の瞳。だが、男は彼女に惹かれる心を否定した。むなしい希望を抱くことなどできない。彼女のような人に、恋人がいない？　そんなことはありえない。彼女の前には求婚者が果てしなく列を作っているはずだ。彼女のかたわらに立ちたいと熱く望まない男がどこにいるだろう？　彼女を手に入れるためならば――〟

男性はブレイズのほうに首を傾けて訊いた。「この子のお母さん？」

わたしはがっくり肩を落とした。「違います。この子の叔母よ」

彼にそんな目で見られて、わたしはとまどったどころではなかった。しおれた。混乱した。

脳みそぐちょぐちょ。そう、脳みそぐちょぐちょだ。裏通りで、これまで出会ったなかで最高のイケメンと話せたのに、五歳児のママだと思われた。つまり、おなかに食いこんでいるジーンズがださいということだ。子守と間違われたほうがまだよかった。それなら、話は違ってくる。

「この子には、ぺろぺろキャンディをなめるのはパパやママに訊いてからにしてね、と言ったんだよ」男性は説明した。

「そう」わたしは男性から目をそらし、屈んで甥に言った。「ブレイズ。どこに行っちゃったかと思ったのよ。すごく心配したんだから」

ブレイズはうつむいて地面を見つめた。「ごめんなさい」

わたしの横でポーシャが言った。「ねえ、あたしもぺろぺろキャンディほしい!」

「アイスクリームを食べるんでしょ?」わたしは訊いた。

イケメンがまたセクシーにくっくと笑った。「この子たちはふたりとも糖尿病ではないようだ」ポケットに手を入れ、ぺろぺろキャンディをもう一本取り出している。「女の子にもあげていいかい?」

見れば、ポーシャは目を爛々と光らせていた。「あげないわけにいかなそうね。あなた、いつもぺろぺろキャンディをポケットに入れて持ち歩いてるの?」〝窓を黒く塗りつぶしたバンに子どもを誘いこむために?〟

男性は、両手を広げて待っているポーシャにキャンディを渡した。「いや、たまたま店にあったんだ。ウエイトレスの子がパーティーでもらったらしい」

「ぼくのキャンディ食べていい？」ブレイズが尋ねた。

「ええ、ハニー。いいわよ」わたしはイケメンの背後にある建物にちらっと目をやった。〈バー・ハーバー〉というバーらしいが、わたしは一度も入ったことがない。「ここで働いているの？」

「友人が経営しているバーなんだ。人手が足りないときは、ぼくも手伝っている。大学生のときバーテンダーをしていたんでね」

「まあ。親切なのね」

「給料は払ってもらってるよ」イケメンが微笑むと、両目のはしに笑いじわができた。「説明させてくれるかい。ぼくは、この子がひとりで歩いているところを見かけて、一緒に座っていれば、誰が通りがかっても安全だと思ったんだ。きみを驚かせたり、なにかよからぬことをしたりするつもりはなかった。たまたまあるのがぺろぺろキャンディだけだったんだ。バーにいつも粘土を置いているわけじゃないからね」イケメンはにやりとしてみせた。「これからは置くべきかな」

　こう説明されてしまうと、思いやりあふれることをしてもらったように思えて、わたしは自分だけが正しいつもりで怒ったことを反省した。「ごめんなさい。子守を任されていたのに、この子がいなくなってしまって……」はっとして、両手でハンドバッグを持った。「ぺろぺろキャンディのお支払いをします」

男性は驚いたように眉をあげた。「いや、そんなことは気にしないで」と言って立ちあがる。

「まあ、ありがとう」

ポーシャが透明のセロファンを破り、取り出したキャンディを高くあげた。「わあーい、ヘビだ！」

「ヘビのぺろぺろキャンディ？」わたしはにっこりした。「おもしろいわね。見せて」

前屈みになって、よく見ようとする。キャンディは青く、確かにヘビに似ていた。でも、細かいところまで目がいったとたん、瞬時に血の気が引いた。なんてことなの。イケメンが、わたしの姪に男根のかたちをしたキャンディを渡した。わたしはそれをひったくろうとした。

「ポーシャ！　それをちょうだい！」

「やだ！」ポーシャはすばやすぎた。驚くほど身軽に階段を飛びおり、わたしの手を避ける。

「だめ、あたしのだもん！」

「まったくもう！」わたしは伸ばした手で自分の髪を引っ張った。それからくるりとイケメンを振り向き、両手を大きく広げて訊いた。「なんなの——いったいどういうつもり——あなた、どうかしてるの？」

イケメンは、そっちこそいったいなにを言っているんだという顔で眉間にしわを寄せ、わたしを見つめた。「さっき、キャンディをあげてもかまわないと」

「まさか、あげるとは思わないでしょ、この子に……こんなものを」

「この子の兄弟にあげたのと同じキャンディだよ。これのなにがいけないんだい？」男性はポケットからまた同じぺろぺろキャンディを取り出し、しげしげと眺めた。そしていま、そのかたちに気づいたようだ。「あれっ、これは、そうだね。大変だ」しまったという顔をしている。「知らなかったんだ」

「あのね、そんな言い訳は法廷では通用しないわよ」わたしは手厳しく言った。わたしのなかに眠っていた法廷弁護士の血が騒ぎだしている。〝ありがとう、パパ！〟

男性は緑の目をすっと細くした。「法廷？　いったいなんの話をしているんだ？」

わたしは向きを変え、仲よく並んでキャンディをぺろぺろなめている双子を見つめて恐怖に駆られた。ポーシャは自分のキャンディを振ってみせた。「見て！　ヘビの頭、食べちゃったよ！」

「信じられない。姉に殺されるわ」わたしは両手で顔を覆った。「ふたりとも、早く食べちゃって！　急いで！」

「ふたりとも、あれがなんのかたちかも気づいていないみたいだ。解剖学的に正確なかたちでもないしね」

男性はやけに落ち着き払っている。両手をポケットに突っこんで、手すりに寄りかかっている姿は、まるでコロンの広告のための写真撮影に臨んでいるようだ。わたしににらみつけられると、彼は見つめ返して言った。「なんだい？」

「あなたは、なにか変な趣味のある変態なの？」

彼の視線が揺らぐことはなかった。「本気で訊いている？」

目をそらしたのは、わたしのほうだった。あんなセクシーな緑色の目をして。わたしはポーシャとブレイズの手を握った。「行きましょ、おうちに帰るのよ。もうすぐ夕食の時間だもの。ぺろぺろキャンディは全部食べちゃって。がんばってボリボリかんじゃうの」

子どもたちは張りきってかじり、証拠を隠滅していった。わたしがちらっとうしろを見ると、イケメンはまだ手すりに寄りかかっていた。雑誌から切り抜いてベッドルームの壁に貼ってしまいたくなるような光景だ。ずっと若いころのわたしだったら、の話だ。

「ちょっと待って！　きみの名前も教えてもらっていなかった！」イケメンが呼びかけた。「ぼくはエリックだ」

彼は、わたしたちが係争中であることさえ気づいていないらしい。「マチルダよ」わたしは答え、双子をせかした。

「ではまた、マチルダ！」

ポーシャはぺろぺろキャンディを口からすぽっと抜いて言った。「そんなのおばちゃんの名前じゃないでしょ。なんで、うそつく――」

「しっ。ふたりともおうちに帰らなきゃ」わたしはできるだけきびきびと落ち着いた口調を心がけたが、うまくいかなかった。「ママが今夜はローストを作ってくれるって。おいしそうじゃない？」

双子はキャンディにしゃぶりつくのに夢中で、なにも答えなかった。これからはこの子たちをおとなしくさせるために、ハンドバッグにいくつかぺろぺろキャンディを入れておけばいいのだ。こうやって失敗を肥やしにしていこう。

2

わたしは職員会議を恐れていた。ソーシャルメディア上では、ついこのあいだ結婚がおじゃんになったことについてはあいまいにごまかしてある。だから、同僚の多くは、わたしがミセス・アビントンではなくまだミズ・オズボーンのままである理由を知りたがるはずだ。おかげで、わたしは夜なかなか眠れなかった。

朝食も喉を通らなかった。

そして、ドライヤーが火を噴いた。

「大変！」

慌ててコンセントから抜き、煙をあげるドライヤーを洗面台に投げこんだ。小さな炎がボッと噴き出てから消えた。状況を把握するまでに一分かかった。髪はまだびしょびしょなのに、ドライヤーはこの世を去った。休み明けの登校初日に。ドライヤーのコードには、かんだ跡がいくつもあった。

「オーディン！」わたしはリビングルームに行き、オーディンに壊れたドライヤーを突きつけた。「かんじゃだめ！　だめでしょ！　もうこうなったら訓練学校行きですからね」オーディンはわたしを見つめて首をかしげ、パタパタと尻尾を振った。しかられても全然わかっていない。

どうしようもない。わたしはまとまりづらい髪をどうにかポニーテールにし、生乾きであることを誰にも気づかれませんようにと願った。新学年のいいスタートとは言えない。わたしは独身で、結婚がだめになったために女性の部分が昏睡状態に陥ってまだ回復していないかもしれないけれど、あの人は人生あきらめたんだ、とは思われたくない。絶好調で自信に満ちあふれているように見せたい。まわりの人たちから変に気を使われないように。悲惨の象徴みたいになって、みんなから避けられるのはごめんだ。

車を運転しながら、受け答えの練習をしていた。〝ジェイムズ？　ああ、フィアンセだった人のことね。実は、あの人とはすっぱり別れたの。わたしたち、人生に求めるものが違ってたのね。彼はボストンに、わたしはコネチカットに住んでいるし、どっちもいまは仕事がいちばん大切だから、どっちみちうまくいかなかったのよ〟こうした説明をしっかり準備してから、コンクリートの歩道におりて、ノア・ウェブスター小学校のずんぐりした煉瓦造りの校舎へ向かった。ふんどしを締めてかかる、というやつだ。ところが、職員会議が開かれる講堂に入っていくころには、誰もわたしやわたしのおじゃんになった結婚式のことなど気にしていないと早くもわかってきた。

「聞いた？」ミンディ・リングが興奮もあらわに話しかけてきた。「マレーネ・キトリッチがいなくなったの」

ミンディは長い黒髪をきれいにくるくると巻いている。髪の毛の一部はダークパープルに染められているけれど、直射日光があたらなければわからない。ミンディはどんなときでもおしゃれだ。同僚のなかでいちばん仲よくしている、わたしの親友だ。ジェイムズ事件についても、すでになにもかも話している。だから、ミンディは、わたしが避けようとしなくてもいい数少ない人のひとりだった。

「いなくなった？　それって、学校を辞めたってこと？」わたしは尋ねた。

ミンディは内緒話をするように少し首を傾けた。「誰もはっきりしたことは言わないんだけど、うわさでは、マレーネは神経衰弱になったんだって。意外ではないわよね。あの人いつもなにかしら悩んでるようすだったもの」ミンディは手に持っているコーヒーをひと口飲んだ。「うーん。それはそうと、今日のあなた、すごくすてきね。肌が輝いてる」

ミンディは思いやりあふれる友だちで、うそもうまい。わたしは頭のうしろでぴょんと飛び出ているポニーテールをたたいてみせた。「ドライヤーが壊れちゃったの。あなたは本当にすごくすてきよ。ずいぶん日焼けして」

「ケープに行って、帰ってきたばかりだから。そうだ、しかも今朝は無料のコーヒーを引き寄せちゃったの」ミンディはコーヒーカップを持ちあげた。「人生ってすばらしいわ」

春ごろから、ミンディは引き寄せの法則と前向き思考の力にはまっている。ミンディは夢のような人生を引き寄せている最中で、わたしにもそうさせようと勧めているのだ。「〈ダリアズ〉に行ったらね、スタッフのロージーがわたしの前のお客さんの注文を間違えちゃったみたいなの。そのお客さんはアイスラテがほしかったんだけど、ホットが出てきちゃって。そしたら、ロージーがわたしに言ったの。〝あの、無料のコーヒーはいかがですか？　飲んでいただければ、せっかくのコーヒーを処分せずにすみますので〟って」ミンディは信じられないという顔で首を横に振っている。「ほらね、いつも言ってるとおりになったでしょ。願いさえすれば、宇宙は応えてくれる」

「無料のコーヒーで？」

「なんだって引き寄せられるのよ。願いさえすればいいの、レッティ。理想の仕事も、新築の家も――」

「新任の校長も」講堂のステージ上を歩いて演壇に向かうグレッチェン・ハウスチャイルド博士を見ながら、わたしはぼそっと言った。

「それもいま引き寄せようとしてる最中なの」ミンディはため息をついた。

ノア・ウェブスター小学校はウェストボローではなく、隣町のリバージャンクションにある。この学校に通う子どもたちはかわいらしく、保護者は自分の子どもから片ときも離れたくないと思っている傾向が強い。そして、校長は前世がバイキングの戦士だったような人だ。グレッチェン・ハウスチャイルド博士は肩幅が広く、頑丈なブロックのような脚をした、人間倉庫を思わせる体格の持ち主だ。いつも茶色いツイードのスーツを着ていて、ピルグリムを連想させる靴をはいている。かかとが低く、大きなバックルのついた、実用本位の黒い革靴だ。校長は赤毛をきつい引っつめ髪にしていて、ミンディとわたしは彼女の姿を初めて見て五秒後ぐらいには、北欧神話に登場する武装した処女ブリュンヒルデとあだ名をつけていた。ブリュンヒルデのブラジャーは鋼鉄製に違いない、とわたしは本気で考えている。わたしとミンディは最初、あの校長にロアルド・ダールの『マチルダは小さな大天才』に出てくる意地悪な校長にちなんでミス・トランチブルとあだ名をつけそうになったのだが、寸前でミンディが思い出して指摘した。三年生の担任のジャスティン・マイヤーズがその本を授業で使っている。ジャスティンは告げ口屋だ。もしも、あいつに立ち聞きされたら、密告される。

ノア・ウェブスターは昔からいい学校だけれど、テストの成績という点では、同じ地区のほかの学校におくれを取っている。だからこそブリュンヒルデが送りこまれ、この学校の汚濁を取り除き、傷だらけの評判を立て直すことになったのだ。手始めにブリュンヒルデは教職員に対して服装規定を押しつけ、爪先の開いたサンダルやノースリーブのブラウスを禁止した。

はっきり言って、わきの下が見える服が禁止されたのは、ブリュンヒルデの事務アシスタントであるスー・ペリーのせいだ、とわたしは思っている。スーがそこのお手入れをしない主義だということは、みんな知っている。まるでわきの下にアレチネズミを飼っているようなありさまなのだ。

わたしは服装規定の紙をクロゼットに貼って、毎朝、違反していないかどうか確かめるようにしている。パンツはゆったり動きやすいものでなければいけないし、ブラジャーのストラップが見えてはいけないし、腿のなかほどまで隠れるチュニックと合わせるのでなければレギンスなんてもってのほかだ。「わたしの伝えたいことがわかっていただけたかしら、女ない。

「性のみなさん？　破廉恥なタイトパンツは禁止です」ブリュンヒルデは、ドーナツホールとリンゴジュースがおやつとして出される職員会議の席で服装規定を発表した。当然、男性にも同じ規制が課されるべきだ、とわたしは思った。もっこりパンツだって許されるべきでは

　ブリュンヒルデがノア・ウェブスター小学校の校長に就任してから一年がたった。この一年、彼女は巨大なはしけのように廊下を横暴に突き進み、わたしたちはとてもついていけていない。ブリュンヒルデがなにかを食べるところなど一度も見たことがないので、教師たちの涙を糧に生きているのではないか、とわたしは疑っている。マレーネ・キトリッチはそんなブリュンヒルデのために忠実に働いていたので、ミンディとわたしはマレーネのことを使い魔と呼んでいた。とはいえ、それも哀れなマレーネが神経衰弱だとかで倒れるまでの話だ。

「おはようございます！　おはようございます！」ブリュンヒルデがマイクに大声を響かせた。「みなさん、席に着いて会議を始めましょう」

　ミンディとわたしは顔を見合わせたが、おとなしく通路を歩いて自分たちの席に着いた。

「けっこう。おかえりなさい、みなさん。またみなさんのお顔が見られて大変うれしく思います。うしろにデニッシュとコーヒーや紅茶が用意してありますから、ご自由にどうぞ」

　わたしは、さっとまわりのようすをうかがった。誰も動かない。「公式の議題に入る前に、管理面での話をしなくてはなりません」ブリュンヒルデは続けた。「みなさん、教育委員会からのお知らせを受け取られたことと思います」

確かに、受け取っていた。ブリュンヒルデのような人たちに率いられている教育委員会は、賃金争議の仲裁において教職員組合に勝利したのだ。わたしたち教職員の賃金は一年のあいだ固定され、医療給付費はあがった。〝Dは猛女《ドラゴンレディ》のDだ〟

「ここ数カ月に及ぶ話し合いは緊迫したもので、よろしくない感情があとを引く事態になったことは全員が認めるところだと思います。ですが今日、そうした感情は残らずわきに置き、わたしたちは一致団結した学校として前へ進まなければなりません」

講堂はしーんとなり、うしろのほうでゲホッと一回誰かの咳が響いた。「あの人がそう言うのは簡単よね」ミンディがひそひそ声で言った。「あの人のお給料は六桁で固定されてるんだもの」

わたしも少しは賃金があがって、生活費手当も増額されることをあてにしていた。お金のかかる家に住んでいるわけではないけれど、いろいろなものの値段があがっているからだ。それに、余裕があるときは、〈ビッグ・ドッグ・レスキュー〉に寄付もしたい。小さな動物保護団体でありながら、〈ビッグ・ドッグ・レスキュー〉は帰る家をなくした多くのペットたちを安楽死させられる運命から救っている——オーディンもそうして救われた犬の一匹だった。わたしもミンディを見習って、お金をちびちびと引き寄せ、寄付も家賃も暖房費も食費も確保する努力をするべきかもしれない。

ブリュンヒルデは、終身在職権によって守られている幸運な教師たちからの質問に適当に答えていった。「実質、お給料が減っているのに、職員会議のときは変わらずわたしたちがコーヒーケーキを持参しなければいけないんですか?」とか「慈善活動としてのドレスダウン・フライデーを復活させるんですか?」といったまっとうな質問だ。ブリュンヒルデの答えはこうだった。お徳用ドーナツホールが充分コーヒーケーキのかわりになる。ドレスダウン・フライデーは復活させないが、慈善活動は誰もが変わらず続けていくべきだ。

「はっきり言いましょう。サポートは必要なだけ受けられます。各自が持っている鍵で夜間も週末も学校への出入りは可能です。つまり、最高水準の教育活動ができるはずです。われわれが互いに求めるのは最高水準ではありませんか」そこまで言うと、ブリュンヒルデは演壇の上で堅苦しく手を組んだ。「ほかにも質問がある場合は、別の機会に校長室に来てください」話はこれで終わりだ。〝全員、くたばっちまえ〟ブリュンヒルデはこう言ったも同然だった。〝勝ったのは、わたし〟

「さて。すでにお聞き及びかもしれませんが、マレーネ・キトリッチ教頭先生は休職されます」ブリュンヒルデはさらに言った。「非常に有能な教頭先生である彼女の物静かな働きぶりが見られなくなるのは大変寂しいことです。しかしながら、わが校の児童たちにはつねに最善の教育を行わなければなりません。つまり、われわれは困難な状況でも前へ進み続けなければならず、教頭不在のままで新学期をスタートさせるわけにはいかないのです。教育委員会はキトリッチ先生が戻られるまで緊急の措置として、エリック・クレイマン先生を代理の教頭に任命しました」

わたしのうしろの席で、音楽の先生であるイヴリン・ピアースがささやいた。「エリックなんですって？　その人、誰なの？」タイミングを合わせたように、講堂の最前列でひとりの男性が起立し、壇上に歩いていった。

「あら、ようこそ、クレイマン先生」ミンディがつぶやいた。

本当に、ようこそだ。

〝かすかにカールした茶色い髪の彼は、細いメタルフレームの眼鏡をかけていた。彼女の胸のなかで、心臓が驚いた小鳥のように震えた。彼はブリュンヒルデより背が高く、たくましい。仕立てのよいネイビーブルーのスーツとライトブルーのネクタイを着こなした姿は、たったいま重役用会議室から出てきたところといった感じだ。本当に重役であってもおかしくない堂々とした雰囲気。彼のためにぜひ口述筆記したい、と彼女は思った〟

「わあ」わたしはささやいた。「あなたがあの人を引き寄せたの、ミンディ？」

「いいえ、わたしはまだそこまで高まってない」ミンディは片方の手で顔をあおいでいる。

「ここ暑くない？　それとも、彼のせい？」

確かに、ぼうっとなってしまうくらいイケメン……だけど、どこかで見たことがあるような。このとき初めて、わたしは真剣に彼を見て、顔を認識した。エ、リ、ッ、ク。すべてがカチッと音をたててはまった。このゴージャスな男性は——単なる代理の教頭先生ではない。つい昨日、路地でわたしの姪と甥に男根ぺろぺろキャンディを渡した男だ。〝で、あなたは彼にマチルダと名乗ったのよ〟わたしは内心でうめき、声を殺して悪態をついた。

ブリュンヒルデがわきにどき、イケメンに演壇のマイクを譲った。「今日ここに立てることをうれしく、また光栄に思います。ぼくは過去二年、リバージャンクション中学校で副教頭を務め、行動する教頭の役割を間近で見てきました。教頭としてまとめ役となり、先生たちが心置きなく教育に専念できるよう働いていくつもりです」

「賃あげはどうなってるんだ!」うしろのほうから誰かが怒鳴った。

わたしはひるんだが、エリックはびくともしなかった。「契約交渉に関して多くの懸念があることは理解しています。ですが、まずは正常な状態を取り戻しましょう。いつでも自由に教頭室を訪ねてください。加えて、これから何カ月かかけて授業の視察を行うのもぼくの仕事です。ですので、お会いして話す機会はたくさんあるでしょう」イケメンは微笑んだ。チャーミングだ。

彼はしばらくスピーチをしたあと、演壇をブリュンヒルデに返してステージをあとにした。イケメンのあいさつが終わったとたん、ミンディとわたしは顔を見合わせた。

「厳しい教頭先生だったらどうしよう」ミンディはこそっと言った。「わたし、悪い子になっちゃうから」

初めて握手をしたとき、グレッチェン・ハウスチャイルドはエリックの指の骨を砕きかけた。「クレイマン先生」グレッチェンは声をとどろかせた。「お会いできてうれしいわ」

指の骨を粉砕されかけても、エリックは顔をしかめまいと耐えた。「ハウスチャイルド博士。おうわさはかねがね」

いっそう力がこもる。


「まあ、そうなの？」エリックの指を握る手に、いっそう力がこもる。

「もちろん、よいおうわさを」

一拍置いて、ようやくグレッチェンはエリックの手を離した。エリックはどっとひと安心した。あのとき校長の顔に浮かんでいた笑みと挑戦のまなざしを、一生忘れられそうにない。彼女はわざとエリックを痛めつけようとしていたのか、永遠に悩まされそうだ。

あれは去年、グレッチェンがノア・ウェブスターの新たな校長に就任したときだった。グレッチェンのうわさをかねがね聞いていたというのは本当だ。グレッチェンはタフで、頭が切れ、実行力があり、前任の学校でたたき出したテストの成績については文句のつけようがない。グレッチェンは結果を出すやりかたを心得ており、そのことは地区の人間全員が認めていた。とはいえ、いまのエリックがグレッチェンについて知っているのは、そのことだけではない。グレッチェンは、けちで無遠慮な人だと評判だ。自分の学校の教員たちから反乱を起こされる寸前だとまでささやかれていた。その教員たちが五分でも互いにいがみ合うのをやめて、共通の目的のために一致団結して取り組もうとしさえすれば。というのも、グレッチェンにさまざまなうわさがあるのと同様に、ノア・ウェブスターの教員陣にもさまざまなうわさがあり、そのどれひとつとしていいものはないのだった。

「あの学校はハイスクールみたいなところだよ」エリックは代理の教頭に任命されたあと、同僚のひとりから警告された。「ハウスチャイルド博士はよくやってると思うね。あの職場は一筋縄ではいかない」

「気をつけて」別の同僚はからかい半分に言った。「あそこの職員室には毒ヘビがうじゃうじゃいるわよ」

それらの警告はやっかみも含んでいたのだろう、とエリックは思っていた。同僚の誰もが、チャンスに恵まれてエリックと同様のポストを提示されれば飛びつくはずだ。だが、エリックもうわさにある程度は影響されていたのだ。というのも、今日、職員会議が終了したとき、とりあえず誰もグレッチェンに靴を投げつけなかったことにエリックは感心してしまっていた。

「リーダーシップはダンスなのよ、エリック」昼食を終えて学校の廊下を歩いているとき、グレッチェンはエリックに教えた。「つねに押したり引いたりの駆け引きなの。正しいステップを踏めば、エレガンスが生まれるのよ」

エリックは隣を歩くグレッチェンのがっしりとした体格にちらっと目を向け、彼女が舞踏会でダンスをしているところを想像しようとした。「管理者として働くことを、ソネットを書くことに似ていると考えるときはあります」

「あら。ソネットね」この例を受けて、グレッチェンは小さな青い目を光らせた。背中で手を組んで続ける。「慎重に言葉を選んで、決して無駄にできないところとか、確かにソネット自体、言葉のダンスと言えるわね」グレッチェンは微笑んだ。「若者らしく楽観的なところがいいわ」

そのときは襟に首を絞められているように息苦しさを覚えたが、よく考えれば、ソネットにたとえたのはなぜか、くわしい説明を求められなくてよかった。学校の管理者になるのとソネットを書くのが似ていると考えたのは、ほとんどの人が詩を嫌っていると思ったからだった。こんな気の利いた皮肉を口にしたら、一緒に働き始めたばかりの校長の機嫌を損ねてしまう。エリックはポケットに両手をしまいかけて、いまはスーツを着ていることを思い出した。

「ここから始めましょう」グレッチェンはひとつの教室の前で言った。「ここは幼稚園クラスです」グレッチェンはドアの横で立ち止まり、ネームプレートがかけられているはずの真鍮の板を見つめた。それから教室内に目をやって言った。「オズボーン先生——ああ、そうだわ。夏のあいだに結婚したのね。いまはもうアビントン先生。新しいネームプレートが必要なのよ」グレッチェンはエリックに目を向けた。「覚えておいて」

「新しいネームプレートですね。わかりました」

エリックも教室内をのぞいた。その教室には大きな窓が三つあって明るい雰囲気だ。木製の本棚にはカラフルな絵本が並び、さまざまな活動をする各コーナーには水彩で描かれたポスターが張られている。エリックはすばやくポスターを見ていった。〝おんがく〟〝えほん〟〝もじ〟〝ようちえんへようこそ〟赤、青、黄の原色で塗られた小さな椅子や、壁のこれまた小さなコートかけが目に留まった。子どもとは、こんなにも小さかっただろうか？　この子たちの抱える問題もまた小さいのだろう。鼻水とか、靴紐がほどけたとか。エリックは自分が心地よくなじんだ中学校からどれだけ離れた場所に来てしまったのか実感した。中学校では幼稚園とはまるで違う、クラス内派閥やホルモンからなる地形をうまく渡り歩けばいい。

教室には先生がふたりいて、笑いながら紙でできた葉っぱを掲示板にホッチキスで留めていた。エリックの目は、茶色い髪をきゅっとポニーテールにしたかわいらしい女性を見て止まった。物静かな感じの、魅力的な女性だ。優しげな表情で温かみのある笑みを浮かべているので、顔全体が輝いて見える。控えめだが、すごくかわいいタイプだ。エリックから見て横を向いている彼女は友人にささやきかけ、クスクスと笑った。いや、ささやいたのではない。声はけっこう大きく、「ボスをやっちまえ」と聞こえた。

友人は激しくうなずいて歓声をあげた。「すごくいい」

エリックは足を踏み換えてグレッチェンを盗み見た。校長は不機嫌そうに唇を引き結んでいる。それから開いたドアを力強く三度たたいて言った。「クレイマン先生、ここはアビントン先生の教室です。あちらはリング先生。一年生の担任よ」

そのとき、かわいい女性がこちらを振り向き、エリックは彼女に会ったことがあると気づいた。路地で親切な行いをしようとしただけなのに、それが思わぬ事態を招き、とんでもない人間だと思われたのだ。マチルダ。エリックは咳払いをした。マチルダのほうは彼の顔を忘れてくれているという可能性はあるだろうか？　相手が短期記憶喪失に悩まされていることを願うなんて間違っているだろうか？　だが、そんな望みはない。マチルダはわざとエリックから目をそらした。彼女は間違いなくエリックが路地で会った男だと気づいている。エリックは息を詰め、もしもマチルダが路地での出来事についてひとことでも口にしたら、自分は知らないふりをしようと決意した。害のないささいなあやまちひとつで、ここでの仕事を台なしにされるわけにはいかない。彼女は大げさに反応しすぎたのだ。

マチルダが目に浮かべた不信感にたじろぎつつも、エリックは微笑んだ。なにやら置き場に困った両手を腰にあて、さりげない、親しみやすい姿勢を取ろうとした。新しい職場での初日に、もうとんでもないスタートを切ろうとしている、と皮肉に思った。ソネットを書き始める日も近そうだ。

わたしは教室の準備をするのが好きだ。新年度の幸せなカオスがやってくる前の整頓の時間。コートかけと、ドアの横の整理棚に園児それぞれの名札をつけ、読書コーナーの本をレベルごと、テーマごとにきちんと並べ直す。教室のはしに沿って小さな木のテーブルが四つあり、各テーブルの前に青、赤、黄の小さなプラスチック製の椅子が四脚置いてある。それぞれの席の前にも手作りの名札を置き、テーブルの真ん中にクレヨンが詰まったプラスチックの箱を用意した。壁には秋のアルファベット・ポスターを貼り、何時間もかけて黄色や赤色やオレンジ色の葉っぱを紙から切り抜いて飾り、教室が色とりどりの、親しみやすい空間になるようにした。用具入れにはティッシュと、手の除菌用ローションと、ペーパータオルをたっぷり常備しておいた。あと残すは掲示板の飾りつけだけとなったので、ミンディに頼んで、紙で作った赤い葉っぱを掲示板にホッチキスで留めてもらうことにした。

「彼のこと、なんて呼ぶ?」

ミンディは背の低い本棚の上に立ち、紙を手で押さえている。そのとき、わたしはミンディがコマドリの卵のような青色のバレエシューズをはき、ラズベリー色をしたノースリーブのミニワンピースを着ていることに気づいた。ブリュンヒルデは、わきの下が見えている違反を許さないはずだ。「誰のこと？」わたしは詰まったホッチキスの芯をつまみ出しながら訊いた。

「クレイマン。熱い男《セニョール・カリエンテ》。セクシー教頭」

「これって、ブレインストーミングね？」ホッチキスの芯はぴゅっと教室の向こうへ飛んでいった。「そうねえ。あの人のラストネーム、クレイマンだった？　その名前だけで充分おもしろくない？」

わたしはすでにエリックと会っていたことを、どうしてもミンディに言えなかった。彼が変態で、なんとしてでも避けるべきタイプの人であるかもしれないことも。ノア・ウェブスターで、うわさがどんな広まりかたをするかはわかっている。〝エリック・クレイマンが路地でわたしの姪っ子と甥っ子に男根キャンディを渡した〟なんて言おうものなら、すぐに尾ひれがついて警察の捜査にまで発展するだろう。なのに、わたしがいくら話題を変えようとしても、ミンディはこだわっていた。「ブリュンヒルデとクレイマンか。ブリュンヒルデと使い魔ほどのパンチはないわね。あれはインディーズのバンド名みたいでよかったのに」

「ひと晩、眠って考えましょう。いまは、これというのを思いつかないだけかもしれないわ」

わたしたちは掲示板の真ん中にホッチキスで背景を留めていた。ミンディはほぼすべての指にシルバーの指輪をはめている。わたしの指にはひとつもない。「あなたの指輪、すてきよね」ミンディがとりあえずエリックについて話すのをやめてくれたので、わたしは言った。「また新しいのが増えたでしょ」

「児童たちが気に入ってるのよ。言うことを聞いたときに、はめさせてあげてるの」ミンディは横目でわたしを見た。「そういえば、スイートピーの新作っていつ出る？　あと、あまってる本ある？　うちの教室の本、もうぼろぼろになっちゃって」

「新作はもうすぐ出せればいいなと思ってるの。土曜日に編集者と会うのよ。いまの契約ではあと一作、出版することになってるんだけど、また新たに契約を結んで、もっと絵本を書きたいわ」ふたたびホッチキスが詰まったが、わたしは力ずくでバチンと打ちこんだ。

「新作の題名は『スイートピーのアチチな恋でラブラブライフ復活』？」

「惜しい。『スイートピーの今夜だけよ』にするわ」

ミンディはククッと笑った。「『スイートピーのポールダンスに挑戦』」

わたしたちは掲示板にあてた紙を落としそうになった。わたしは笑いすぎて鼻から噴き出した。「だめ、だめ。これはどう？『スイートピーのボスをやっちまえ』」

「すごくいい！」

わたしたちは爆笑していたため、彼らの存在に気づくのが遅れた。いきなり開いたままだった教室のドアを三回たたく音が響いた。ドアを見たわたしはブリュンヒルデとセニョール・カリエンテ――〝どうも、これがぴったりのようだ〟――が立っているのを見て、胃に穴が開きそうになった。ブリュンヒルデの険しい表情からして、間違いなく話をたっぷり聞かれてしまった。

「クレイマン先生、ここはアビントン先生の教室です」ブリュンヒルデが声をとどろかせた。「あちらはリング先生。一年生の担任よ」

クレイマン先生はわたしと目を合わせる前に視線をそらし、微笑んで会釈をした。微笑んだ顔も恐ろしくイケメンだ。「ふたりとも、どうぞよろしく」

彼はわたしの顔を少しも覚えていないのだろうか。それなら、わたしたちのどちらも気まずい思いをしなくてすむ。しかし、エリックがわたしを見つめたときのまなざし――やっぱり、顔を覚えていないというのはありそうにない。男根キャンディはさておき、セニョール・カリエンテがそこまで鈍いとは思えない。

わたしは慎重に本棚からおり、なんにもおかしなことなどないふりをした。〝えっ、まさか、わたしもミンディも、とんでもなく不適切な会話なんて全然してません！　それにもちろん、新任の教頭先生につい昨日、あなたは変態なの、なんて尋ねるわけありません。そんなわけないいじゃない！〟

「実は、あいかわらずラストネームはオズボーンのままなんです」わたしは、わらにもすがる思いで言った。この話をすれば、ブリュンヒルデもエリックも、わたしを哀れんで、不愉快なことはすべて忘れてくれるかもしれない。「なので、新しいネームプレートは自分ではずしました。元のネームプレートに戻さなければと思って」

ブリュンヒルデは怪しむように目を細くした。「結婚相手のラストネームを名乗るのではなかったの？　春にこの話をしたとき、あなたは――」

「ええ、おっしゃるとおりです」ブリュンヒルデに問いつめられると、どうしても緊張してしまい、わたしはおくれ毛をつまんで耳のうしろにかけた。「確かに、ラストネームが変わると申しあげたんですが、実はジェイムズとは結婚しないことになって、名前はオズボーンのままなんです」

ドカーン！　とこんなふうに、〝結婚取りやめの恥爆弾〟を炸裂させた。〝どうよ、こうなったら訊いてしまったことを後悔するでしょ、ブリュンヒルデ？〟

ところが、うちの学校の校長は物事に対する感じかたがほかの人々とは異なっているらしく、ただわたしを見据えて言った。「結局、結婚しなかったの？　七月に結婚すると言っていたのに？」

「六月の予定でした。でも、取りやめたんです。マレーネには知らせました」

「そうだったの」ブリュンヒルデは唇を引き結び、あごをあげた。よく事情を知らなければ、ブリュンヒルデはわたしの過失を追及する口実を見つけ出そうとしているのではないかと思うところだ。だが結局、ブリュンヒルデはこう言った。「エリック、あなたの仕事リストに変更が生じたわ。オズボーン先生は元の名前プレートを返してほしいそうです」

〝元の名前プレート〟わたしの頬はかっと熱くなった。いたたまれない気持ちになってエリックにちらりと目を向けると、彼はわたしにためらいがちに微笑みかけて言った。「わかりました。すぐに対応しましょう」低く、深みのある声だ。服を脱いだ彼の体はどんなだろう、とわたしは想像してしまった。あそこが昏睡状態から覚めつつある。

「助かります。ありがとうございます」わたしはこくこくとうなずき、足元を見つめた。

「それでですね、ここがわたしの教室で、ほぼすべての準備ができています。いまは掲示板の飾りつけをミンディに手伝ってもらっていたところで」

「すばらしい」エリックはポスターを指した。男の子と女の子がビーンバッグチェアに座って一緒に一冊の本を読んでいる絵が描いてある。「教室のいろんなところにポスターが張ってあるのがいいね。各コーナーに一枚ずつ作成したのかな？」

わたしは振り返ってポスターを見た。「ええ、お絵描きと、絵本と、音楽と、演劇のコーナーに一枚ずつ。自分で描きました」

「オズボーン先生は絵本も書くんです」ミンディが言った。

エリックは感心したように眉をあげた。「本当に？　どんな絵本を？」

大したものでは、というように、わたしは手を振った。謙遜するふりをしているわけではない。純粋に恥ずかしかったのだ。「おもに、マナーについての絵本です。最初は、教えている子どもたちのために書き始めたので。そのあと、人に勧められて出版社に送ってみたら、採用してもらえたんです」

「すごくかわいい絵本なの」ミンディは言った。「スイートピー・シリーズといって。聞いたことありません？」

「聞いたことが……あるような気がする」エリックはそう答えつつ、すまなそうな顔をしていた。

「知っている人はあまりいないと思うわ。ベストセラーになったわけじゃありませんから。いまも幼稚園の先生として働いてますし」わたしは無理して作った笑い声を発した。

ブリュンヒルデは、なにかいやなにおいでもかぎ取ったかのように鼻を突きあげた。「わたしたちは、こうした取り組みを応援しています。彼女の絵本をカリキュラムに組みこんでいるの。愉快で、本当にかわいい絵本だわ」冷ややかにつけ足す。

「どうもありがとうございます」わたしはもごもご言った。

かわいい？　愉快？　ブリュンヒルデが口にすると、それらがマイナスの要素のように聞こえる。わたしはホッチキスをトントンとたたいた。「また詰まってしまったわ。ペーパークリップかなにかで詰まった芯を取らないと。ミンディ、あなたのホッチキスを貸してくれる？　あなたの教室まで取りにいかないとないかしら？」

ミンディはわたしを見つめて目をぱちぱちさせた。「もちろん。オーケー。取りにいきましょ」

「おふたりとも、お忙しいでしょうし」わたしはほとんどエリックの目を見られなかったけれど、気づいていた。彼の目は、思っていたより淡い緑のきれいな色をしていた。

「先生がたに会えてよかった」エリックは言った。「始業式までに必ずネームプレートを用意するよ、マチルダ」

〝ああ、大変〟

ブリュンヒルデがすかさずエリックに目をやった。「オズボーン先生の名前はアレッタよ、マチルダではなくて」

エリックはわたしとブリュンヒルデを交互に見た。わたしは下唇をかみ、エリックから問いかける視線を向けられて、ピンに突き刺された虫のような気分になった。やがてエリックが、そういうことか、と言わんばかりの表情になると、わたしは本当に自分がいやな人間になった気分がした。「レッティと呼んでください」

「ぼくの勘違いだ」エリックの声はこわばっていた。「では、さっそくネームプレートを手配するよ、レッティ」

わたしは弱々しく手を振った。「どうも。すごく助かります」

ミンディとわたしは、ブリュンヒルデとエリックが隣の教室に入っていき、ビーティ先生と話す声が聞こえてくるまで我慢し、それから、同時に口を両手で覆った。「ああ、信じられない――」

「ひょっとして、ふたりに――」

わたしはうなずいた。「ええ。絶対に聞かれたわ」

ミンディは目を見開いた。「やっちゃったわね！」声をひそめて笑い、腰に両手をあてている。「にしても、あの教頭は間違いなくかっこいいわね。わたしの目に狂いはなかったわ。やっぱり、わたしのタイプではないけど。ちょっとまじめすぎる感じだもの」

「別に悪くないと思うわよ。だけど、わたしは前の彼とひどい別れかたをしたばかりだし、エリックは教頭先生だし――」

「ちょっと、どうしたの、レッティ？　大丈夫？」ミンディはわたしのおでこに手をあてて熱を測るまねをした。「あの人とつき合いなさいなんて言ってないわよ。わたしたちにとってはボスみたいなものなんだから」

わたしは笑い声をあげたが、自分の耳にもちょっとおかしな感じに聞こえた。「もちろん、冗談よ。これまでの話は全部ジョークでしょ」

「ああ、よかった！　だって、いくらイケメンでも、エリック・クレイマンとつき合うのは無理よ。万が一、ブリュンヒルデに知られたら――」

「無理よね。絶対。本当に冗談よ」

「よかった。だいたい、あの人、変よ。あなたのことをマチルダなんて呼んで」ミンディはにっこり笑った。「まったく、わたし、ときどき、あなたに悪い影響を与えちゃってるんじゃないかと心配になるわ」

そんなことはない。元々わたしには自己破壊的なところがあるのだ、とフェイからはいつも言われている。その衝動を抑えておくのが大変なのだ。

3

始業式前日の土曜日の朝、わたしは今日の予定について考えた。編集者とランチミーティングをして、オファーされるに違いない絵本五冊分の契約に即座にサインをしちゃって、オーディンの訓練学校を見つけるだけだ。あの犬は、わたしの歯ブラシまでかんでいた。いますぐ、やめさせなければいけない。

編集者のマーシー・ウィンターズとは友人の友人を通して知り合った。まるで運命に導かれたかのようだった。マーシーは出版できる本を熱心に求める若き編集者で、わたしは何冊かの絵本を書いていた。マーシーの両親がわたしの家の近くに住んでいるので、わたしたちは何度か会い、ときおりランチをともにしている。そのことはわたしのウエストラインにはよくなかったけれど、わたしの自尊心にはいい影響があった。今日はダウンタウンで人気があるレストラン〈ソンブレロズ〉で会う約束をした。わたしの義理の兄であるウィンはビジネスランチでしょっちゅう〈ソンブレロズ〉を利用しており、あそこのマルガリータは半径四十キロの範囲内では最高だと言い張っていた。なぜ四十キロなのかというと、ニューヨークからの距離がちょうどそのくらいだからだ。ウェストボローにあるなにもが、ニューヨークのものとはくらぶべくもない。

この日はよく晴れて、空には雲ひとつなかった。わたしは青いワンピースを着て青いサンダルをはき、少しお化粧までした。何カ月かぶりに、外に出かけるのが気持ちよかった。本当に、いい気分。希望に満ちて。本を書くときも、こういう気分になれる。ブリュンヒルデにかかわる不満をすべて忘れ、心から好きなことができるのだ。服装規定や、ネームプレートや、賃金据え置きのことなんて心配しなくていい。もちろん、わたしは好きだから本を書いていると自分では思っている。とはいえ、ちょっと余分にお金をもらえるのもいいものだ。

いつか、ベストセラーになるような絵本を書きたい？　もちろん。だって、成功すればうれしいはずだ。たまに退屈なとき、わたしは大人気作家になった自分を想像し、頭のなかで独占インタビューを受け、いろいろと語ってみることがある。今朝も、超ビッグな出版契約をものにしたら、わたしの人生はがらりと変わってしまうだろうかと想像をふくらませ、テレビの有名司会者の質問にどう答えるべきか考えていた。〝ええ、オプラ、そのとおりです。わたしはブリュンヒルデのもとで働いていたんです。初めて六桁の数字が記された出版契約にサインするまでは。学校での仕事、それ自体がひどいものだったとは言いません。ブリュンヒルデからは責任感や規律について多くを学びましたから。あの人はすばらしい女性なんですよ。若い女性たちの力強い模範となる人です〟

成功によって未来のわたしは度量が大きくなっているかな、と想像してみた。でも、そう思えないときもあって、わたしは自分自身に、未来のオプラにうそをついているような気がしてしまうのだった。それだけ、ブリュンヒルデは最悪なのだ。

〝ああ、教頭先生ですか？　ええ、覚えているような気もします。確か、クレイなんとかかって名前だったような。エリック・クレイマンです。いい人でした。わたしが辞めると知って残念がってくださって。ずっと彼に好意を持たれているんじゃないかって、気づいてたんです。彼、これからも結婚しないんじゃないでしょうか〟

道路はすいていて車はすいすい進んだので、家を出発してから十五分後にはレストランの駐車場に車を停めていた。〈ソンブレロズ〉という名前からして、入り口の上の看板に巨大なソンブレロ帽があることを期待するのは当然だが、その期待は裏切られた。わたしは、あか抜けない本場の雰囲気が出ているメキシコ・レストランのほうが好きだ。天井には色とりどりの旗がつるされ、スピーカーからは陽気なマリアッチ楽団による音楽が響いているような店。床にはセラーペの絨毯が敷かれ、奥の壁にはグアダルーペの聖母のフレスコ画。そういう店に入ると、ほっとできる。ところが、〈ソンブレロズ〉のテーブルには真っ白なリネンのテーブルクロスがかけられ、LEDのキャンドルと、鉛筆みたいに細いガラスの花瓶に一本だけ挿された赤いゼラニウムが飾られていた。ウエイターやウエイトレスは白いシャツと黒いパンツを着用し、ひとり残らず白人の大学生アルバイトに見える。どうにも期待はずれだ。

マーシーは先に店に来て待っていた。わたしを見ると大きな笑みを浮かべ、はじのテーブルから手を振る。テーブルの横にはチチェン・イッツァのモノクロ写真が額に入れられて飾られていた。「お待たせして本当にごめんなさい」わたしは急いで言った。「道路が工事中でまわり道しないといけなかったの」

「心配しないで、わたしもいま着いたばかりだから」

マーシーは、ふさふさの明るい色をした赤い巻き毛の持ち主だ。子どものころは髪のせいでからかわれて仕方なかったそうだが、いま、その髪は深みのある鳶《とび》色となって、美しく輝いている。ボリュームがあって、ふわふわだ。わたしは自分のぺたんとした髪の毛先にふれた。とりあえず、新しいドライヤーは手に入れたからよしとしよう。

わたしは書いた絵本を売り歩かなければならないくらいかつかつの暮らしを送っているかもしれないが、マーシーの姿を見た瞬間にセールストークを始めるほど落ちぶれてはいない。わたしたちはまずいつもどおり世間話から入り、互いに仕事はどう、などと尋ね合った。そして、ランチを注文し、バスケットに盛られたトルティーヤチップスと、なんだか水っぽいサルサを前に落ち着いたところで、わたしは口を開いた。「新しい原稿を持ってきたの。アルファベットの本よ」

わたしは自信を持って原稿を編集者の前に出した。マーシーはトルティーヤチップスをわきに置き、黒いリネンのナプキンで指をふいた。「『スイートピーの おいしいアルファベット』」マーシーは題名を読んだ。「おもしろそう」

「子どもたちのパパやママにアルファベットの本を買ってもらうにはどうしたらいいだろうって考えたの。もうアルファベット本は山ほど市場に出てるでしょ？ そこで、そうだ！ レシピと組み合わせるのよって思いついたの」

マーシーは原稿をぱらぱらとめくった。「ほんと。イラスト入りのレシピつきアルファベット本ね」ページをめくる手を止め、クスッと笑う。「〝Mはマスカルポーネの M〟これ、いいわね」

わたしは誇らしくなって胸をふくらませた。〝オプラ、このとき、週の始まりはどんなにひどいものだったにせよ、いい終わりかたをするってわかったんです。マーシーはわたしの本を何冊も買ってくれるつもりだって、ぴんときました。これが、わたしのキャリアのターニングポイントになるに違いないって。あなたなら、これを運命と呼ぶんじゃないかしら〟

「この本で現行の契約は満了でしょう」わたしは口を開いた。「でも、スイートピー・シリーズ続編のアイデアがまだいくつかあるの。もし、今回も複数の本の契約をまとめてという話になれば――」

マーシーは思ったよりも早く、わたしの原稿を閉じてしまった。「すごくかわいい絵本だわ、レッティ」口をぎゅっと閉じて、マーシーは原稿をテーブルに滑らせて返した。

不安になったときいつもそうなるように、わたしの心臓は宙返りみたいな動きをした。

「でも……？」

「でも」マーシーはテーブルの上で両手を組んだ。「〈トマソン〉は、つい先日〈バクスターハウス〉に買収されたの。合併のニュースは昨日の午前中に発表されているわ」

「えっ」わたしはテーブルクロスに落ちていたトマトの角切りを見つめ、そのことがどうしてわたしとスイートピーにとって悪いニュースになるのか理解しようとした。「どういうことか、わからないんだけど」

「わたしたち〈トマソン〉社員の多くも、まだ状況を把握しようとしている最中よ」マーシーはこめかみの一点を引っかき、炭酸ミネラルウォーターをひと口飲んだ。「わたしが職を失うことはまずなさそうなんだけど、わたしが担当してる作家の多くにとってはよくない状況になりそうなの」

「つまり、わたしにとってはよくない……ということ」

マーシーが職を失わなかったことを、わたしは一緒に喜んであげるべきだ。そういう気持ちになることが親切な人のあかし。だけど、たったいまわたしは、いきなり座っている椅子をすっと引き抜かれたみたいな気持ちだった。唇をなめ、テーブルの上に落ちているトマトのかけらを見つめながら顔をしかめた。「じゃあ、スイートピー・シリーズはどうなるの?」出てきたのは消え入りそうなほど小さい、子どものような声だった。

マーシーはまたごくりと水を飲みこみ、目を合わせようとしなかった。「現行のシリーズは、どれも打ち切られることになりそうなの。すごく売れゆきがいいシリーズは続けさせてもらえるかもしれないけど……」マーシーの声は先細りになった。「ごめんなさい、レッティ」

わたしは懸命に落ち着こうとした。絵本のキャラクターはすべて――権利を〈トマソン〉に譲渡する契約を結んでしまった。ただ出版社を変えて新たなスイートピーの絵本を書くというわけにはいかない。頭がくらくらし始め、わたしはテーブルに片方の肘をついた。「そんな……ひどい」

「あなたなら絵本の世界で充分活躍していけるはずよ」マーシーは無理して笑顔になって言

った。「わたしはあなたの絵が大好きだし、あなたのアプローチはいつもユニークだから。このレシピ本だってキュートなアイデアだわ。キャラクターを一新して、アイデアを生かしたらいいかも」

「そうかもね」わたしは震える手で原稿をバッグに戻した。

マーシーは咳払いをし、テーブルの上でまた両手を組んだ。「実はね、契約のことで話をしなくてはならないの。契約の条件では、あなたはわが社のためにあと一冊本を書かなければならないことになっているでしょう」

わたしはわけがわからなくなってまばたきをし、マーシーを見つめた。「だけど、これがその本よ。おいしいアルファベット。いま、没になったじゃない」自分でこの言葉を口にしながら、心が痛んだ。

マーシーは冷静にハンドバッグのなかに手を入れ、数枚の書類を取り出した。「言いにくいけれど、〈トマソン〉はすでにその本の前払い金の一部をあなたに支払ってしまっているわ。〈トマソン〉が買収されたいま、つまりあなたは〈バクスターハウス〉のために次の本を書く義務があるということになってしまうの。わかる？」マーシーはわたしの契約書の一枚を指した。

「だけど、〈バクスターハウス〉は子ども向けの本なんて出していないでしょう」わたしは自分の頭が鈍くなったような気がして、テーブルに両肘をついた。「わけがわからないわ。どうやって契約上の義務を果たせばいいの？　こういうときのための条項はないの？　出版社が買収されてしまったときのための」

「残念ながら、ないわ」マーシーは明るすぎる笑みを浮かべた。「でもね、契約から自由になる方法ならあるわ。ただ、そうするために、次の本の前払い金として支払った額を返してくれればいいの。できる?」

わたしは血が凍りつく心地がした。マーシーはしゃべり続けているが、わたしはもう相手の言葉を頭で追っていくことができない。前払い金を返す? あのお金――はっきり言って大したことのない額――なんて、とうの昔になくなっている。いまのわたしには、とてもすぐになんて返せない。賃金が据え置かれ、あげることのなかった結婚式の費用をいまだに払い続けているのだから。〝まずいクラッカーに激まずペーストとはこのことだ〟

出版社が買収された場合に自分の身を守るための条項もない不公平な契約書になんかサインしてしまった、わたしがいけない。弁護士の父親がいるのに――どうしてパパに頼んで、契約の条件に問題がないか見てくれる弁護士を紹介してもらわなかったのだろう? それはもちろん、初めて出版契約が結べてうれしくて仕方なかったから、最初に生まれる自分の子どもでもあげる約束をしてしまいそうなくらい浮かれていたのだ。わたしは下唇をかんで泣くまいとこらえた。

わたしが全然、話を聞いていないとマーシーも気づいたのだろう。彼女は話を中断し、優しさと思いやりのこもったまなざしでわたしを見つめた。「わたしったら、あなたの結婚式について聞くのも忘れてたわね。この前、一緒にランチを食べたとき、式のほんの数日前だったでしょ。すてきな式だった？」

話題を変えようとしてくれて、なんて優しいんだろう。でも、この話題を選んでしまって、なんて運が悪いんだろう。わたしは無理をして引きつった笑い声を発し、指輪をしていない左手を振ってみせた。「実は結婚はやめにしたの。ふたりで話し合って、思いきったというかなんていうか、なかったことにしたのよ」

「まあ。残念だわ」

わたしはついマーシーの目を見て、そこにたくさんの疑問が浮かんでいるのに気づいてしまった。マーシーはわたしに気の毒なことを訊いてしまったと思って、居心地が悪く感じている。マーシーに、そんなふうに感じてほしくなかった。だって、いまはわたしのほうこそ確実に居心地が悪い状態なのだ。そこで、こういう状況に陥ったとき、いつもすることをした。ぺちゃくちゃとしゃべって、あんなの全然、大したことではない、と伝えようとしたのだ。「そういう別れって、よくあることでしょ。ジェイムズとわたしは、確かに、何年もつき合ってたけど。ずっとジェイムズとデイヴは、ただのすごく仲のいい友だちだと思ってたのよね。まあ、ある意味、そのとおり、すごく仲がよかったわけ」わたしは笑った。でも本当は、いまでもこのことを話すだけで胸が痛くなる。「結婚式の二日前にジェイムズと時間をかけて話し合って、わたしたちが人生に求めているものは一緒じゃないって結論に達したの。わたしたちのどちらも心から願っていないことをしてしまうのは間違ってるって。だから、大丈夫よ」マーシーを安心させるために、つけ足した。実際は全然、大丈夫ではない。

全然だめだ。

マーシーはトルティーヤチップスを一枚取って半分に割り、落ちたかけらをテーブルから払った。「驚いたわ、レッティ。そんな大変なことがあったばかりだったのね」

そのとき、マーシーの左手の薬指にはめられていた指輪の大きなダイヤモンドが光を反射して輝いた。わたしは、どうしてもその指輪に話題を振ることができなかった。おめでたい人を演じるにも限度がある。わたしはナイフやフォークに巻かれていたナプキンを広げて膝に置き、トルティーヤチップスをつまんだ。「これ、おいしい?」

「しょっぱくて、脂ぎってて、期待どおりよ」マーシーは一枚をサルサソースにつけて、手を止めた。「あのね、わたし、これからも〈バクスターハウス〉で編集の仕事を続けるの。まだスケジュールが空いていて、そこを埋める本を探しているのよ」

「そうなの? どんな本を探してるの?」

わたしはサルサを見つめていた。なんとなく、このソースの質感は変だ。なんだか、ただトマトソースと赤トウガラシを混ぜただけみたいな。わたしは息を詰め、思いきって食べてみることにした。見かけどおりの、とんでもない期待はずれではありませんように。絵本で成功する夢は破れた。オプラからお呼びがかかることはない。〈ソンブレロズ〉のテーブルには白いテーブルクロスがかけられていた。一日でこれ以上の失望を味わわされたらたまらない。

マーシーはナプキンで口のはしをふきながら、わたしを見た。そして、ナプキンをおろして口を開いた。「探しているのは、ポルノよ」

喉の奥に赤トウガラシ片がへばりつき、わたしは咳きこんだ。ナプキンで口を覆って、ぼろぼろ涙を流す。ようやく、炭酸ミネラルウォーターをごくごく飲んで赤トウガラシ片を退治することができた。「探してるのは、なんですって？」

聞き間違えに決まっているけれど、さっき、マーシーは――。

「ポルノ。エロエロのポルノよ」マーシーも水をひと口飲んだ。「〈バクスターハウス〉は、ロマンス小説のなかでも性描写の多いエロティカ・ジャンルをリードする出版社なの。あなたは知っているかどうか、わからないけど。それでね、〈バクスターハウス〉は〈トマソン〉の流通経路も手に入れたいま、いっそう勢いよく打って出ようとしているの。あのジャンルの本はね――飛ぶように売れてるのよ。読者はほんとに夢中。それで、わたしは新人作家を発掘しようとしてるのよ、ね、どう、どう？」

わたしは椅子の背もたれに寄りかかった。ブロンドをポニーテールにした胸の大きなウエイトレスが注文した料理を運んできて、湯気をあげる皿をわたしたちの前に置いた。マーシーはにっこりして、目の前のエンチラーダの香りを大げさに吸いこんだ。「うーん。すごくおいしそう」

わたしは自分のフィッシュタコスをフォークでつついたが、いまだにポルノのショックから立ち直っていなかった。「じゃあ、あなたはこれからエロティカの編集者になるの？　そのことについて、どう思ってるの？」

「がらりと気分が変わって興奮してる。セクシーな話も大好きだしね」マーシーはフォークでたっぷりすくったチーズエンチラーダにかぶりつき、ため息をついた。「よかった。あのサルサのあとだから、どうなることかと思ってたけど、これは絶品よ」ナプキンで口元をぬぐって続ける。「でね、聞いて、前払い金を返すのに気が進まなければ、エロティカを書いて、契約を満了してくれればいいのよ。余分に時間がかかるでしょうから、二、三週間くらい締め切りも延ばしてあげる」

「えっ、で――でも、わたし、そんなもの書いたことない」わたしは言葉に詰まった。「どうやって書き始めたらいいかもわからないわ」

「いい作品を何冊か買ってきて、売れてる作家の研究から入るべきね。いい作家なら紹介する」

「本当に、そんな本が売れてるの?」

すぐに、ばかな質問をしてしまったと気づいた。売れているに決まっている。わたしだってベストセラーリストには目を通しているし、書店をまわっている。だけど、マーシーは目を見開き、熱をこめて首を縦に振って保証してくれた。「売れてるのよ、レッティ。作家の道を歩み続けたいなら、この道も通らなきゃ」

わたしはもぐもぐとランチを食べながら、じっくり考えこんだ。マンゴーソースをかけた焼き魚のタコスだが、スパイシーさはほとんどない。かすかに漂白剤のような味がする。がっくり。ライスアンドビーンズを食べることにした。「エロティカねえ」

前払い金を返すことはできない。ないものはない。残らず結婚式のために使ってしまったのだ。前払い金を返して契約を解除するとなったら、これから何カ月もぎりぎりの生活を余儀なくされる。だいたい、そんなお金を、どこからかき集めればいいの？　車を売って、いまよりもっと古い車を買うか。それとも、わたしの絵本を出してくれそうな別の出版社を探して、そっちに本を売り、その前払い金で古い契約から自由になるか。でも、新しい出版社で絵本作家としてやっていくためには、新しいシリーズを生み出して、エージェントも見つけて——契約を結ぶ際に二度と同じあやまちは繰り返せない——スイートピー本の売りあげに新しい出版社も納得し、わたしとめでたく契約を結んでくれるよう願うしかない。が、そんなふうになにもかもうまくいく見こみはほとんどない。合併を受けて、ほぼ確実に、わたしの本は書店の棚から早々に姿を消すだろう。売りあげは落ちこむ。わたしは出版界ののけ者になる。

生き残る道はエロティカしかない。

でも、わたしにエロティカが書けるだろうか？　どこかから情熱がわき出してくれないと無理そうだけど、このところ、わたしのヴァギナは昏睡状態だ。「エロティカ」

「とりあえず、考えてみてくれる？　なにか書けそうだったら、こちらのスケジュールは空けておくから。これはチャンスよ、レッティ。たとえ、あなたが期待していたようなものではなかったとしてもね」

〝そうなんです、オプラ、わたしはあのときフィッシュタコスをつつきながら、自分の人生を憎んでいました。ブリュンヒルデと、彼女の破廉恥なタイトパンツ撲滅キャンペーン、それに新任の教頭のことが頭に浮かびました。わたしはあの教頭からすでに、よくてうそつき、悪くて病気と思われていたんです。あのとき、目の前には編集者が座り、わたしの答えを待っていました。まるで、わたしにまともな選択肢があるかのように。わたしには選択肢なんてありませんでした。前払い金を返すなんて無理でした。絶対。わたしはただもう、モヒートで酔っ払って悲しみを忘れてしまいたかった。だけど、モヒートを注文するとバーテンダーがどんなにいやがるかは知ってます。そこまでばかなまねはしたくなかったわ〟

フィッシュタコスがおなかのなかで石のように硬くなり、胃の底に沈みこんでいく心地がしたので、わたしはフォークを置いた。「エロティカを書くしかないみたいね」懸命にやる気みたいなものを声に吹きこもうとした。

マーシーは手をたたいて、にっこりした。「そう言ってくれると思ってたのよ！　あなたには挑戦する勇気があるって」

わたしの笑みは引きつった。ええ、挑戦が大好きよ。死ぬか生きるかとなったら、戦うしかないもの。

ジェイムズはマサチューセッツ工科大学で理論物理学の博士号を取ろうとしていた。そう言うと、なんだか彼が退屈な人のように聞こえるだろう。暗黒物質がどうの、多元宇宙論がどうの、われわれはみな二次元ホログラムであるだの、宇宙は完全であるだの言いそうだからだ。みんなはこう思うのだ。アレッタ、あなたってほんとに勇気があるのね、ヒッグス粒子の質量について何時間もしゃべり続けそうな男性との将来に立ち向かっていこうとするなんて。実際は、全然ジェイムズは退屈な人ではない。快活で、自分の研究に対して情熱を持っているし、わずかにオタク寄りだけれどもハンサムだ。どこへ行ってもたいてい、その部屋でいちばん頭がいい人物ということになるが、それを周囲の人に悟らせない。奥ゆかしい男性だ。わたしのまわりの人は、わたしを含めて、みんな、ジェイムズを愛した。おかげで、ジェイムズもわたしを同じように愛してはくれなかった事実が余計に受け入れがたいのだった。

あのとき、わたしはジェイムズとともに自分の車に乗って、結婚式の飾りつけに使う花の手配をすませるためにフラワーショップへ向かおうとしていた。そのタイミングで、ジェイムズがいきなり、ぼくはゲイだ、と発言した。こんな感じだ。「あ、そうだ、四十八時間後に結婚する前に、きみはぼくについてちょっとした事実を知っておきたいだろうと思うんだ……」

事前になんらかの気配があってもいいはずだが、なかった。あとになって考えてみても、思いつかない。ジェイムズがすばらしい人で、天才で、ゲイでもあるなんて、誰も思いもしなかった。みんな、ジェイムズはすばらしい人で、天才で、わたしのことを愛していると思っていたのだ――想像してみて！　まさに不意打ち。

「どうして？」わたしはこれしか言えなかった。「どうして、こんなことするの？　どうしたらこんなことできるの？　わたしと寝ておいて！」

ジェイムズはしばらくじっと考えこんでから、なすすべがないかのように膝に置いた自分の両手を見つめ、口を開いた。「海で迷子になったときは、どんな港でもすばらしく見えてくるものなんだ」苦し紛れのジョークのつもりだったらしく、ジェイムズは弱々しく笑い声を発した。

わたしは車のキーを手のひらに食いこむくらい強く握りしめた。「はっきりさせて。その話のなかで、わたしはしけた港ってこと？」わたしの砕け散った自尊心を、さらに踏みにじろうというのね。「その答えは間違いよ、ジェイムズ。完全に間違ってる」

ジェイムズはいったん自分の黒い髪を引っ張って、すぐに放した。「ひどいたとえをしてしまった。ほかにどう説明したらいいか、わからないんだ。きみは自分の性同一性について悩んだことなんてないだろう」

それを聞いて、わたしはむかついた。ジェイムズのほうがいきなり別れ話を切り出してきたくせに、わたしとの恋愛関係における苦しみを一手に引き受けてきたかのように言って。不公平だ。ジェイムズの目玉を素手でくり抜いてやろうとするのを思いとどまった理由はただひとつ――いや、ふたつあった。ひとつ目は、ジェイムズが、ものすごく打ちひしがれて見えたから。この会話が、わたしにとってどんなにつらいものであっても、ひょっとしたら彼にとってはもっとつらいことであるかのように。ひょっとしたらだ。そして、ふたつ目は、わたしがジェイムズを愛していたから。これ以上、誰かを愛せるなんて想像もできないくらい、ジェイムズを愛していた。それに、ジェイムズはわたしを傷つけようとして傷つけているわけではない。ただ、ありのままの自分になろうとしているだけだ。だとしても、わたしはジェイムズの告白によって、胸を万力で締めつけられているような心地がした。「レッティ。ぼくを許してくれる？」

死ぬ直前、それまでの人生が走馬灯のようによみがえってくる、というのを聞いたことがあるだろうか？　あのとき、わたしたちの関係が致命傷を負って倒れたとき、わたしも失われゆくものすべてを思い出した。お決まりの気味の悪いイタリア人シェフの絵がメニューに描かれている、変なピザ店での初デート。手をつないでボストンの街をそぞろ歩いた週末。何度もした長距離電話。ジェイムズからメールが来たときの胸のときめき。キャンセル返金不可だった、おとぎ話のようなわたしの結婚式と、それからずっと幸せに暮らしましたという結末。すべてが去っていき、ジェイムズは、わたしが許してくれるかどうか知りたがっている。

「考えとく」わたしはぼそっと答え、それから、わたしの車からさっさとおりて、と告げた。あれ以来、ジェイムズとは話していない。世界一の花嫁付添人であるフェイが、結婚式キャンセルの煩雑な手続きも、交渉もすべて行ってくれた。

もはや披露宴会場から返金してもらうのは不可能だった。支払った金額にはケータリング代も含まれていたため、招待客が楽しむはずだった七十五人分の料理を、わたしとジェイムズで分けることになった。わたしは、かなりの量をパパとフェイにあげた。それでも数週間ずっと、解凍した焼きタラや詰め物をしたチキンを交互に食べ、リアリティ番組を見ながら自己憐憫に浸るはめになった。その後、フェイに強く勧められて、自分の体重で沈んだソファのくぼみから抜け出し、セラピーを受けにいった。

隣接する三州には、きっとセラピストが数えきれないくらいいる。だけど、ドクター・G・バブル《Bubbles》なんて名前のセラピストは絶対にひとりしかいないと思う。ドクター・バブル。この名前を聞いたとたん、オパール色をした泡《バブル》がはじけるような元気の出るイメージが浮かんだ。彼のホームページはシンプルで、革製のカウチと、その横に置かれたピーコックブルーのティファニーランプの写真が表示されていた。ホームページ上で神さまの指みたいにカーソルを動かしてみると、言葉が現れる。〝ドクター・バブルは患者さまと向き合い、おひとりおひとりに合わせて特別な治療プランをご用意いたします〟とか〝たったひとりで悩まないで。あなたはひとりではありません〟といったメッセージだ。

予約して最初のセラピーを受ける前、わたしは甘い想像をふくらませた。ドクター・バブルの診療室に入った瞬間、恋に落ちるというファンタジーだ。そうなったら、ジェイムズ事件と呼んでいる出来事を振り返って、こう言える。〝あの事件がなかったら、わたしは最愛の夫であるドクター・G・バブルと出会っていなかったでしょう〟うわっ、そうなったら、わたしはアレッタ・バブルになる。幼稚園の先生や絵本作家にこれ以上ふさわしい名前があったら教えてほしい。ところが、実際のドクター・G・バブルは魅力的な人物ではなかった。肥満した中年の男性で、昔の修道士みたいなはげかたをしており、通常おでこの生え際にあたるところに、ぽそっと黒い毛が残っていた。診療室はおおむねホームページどおりだったが、そこにはいかにもタランチュラの赤ちゃんがうようよいそうな小さいサボテンの植木鉢があった。

「どうぞよろしくお願いします、ドクター・バブル」わたしはホームページで見た硬い革のカウチに初めて腰をおろし、あいさつした。

「ドクター・ブーブレと発音します」本人にそっけなく正され、瞬時に甘い想像はしぼんだ。

こうして、ドクター・ブーブレとわたしはさまざまな問題の解決に取り組んだ。どうやら、わたしにはたくさんの問題があったらしい。子ども時代の問題、無力感、全面的な失望感。運命論的な思考パターン。いやみを言う傾向。そして、わたしは人を信頼しにくいという問題を抱えており、人を見ると最悪の予想をするって……どうなの？　この程度を見抜くのに博士号なんて必要かしら？　そのくらいなら自己申告できます、とか、質問表に答えさせればよかったじゃないですか、とかドクター・ブーブレに言いたくなった。〝あなたはお姉さんの隣人が連続殺人犯だと思いますか？　「はい」か「いいえ」に○をしてください〟

夏じゅう、わたしは週に三日セラピーに通い、わたしの理想の男性だったジェイムズが実はゲイだったことにどんなに怒っているか話をした。なのにドクター・ブーブレから、おそらくあなたは潜在意識の奥底で母親について語っているのです、とかなんとか言われ、わたしはうんざりしてそれ以上話す気もしなくなった。ドクター・ブーブレに会いにいくたび、自分のかさぶたをつついているような気持ちになった。最後のセラピーでドクター・ブーブレは、感謝の気持ちを念頭に置いてはどうでしょう、とわたしに勧めた。

「なにを念頭に置くですって？」わたしは、いつまでも幸せに暮らす未来を失ったのだ。感謝なんか、ほかの人がすれば。

ところが、ドクター・ブーブレは椅子に深く座り、両手の指先をそろえて顔の前で三角を作った。これからドクターはとっておきのことを言うつもりだ。わたしは自己負担金まで支払ってセラピーを受けたかいのあるすばらしい助言を得ようとしている、とドクター・ブーブレは思っている。「今日、あなたはなにに感謝したか言ってみてください。どんなことでもけっこうです」

わたしは考えてみた。「外はいいお天気でした」むすっと言った。

「よろしい。ほかには？」

「体重が一・五キロ近く減りました」

「続けて」

わたしは指を折ってひとつひとつ感謝のポイントをあげていった。ひいおじいさんが自分の手で建ててくれたクラフツマン様式の小さいバンガローに住めることを感謝している。お気に入りのセーターにも、自分の仕事にも、絵本にも感謝している。図体の大きいおばかさんだけど、オーディンには特に感謝している——たとえ、あの犬に持っているズボンの股を次々にかみちぎられていて、その行動が愛情からくるものなのか、それとも攻撃性の表れなのか、はっきりしなくても。「なんだか、感謝することがたくさんあるみたい」

ドクター・ブーブレはさっそうと片方の足首を反対側の膝にのっけて足を組み、両手を膝に置いた。「あなたは、すき間に苦しんでいる」

「えっ、それって太腿と太腿のあいだにあるような？」さっき言ったように一・五キロ近く体重が減ったあとでも、わたしの太腿と太腿のあいだにすき間なんてまったくない。

「いいえ。あなたは人生の、かつてはジェイムズが埋めてくれていた部分に空いたすき間に苦しんでいるのです。そのすき間を埋めなくてはなりません。そのすき間を痛みと怒りで埋める場合もありますが、もっと前向きなもので埋めることもできるのです」

「ははあ。わかりました。そのすき間を感謝で埋めろって言いたいんですね？」

「感謝の気持ちは前向きですね。ですが、すき間はほかにもあらゆる感情や活動で埋めることができます。創作活動。恋愛。自己発見」ドクター・ブーブレは意味ありげに、わたしを見つめた。「信頼」

学校が始まる前に、わたしは心の準備ができしだい、また誰かとデートし始めるべきだという結論に達し、セラピーをいったん終了した。また誰かとセックスする。ただし、今度はゲイでない男性と。いいもので、すき間を埋めるよう努力する。だから、あの日〈ソンブレロズ〉でマーシーと別れたあと、わたしはドクター・ブーブレと彼の指三角からのとってときの助言を思い出した。レストランの駐車場で熱のこもった車のなかに乗りこみながら、わたしは自分にとっておきの助言をしていた。ほかにどうしようもないからいやいやエロティカを書くこともできるけど、新たな創作の海への意気揚々とした船出と考えることもできるのよ。

わたしはその場で決心した。わたしの人生のすき間をポルノで埋めよう。〝AはアチチなプレイのAだ〟

4

学校が始まる前の土曜日の朝、エリックは日の出より早く起き、バーモント州モントピーリアへ四時間のドライブをした。古い農家の私道に車を停めると、家の玄関ポーチを掃いている弟アンドリューと姉サラの姿があった。サラはエリックを見ると満面に笑みを浮かべ、箒を手すりに立てかけた。「おかえり、エリック！」

「元気そうだね、サラ」エリックは姉を抱きしめた。ブロンドからは、姉が好きなリンゴのシャンプーの香りがした。

「やっと来たか」アンドリューはわざと不満そうに言ってみせたが、歩いてきて片方の腕でエリックを抱き、背中を何度かたたいた。「朝食はすませてきたんだろうな。ドーナツは全部おれが食べちゃったぜ」

「お約束だな。さすが警官だ」

アンドリューは鼻で笑い、サラはあきれた表情をした。「なかにまだたくさんあるわよ。ママはなかでコーヒーを飲んでる。だけど、あなたはなかでぐずぐずしてないで、さっさと――」

「わかってる、わかってる。やるべきことが山ほどあるんだろ」

毎年、夏の終わりになると、エリックとサラとアンドリューはモントピーリアに集まり、季節が変わる前に母親が家を掃除するのを手伝う。母親はまだエリックたちが子ども時代を過ごした古い農家に暮らしている。正面に〝エゼキエル・スミス、一七八九年〟と書かれた板が飾られている歴史的な白い建造物だ。歴史的な家はどの角度から見ても魅力があるが、そこを維持していくとなると別の問題だ。幅広の床板は水平でなくなっているため、家具の脚と床のあいだになにか挟んでがたつかないようにしなければならない。地下室を塗装していないせいもあって、家のすみずみに埃がたまる。数年前に母が窓を取り換えたので、冬のすき間風はやわらいだが、ほかにも修繕すべきところは山ほどある。杭柵の修理。花を植えてある庭の雑草取り。屋根裏の再断熱。正面の石塀の修理。古い納屋の修繕（これは勝ち目のない戦いだ――五年前の吹雪で屋根が陥没し、骨組みから造り直さなければだめな状態にある）。サラは同じバーモント州のバーリントンに住んでいるので、ちょくちょく母を訪ね、集まる日にやるべき仕事のリストを弟たちにメールで送ってくれる。柵の腐った板を新しいのに取り換える。夏の家具を家のなかに運びこむ。地下室にエアコンを設置する。ほかにも、母さんに必要なことならなんでもだ。

エリックが台所に入っていったとき、母はこちらに背を向けていた。窓から裏庭を見ている。数年前に母はここの食器棚とカウンターと電化製品を新しくしたが、昔からある煉瓦のオーブンはそのまま残した。このとき、エリックは気づいたのだった。この古い家でエリックが面倒でいら立たしいと思っていたすべて、それこそが、母がこの家をいとおしいと思う理由なのだと。「母さん？」

母は窓からこちらへ顔を向け、温かい笑みを浮かべた。「エリック。おかえりなさい、ハニー」母はエリックが子どものころにしていたように息子の顔を両手で包みこみ、両方の頬にキスをした。「なんだか幸せそうな顔をしてるわ。新しい学校が気に入ったのね」

えっ、そうなのか？　エリックはすばやく「ああ、すごくいい学校だよ」と答えつつ、本当に母親の言うとおりなのか考えこんだ。

判断の鍵となる証拠物件一、グレッチェン。先週、エリックが教頭室で荷物の整理をしていたら、グレッチェンがふらりと入ってきて来客用の椅子に腰をおろし、こう言った。「これから一緒に仕事をしていくにあたって、わたしについて知っておいてほしいことがあるの、エリック」

「なんでしょう？」エリックは答え、箱から本を取り出す作業を続けた。

グレッチェンはがっちりした足を組み、椅子の肘掛けに両手を置いた。「あなたに、あることを求めているの」エリックは凍りついた。これは、校長からのセクシャルハラスメントではないだろうか。だが、グレッチェンはこう続けた。「わたしのもとで働く教頭には抜ん出て優秀であることを求めているのよ。なぜなら、わかっているでしょうけど、教頭は校長であるわたしの鏡だからよ」

エリックは徐々にショックから回復した。「そうですね。わかります」実際はまったくわからなかったが、そう答えた。

「わたしは雄牛のように働く人間よ」グレッチェンは手をあげて、自分の指の爪を調べ始めた。「ミス・ポーターズ・スクールのクラスで首席だったわ。知ってのとおり、かのジャッキー・ケネディも通った学校です」グレッチェンは手をおろし、スカートを撫でつけた。「ヴァッサー大学も首席で卒業したの。最優等で。それからハーバード大学で博士号を取得した。これでわかるでしょう、わたしは最高水準に慣れているの。わたしが他人に多くを期待しているとしたら、そうするのは、誰よりも自分に対して多くを要求するからこそなのよ」「尊敬します、グレッチェン」尊敬するから、この部屋を出ていってくれ、とエリックは念じた。

「あなたに尋ねたいのはね、あなたをわたしの右腕として頼ってもいいのか、ということ。あなたは抜きん出て優秀であろうとすることのできる人間かしら?」

エリックは縮約版オックスフォード英語辞典の重みを腕にずっしりと感じながら、麻痺した心地でグレッチェンのほうを向いて答えた。「ええ、ぜひとも、信頼してください」正しい答えだったらしく、グレッチェンは重々しくうなずいたあと、すぐに教頭室を出ていってくれた。

証拠物件二、レッティ・オズボーン、またの名をマチルダ。あのかわいらしい先生から、エリックは完全に変態だと思われている——あたり前ではないか? エリックはレッティの姪と甥にペニス形ぺろぺろキャンディを与えてしまい、しかも、レッティはマナーについての絵本を書いているらしいのだから。傑作だ。あの先生は、エリックを性犯罪者リストに登録しようとするかもしれない。

証拠物件三、学校の事務アシスタント――スー――はエリックがこれまで生きてきて目にしたことがないくらい、ぼうぼうの毛をわきの下に生やしており、エリックはついその毛を二度見してしまった。そして、この行動の意味を深読みされたのか、翌日、彼女はミニスカートをはき、クッキーを皿にのせて持ってきた。「この小学校にようこそ、エリック」スーはそう言いながら、間違いなくウインクをした。

このようにすべてを考えると、エリックの状況は……変だ。とにかく変だ。本気で前に勤めていた中学校が懐かしくなってくる。だが、こういう事情をすべて母に話す必要はない。

「最近、調子はどう、母さん？」

「上々よ。火曜日にいつもの病院に行ったんだけどね、先生から完璧な健康体ですって言われちゃったの」母はエリックの腕を軽く握りながら言った。「わたし、一日に二回も歩いてるでしょ。それが若さを保つにはいいんですって」

「うん、間違いないね。歩くのは健康にいいよ」

母はエリックに散歩コースを教えてくれた。そのコースは何十年も変わっていない。屋根つきの橋を渡るのが好きなのだ。「夏のあいだは橋にお花が飾られてるのよ。それが、とってもきれいで」

「うん、前に母さんがくれた写真を教頭室に飾ったよ」

「あら、そうだったわね！」母は自分の額に手をあてた。「すっかり忘れてた。じゃあ、この話ももう百回くらいしてたのかしらね？」

エリックは母の肩までの長さで切りそろえられている、白髪が多くなってきた茶色い髪と、羊皮紙のような肌を見て、ここを訪れるたびいつも感じる悲しみを覚えた。エリックが遠くに住んでいて、母は寂しいのだ。エリックは母の手を握った。どうしても母を守らなければと思ってしまう。「掃除が終わったら、ポーチに飾る花を買いにいくのはどうかな。そうしたい?」

母の顔はぱっと明るくなった。「そうしましょう。近くにお花を売ってる農場があるのよ」

「じゃあ、ちょうどいいね。ぼくの車で行こう」

エリックはサラが取っておいてくれたブルーベリーマフィンをコーヒーと一緒に食べてから、外に出た。まずは柵の修理から取りかかった。毎日一日じゅう頭ばかり使っているのだから肉体労働はいい気分転換だ、と考えられるようになっていた。

姉弟三人はリストの仕事すべてを午後の早いうちに終わらせることができた。それから一家はダウンタウンへランチを食べにいき、そのあと、エリックは母親を近くの農場に連れていった。まだ九月になったばかりにもかかわらず、農場にはさまざまな秋の飾りつけが並んでいた。母はエリックを連れてあちこちを見てまわり、紫色のキク、トウモロコシの鞘、小さな飾り用のウリ数個を選んだ。農場をまわっているあいだ、母はずっとはしゃいだようすでしゃべっていて、これとこれは色が違うとか、これはどこそこに飾るつもりだとか、買ったものそれぞれについてエリックに教えた。「秋って大好き。ほんとよ」母は言った。「バーモントでは木の葉がどこよりもきれいに色づくんだもの」

「昔からそう思ってたよ」エリックは母の手からキクの鉢を受け取り、カートにのせた。

「秋のうちにまた帰ってこられそう？」

ああ、罪悪感がこみあげる。母はそういうつもりで言っているのではないのに、エリックの耳にはこう聞こえるのだ。〝また六週間も、こっちに帰ってこないつもり？〟

「うん、母さん。また冬支度をするとき帰ってくるよ。遅くとも、そのころには」と言い足した。

買ったものをエリックのＳＵＶに積みこみ、母が住む農家に帰ってから、エリックは母がトウモロコシの鞘をつるし、ポーチの飾りつけをするのを手伝った。夕方ごろ、エリックは母に別れのハグをした。「やったね。近所のどこの家よりも早く秋の飾りつけができたよ」

「ありがとう。上出来だわ」母はエリックの頬の片方にキスをし、片方を優しくたたいた。

「無事に家に着いたら電話するよ、オーケー？」毎回、電話するよう母から言われている。

「オーケー」

エリックが私道からバックで車を出すあいだ、母はポーチで見守り、車が前進し始めると、手を振った。

ハイウェイに車を走らせていると、いつしかエリックはレッティ・オズボーンについて考えていた。グレッチェンをどうにかすることはできない。ノア・ウェブスター小学校の奇妙な文化を変えることもできない。だが、自分の失敗を挽回することはできるはずだ。新学期が始まって間もないうちに、ちゃんとレッティにあやまろう。そうするのが正しい行動で、正しい人との接しかただ。自分は正しい方法で物事を進めるのが得意なはずだ、とエリックは自負していた。

わたしはエロティカを書く野望を自分の胸のなかだけに秘めておくことにしたが、それはごく普通の決断の流れだった。なにか新しいことに挑戦するとき、そのことについてほかの人になにも言わなければ、失敗した場合もあまり傷つかずにすむ。それに、エロティカを書くのは一回きりになるはずだ。契約を無事に満了し、クレジットカードの請求金額を支払うため。天職とはとても言えない。

マーシーは締め切りを何週間か延ばし、短編を書くよう勧めてくれた。エロティカの分野ではポピュラーな長さらしく、マーシーが思うに、わたしのような初心者でも書きやすい分量だそうだ。そうはいっても、わたしにとってはのんびりできるほどの余裕はない。さっそく準備を始めなければならなかった。昼食のあと、家の近所にある書店に行った。〈ブック・コーナー〉では新刊も取り扱っているが、地下には大量の古本も取りそろえられている。わたしの懐に親切な店だ。

わたしはうつむいて、みんなの足にこすられた床板の跡を調べているように下を見つめたまま店に入っていった。レジには以前にも見かけたことのある年配の女性がいる。彼女は白髪をショートカットにし、ビーズのチェーンにつるした黒縁眼鏡をかけている。その店員はわたしに気づくと、にっこりして声をかけた。「今日も、なにかお探しものがあったら声をかけてくださいね」

わたしは小さく手を振って返した。「どうも、ちょっと見るだけですので」

その年配の女性店員は、あまりにも健全すぎる人だ。たぶんジェイン・オースティンと、クリームを少し入れたカモミールティーを愛している。子猫のひげや、紐で結わえた茶色い紙包も。そんな彼女に、ポルノをどこに隠しているのか、なんて訊けるわけがない。

〈ブック・コーナー〉は書店独特の、新しい紙や、現実逃避の可能性といった、本好きを引き寄せるすばらしい香りがした。ハードカバーの新刊を立ち読みする常連客もいれば、店の奥に用意された座り心地のいい肘掛け椅子の上で丸まっている人もいる。普段のわたしなら児童書コーナーに行って、『スイートピーの みんなに こんにちは！』を置いてくれているかどうか確かめる。それから、ペーパーバックの新刊をざっと見て、思いきって買ってしまうか、図書館の順番待ちリストに名前を書きにいくべきか悩む。でもこの日は、そそくさと地下に向かった。地上一階にエロティカのコーナーが設けられていないことは、すでに知っている。一階の棚という棚はもう百回は見てまわっているので配置を知り尽くしているのだ。残るは地下しかない。

足元で階段がきしんだ。地下にしては明るい部屋だったが、床から天井まで届く本棚がぎっしり並べられ、古本が見たところでたらめに詰められている。だが、よく見ると〝フィクション、ほぼ男性作家〟と記されたコーナーや、〝ロマンス、ほぼ女性作家〟と記されたコーナーがあった。これらのコーナーは〝旅行、アメリカとアジア〟のコーナーによって隔てられているのだ。わたしは腰に両手をあて、部屋全体を見まわした。かなりの冒険になりそうだ。

ゆっくり歩いてタイトルを確認しながら何本もの通路を順番に進んでいった。〝自己啓発――ニューエイジ〟の棚の前ではつい足を止めてしまった。なぜなら、そこには自尊心を取り戻すための鍵となりそうな本が何冊かあり、さらには結腸洗浄の本まで一冊あったからだ。結腸洗浄の本はおそらく置き間違えられたのだろうが、興味深い。〝集中して、レッティ！〟どうにかその棚を離れた。わたしには大事な目的がある。

目的の本は地下室の奥、〝ロマンス、成人向け〟と記された棚に収められていた。見る本、見る本、どの表紙にも男性のむき出しの上半身が描かれている。ときおり、そこになんらかの液体がびちゃっとはね散らかされていたり、煙が立ち上っていたり、炎が燃えあがっていたりするさまがイラストで表現されており、見るからに際どいイメージをかもし出している。胸がものすごく大きい宇宙人。手がある植物人間。ゴースト。わたしはいくつかの選択をしなければならないようだ、と気づいた。普通の人間の、それともオオカミ人間のエロティカを書きたいのか？　同性愛か、異性愛か？　性倒錯を入れるか、ありきたりの路線でいくか？　こういうことをあれこれ考えていたら、携帯電話が鳴った。

「もしもし？」

「レッティ？　フェイよ。いま忙しい？　ちょっと、うちに来てほしいんだけど」

「いいけど」わたしは少し警戒した。「わたし、なにかした?」

「いいえ、ただ……話したいことがあるだけ」

姉の口調がなんとなくいつもと違うので、わたしは心配になった。ぽわぽわした綿毛のような飾りがついた黒い手錠をはめている女性が表紙の本を手に取り、小わきに挟む。その女性が身に着けている黒いレースのテディがかわいく見えたからだ。「ふーん、わかった。行くわ。なにかあったの？」

「なにも。だけど、うちがどんなだか知ってるでしょ。子どもたちは暴れまわってるし、ウィンは仕事にいくって言うし。どうしても、もうひとり大人にいてほしいのよ」

フェイは地元の病院で看護師として働いている。緊急にシフトが変わって病院に行かなければいけないときもある。ぎりぎりになって、わたしに電話をかけてくることも何度かあった。「三十分後くらいには行けるわ」

「ほんとにありがとう。じゃあ、あとで」

わたしはさまざまなテーマからためしに読んでみたい本を選び出し、きれいに積んで胸に抱えこんだ。急ぎ足で階段を上りながら、これからあの眼鏡をかけた上品な年配の女性と向き合わなければいけないのだと思い出して息を詰めた。案の定、年配の女性店員はいまもレジの前にいた。目をあげて、にこやかに微笑みかけてくれる。「お決まりですか？」

「はい。これを」

わたしは伏し目がちに、積んだ本をカウンターに置いた。『緊縛の美女と野獣』。『深く貫かれて』。『隣人はうしろの入り口から』。店員が一冊ずつタイトルと中身を確かめてレジに金額を打ちこんでいくあいだ、わたしは息を止め、真っ赤になっていた。やがて、女性店員はわたしのほうを向き、にこやかに微笑んだまま尋ねた。「ほかには、よろしいですか？」

わたしは財布から紙幣を何枚か取り出し、カウンターに置いた。「あと紙袋を、お願いします」

姉の家に向かう前に、わたしは買った本を自宅に置きに戻った。運悪くポーシャにこれらの本を見つけられて、答えられない質問をされたら大変だ。フェイは玄関の前で、わたしの到着を待っていた。「来てくれて、ありがとう」かすかに充血した目のまわりを赤く腫らし、ロゼワインのグラスを持っている。「もう飲み始めてるの。あなたも一杯いる？」

「もちろん」

「レッティおばちゃん！」ポーシャが、まるで海で行方不明になっていた人にするように、わたしの脚に両腕で抱きついた。ブレイズも負けじと抱きつく。

「元気、ふたりとも？」ふたりしてわたしの太腿の血流を止めている双子の頭を、ぽんぽんと撫でた。「どうしてた？」

「野生化してたわ」フェイは双子にうなずきかけた。「ちょっとのあいだ、ふたりで遊んでらっしゃい」

駆けていく双子を見送ってから、フェイは言った。「さあ、入って」

わたしはフェイに連れられてマジパン色のキッチンに入っていき、白と灰色の御影石で造られた朝食カウンターの椅子を引き出した。フェイがワインの新しい瓶のコルクを抜いているあいだに、わたしはフルーツボウルに手を伸ばし、みずみずしい緑色をしたブドウの実をいくつかつまんだ。フェイは神経質なくらい果物を洗うのにこだわっているので、このまま食べても安全なはずだ。「今日、あのふたりは大暴れしてたの？　双子たち」

フェイはくるりと振り向き、腰に手をあてた。「ブレイズは一時間前にヒステリーを起こしたのよ。完全にどうにもならない興奮状態。どうしてかって？　先週、サマーキャンプで誰かにサンタクロースなんていないって言われたからなのよ」

「まあ、かわいそうなブレイズ」

「それだけじゃないの」フェイは顔にかかったブロンドのおくれ毛を息でぴゅっと吹き飛ばした。「ある子にサンタさんなんかいないって言われたって、ブレイズはわたしに言った。それに対して、わたしはなんて言ったと思う？　こうよ。〝そんなことを言われて、サンタさんはどんな気持ちがしたと思う？〟」

わたしはククッと笑った。「すごくおもしろい」

「おもしろいというか、どうかしてるのよ。子どもに思いやりを教えるにはどうしたらいいかっていう記事をいくつも読んだの。おかげで、自分の子どもに太った妖精のおじさんの気持ちを考えなさいなんて言う親になっちゃった。だけど、よかった点もあってね、そんなことを言われてブレイズは混乱しちゃって、泣きやんでくれたの」フェイはグラスのワインを飲み干した。

「あなたはいい母親よ、フェイ」わたしは心から言った。

フェイが首を横に振ったちょうどそのとき、双子がすごい勢いでキッチンに走ってきた。

フェイはふたりを見つめ、疲れをにじませた。「絶対、子どもなんて持っちゃだめ。夫も」

「ふうん。言われなくても大丈夫」

フェイはしまったという顔をし、手で額をさすった。「ごめんなさい、こんな無神経なことを言うつもりじゃ――」

「ううん、ほんとに大丈夫。全力で独身生活を満喫しようとしてるから」

小さいころから自分の結婚式を夢見ていたわけでもなかった。たぶん、最初に抱いた結婚のイメージが、両親の離婚から生じているためだろう。くわしく言うと、父がスーツケースを持って玄関に立ち、わたしとフェイの頭を撫でて、こう言ったときの記憶から生じている。「パパとママはね、ためしに結婚してみたけど、だめだった」謙虚な微笑みとともにこう言ったのだ。全力を尽くしたけど、どうしてもだめだった、とは言わなかった。そんなことを言ったらうそになると自分でもわかっていたのだろう。パパとママは、なんとなく適当に思いつきで結婚してみただけだったのだ。こんなふうに家族がばらばらになった記憶がずっと心に残っていたことは事実だが、結婚に対するイメージが固まったのはジェイムズ事件が起こったときだった。結婚は多くの場合、リスクが高く、軽率な行動である。足で車を運転したり、酔っていない状態で子宮頸がん検査を受けたりするのと似たようなものだ。最初のうちは確実に気分が〝盛りあがる〟体験だ。だけど、すぐに苦しみがやってくる。

最近、わたしにはどういう未来が待っているだろう、と想像する。いつか普通の人みたいに振る舞うのに飽きて、もうやってられるかと決めてしまうときがくるのではないだろうか。その時点から、わたしは男物のズボンをはき、虫に食われた麦わら帽子をかぶり、かごにオマキザルを乗っけた自転車で町じゅうを走りまわるのだ。安物の葉巻を吸いながら、ゴム製のオーバーシューズをはいて地元の薬局に出没し、縫い糸やグリセリン錠やスターライト・ミントなどを手あたりしだいに買っていく。体からかび臭い地下室みたいなにおいを発して子どもたちから恐れられる。そういうのが、自分には性に合っているのかも――結婚や子育てにかかわるよりは。

わたしがまたさらにブドウをつまんでもぐもぐやっていると、ウィンがキッチンに現れた。「レッティ。よく来たね」彼は黒いレザーのブリーフケースを粋なしぐさでカウンターにのせ、屈んでわたしの頬にキスをした。

フェイが初めてウィンストンをうちに連れてきたとき、わたしは彼を嫌った。ウィンは根っからの策士で、八方美人だった。誰に会っても親しげに肩をたたき、相手がなにを言っても、ものすごくおもしろいことを聞いたみたいにウインクをし、笑い声をあげる。単に、最近は雨がよく降るねえ、などと言っただけでも。証拠はないが、ウィンが法律事務所の廊下をさっそうと歩きながら同僚を指さし、〝クールに決めてこうぜ〟なんて言っていたとしても、わたしは驚かない。それなのに、フェイはウィンを好きになってしまったらしく、結婚してしまったので、いまこうなっている。

「どうも、ウィン」わたしはそっけなく返事をした。ウィンが口にしたという、不正確で、しかも人を傷つける寝取られ男《カッコルド》発言を、まだかなり根に持っていた。

「重要な日に向けて準備は万端かい？」ウィンは、わたしの腕のたぷたぷしたところをぎゅっと握った。「『スイートピー　おかえりがっこうへ』。次の絵本の題名は、これで決まりだ」自分で言って笑っている。

「すごくいいタイトルね。メモしとかなきゃ」

ウィンはわたしを指さして小粋に首を傾けた。「ぼくのアイデアだってことは覚えておいてくれよ。利益は六対四で分けよう」

「ええ、フェアな取引ね」わたしは深呼吸をして微笑んだ。

「じゃ、もう行かないと」ウィンはブリーフケースを持って、さっと手を振り、キッチンを出ていった。「今夜は遅くなるよ、フェイ。先に寝ててくれ」

「はいはい。絶対、待ちません」フェイはぼそっと言った。

ウィンが家を出ていくと、フェイはわたしの前にロゼワインのグラスを置き、隣のスツールに座った。「双子は水曜日にあなたと過ごせて楽しかったみたい」

「あ、うん」

わたしは姉の視線を避け、ワイングラスを見つめた。あの日の午後の出来事について、姉にどこまで知られているのだろう。双子を車に乗せて家に帰るとき、わたしはふたりからぺろぺろキャンディの棒を押収して告げた。「このことは誰にも言わない約束ね」だけど、あの子たちはまだ小さいから、約束を守れる保証はない。「ポーシャやブレイズと一緒に過ごせて楽しくないときなんてないわ」わたしは大げさに言った。「ふたりはとにかくエネルギーにあふれてるんだもの。三人ですごく充実した時間を過ごせた」ワインをひと口飲んだ。きんと冷えていて、甘い。

「ふうん」フェイはグラスの脚を持って、ステンレス製の冷蔵庫を見つめた。「ポーシャのこと、正常だと思う？」

まったく思いがけない質問に、わたしは驚いた。ワインが少し口から飛び出してしまった。

「正常って？　どういうこと？」わたしはあごをぬぐった。

「ポーシャは、あなたの幼稚園のクラスにいるほかの子たちとは違ってると思う？」

「どうして？　ポーシャが自分のヴァギナと会話してるから？」わたしははなをすするのと同時に小さく笑ったので、鼻先で笑ったみたいな音が出た。「ポーシャはませてるけど、わたしのクラスのほかの子たちと一緒よ。正常だわ」

「あの子のことが心配なの。服を脱いで走りまわったりして。いつだって目が離せないから——」

わたしはそっと姉の腕に手を置いた。「フェイ。ポーシャは五歳なのよ。信用して、ポーシャは正常。学校に通うようになったら、すばらしい児童になるわ。間違いない。あの子はリーダーだもの」

姉は弱々しく笑みを浮かべ、うなずいた。「あなたは専門家だものね。そうだ、これを訊くのを忘れてたなんて信じられない。双子は、あなたの新しい絵本を気に入ってた?」

「すごく気に入ってくれた。二回も読んでってねだられちゃったわ」

「編集者さんは? 昨日、ランチをご一緒したんでしょ?」

わたしはごくんとワインを飲んで、うなずいた。「いくつかの変更を提案されたの。少しだけ違う方向性の作品にするかもしれないわ、でも……」わたしは親指を立ててみせた。

「順調よ」

「わくわくするわね」

フェイの口調は、とてもわくわくしているようには聞こえなかった。わたしがじっと見つめると、フェイはしばらくワイングラスの脚をいじっていたが、やがて口を開いた。「どうかしたのかって思ってるんでしょう」フェイは気持ちを落ち着かせるように息を吸った。

「ウィンとわたしの関係が、なんだか難しくなってきてるの」

「まあ」わたしは胸の前で両手を組んだ。「つらいなら、なにも話さなくても――」

「大したことじゃない……こういうことだと思うわ。結婚して八年もたって、新鮮味なんて感じられなくなっていたから、こうなるのはごく自然の流れなのよ」フェイは強がって笑顔になった。「とりあえず、自分にはそう言い聞かせてる」

「ああ、フェイ」わたしは大きく腕を広げて姉を抱き寄せた。フェイはやせたみたいだ。元々充分スリムなのに。「わたしもすごく悲しい」

「ありがとう。最高の関係だってだめになってしまうことがあるって、あなたはわかってるんだものね」

ええ、すごくよくわかる。わたしは姉を抱きしめる腕に力をこめた。フェイの髪はフルーツの香りがした。「だけど、わたしたち姉妹はだめにならないわ」

フェイはわたしを抱きしめ返した。「わたしたちは大丈夫ね」

このことについてそれ以上フェイは話そうとせず、わたしも質問はしなかった。けれども、心のなかでは誓っていた。もしもウィンがわたしの姉を裏切って不倫をしていたのなら、わたしはミステリー小説を書き始め、作中でウィンにむごたらしい最期を迎えさせるしかないだろう。

5

学校が始まる日、わたしはクロゼットの扉に貼った服装規定を確認し、ふさわしい服を選ぼうとした。持っているワンピースのほとんどは、わきの下が見えすぎてしまう。たとえキャップスリーブがついていても、校長の許容範囲を超えてしまうかもしれない。悩んだ末、花柄のロングスカートと半袖セーターのツインセットにした。遠くからだと、二十八歳の実年齢より三十歳くらい老けて見えそうな格好だ。これなら、ブリュンヒルデも文句をつけようがないはず。

わたしはポーシャやブレイズのことを考えた。初めて幼稚園へ行くふたりは、どんなことを考え、どんな気持ちでいるだろう。わたしは幼稚園の先生になって六年もたつのに、いまでも初日は胸がドキドキし、指の先までぴりぴりするような緊張感がある。〝ずっと教師として働くことは大好きだったんです、オプラ。それは絶対に間違いありません。特に幼稚園の先生をすることが大好きでした。幼稚園での一年は特別なんです。みんなで歌って、塗り絵をして、友だちを作れる時間は。それに幼稚園では、ぎゅっと抱きしめることもあります。小学校になると児童を抱きしめることは許されないと思うけど、幼稚園では、いまでもときどき園児を抱きしめてしまいます。子どもたちが抱きしめてほしがっているときには〟

受け持つクラスの子どもたちと会った瞬間に、どうしても心がとろけてしまう。一瞬で、この子たちを守らなければならないという気持ちになり、みんなを両腕で包みこんで、安全で幸せでいられるようにしなければ、と思う。先生は全員そういうものだと思うが、どうだろうか。愛情があふれ出るこの最初の瞬間から数カ月たてば、フラストレーションやどうにもならない無力感に襲われることもある。帰宅してボウルに移した缶詰のスープを前に泣きながら、どうしてこうも自分の理想どおりにいかないのだろうと悩む日々もあるはずだ。それでも、思ってもみなかった愛情を子どもたちが示してくれる日もあるのだ。不意に子どもたちのほうからぎゅっと抱きしめてくれたり、思いやりを注いだりしてくれる。たいていは絵を描いてくれたり、校庭で見つけたきれいな石をくれたりして。子どもたちと心が通じ合ったのではないかと思えるのは、そういう瞬間だ。そういう瞬間が、わたしの生きがいになっている。

わたしは園児たちを教室に迎えてあいさつをし、それぞれの席に案内した。泣きだしてしまった何人かの子どもたちを抱きしめ、ティッシュを渡す。何曲か歌を歌い、お席に座ろう、一列に並ぼう、といった教室でのルールを紹介し、それからおやつの時間になった。園児たちがおやつを食べているあいだ、わたしはネズミの子が幼稚園に通う絵本を読み聞かせた。子どもたちはおもしろいところでちゃんと笑ってくれたので、わたしも一緒に笑った。こうして午前中はとても順調に過ぎていったので、時間のたつのも忘れるほどだった。そのため、不意にドアをノックする音がしたときは、跳びあがるほど驚いた。入り口を振り向くと、マックス・アンダーソンが教室に顔を突っこんでいた。「おはようございます、オズボーン先生!」

マックス・アンダーソンは保健体育の先生だ。つまり、この先生に服装規定は適用されない。この日のマックスは灰色のスウェットパンツと、胸に〝体育館のボスは誰だ?《Who's Gym》〟と書かれたシャツを着ていた。この男の扱いには注意しろと、みんなにやんわりと伝えるメッセージだ。

マックスとはノア・ウェブスター小学校で教え始めた時期が同じだったため、互いに相手のことはよく知っていた。マックスは高校時代には運動選手として活躍していたが、大学ではそうでもなくなり、かつては筋肉むきむきだったのであろう体も、最近はなんとなくむくんだ感じになっている。そんなマックスに、わたしは去年のクリスマス・パーティーのとき、コートクロゼットの近くでキスをされた。クリスマスのキスゾーンであるヤドリギの下にいたわけでもなかったのに。マックスの口からはエビのカクテルとビールの味がした。あのころ、わたしが婚約していたことを考えると、マックスとわたし両方にとって、どうにも気まずい出来事だった。わたしは罪悪感を覚えて、この出来事をジェイムズに話し、ジェイムズは婚約者にふさわしく嫉妬の気持ちをあらわにしていたように見えた。ただ、ジェイムズも、マックスが真の脅威とはなりえないことを知っていたに違いない。マックスはやたらにタフガイとして振る舞いたがるので、わたしはマックスが口を開くたびに、こんなことを言いだすのではないかと、なかば期待していた。〝聞いてくれよ。こないだの夜、おれがものにしたスケはさ……〟はっきり言って、マックスは絶対にわたしのタイプではないのだ。

「こんにちは、アンダーソン先生」わたしは笑顔で答えた。学校が始まってから最初の何日かは、しょっちゅう笑顔でいようとしているので、お昼前には顔が筋肉痛になる。それでも、クラスのみんなに、この新しい世界はお友だちでいっぱいの楽しい場所だと思ってほしい。

「もう体育の授業の準備ができました?」

「準備万端だ」

マックスはわたしの全身にざっと暑苦しい視線を走らせてから、教室に入ってきた。わたしはついツインセットの襟元を上に引っ張ったが、最初から隠すほどの谷間があるわけでもなかった。気を取り直して生徒たちを振り返り、明るく声をかけた。「はい、みんな。おやつの時間はおしまい。次は体育の時間なので一列に並びましょう」

マックスとわたしは子どもたちがそれぞれのテーブルを片づけるのを手伝い、みんなを一列に並ばせた。最後の園児が教室を出ていくと、わたしは時計に目をやった。あと二十五分、ひとりで過ごせる。〝ふうっ〟

教室のドアを閉め、そっと机の前に座った。授業の計画はもう立ててあるし、どっちみち初日は簡単な前置きばかりだ。だから、研究のために買ったばかりの本を家から持ってきていた。『スターリング卿の秘密』だ。タイトルからしてミステリーではないかと期待して読み始めたが、三ページ読んだところで、〝秘密〟とは女性に強力なオーガズムを与える二十五センチ超の性器のことであると判明した。つまり、それには魔力があるってこと? そのあたりがはっきりしない。わたしは推測をあきらめ、著者がこの点についてもっとくわしく述べているかもしれないので読み進めることにした。

エンターテインメントとしてどうかという点で述べれば、『スターリング卿の秘密』は高く評価できる作品だった。一段落目からセックスが始まる。スターリング卿は、台所でハムサンドイッチを作ろうとしていた若い処女っぽい女の子と、いきなりことに及んでしまう。なんでハムサンドイッチなの、と突っこんでしまいそうだけれども、わざわざハムと特定しているのだから、重要な意味があるのかもしれない。なんにせよ、乙女は何ページにもわたってオーガズムを経験し、崖から飛びおりて地獄まで落ちていき、ふたたび舞いあがって天国にいたる。ついでに、隣町の誰かの癌も治っちゃったんじゃないの。オーガズム部分は飛ばし読みした。わたしは、こんな感想しか持てなかった。かわいそうに女の子はおなかがすいていたんだから、スターリング卿は十五分くらい自分の秘密はしまっておいて、まずランチを食べさせてあげればよかったのに。

批判的な気持ちになったついでに、タイトルも気になりだした。スターリング卿のそれについてみんな知っているのなら、秘密でもなんでもないはずだ。というのも、食器洗いのメイドも、公爵夫人も、どこから出てきたのかわからないけどいきなり登場した高級娼婦も――みんながみんな、この特別な魔法の道具のうわさを聞いたことがあって、自分もいつか体験してみたいわあ、と望んでいるのだ。だったら、タイトルは『スターリング卿の大きくてびっくり、魔法のおちんちん』でいいはずだ。これだと絵本の題名みたいか。ともかく、わたしは机に座って、読み進めながらメモを取った。

公爵夫人が小川で水浴びをしているときに偶然スターリング卿が通りがかったところで、いきなり教室のドアが開いた。「あらっ！　園児たち、みんないなくなっちゃったの？」

わたしは本を急いで閉じ、机の下に放り投げた。「なんでもないの！」と叫んで振り向くと、入り口には大量のカラー紙を抱えたミンディが立っていた。

「レッティ？　どうしたの？」ミンディは教室に入ってドアを閉めた。「なんだか、やましそうな顔して」

「えっ？」わたしは引きつった笑い声をたて、両足をばたつかせて落ちた本を捜した。「本を読んでたら、あなたがいきなり入ってきてびっくりしただけ」

「ふうーん」

わたしのそぶりは怪しすぎて、オーディンにすらうそを見破られたはずだ。ミンディは、わたしの机のそばに歩いてきた。サンダルをはいて、ノースリーブの赤いワンピースとゆったりしたカーディガンを着ている。わきの下と爪先。服装規定にふたつも違反している。

「そちらの初日はどんな感じ？」わたしは尋ねた。

「順調よ、そっちは？」

わたしがぼうっとしている間に、ミンディはわたしの読書メモをさっと取った。「ちょっと！」わたしはメモを取り返そうと立ちあがったが、ミンディは手の届かないところまで飛びすさった。どっちみち、いまさら取り返しても手遅れだ。もう内容を読まれてしまっている。

「脈動する笏《しゃく》。絹のポケット。悦びのボタン」ミンディは目を見開き、チッチッと舌を鳴らした。「オズボーンさん。なんて悪い子なの！　あなたはクレイマン先生がいる教頭室行きね」

わたしはメモを取り返し、それを三つ折りにした。「調査をしてたの」

「まただ。本当のことを言ったらどう？」ミンディは机の下に手を伸ばし、わたしが落とした本を見つけてしまった。「『スターリング卿の秘密』これは読んだことないわ。よかった？」本をひっくり返し、裏表紙まで見ている。

「よかったとは言えないわ。登場する人みんなセックスしてばっかりで」

「ふうん、逆にそうでないとだめじゃない。エロティカなんだから」ミンディはわたしに『スターリング卿の秘密』を返し、黒い巻き毛を肩から払った。「電子書籍リーダーを買ったほうがいいわよ。そうすれば誰にも表紙を見られないから」

わたしは顔を真っ赤にしながら本を自分のトートバッグにしまった。「そうなのね。でも、わたしは本当に調査をしてるだけだから。今度、エロティカを書くの」

ミンディはいっとき、まじまじとわたしを見つめた。それから体の向きを変え、机のはしに腰をおろした。「いまちょうどなにか飲んでるところだったらね。ブッと噴き出すのに、いまほどぴったりなタイミングはなかったもの。あなたが」――ミンディはあごを引いて言った――「エロティカを書くなんて」

「そうよ。書かないといけないの。出版契約を満了するために」わたしはデスクチェアに座り直し、取り澄まして膝の上で手を組んだ。「ちょうどあなたが来てくれてよかったわ。アドバイスしてもらおうと思っていたところだったから」

「やっぱり、そうよね。友だちのなかで、いちばんいやらしいことを知ってそうなのはわたしだもの」

ミンディの言うとおりだ。わたしの知り合いの誰よりも、ミンディはセックスを引き寄せている。そして、そのことを誰にどう思われようが、まったく気にしていない。それでも、わたしはショックを受けたふりをした。「なに言ってるの、そんなわけないじゃない！　そんなこと、頭をよぎりもしなかったわ！」

「よぎって当然でしょ」ミンディは足を組み、机に両手をついた。「で、エロティカを書くんでしょ。それについて、くわしく話して」

本当に一回きりの話なの、とわたしは言った。出版社が買収されて、一冊分の契約が残っていたから。「早くどんな話を書くか決めなければいけないんだけど、どういうふうに書いていけばいいのかもわからないのよ」

ミンディはきゅっと唇を結んだ。「ふたりの人間が心から互いに愛し合ったとき、その愛を体のふれ合いで表現したいと思うようになって――」

「わたしの言ってる意味はわかってるでしょ。そういう本を何冊か読んで、書きかたをマスターしなきゃいけないの」

「うちのクラスの児童たちは美術の授業からあと五分で戻ってきちゃう。学校が終わってから飲まない？」

「そうね。うちに来ない？」

「了解。ビールを持ってく」ミンディは腰かけていた机をおり、わたしの肩をたたいた。「くれぐれもブリュンヒルデにその本を見られないようにね。セニョール・カリエンテにも。ていうか、誰にも」

わたしは、はいているおばあちゃんぽいスカートのウエストまわりにずれあがっていたツインセットのはしを手で伸ばした。「はっきり言って、セニョール・カリエンテとは係争中なの。あの人、わたしの姪と甥にペニスのかたちをしたぺろぺろキャンディを渡したのよ」

ミンディはドアの前で立ち止まって顔をしかめ、そのまましばらく口が利けなくなっていた。「レッティ、いまあなたに訊きたいことが山ほどありすぎるわ。続きはあとでってことにしない？」

「もちろん、そうしましょう」

ミンディはやけに重々しくうなずき、じゃあね、と手をひらひらさせて出ていった。わたしはちらっと時計を見た。授業開始まであと五分。トイレをすませてきたほうがよさそうだ。

放課後、教室の整理整頓をしているときに携帯電話が鳴った。フェイからだ。「もしもし、どうしたの？」

「もしもし、レッティ。変わりないわ。ただね、あなたにひとつ訊きたいことがあるの」フエイはあまり意味のないおしゃべりはしない。

「訊いて」

「変な話なんだけどね、ええと」姉はため息をつき、声をひそめた。「あるもの、、をブレイズの部屋で見つけたの。ぺろぺろキャンディを。ブレイズはヘビのキャンディだって言うんだけど、それ、どうしても……R指定のものに見えるの」

わたしは背筋が凍りつく思いがしたが、紙の整理整頓を続け、懸命に平然とした声を出そうとした。「ほんと？　えー」エリックはブレイズにもう一本キャンディをあげていたということ？　どうして宇宙はそこまでしてわたしを陥れようとするの？

「まさか、あなたがブレイズにあんなものをあげたなんてことはないわよね？　ひどいことを言ってるってわかってるし、自分でもこんなことを訊くなんて信じられないけど、ポーシャが男の人からもらったなんて言うものだから。どこの男って訊いたら、あなたの友だちだなんて言うのよ」

ポーシャは、告げ口なんてしないほうがいいって誰かに教えてもらったほうがいい。〝告げ口屋はお友だちができないわよ、ポーシャ〟「まあ、ポーシャくらいの年の子は、うそつき放題の特別な年ごろだものね。覚えてるでしょ、自分のヴァギナと話してるって、わたしに言ってたくらいだから」

「それでも――」

「それでも、本当にまじめな話、わたしはぺろぺろキャンディなんて誰にもあげてないわ。

だいたい、そんなものどこで手に入るの？　さっぱりわからないわ」わたしは無理して軽い笑い声をあげた。「サマーキャンプに参加した誰かが誕生日パーティーのときにでももらったのかしらね」

「誕生日パーティーに、あんないやらしいぺろぺろキャンディを？」

「ごめんなさい、いまなんですって？」

「だから、〝パーティーに、あんないやらしいぺろぺろキャンディを〟――」

「なんだか電波が悪いみたい。あとでかけ直すわ」

わたしは電話を切ってマナーモードにし、わきに置いた。運がよければ、フェイはこれ以上の追及をあきらめ、わたしがふたたび説明を求められることはないかもしれない。

明日の授業の準備をしてから、わたしはバッグに持ち物を入れて帰り支度をした。トートバッグを肩にかけたとき、咳払いが聞こえた。「お疲れさま、初日の授業はどうだった？」

エリックだ。仕立てのよいグレイのスーツに赤いネクタイを合わせている。たとえ無視したくても、彼を無視することなどできるはずがない。あの緑色の目、すごい威力だわ。だけど、わたしもちゃんとした大人なので、きりっとあごをあげ、相手のかっこよさになんら影響を受けていないふりをした。「これ以上よくなりようがないくらい順調だったわ。そちらは？」

〝どんなに努力しても、この女性を頭から追い出すことができなかった。彼女は特別なのだ。彼女と自分とのあいだには電気が通っているように、出会った瞬間、火花が散った。だが、彼女は頑固で、意志が強く、熱い気性の持ち主だ。ああしてきりっとあごをあげている誇り高い表情からして、例のぺろぺろキャンディの一件で彼を許す気はないらしい。もう一度チャンスをくれるよう、説得することはできるだろうか？　和解のしるしとして、コーヒーを飲もうと誘ったらどうだろうか。彼女が承諾してくれたら、自分がエロティック・カップケーキ開発のベンチャー企業を起ちあげるために出資者を募っていることを話そう〟

エリックは廊下の左右を確認してから、教室に入った。茶色い巻き毛をしている上に眼鏡もかけているので、少し少年っぽく見える。じっと見つめるのも変な気がしたので、わたしは目をそらした。しかも、彼はわたしの上司でもある。そのとき、エリックの手になにかが握られていることに気づいた。白とピンクの表紙を見ればすぐ、わたしにはそれがなにかわかった。「まあ、うそ」思わずささやいた。

「週末に、きみの絵本を買ったんだ」エリックはにっこりして言った。

『スイートピー　おたんじょうびおめでとう』だ。どうしてこんなに照れてしまうのか自分でもわからなかったけれど、わたしは慌てて頬に両手をあてた。「エリック。信じられない。どうして？」

エリックは片方の肩だけをすくめ、得意げな笑みを見せた。「ちょうど『戦争と平和』を読み終えたからかな？　実は、これにサインしてもらおうと思ったんだ」

わたしは床にトートバッグを置き、エリックは上着のポケットからペンを取り出した。そのペンと絵本を差し出され、わたしはぼうぜんとしたまま受け取った。「なにを書けばいいの?」

「きみはサインのプロじゃないの?」

「そんなことない。サインなんて誰からも頼まれた経験がないわ」

「そうか、では、ぼくが言ったとおりに書いて」エリックは咳払いをし、わたしが絵本を開いてタイトルのページまでめくるのを待った。「〝ミスター・エリック・クレイマンへ〟」エリックはいったん口を閉じ、背中で両手を組んだ。「書いて。待っているから」

わたしは笑みを浮かべ、言われたとおりに書いた。「ミスター・エリック・クレイマンへ。続けて」

エリックはハンサムな顔に考えこむ表情を浮かべてみせ、わたしが書くべきメッセージを口述した。「〝あなたは多くの才能に恵まれていて、なかでもバイオリンの腕前は名演奏家並みです〟」

わたしは上目遣いで彼を見た。「バイオリンを弾けるなんて知らなかったわ」

「きみがなにを書くべきかわからないと言うから、こうして導いているんだよ」エリックは小さな椅子の上に足を置いた。前屈みになった体勢は、デラウェア川を渡るジョージ・ワシントンの姿に少し似ている。「〝バイオリンの腕前は名演奏家並みです。あなたが教職員ハロウィーン・パーティーで弾いた『コン・テ・パルティロ』に心を揺さぶられ、愛と喪失にまつわる悲劇小説を書きましたが、わたしがまだ生きているあいだにそれを発表するのはつらすぎるので、死後十五年たったら出版することにします〟」エリックはいったん言葉を切った。「すべて書けてる？」

わたしはペンを紙の上に浮かせたまま立ち尽くし、幼い女の子みたいにクスクス笑いだしてしまわないよう懸命に我慢していた。「ひとこと残らず書いてるわ」

「すばらしい。〝どうか有機化学や陰謀説への情熱を決して失わないと約束してください。そしてノーベル賞を受賞した暁には、わたしにメダルをくれると約束したことを忘れないで。もっとも深い親愛の情をこめて、アレッタ〟」

わたしはサインし終えた本をエリックに返した。エリックはすぐに絵本を開いて確認している。「〝ミスター・エリック・クレイマンへ。この本を読んでくれてありがとう。あなたの成功を祈ります、アレッタ〟」エリックはにやりとした。「まあ、だいたいこんなものか」

わたしもこらえきれず笑った。係争中であることも忘れて。「どういたしまして」

「そうだ、真剣な話なんだが」エリックは絵本を腕の下に抱えて歩み寄った。「先週の出来事についてちゃんと説明したかったんだ。実は、ぼくが子どものころ、姉が精神分析医というのに会いにいかなくてはならなかった時期があったんだ。一度か二度だけだけど。もちろん、大したことではなかった。でも、姉はまだ子どもだったから、怯えていた」エリックはうなじをこすった。「姉の話では、医者は姉にこれで遊びなさいと言って粘土を渡したそうだ。姉は診療室で落ち着いて座って、粘土を転がしながら話をすることができ、そうすると思ったより悪い体験ではなかったと言っていた。きみの甥を見かけたとき、なぜかわからないけど、このことを思い出したんだ。たぶん、あの子が怯えているように見えたからだと思う。あのぺろぺろキャンディは女性の独身お別れパーティーで配られたものだった。ぼくはあのかたちに気づいていなかったんだ。だが、ちゃんと確認すべきだった。あんなものを子どもに渡してしまって不適切だった。ただ、わざとではなかったんだ。許してほしい」エリックはわたしをまっすぐ見つめた。「マチルダ」

これは、今度はわたしがあやまる番だという合図でもあるに違いない。わたしはトートバッグを肩の上のほうに引っ張りあげ、なかにしまわれた『スターリング卿の秘密』が腰に押しあてられるのを感じて、けしからぬ気分になった。「正直言って、あなたにわたしの本当の名前を教えるのは賢い行動とは思えなかったの。だって、わたしの知る限り、あなたは変態かもしれなかったんだもの」

「どうして、そんなふうに思われてしまったのか見当もつかない」言いつつエリックは微笑んでいたので、またしてもすごくイケメンに見えた。「だが仕方ない。変態のように見えたのなら、あやまるよ」

わたしは内側からとろけそうになった。この笑顔ときたら。わたしは慌てて下唇をかんだ。

「そういえば、バーテンダーをしてるの？」

「ときどきバーに立ってる。このことについては、あまりたくさんの人に話してはいないんだけど――」

「あなたの秘密を誰にも言ったりしないわ」わたしは、いったん黙ってから言った。「ひょっとしたら、あなたに少しきつくあたりすぎたかもしれないわね。ぺろぺろキャンディについて」わたし自身、いまバッグにエロティカを入れて持ち歩いている。人のことを言える立場だろうか？

「きみは甥と姪を守ろうとしたんだ。立場が逆なら、ぼくも同じ考えかたをしたはずさ」

「それでも、ごめんなさい。それに、うその名前を教えたことも許してね。ひととおりあやまったところで、新たにやり直すことにしない？」

「そうしよう。新たな始まりは好きだ」

わたしはエリックから目をそらした。教室は涼しいのに、なんだか体がほてっていて、胸がドキドキする。そして、脳のなかでスターリング卿のイメージがエリックと重なり、あの本の内容をまったく新たな目で見られるようになった。そうだ、あんな粋な笑みを浮かべられるエリックなら、ハムサンドイッチを作っていた乙女でもなんでも魔法の道具でぐいぐい貫いてしまえるだろう。

本当に暑くなってきた。

わたしは着ているセーターの裾を引っ張った。「ごめんなさい、急いで帰らないと。友だちがうちに来る約束なの」

エリックは道を空けた。「引き留めるつもりはなかったんだ。楽しい晩を、レッティ。サインを本当にありがとう」

自分の名前がこんなにすてきに聞こえたのは生まれて初めてだった。

エリックはぼうっとなった状態でレッティの教室を出て、彼女の笑い声を思い出していた。かわいい女性を笑顔にすると、どうしてこうもうれしいのだろう？　この気持ちをボトルに詰めて売るべきだ。

教頭室に着いてもまだ、脈は乱れていた。絵本はリスクのある手だった。レッティが自分の絵本を見て喜んでくれることを望んでいたが、必死になって機嫌を取ろうとしていると思われる恐れもあった。だが、レッティは微笑んでくれた。期待したよりも、すばらしい反応だった。エリックはすっかり幸せに浸りきっていたため、教頭室に近づいてくる重々しい足音に気づかず、いきなり鋭く響いたグレッチェンの声に驚かされた。「なにをそんなにうれしそうにしているの？」

ああ、やっぱり顔に出ていたか。こんなにデレデレしていてはいけなかった。それでも、浮かべた笑みをなかなか消すことができなかった。「どうも、グレッチェン。ただ、すばらしい初日を迎えられたことがうれしかっただけです」

訊いておきながら、グレッチェンはすでに関心を失っていた。腕組みをして床を見つめ、なにやら考えこんでいる。「マレーネから連絡があった？　わたしのほうから見舞いの品を贈ったのだけれど、なにも言ってこないの」

「すみません、ぼくのほうにもなにも」エリックは机の前に座り、コンピューターにログインした。

「ふうむ」グレッチェンは眉間にしわを寄せた。「引き継ぎの件で、あなたには連絡があったのではと考えていたのだけれど」

「まだありません。そっとしておいてさしあげたほうがいいのでは。ノイローゼになってしまわれたんでしょう？」エリックとて専門家ではないが、神経が弱ってしまっている人はそっとしておいたほうがいい気がする。

「あなたは、マレーネとわたしがどういった関係を築いていたかわかっていないのよ」淡々とした口調でグレッチェンに言われ、エリックは思った。〝ええ、当然わかりたくもありません〟「マレーネがわたしに感謝しないなどということがあるわけがないのよ」

エリックがモニター越しにグレッチェンのようすをうかがうと、彼女は目つきを険しくし、唇を薄く引き結んでいた。この人は本当に友人の状況を心配しているのだろうか？　エリックは思った。それとも、相手が充分な感謝を示さないことに怒りを抱いているだけか？「すみません。なにか連絡があったら、すぐに知らせますので」エリックはそう言ってモニターに向き直った。

しかし、グレッチェンは立ち去らなかった。そこに立ったまま、何度か息遣いの音を聞かせる。「あなたのほうからマレーネに連絡してみたら。ここで働く上でのちょっとしたヒントをもらえるかもしれないわよ。この前、優秀であってほしいと話をしたでしょう——マレーネは抜きん出て優秀な教頭だったわ」

エリックはキーボードの上で指を凍りつかせた。それでもなんとか視線をあげて、いまのはどういう意味ですか、と訊こうとした。だが、そのときにはもうグレッチェンはあごを空中に突きあげてきびすを返し、足音を響かせて教頭室を出ていくところだった。

いつも物事に感謝をする目的で述べれば、わたしは世界でいちばん好きな家に住むことができている。たとえ、その家がウェストボローにあるとしてもだ。わたしの曾祖父は〈シアーズ〉でキットを注文し、自分の手でこのクラフツマン様式のバンガローを建てた。わたしはこの二年、修理しながらそこに住んでいる。濃い褐色の板を張ったポーチは広く、ポーチから二階へ伸びている柱は石でできている。家の外観はライトグリーンで、屋内もわたしが自分で家の裏側にもいくつか窓を追加したため明るく、ほがらかな雰囲気だ。庭は狭いけれども柵がついているので、オーディンがボールを追いかけまわすこともできる。ここはわたしの安全な隠れ家だ。

家に帰り着くころには、ずいぶん気持ちも落ち着いていた。服を着替えてからオーディンと庭に出て、オーディンが大事にしているテニスボールで遊んだ。何度かわたしがボールを投げてやっていたが、やがてオーディンは自分でボールを地面に跳ねさせ、腰をくねらせながらそれを追いかける遊びを始めた。この遊びを始めると、いつまでも飽きずに続けるので、わたしは家のなかに戻って、夕食の支度を始めた。ミンディが到着したのは、ちょうどサンドイッチの皿に最後の仕上げをしているときだった。スモークゴーダチーズのスライスに、ブリオッシュに、アイオリソースとクランベリーソースを添えたローストターキー。

「手がこんでるわね」ミンディはにっこりした。「完璧だわ。外は暑いし」ミンディが食料品店の袋をカウンターに置くと、ボトルがぶつかり合う音がした。

「ただのターキーとチーズよ。トマトも切ろうとしてたところ」

「ビールを取ってくる」

わたしたちは黄色いパラソルで西日を遮り、裏のテラスで夕食を楽しんだ。食べながら、ミンディはわたしが入手したエロティカ本のコレクションをざっと確認した。「じゃあ、もうスイートピー・シリーズは書かないの？　悲しいわ。スイートピーがポールダンスする話を読みたかったのに」

「もうこれっきりさよならね、スイートピー」わたしはビールをグラスに注ぎ、サヤエンドウの体を持つ、わたしが愛した小さなキャラクターに捧げた。「あなたは名案として生まれたけど、思ったほど売れなかったのよね」

「より大きくて、ハードで、長いものに乗り換えようってわけ？」ミンディはわたしのエロティカ本をテーブルに積みあげ、わきに押しやった。「聞いたことのない題名や作家ばかりだわ。お薦めが知りたいなら、何冊かわたしが好きな作品を教えるけど」

「ぜひ教えて」わたしはサンドイッチにかじりつき、ピクルスを皿に落っことした。「ボンデージっていうのが最近はやりなんでしょ。ＢＳＤＭ。そういうのを書こうかな」

ミンディはおもしろそうに笑った。「ＢＤＳＭでしょ。うん、そういうのも何冊か持ってるわ。あなたがそういうのにチャレンジしようとしてることは、すばらしいと思う。特に今年の夏、あんなことがあったあとだから」

〝今年の夏にあった、あんなこと〟とはジェイムズ事件を指す暗号だ。わたしはビールに手を伸ばした。「そう？　どうして？」

「なぜなら、エロティカは女性の権利拡張にかかわっているからよ。女性のセクシュアリティーに。清く正しい女の子はそんなこと感じてはいけません、とわたしたちは言われて育ったけど、実は欲求をちゃんと感じてると認めて、正直になれるってこと」ミンディはいったん言葉を切り、唇に挟まった髪の毛を引っ張ってどけた。「あなたがその方面にまた戻ってきてくれて、うれしいわ。セックスから完全に逃げ出しちゃうんじゃないかと心配してたから」

「うーん……」わたしはグラスを口に持っていきかけた途中で考えこんだ。「はっきり言って、こんなことをするのは単純にお金のためなの。物書きの身売りというか。なんとなく受けがよさそうな言葉とかフレーズを適当に集めて、組み合わせて話を作っちゃおうかな、みたいな」

ミンディは何度かまばたきをし、鼻にしわを寄せた。「そんなの、うまくいくはずないわ。ページに登場人物をふたりぶちこんで、〝絹のポケット〟やら〝深く貫かれる〟やら書いたって、それをエロティカとは呼べないわよ」

「とりあえず、やるだけやってみる」わたしは威勢よくグラスの中身を飲んだ。ミンディが持ってきてくれたビールは、地元の醸造所で造られたクラフトビールだった。かすかにマンゴーの味がする。「これ、本当においしい」わたしがげっぷを抑えると、オーディンが耳をぴくぴくさせた。

「レッティ」ミンディは目と目のあいだをつまんで、テーブルに身を乗り出した。「こうしたほうがいいって、わたしが思うところを話すわ。いい、これはあくまで、わたしの意見ですからね」

「わかった」わたしはボウルから赤いブドウの実をつまみあげ、口に放りこんだ。

「エロティカを書くためには、セクシーな自分とつながらなければだめよ。行為そのものを書けばいいだけじゃないの。ふたりの人間どうしのつながりの話なのよ。心と体の両面での。エロティックなロマンスのなかでもわたしの好きな作品ではね、最後には必ずヒーローとヒロインが愛し合うのよ」

「つまり、どういうこと？」

「あなた自身がエロティックな経験をしなければだめだっていうこと」

「ふーん」わたしはグラスを置き、ちょっと時間も置くために、ナプキンでちょこちょこと唇のはしをぬぐった。「そう。でも、そんなの問題外だわ」

ミンディはしかめっつらをした。「なぜ？」

なぜなら、わたしの男の人を見る目は明らかにおかしくなっているからだ。何百ドルもかけてセラピーに通い、すき間のない、感謝の心でいっぱいの完全な人になるべきだと助言してもらったけど……現実はこうだ。「なぜって、セックスについて考えると必ず、うそについて考えてしまうから」感情がこみあげて声がかすれた。「男の人は信用できないって考えて、つらい気持ちや裏切りについて思い出してしまう。だからよ」

ミンディはゆっくり息を吐き、小さな声で言った。「深刻だわ」

「そうよ。わたしにとっては、できればつつかないでほしい話題だったの」寝そべっていたオーディンがむくりと体を起こし、鼻でわたしの手をつついた。わたしはオーディンの耳のうしろをかいてやった。「そういうエロテイカを読んで楽しむこともできないのよ。ばかみたいに大げさで、うそっぽく思えるの。あえいでばっかりで、女性のオーガズムについて装飾過剰な文体でだらだら書いてあるし。わたしだってオーガズムを経験したことはありますからね。現実のオーガズムを。現実は、地獄に投げこまれて、また天国に打ちあげられる感じじゃなかったわ。筋肉のけいれんみたいだった。いいほうのね」わたしはつけ足した。ッティの女性の部分は壊れている、とミンディに思われたくなかったのだ。「あと、〝種をまき散らす〟って表現があるでしょ。おえっ、よね」自分の口を指でぎゅっとつまみ、首を横に振った。

ミンディはビールを取って椅子にもたれ、いっぽうの脚を折ってクッションの上にのせ、もういっぽうの足は伸ばした。ずいぶん長いあいだ、わたしたちはそうやって黙っていた。聞こえてくるのは、ときどき通り過ぎる車の音と、鳥のさえずりだけだった。ミンディはかけていたサングラスをゆっくり押しあげて頭の上にのせ、両目の間隔の広い黒い瞳でわたしをじっと見つめた。「あなたに必要なのは恋愛だわ」

「まさか」わたしは鼻を鳴らした。「あなたの言う恋愛がロボトミーのことじゃなければね」

「ロボトミーなんて言ってないわ。恋愛と言ったら恋愛よ。あなたにはズバッと入ってきてくれる誰かが必要なのよ。あなたの絹のポケットに命を吹きこんでくれる誰かが」

「チーズとお米っ」わたしは食いしんぼう用語で激しく悪態をつき、またしても真っ赤になりながら、首にかかっていた髪を引っ張ってどけた。「オーディンにそんな大人の話を聞かせちゃだめ、ミンディ」

「オーディンなら大丈夫よ」ミンディは片方の肘掛けにゆったりもたれた。「どうして、恋愛がいやなの？　ちゃんとした理由を聞かせて」

言い訳は高速連射できた。「軽いおしゃべりとかはしたくないの。また自分を恋愛マーケットに出したくない。彼に好かれているかしらとか、変なことを言って引かれてないかなとか、心配するのもいや」わたしはため息をつき、椅子の背にもたれた。「セルライトとか皮膚線条を気にするのもいやだし、あごに生えて、一メートル五十センチくらい伸びてた黒い毛をちゃんと抜いたかどうか不安になるもいや。もっと理由をあげてほしい？　それとも、もう納得してくれた？」

ミンディは片方の眉をあげた。「もっとあげて」

「本気なの？　ひと晩じゅう、こんな話を続けるはめになるわよ」それでも、わたしは指を折りつつ理由をあげ続けた。「彼からかかってこないかな、なんて思いながら携帯電話を見つめたくない。ディナーに出かけて、デート相手に大食いだと思われないか心配しながら料理を選ぶのはいや。パン粉をかけて焼いたマカロニアンドチーズが小鍋に入って出てくるのがいいの。オリーブオイルとビネガーが添えられたグリルチキンサラダなんて食べたくない。大嫌いなの。あんなの食べ物じゃない」

話しているうちに、たまっていた澱《おり》がかきまわされたみたいになって、話し続ければ続けるほど深みにはまっていき、苦しくなっていった。「誰かと眠りについて、ひとりで目覚めるのはいや。また捨てられるのはいやなのよ」

そのころにはささやき程度の声しか出ず、わたしは自分の膝をじっと見つめて必死に涙をこらえていた。ミンディは椅子をわたしの近くにずらして、手を握ってくれた。「振られたくないのね」優しく言う。

「ええ」わたしはすすり泣き、ナプキンで頬をぬぐった。「充分な理由でしょ?」

ミンディは口のはしをなめて、返事を考えていた。「だけど、ひとつずれがあるわ。あなたがたくさんあげてくれた理由は、男性と長期にわたるつき合いを始めたくない理由でしょ。わたしが勧めてるのは、そういう長期にわたる期待を全部すっ飛ばしちゃいなさいってことなの。手っ取り早くホットな男を見つけて、なんのしがらみもなく奔放なセックスを楽しむ。そう、正しい恋人にしてはいけない男性、ミスター・ペケを見つけるのよ」

わたしは少しのあいだ考えこんで、言われたことを理解しようとした。ホットな男と奔放なセックスを楽しむというのは、そんなに悪くない考えに思える。ディナーなんか飛ばして、部屋は暗くしたまま、ことの前にもあとにもおしゃべりなんてしない約束を交わしておく。もちろん、そんなことこれまでしたこともないし、考えたこともない。わたしは慎重に恋愛を楽しむタイプだった。ああ、だけど、慎重にした結果どうなったの？　幸せになってない。

とはいえ、ミスター・ペケに該当しそうな男性なんて知り合いのなかにはいない。あっ、体育教師のマックス・アンダーソンがいる、けど……絶対無理。マックスとそんなことになったら、職員室じゅうの人に言いふらされる。それに、あの人がさらっと忘れてクールに振る舞ってくれるわけがない。職員会議の真っ最中に、あの目でわたしの服を脱がしてきそうだ。ほかには、エリック・クレイマンがいる。エリックと奔放なセックスを……と考えただけで肌に刺激的な興奮が走った。でも、どう見ても、エリックは好人物だ。少年聖歌隊員みたいな清らかな人。まさに、わたしがどんどん好きになってしまいそうなタイプ。だめだ、すでに知り合いで、今後も顔を合わせる可能性のある人と、そんな無謀な行為に走れるわけがない。

「わかったわ」わたしは言い、深く息を吸った。「じゃあ、とりあえず話の上で、わたしがその手段をとり、正しいミスター・ペケを見つけることにしたとしましょう。ただ完全に調査のため、わたしの昏睡したヴァギナを復活させるためによ。その場合、どうやって匿名の色男を探し出せばいいの？」

「あなたは可能性に心を開けばいいのよ」

わたしは唇を震わせた。「なんだかすごくニューエイジっぽく聞こえる」

「来て」ミンディは立ちあがり、椅子を動かした。

「なにするの？」

「あることを試してみたいの」

ミンディはわたしたちの椅子を動かし、向かい合わせにした。それから椅子に座り直し、腕を伸ばしてわたしの手を握った。「目を閉じて、呼吸に集中して」

わたしはあきれて目をまわしそうになったけれども、こらえた。「ちょっと、本気で色男を引き寄せるつもり？」

ミンディの頭のてっぺんの気配だけで、わたしは言いすぎたと悟った。引き寄せの法則に疑問を呈するなんて、許されない。「わたしの助けを借りたいの？　またセックスを楽しめるようになりたいの？」

もちろん、なりたい。ああいうセクシーな本を読んでも、胸がよじれるような痛みに襲われずにすむようになりたい。ドクター・ブーブレと話してもうまくいかなかったのだから、ミンディのセックス・セラピーに頼るしかないのかも。「そうね」わたしはぼそぼそと答えて目を閉じた。

「よし」ミンディが深く息を吸い、ゆっくり吐き出す音がした。「では、焦点となる思考に集中するのよ。わたしは可能性に心を開く」

「わたしは可能性に心を開く」わたしは小さな声を出した。

「何度も自分に言い聞かせて。そして、この言葉を口にするたびに、あなたの体が宇宙へと広がっていくのを感じて」

変な体験だった。うちの裏庭でミンディと手を取り合い、可能性に心を開くのは。最初のうち、わたしには抵抗があった。ところが、本当に、不意に変化を感じたのだ。ジェイムズと別れてから長いあいだ、わたしは自分の殻に閉じこもり、耐えきれないほどの苦しみにとらわれていた。わたしはそんなものを手放し、前へ進みたがっている。また晴れやかな気持ちに戻りたがっている。

「わたしは可能性に心を開く」ミンディにささやかれ、わたしもなんとなくそうできるような気がしてきた。

しばらくして、ミンディはわたしの手を離した。「準備ができたら目を開けて」

わたしは一瞬ためらったのち目を開けて、日の明るさにまばたきした。少し胸が軽くなっていた。ほんの少しだけだけれど、確かに軽くなったので、わたしはおずおずと微笑んだ。

「オーケー。可能性に心を開くわ」

ミンディは、ぱっと顔を輝かせた。「それが聞きたかったのよ！　あなたが、わたしのある友だちと会えるように話をつけておくわ。怖じ気づいちゃだめよ。覚えておいて。あなたは可能性に心を開く」

なんだか、まずい。わたしは身構えた。「どういうお友だちなの？」

ミンディは唇を閉じて、にっと笑った。「すごい人よ。写真家なんだけど、パートタイムでSMの女王さまとしても活動してるの」

「えっ、うそ」わたしはぶるぶると首を横に振った。わたしの禅の境地は消え去った。「無理。絶対だめ」

「可能性に心を開くって言ったじゃない」

「それとは別の可能性。女性どうしのセックスは含まない可能性にする」

「セックスしろとは言ってないわ。あなたに紹介する人はクライアントの誰とも、そんなことはしてない」

〝クライアントですって。信じられない〟わたしがビールをごくごく飲み干すあいだも、ミンディは説明を続けた。ミンディによると、彼女の友人に会いにいけば、内なる力を見いだせるかもしれない。癒やしも。信頼も。「わたし、人を信頼するのが得意じゃないの」わたしは言った。

ミンディは黙って椅子にもたれかかり、今回は両方の足を椅子の上に引きあげた。「それでも、誰か信頼してる人がいるでしょ」

「オプラ」

さすがミンディだ。表情ひとつ変えなかった。「オプラなら絶対、女王さまのところに行く。なぜなら、オプラは可能性に心を開く人だからよ」

「それはどうかと――」

「いい、これは実践的なアドバイスよ」ミンディは椅子の背もたれに頭を預けた。「BDSMを書きたいなら、経験しなくてはだめ。ただし、心配は無用よ――わたしの友だちはね、本当にすばらしい女王さまだから。あなた自身が限界を決めさせてもらえるから、安心して貴重な体験ができる。彼女にいくつか質問もして、本を書くための情報も調達しなさいよ」

ミンディは自信を持って勧めてくれているようだ。わたしは緊張をごくりとのみこみ、オーディンの背中を撫でながら、自分はいったいどんな世界に迷いこもうとしているのだろうと考えた。

6

わたしはチャイを入れてコンピューターの前に座った。エロティカを書くのに、スパイシーなお茶が役立ちそうな気がしたからだ。背筋をぴんとさせていい姿勢を取り、天井に向かって両手を伸ばして血流をよくした。感覚。高まっている。人々がセックスをする話を書くときがきた。だいたい、それのなにが難しいっていうの？　基本はわかっている。その行動のメカニズムを紙にそのまま映せばいいだけだ。大したことじゃない。

姿勢を正し、キーボードの上で指を構えた。インスピレーションがわくのを待つ。何語か打ちこんでみた。

〝Aはアナルプレイの A〟

うーん、これは……話の書き出しとしてはどうかと思うけれど、タイトルとしてはまあまあ説得力があるかもしれない。いまのは削除し、新たに打ちこんだ。

〝ある晴れた日、若い女性はサラダをあえた〟

こんな感じ？　わたしは『隣人はうしろの入り口から』に手を伸ばした。セックスシーンのページははしを折ってある。だけど、はっきり言って意味がなかった。だったら、もう一ページ置きに折っちゃえばいい話だ。だから適当にめくってページを開いた。

ターシャはベッドにうつぶせになり、両手と両足首をベッドポストに縛りつけられていた。背後ではコードが潤滑剤に手を伸ばし、不敵な笑みを浮かべている。「なにを考えてるかわかってるぜ、ダーリン。だが、いったんこうされたら、気に入るはずさ」

ちょっと待って、コードですって? コードって誰? ヒーローの名前はヴィンセントじゃなかったの。椅子に体を沈めて、まず教科書の内容を思い出そうとしていたら、あらすじをつかむころには二十分もたっていた。そろそろ集中しないと。さらに何度か出だしで失敗したあと、わたしは手を止めた。絵本作家からエロティカ界のスーパースターへの転身は、思ったよりも難しいようだ。変態チックなさるぐつわをはめた『アヒルさんの しあわせないちにち』を書こうとしているみたい。

〝集中して、レッティ〟目を閉じ、自分のなかに眠っているセックスの女神とつながろうとした。正直な話、むらむらしてきている半神半人くらいでもいい。

〝サリーは怒っていた。四カ月もいいセックスをしていない〟手が止まった。自伝は書かなくていい。〝四カ月〟を〝一年〟に直して、先を続けた。〝これまでに経験したセックスといえば、ぱっとしないものばかり。わたしはまともな性交すらしたことがないのかしら、と思い始める始末だった〟だめっ——〝性交〟ですって? 全然セクシーじゃない。そこも〝セックス〟に直した。これでよし。待って、でも、これじゃ三つの文のなかに三回も〝セックス〟という単語を使ってしまっている。どうしたらいいの!

チャイは冷めてしまった。

わたしはノートパソコンを閉じ、立ちあがった。かなり長い時間がんばった。成果が文三つだけだとしても、少し足を動かして、チャイをもう一杯入れるくらいいいだろう。オーディンもキッチンについてきて、期待するように尻尾を振った。「お外に行きたいの、オーディ？」尻尾の動きが激しくなった。

オーディンに何度かボールを投げてやるくらいいいだろう。わたしの血行もよくなるし、五分くらいしたらインスピレーションがわいて、仕事を続ける準備ができるかもしれない。つまり、これも仕事の一部であって、ぐずぐずサボっているわけではないのだ。絶対に違う。セックスについて書くのが、こんなに難しいはずがない。自分の人生経験を生かして、足りない部分は想像力で補えばいいだけのはずだ。とはいえ、わたしのセックスライフは本当に話にするほどのものではなかった。食いしんぼう用語でいえば、わたしのラブライフはひと盛りのバニラアイスクリーム。ごく普通の丸いアイスで、色とりどりのスプリンクルもかかっていなければ、ホイップクリームも添えられていない。ときどき、どこから紛れこんだのかチョコレートチップがひと粒入っていて、意外においしい、と驚くくらい。でも、それすらもまぐれと言えるくらい珍しい出来事で、アイスクリーム工場の製造段階でなんらかの問題が起こっただけ。勘違いしてはいけない。これはひと盛りのバニラアイスクリームなのだ。ドクター・ブーブレにこの話をしたら、きっと、わたしのセックスにはすき間がある、と言いだすだろう。

わたしは〝処女性《virginity》を失う〟という表現が好きではない。フェミニストの理念には関係がなくて、この言いかただとまるで処女膜がガートルード大おばさまのオパールブローチみたいに聞こえるからだ。もっと遠まわしな〝Vカードに穴を開ける〟という表現のほうがいい。これだとスーパーのお得意さま優待プログラムみたいなお得感があって、なじみやすいからだ。同じ店で自分のカードに穴を開け続けたら、十回目はただになるんじゃないかな、と想像すると楽しい。

わたしのVカードに初めて穴を開けたのは、大学四年生のときの春休みだった。二十一年もセックスせずにいたのは長いほうだ。セックスに興味がなかったわけではなくて、つき合ってくれる人がなかなか見つからなかったと言ったほうが正しい。高校のとき安全なセックスについて説明しにきた人がいて、彼女はわたしたちに、コンドームの袋は決して歯で破ってはいけません、と言った。そういうふうにするとセクシーに見えるかもしれないけど、コンドーム本体に穴が開いてしまいます。彼女はこうも言った。この教室にいる女の子みんな、セックスしたくなったらいつでも、すぐに何人もの男性から誘いがかかるはずです、と。わたしの経験では、そんなに簡単にはいかなかった。セックスしたいと実際に欲望を公言したことがあるわけではないけれど、わたしが二十一歳になるまで、その、なんというか、空洞を埋めようと名乗り出てくれる少年も男性も現れなかった。

では、そのラッキーな男性は誰だったか？　名前はアートといって、友だちの友だちだった。南部なまりのあるフィリピン系アメリカ人。彼とああなるなんて、まったく予想もしなかった。わたしが泊まったデイトナビーチにあるモーテルの同じブロックに、アートもいた。ジョージア州から来たハンサムなアート。濃い茶色の髪に、琥珀色の肌をした、建築家志望の若者。一緒に旅に出かけた友だちグループのなかで、わたしとアートだけ恋人がいなかった。

わたしたちふたりとも遠距離恋愛を始める気はなかったし、デイトナビーチへの春休み旅行で真実の愛を見つけようなんて幻想も抱いていなかった。そもそも恋から生まれた結びつきではなかった。単に、すでにくっついてカップルになっている友だちのなかで、わたしとアートがぽつんと取り残される機会が多かったのだ。わたしは何晩か自分の部屋から閉め出されてアートの部屋のソファで過ごし、アートもひと晩かふた晩、わたしの部屋のソファで寝た。そして、ある晩、わたしたちは半径八十キロの範囲内でセックスしていないのは自分たちだけであることにうんざりし、やっちゃおうということになった。

自分がバージンだったことは、アートには黙っていた。わたしはその週ずっとパーティーガールになりきって過ごしていたのだ。融通が利いて、細かいことは気にしない、面倒くさそうじゃない女の子に。だからベッドの上でキスをして、わたしのブラジャーをはずしたとき、アートは言った。「きみって、すごくクールだね」わたしはのけぞって倒れそうになった。自分の演技が通用していたなんて信じられなかったのだ。

だけど、そう、それがわたしだった。わたしは〝クール〟だった。故郷の町では、とことんまじめで、必死にがんばってまあまあの成績平均点を維持していた。お酒にもドラッグにも手を出さなかった。会ったばかりの男性に胸をさわらせたりしなかった。でも、春休みには、ワインクーラーを何杯か飲んで、裸になる。わたしはクスッと笑い――これもクールな女の子を気取った演技だ――こんなことを言った。「まあね、どうだっていいけど」どうだっていいどころか、なんとしてでもVカードに穴を開けてもらいたかった。初売りがいちばん大事だ。アートに〝すごくクール〟と言われたとき、わたしはその言葉をすばやく検証し、翻訳した。〝きみって、すごくクールだね……セックスしてもいいって言ってくれるなんて〟

　セックスはすばやく終わった。思ったほど痛くなかったし、行為が終わるまでは大して気まずくならなかった。アートはすでに何枚ものカードに穴を開けていたらしく、コンドームの扱いには慣れていた。セックスしたあと、わたしたちは連絡を取り合おうとかあいまいな話をしたが、結局それっきりだった。普通そういうものだ。

　あとから考えれば、ジェイムズとの関係においても、これといって情熱はあまりなかった気がする。いろいろ合わさってああいう結果になったのだったが、記憶に鮮明に残っているのは、わたしのオーガズムをめぐってしたけんかだ――もっとくわしく言うと、わたしがオーガズムに達しなかったことで、ジェイムズが自分のせいにされたみたいに怒ったのだ。わたしはそういうときのジェイムズの顔を見るのが本当にいやになっていた。ジェイムズは汗まみれになって疲れ果て、わたしの上からどきながら、今回もテクニックの限りを尽くしたのにだめだったせいですっかり感情を害した顔をしていた。「どうしてもわからない」ジェイムズは一度言った。「そもそも、きみにクリトリスはあるのかな?」

そのとき、わたしたちはケンブリッジにあるジェイムズのアパートにいた。夏の宵だったのでベッドルームの窓は開けていた。二階下からは、彼女にメールを送っている友人を、尻に敷かれやがってとののしる男の声が聞こえた。ロマンティックな環境とは言えなかったけれど、窓を閉めればふたりでくつろげた。そんな状況のなか、わたしたちはベッドの上で大の字になったまま、ふれ合うことなく、自分の感情を吐き出そうとしていた。「かかりつけの産婦人科医からクリトリスについてなにか言われたことはないわ。だから、確かにそれを持ってる、とはわたしにも言いきれないわね。あるかないか男の人に確かめてもらわないと」

「よしてくれよ。ぼくが言いたいのはそういうことじゃないってわかってるだろ」ジェイムズは見識を持ち合わせた自称フェミニストだから、そういうふうに振る舞っていないとわたしから指摘されるのをすごくいやがった。「深呼吸を試してみたらどうかな?」

「すごく参考になる。ありがとう。もっとがんばって息してみるわ」

その後しばらく沈黙が続き、わたしは身構えていた。「ぼくが相手だと感じない?」ジェイムズが訊いた。

傷ついているというより、いら立っている口調だった。そうでなければ、わたしはジェイムズに対してすまなく感じたはずだ。かわりに、自分のオーガズムがなぜかジェイムズのエゴを満たすためのものに変わっていることに憤りを覚えた。わたしがオーガズムに達したふりをするようになってからは、少しましになった。そのふりは得意だった。あんまり大きな声をあげて大げさにはせず、ふっと吐息をもらして悩ましい声を出す。それから、確かにクライマックスに達したと言葉で伝え、〝信じられない〟とつけ足す。〝あれだけ悩んで、秘訣は深呼吸だったなんてね〟最初のうち、ジェイムズは信じていたようだったけれど、最後にはこれが別れのきっかけになったのかもしれない。わたしたちはどちらもうそをついていて、どちらの真実も相手の心を深く傷つけた。

こんなことを考えながら、わたしは裏庭でオーディンにボールを投げてやっていた。そのあとノートパソコンの前に戻り、あらためてエロティカを書き始めようとしたとき、わたしは世界を揺るがすようなロマンスなんて一度も体験したことがないと気づいた。アートのあと、ほかにふたりの男性とセックスして、それからジェイムズとつき合いだした。そのうちの誰も、わたしのお尻をたたいたり、みだらな言葉をささやいたりしなかった。少しでもわたしの世界を揺るがすようなまねをしてくれた人はいなかった。調査のために読んだエロティカのなかには必ず胸が高鳴るような場所や、変態チックな趣味や、アクロバティックな行為が出てきたのに、今日までのわたしの経験といえば、あまりにも……正常すぎる。

でも、まあいいか。オーガズムのあるなしは置いて、セックスは楽しめた。たいていは。別に、悪くはないという感じ。要は、ある一本のものがある場所に挿入されればいい話だ。だけど、考えてみれば、どうしてセックスや恋愛についての本がこんなに世のなかにあふれているのか、わたしには理解できたことがない。なにがそんなにおもしろいのか、わからない。セックスや恋愛なんてぽっと始まってぽっと終わり、どうせまた普段の生活をひとりで続けていかなくてはならなくなるのに。

カーテンのすき間からのぞくと、向かいの家の私道に黒いメルセデスのオープンカーが停まった。運転席のドアが開き、彼がおり立った。長身。黒髪。ハンサム。彼は歯医者だけれど、倒錯した一面も持ち合わせていることを彼女は知っている。地下室に隠されている鞭と鎖。一度ともに過ごしたとき、彼は地下室の壁に彼女を鎖でつなぎ、彼女の絹のポケットのかわりに第三の入り口を選んで、うしろから入ってきた。アナルセックスからオーガズムに達せるなんて、彼女には未知の体験だった。そのオーガズムはこれまで体験してきたものとは違った。まるで地獄に投げこまれてから天国に打ちあげられ、さらに崖から真っ逆さまに落ちて純粋な至福の海に飛びこむかのような体験だった。彼は止まらず、彼女は何度も続けざまに達した。彼の下腹部には魔力があるに違いない。すべてが終わって種をまき散らしたあと、彼は彼女のためにグリルチーズサンドイッチを作り、歯科医療における挑戦について何時間もかけて語った。彼はスラム街の診療所で無償の治療を行っているそうだ。そして、実は家事も好きなんだと打ち明けた。「掃除機をかけるのが好きなんだ」彼はそう言って笑った。「ぼくのものになった女性は、家で指一本動かさなくてよくなるのさ！」こんなすばらしい人に、彼女は生まれて初めて出会った。

彼女はふたたび退屈な床のモップ掃除を再開しながら、ぼうっとなった。子どもたちは四時まで帰ってこない。向かいの家に行って、彼が性交したい気分かどうか訊いてみようかしら。だって、彼には奥深い魅力があるんだもの。

オエーッ。

木曜日、わたしの携帯電話に不在着信が何度もあり、毎回同じ知らない番号からだった。留守番電話にメッセージも入っていなかった。ついにその電話に出たとき、わたしはオーディンと一緒に家にいて、お湯をわかした鍋のなかにヌードルを投入しているところだった。

「もしもし?」

女性の声が返ってきた。「デートがしたいそうね」

わたしは動揺して携帯電話を取り落とし、電話はタイルにはね返されて滑っていった。オーディンが大喜びで尻尾を振りながらそれを追いかけていき、獲物を前足でつついた。「だめよ、オーディ! それにさわらないで!」オーディンが言うことを聞かないようにしようと決めてしまう前に、わたしは電話をさっと取った。「すみません」電話の相手に言う。「どなたですか?」

「ミス・ハンターよ。共通の友人から、この番号を紹介されたの。あなたがセッションを希望していると聞いたのだけれど」

ミス・ハンターの声はクールで、穏やかささえ感じられた。それに引き換え、わたしは両手にぐっしょり汗をかき、卒倒しそうなくらい心臓をばくばくいわせている。「はい、そうです。セッションというか。わ——わたしは作家なんです」言葉に詰まりながら言った。

「あなたにインタビューできればと思って。これから書く作品のために。だから、実際のセッションではないんです」

わたしは本音を伝えた。可能性に心を開くとは言ったものの、日がたつうちに、だんだんと勇気がなくなってきていたのだ。しかし残念ながら、ミス・ハンターは聞き入れてくれなかった。「インタビューは受けない」

「オフレコでもだめですか？」

「だめよ」

「はあ」

キッチンのひんやりする黒い御影石でできたカウンターに寄りかかりながら、わたしは親指の爪をかんだ。まずいわ。あれから何度かエロティカを書き始めようとしてみたけれど、まるで裸足のまま、つるつる滑る氷の坂を上ろうとしているような具合だ。いくら努力しても、まったく前へ進めない。「正確にはどういうことをするんでしょう、その……セッションでは？」

「基本的なことから始められるわ」

「というと？」

「あなたがなにを必要としているかによる。あなたは自分がなにを必要としていると思う？」

わたしは首のうしろをかき、鍋から立ち上る湯気を見つめた。わたしがなにを必要としているか？　本を書くためにインタビューがしたいって理由は、さっきはっきり伝えたんだけど……。「ヒントをくれますか？　ちょっとよくわからなくて――」

「共通の友人から、あなたは信頼に関する問題を抱えていると聞いたわ。そのとおりなの？」

「わたしたちの共通の友人って、おしゃべりですよね」鍋からお湯が噴きこぼれてジュージューいったので、わたしは急いで火を弱めにいった。「オーケー、そう言えないこともないかもしれません。っていうのも、〝信頼に関する問題〟がどういう意味かによりますよね？ともかく、セラピストからは、わたしは人を見ると最悪の予想をするって言われてます。人に失望させられるのを避けるために。だから、そのとおりかも」

「彼女の言うとおりだと思うということ？」

徹底してビジネスライクだ、このミス・ハンターは。わたしにとっては、ありがたかった。ミス・ハンターが全身を包む黒いレザースーツを着用し、自分が支配する地下牢にある机の前に座ってメモを取る姿を、わたしは想像した。「セラピストは男性ですけど、彼の言うとおりだと思います」

「では、会うのは明日の夜でいい？」

「明日？」あまりにも急に思えるけれど、こういうことはできるだけ早くすませてしまったほうがいいのだろう。虫歯の治療みたいに。わたしはいったん間を置き、カレンダーを見て予定をチェックするふりをした。「予定を確認しますね。あ、大丈夫です。明日なら空いてるみたい」

ミス・ハンターから会う場所の住所と時間を告げられ、電話を切った。そのころには夕食のヌードルはゆであがっていたが、わたしは食欲を失っていた。食べ物をすべて冷蔵庫にしまい、かわりに本を手に取った。『深く貫かれて』だ。だらだらと最初の二章を読んだところで興味が続かなくなった。ミンディの言うとおり、電子書籍リーダーを買ったほうがいいのかもしれない。そうしたら、とりあえずもっといい作品が見つけられそうだからだ。

インターネットで電子書籍のタイトルを調べてみて、自分の想像力がどんなに乏しかったか思い知らされた。わたしは男と女がセックスして恋に落ちる小説を書こうとしているだけなのに、ネット上には恐竜やら、神話の生き物やら、歴代大統領やらが絡んでくるエロティックな大活劇のタイトルが並んでいたのだ。「『ルーズベルト：ニンジャ乱交スター』ですって。なんなのかしらね、オーディン」わたしは眉間にしわを寄せて宣伝文を読んだ。〝火星がナチスによって爆破されようとしている。それを阻止できるのは、忍びの術をきわめたルーズベルトだけだ。だが、その前に、われらが精力絶倫の大統領は、ドイツの巨乳スパイに口を割らせなければならない。世界が滅亡する前にルーズベルトは巨乳スパイを絶頂に追いやり、全人類を救うことができるのか？〟

わたしはため息をついた。はっきり言って、元大統領がドイツのスパイとよろしくやる話も、魔法の一物を持つヒーローの話も書きたくない。昔ながらの純愛物語はどこへ行ってしまったの？

わたしは『深く貫かれて』をふたたび手に取り、オーディンがまだ穴を開けていない紫色のシェニール織り毛布をかぶって、ソファの上で丸まった。それから『深く貫かれて』をどれだけ読み進められたか覚えていない。野原でセックスする場面を読んでいた気がするけれど、いつの間にか途中で眠りこんでしまい、わたしは蚊にたかられて、背中に泥や枝が食いこむ夢を見た。

ミス・ハンターとの約束の前に、夕食に招かれてパパとサディの家に行った。やっぱり、わたしの人生はとことん変な方向へ進もうとしているのだ。

パパとサディはウェストボローの郊外に住んでいる。コッパーヒルのお屋敷とまではいかないけど、玄関広間、寝室六つ、曲がり階段を備えた煉瓦造りの立派な家だ。サディは婚前契約書にサインずみだ。パパは妻になる人全員に必ず婚前契約書にサインさせている。最近は、もしものときのためにこうしておくのが普通なんだよ、と言って。

ドクター・ブーブレの助けを借り、わたしは自分の父親と、結婚を繰り返す彼の性癖について受け入れられるようになっていた。パパが最初に結婚した人はドンナといった。彼女とはフェイやわたしが生まれる前に離婚していた。ドンナの次がママで、結婚の誓いを交わしたとき、ママのおなかのなかにはフェイがいた。パパとママは決してこのことを認めようとしないけれど、事実、フェイが生まれたのはふたりが結婚してから四カ月後で、生まれたときの体重は三一七八グラムもあった。天才じゃなくても明らかに見抜ける問題だ。数年後にわたしが生まれ、それから大してたたないうちにパパはまた別のドンナという女性のもとへ走った。わたしたちは彼女のことをドンナ二世と呼んでいる。パパはドンナ二世とはだいぶ長いあいだ夫婦でいた。ドンナ二世がパパの数多くのガールフレンドに目をつぶっていたからだと思う。でも、そのガールフレンドのなかのひとりがあるとき目覚め、愛人でいるよりもっとましな人生を送りたいと決めたらしい。そこでパパはドンナ二世を捨て、サディと結婚した。豊胸手術による完璧な球形の胸と、細すぎるウエストを持つサディと。サディはフェイよりふたつ、わたしより五つしか年上じゃないくせに、フェイのところの双子に自分を〝サディおばあちゃん〟と呼ばせている。

フェイとわたしはママに育てられた。ママはだいたいにおいてまともな人で、パパにそんなにこだわってもいないようだった。あえて言うなら、ママはパパの異常な習性について話すとき、あの人から離れられてせいせいしたわ、といった感じの口ぶりになる。「結局、男の人ってああなのよ」ママは言う。「でも、わたしにはかわいい娘たちがいるものね」だから本当に、わたしたち三人は、それからずっと幸せに暮らせた。

パパは、ママと離婚した時点ではそんなにお金を持っていなかった。わたしたちと一緒に暮らしていたころのパパは、ロースクールの奨学金返済に追われる若手弁護士で、事務所の先輩弁護士のもとで働きながら、なんとか名をあげようとしていた。そんななか、ある犬によるかみつき事件の訴訟を担当した。周囲の人みんなから、つまらん案件だと言われていたにもかかわらず、五十万ドル賠償の判決が出た。続いてパパのもとに舞いこんできた案件は、滑って転んだ人の訴訟。百万ドル。その次が製造物責任訴訟。一千万ドル。あれよという間に大金を稼いだパパは一躍、敏腕弁護士となり、いっぽうのママはクーポンを切り抜きながらわたしたちにこう言った。「とりあえず、あなたたちが大学の学費を心配する必要はないでしょ」その点はパパもちゃんとしていて、確かに学費の心配はなくなった。ただし、パパは施しに興味がある人ではなかった。自分の力で世間を渡っていくことで強い人間になれる、が口癖だった。「おまえとフェイに百万ドルの小切手をぽんと渡したりしたら」パパは一度こういうふうに説明していた。「すでに甘やかされたろくでなしであふれている世のなかに、ますますそういう連中を増やしてしまうことになるだけだ」

パパは、テレビに出てくる弁護士みたいな外見はしていない。きっちりしたダークスーツを着こなし、いかにも洗練された見かけの、頭がよすぎて感じが悪いタイプの人ではない。パパは、いかにも父親然としたハンサムだ。一緒に出かけると、女性たちがパパに注目しているのがよくわかる。女性たちはとたんに笑顔になり、少女っぽく笑う。パパは六十代目前にしては体形が崩れていないし、たくさんお金を持っている。この組み合わせに、女性たちは抵抗できないようだ。パパはいつも願ってもないサービスを受け、女性たちのほうから声をかけられればチャンスととらえ、ノーと言わない主義だ。だからこそ、四人もの女性と結婚できたのだ。

パパは少し被害妄想の気もある。パパの家の玄関扉は、城塞にでもありそうなしろものだ。仰々しく、鍛鉄製の蝶番《ちょうつがい》がついた木の扉だ。もし万が一、コネチカット州ウェストボロー、ウィローベンドレーン四四に侵略軍が攻めてきたとしても、この城塞があれば、パパは逃げるか、あるいは、たぶん屋根裏に隠し持っている大砲を引っ張り出してくる時間が稼げる。

この玄関扉にはつねに鍵がかかっている――たとえ人が訪ねてくることになっていても。パパに言わせると、パパは裁判であらゆる企業のCEOを怒らせてきた。そして、それは蜂の巣に穴を開けるようなものだそうだ。「パパはやつらにとって、もっとも倒したい敵なんだ」と言っていたこともある。「もしもパパになにかあったら、疑わしい容疑者のリストは金庫にしまってあるからな」

金曜日、学校が終わったあと、わたしは近くのベーカリーに寄り、上の部分が編みこみになったワイルドブルーベリーパイを買った。パパの大好物だ。予想どおり、玄関を開けるなり、パパは顔を輝かせた。「手作りしてくれたのかい？」

見るからに業務用の白い箱に入っているのに訊く。「いいえ。でもサディに訊かれたら、手作りだって言ってね」

「さあ、入って」

パパの横を通ってわたしは城塞に入り、パパの頬にキスをした。「サディは家族みんなのディナーもケータリングしたの？」わたしは感じよく尋ねた。

「キャセロールを作ってくれてるよ」

「ああ、よかった。ランチをたっぷり食べてきて」

たしなめられると思いきや、パパは静かに笑っただけだった。客観的に言って、サディが作る料理はひどい。パスタはゆですぎて、ふにゃふにゃの気色悪い食感にしてしまう。サディがコーヒーをいれると、汚染物質はこういう味がするのではないか、と思うような味になってしまう。ローストチキンを生物兵器化したこともある。にもかかわらず、わたしがサディの料理についてなにか言うと、いつもならパパはわたしをしかり、ドンナ二世のときと同じお説教をしていた。彼女は家族の一員だ、パパの愛する人だ、とか、なんとかかんとか。〝小うるさく言いすぎだよ、レッティ〟でも、今夜はこれしか言わなかった。「サディもがんばっているんだよ。親切にしておくれ」

わたしはパパにパイを渡し、大理石張りの玄関広間を通って、パパのあとからキッチンに入った。パパも料理はしないのに、キッチンにはシェフもうらやむような設備が調っている。ステンレス製の電化製品に、広々とした石鹸石のカウンター。わたしなら、このキッチンとだったら熱く濃密なおつき合いができるはず——そう思えるくらいゴージャスだ。どうしましょう、このワイルドなロマンスにどんなタイトルをつけたらいいか想像もつかない。『オーブンとの熱い一夜』なんてどう？　それとも、『冷蔵庫の奥深くに入れて』は？

「いらっしゃい、レッティ」わたしたちが入っていくと、サディが明るい声を響かせた。「来てくれてうれしいわ」サディは顔にかかったブロンドをふっと息で飛ばし、コーラルピンク色をしたストライプ模様のオーブンミットをはずした。「もう少しでディナーができるわ」

本当にサディの料理の腕はそこまでひどいのかって？　もちろん、そのとおり。とはいえ、わたしがいろいろ言ってしまうのは、心の片すみでものすごく嫉妬しているからだと思う。サディはモデルなのだ。よくいる兼業モデルなんかじゃない。ほら、モデル兼〈アップルビーズ〉のウエイトレスみたいな。そういうのではなくて、実際に食べていけるだけのキャリアのあるモデルなのだ。豊胸手術をする前は、高校を卒業してからしばらくニューヨークのランウェイを歩いていた。ニューヨークだけでなく、パリやミラノや香港など、いたるところで仕事をしていた。だから、いつでも流行の最先端をいっている。今日のサディの姿を見ると、さっきのオーブンミットとそろいのエプロンを身に着け、なにげなくくしゃっとまとめたようなポニーテールにしている。でも、あれは確実に作られた無造作ヘアだ。そんなサディの前では、半袖の黄色いセーターとチノパンを身に着けた自分が野暮ったく感じた。どちらとも、わたしの体形には丈が短すぎたような——これでも今日はおしゃれをしてきたつもりだったのに。しかもサディは身長が一八〇センチくらいある。誰もが振り返る美人だから、料理ができなくても許されるのだ。

「いいにおいね」わたしは言った。「なにを作ってるの?」

「実は、今日は手抜き料理にしちゃおうかなって。残り物を適当にお皿に入れて、なにができるかお楽しみよ」

わたしはカウンターの上に散らばっている断片から、キャセロールに入っている残り物とはなにかを特定しようとした。赤ピーマンと普通のピーマンのへた、液体がべとっとこびりついている灰色の卵の容器、卵麺の空箱。海塩の箱。パン粉の袋。いいものができあがるとは思えない。とはいえ、今夜はこれから見知らぬ人にお尻をたたかれにいくのだから、おなかになにも入れずにおいたほうがかえっていいのかもしれない。

ドアベルが鳴った。「フェイと子どもたちだ」パパは明るい声をあげ、城塞の扉を開けにいった。

わたしは自分でグラスに水を入れた。「手伝いましょうか?」サディに訊く。

「えっ? ああ、いいの、いいの、手伝いなんて!」サディは一度も使われたことのないようにまっさらなふきんで手をふき、それをシンクの縁にかけた。「向こうでくつろいでて。もうすぐできるから」

「サディおばあちゃん!」

白いポロシャツと青いズボンの影が目にも留まらぬ速さでキッチンに飛びこんできた。ポーシャとブレイズだ。ふたりが両脚に抱きつくと、サディは笑い声をあげ、双子の背中をそっとたたいた。「わたしの大好きなおちびちゃんたち! 今日もすてきなペアルックね! なんておしゃれなの」

少しして、フェイもキッチンに現れた。髪は少し乱れ、化粧を厚めにしているにもかかわらず、目の下のくまが目立っている。フェイはわたしとサディに疲れた笑みを見せた。「どうも。調子はどう?」

「フェイも元気?」わたしは返事をし、姉の背後に目をやった。「ウィンも来てるの?」

「仕事があるって。いつものことよ」わたしたち姉妹は気持ちの通じ合った視線を交わした。

「いいにおいね、サディ」

「ありがと。もうすぐできるところなのよ」サディは屈んで双子に話しかけた。「サディおばあちゃんね、あなたたちふたりに特別なプレゼントがあるの。一緒に行って見てこない?」

双子は歓声をあげ、サディに連れられてキッチンを出ていった。フェイはわたしを見て言った。「変なこと言わないで」

「サディおばあちゃん」わたしは声をひそめて笑った。

「言葉もないわ」フェイはスツールを引き出して、がっくりと座り、両手で頭を抱えた。「サディは双子の義理のおばあちゃんになりたいんだよってパパは言うのよ。そう言われたら、わたしになにが言えるの？」

「わたしはオーディンに、あの人のことを〝おばあちゃん〟なんて呼ばないでって言い聞かせてる。だって、あの人とは血のつながりもなにも――」

「ああ、おばあちゃんといえば」フェイは頭を傾けた。「ママがイタリアからおみやげを送ってくれたわ。あなたにも同じものを送ってるみたい。覚悟しといたほうがいいわ」

パパと違い、ママは一度も再婚していない。どうしてしないのと訊かれるたび、ママは肩をすくめてこう答えている。「興味ないの」子どものころのわたしは、ママがこう言うのは、ぴったりの人に会っていないという意味なのだと思っていた。でも、大人になってやっとわかった。ママが再婚しないのは、とことん独立心の強い人だからだ。ママは何事にも決して妥協しない――家のなかの装飾にも、週末の計画にも、料理にも。ママは何人かボーイフレンドを作っていたし、いま暮らしているノースカロライナ州にある五十五歳以上の人専用のコミュニティマンションでは、かなりの人気者のようだ。ときどき、新しくいい人を作っては一緒に旅行している。それはいいのだけれど、わたしやフェイにいつも趣味の悪いおみやげを送ってくるのは困ったものだ。おかげでうちにはチャールズ皇太子とカミラ夫人のコースターがコレクションと言えるくらいそろっており、来客があったときには引っ張り出して使っている。あと、アムステルダムから送られてきた謎のガラス製品はクリスマスツリーにつるしているのだが、どうも、あれはドラッグを使うときの道具のような気がしている。

フェイがハンドバッグのなかを探っているので、わたしはアイランドカウンターに手をついてのぞきこんだ。「今度はなんだったの？」

フェイは小さな本を取り出した。「この小さな傑作よ。はい。見てみなさい」

表紙はミケランジェロのダビデ像——の腰から下だけの写真だ。ページをめくってもめくっても、同じ構図の写真ばかり。「うわっ」

「でしょ」フェイはあごに力を入れている。「イタリアの芸術作品のペニスを集めた写真集なのよ。子どもたちに見つけられないように隠しておかないといけないものが、また増えたわ。ママったら、ほんとにありがたい！」

「うーん、ちゃんと中身がわからないように包装されて送られてくるといいけど。郵便配達の人に変な人だと思われたくないもの」わたしは姉の近くに身を寄せ、声をひそめた。「ところで、どうなってるの？　ウィンとは」

フェイはわたしと目を合わせるのを避け、本をバッグにしまった。「夜は大変だったわ。問題はこみ入ってるから——」

「話してらくになるなら、わたしに話して。別の部屋に行ってもいいし——」

そのとき、パパがデジタルカメラを手にキッチンに入ってきたので、わたしは慌てて口を閉じた。「スコットランド旅行をしたとき写真を撮ってきたんだ。見たいかい？」

フェイはわたしに警告の視線を送り、明るく答えた。「ぜひ見たいわ、パパ」

キャセロールは縁全体が焦げ、しかも、サディは全乳のかわりにスキムミルクを、バターのかわりにマーガリンを使用していた。わたしは塩を少し振って何口か食べてみたが、たぶん発泡スチロールってこんな味だろうな、と思った。幸い、店で買ってきたパンもあって救われた。

食事が始まって五分後、ポーシャがフェイに言った。「もう、ごちそうさましていい？　もらったおもちゃで遊びたい」

サディおばあちゃんは、紙や色チョークやクレヨンやシールがたっぷり詰まった新品のアートキットを双子にプレゼントしていた。

フェイは娘の髪を撫でた。「ふたりとも、ちゃんと食べたの？」

「はーい」ブレイズとポーシャは返事をした。

「じゃあ、行ってらっしゃい」フェイが子どもたちにサディの料理を〝もうひと口食べなさい〟とは決して言わないことに、わたしは気づいていた。

双子はおもちゃがある別の部屋にすばやく駆けていった。「そうだ、レッティ」パパが口を開いた。「執筆活動は順調かい？」

わたしは、こう訊かれることを予想していた。パパはいつもわたしの絵本について訊いてくれる。「売りあげは思ってたよりいいみたい」これは本当だ——わたしはいつも最低の数を予想しておく。「だけど、絵本を出してくれていた出版社が買収されてしまって、スイートピー・シリーズはこれでおしまいになってしまいそうなの」

フェイは同情の声をあげた。「それっきりってこと？　完全に終わってしまうの？」

「ええ、残念だけど」

「本当に残念だわ」フェイは伸びきった麺を皿の上で引きずった。「これからどうするつもりなの？」

わたしはぎゅっと唇を結んだ。散々悩んで、パパとフェイとサディにエロティカという新たな分野に乗り出そうとしていることを話そうかどうしようか考えた。『カルビン・クーリッジ：空手セックスマスター』みたいな話を書くつもりはない、とわざわざ説明しなくてはならないはめになるのはいやだが、ここにいるみんなには正直に打ち明けたかった。そこで、とりあえず慎重にようすをうかがってみることにした。「いまはいろいろと選択肢を検討しているところなの。どうやら、わたしの担当編集者が今後はおもにエロティカを担当することになったらしくて」口にした言葉を漂わせる。

パパの額にしわが寄った。「エロティカだって？　レッティはそんなものが書きたいのか？」

サディがリネンのナプキンで口を隠しながら笑った。「冗談でしょう。レッティ。あなたがそんなお下劣な話を書くなんて考えられない」

わたしは肩を怒らせた。

「お下劣なんかじゃないわ。少なくとも、すべてがそういうわけじゃない」わたしは言った。「女性はエロティカを読んだり書いたりすることで解放感を得られるのよ。正直になれるの」

おもしろがっているようにフェイの口のはしがあがった。「あなたがそういうのを書こうとしているって聞いて驚いてるのよ。あなたはすごくまじめで、控えめだから」

「そんなことないわ」わたしはむっとして言った。「マナーがちゃんとしてるってだけよ。まさにお堅い人たちの中心地みたいなコッパーヒルに住んでる人がよく言うわ」

わたしの辛らつな言葉も、姉はふっと笑って受け流した。「ばかにして言ったんじゃないわ。だいたい、あなたにエロティカは無理そうってわたしに思われたからってどうでもいいでしょ？　あなたは絵本作家なんだから」

わたしは片方の肩をすくめ、子どもみたいにすねて自分の皿をにらみつけた。「そう？　どうしてもとなったらエロティカを書くかもしれないわよ」

フェイは笑顔で首をかしげた。「もうエロティカを書いてるの？」

「いいえ。そうするつもりがあれば書けるって言ってるだけ」

「レッティなら、そうするつもりがあれば、だいたいなんだってできるさ」パパが口を挟んだ。意外にも、こんな話題になっても動揺していない。「ただ、パパにはいい考えとは思えないな」

サディは頭を左右に振って、まだ笑っている。「レッティがエロティカを書いた日には、わたしひとりでドーナツをひと箱ぺろりとたいらげちゃうわ」

〝それのどこが大したことなの〟わたしは皿の横にフォークを置いた。「もちろん、実際にエロティカを書いているわけじゃないわ」無理やり笑い声を絞り出す。「どうやって書き始めればいいかもわからないもの」

「それが言いたかったのよ」フェイは言った。「あなたは幼稚園の先生よ。あなたが書く本だって健全そのもので、かわいらしいし」

「そうね。そのとおり」わたしは認めながらも、膝の上でナプキンをくしゃくしゃにして握りしめていた。「ただ、わたしが絵本を書いてた出版社がいきなりああいう本を求めだしたのがおもしろいってだけ。これまでは子ども向けの本ばかり出版してたのにね」

サディはレモンを搾った氷水をひと口飲んで、「わたしもエロティカでも書いてみようかしら」と言った。グラス越しにパパにちらりと視線を送っている。

わたしがパパを見ると、パパは見たこともない妙な笑みを浮かべていた。わたしの胃のなかで発泡スチロールが煉瓦みたいになった。「ぜひ書いておくれ」パパは言った。「きみはとても才能のある書き手だからね」

わたしとフェイを振り向いて言う。「サディは本当に巧みなんだ」

サディは満足げに椅子にもたれかかった。「文章を書くのって、すごく好きよ。ミラノで仕事をしてたころは、インスピレーションを受けたときいつでも書き留められるように、どこへ行くにも日記を持ち歩いてたわ」

「おまえたちも彼女のストーリーを聞かせてもらうべきだよ。ものすごく胸に迫るんだ」と、パパ。

「ちょくちょくスケッチもしてるの。ずいぶん前から、自分の服のブランドを立ちあげようと思ってて」

「必ず成功するよ。きみが本気でやりたいのなら」

なぜかはわからないが、この会話を聞かされて、わたしは鳥肌が立って仕方なかった。わたしは立ちあがって、すぐ怒る子どもみたいにこう叫びたかった。〝やめて、うちの作家はわたしでしょ！〟サディはわたしのパパを奪い、大好きなおばあちゃんの座をめぐってママと張り合おうとし、おまけにゴージャスな美人で、服をデザインしてるらしくて――その上、作家にまでなるですって？　作家であることはわたしの唯一の取りえで、それすらもいまではものすごく危うくなっているというのに。

わたしがどんどん内にこもっていくことに、フェイは気づいたに違いない。フェイはすぐさま話題を変え、気づけば、わたしたちはデザートを出すためにテーブルを片づけていた。誰もキャセロールをおかわりしなかったことに、わたしはひそかな満足感を覚えていた。

わたしはブルーベリーパイを食べ終えるとすぐパパの家をあとにした。その夜はずっと、みんなの言葉が胸に突き刺さっていて、もやもやした。家族内でのわたしの役割は固まってしまっていた。わたしは人がいいだけの地味人間だ。わたしは〝お願いします〟や〝ありがとう〟というセリフが出てくるだけの話を書くのが得意な人間で、その程度の人間なのだ。幼稚園の先生であり、かわいくない妹であり、ださい継娘。わたしみたいな人間がセクシーだったり、刺激的だったりすることのなにを知ってるっていうの？　魅力的な男性に欲望を抱かれたり、わたし自身が欲望を抱いたりする話を、いったいどうやったら知ったふりして書けるっていうの？

ミス・ハンターとのセッションに出かけるとき、わたしは決意した。みんながわたしについて抱いている思いこみは間違ってるって証明しよう。わたしはけっこうとんがっていて、セクシーで、情熱的だ。いろんなものをかき分けた下には、わたしにもそういう一面がある。ただ深く掘りさげていって、自分のそういう一面を見つければいいだけだ。

7

ミス・ハンターとはスタンフォードにある高級ホテルで会うことになっていた。ホテルに入るなり、わたしはロビーの中央にある巨大なクリスタルのシャンデリアと、さまざまな赤い花が豪勢に飾られた黒い花瓶に目を奪われた。やわらかい光を放つ照明、大理石が敷きつめられた床、そして、手押し車に積まれている荷物はブランドものだ。ミス・ハンターから、誰にも声をかける必要はないので、まっすぐ部屋に来るようにと指示されていた。そこで、わたしは誰とも目を合わせないようにしながらエレベーターを目指した。内心は震えあがっていた。

エレベーターでは、魅力的な男女と一緒になった。ふたりともデパートの香水売り場のような芳香を放っていた。ふたりはそろってルイ・ヴィトンのウィークエンドバッグを手に持ち、見つめ合って笑みを浮かべている。ニューヨークはすぐそこなのに、このふたりはスタンフォードに泊まっていったいなにをしているのだろう、とわたしはいぶかった。ふたりは十四階でおりた。わたしは二十階まで行った。

手のひらが冷えきり、膝が震える。ちゃんと息をして、と自分に思い出させた。〝いつでも好きなときに帰ることができるのよ。したくないことはいっさいしなくてもいいんだから〟こう考えると少し気がらくになった。でも、決意を新たにするのにもっと役立ったのは、わたしがエロティカを書くと考えて笑っているサディとフェイとパパについて思い出したことだった。〝わたしがどんなに危ないことをしちゃってるか、あの三人が知ってたらね〟ついに二〇一四号室の前まで来ると、わたしはつんとあごをあげ、ドアをノックした。ほとんど間を置かずドアが開き、声がした。「入りなさい」

部屋は暗かった。ようやく目が慣れてくると、そこには予想外のものはなにもなかった。キングサイズのベッド。革製のベンチ。片すみには、そろいの革製ふたりがけソファと肘掛け椅子が置かれた、ゆったり座れる場所。窓は重厚な灰色の生織物でできたカーテンで覆われている。不意に背後でドアが閉まり、わたしは息をのんだ。女性の声がした。「よく来たわね。どう、そんなに怖がることはなかったでしょう」

微笑む女性はきれいな人で、茶色い髪をきつく引っつめてまとめていた。腿のなかほどまで丈がある黒いレザーのストラップレスドレスを身に着け、黒いレザーのブーツをはいている。口紅は赤い。わたしはすぐそこに目がいった。「まず大事な話をしておくわ。これはミンディに頼まれたからしていることよ」ミス・ハンターは言った。「だから、今夜は料金を請求しない」

ミス・ハンターが話すのを聞いているうちに、わたしの肩の緊張はほぐれてきた。ミス・ハンターの話しかたはとても……普通だったからだ。「こういうことを、たくさんしているんですか？」

「わたしはとても忙しいわ」ミス・ハンターはちらっと意味ありげな笑みを浮かべた。

「クライアントはどういう人たちなんですか?」

「名前は言わないわ。決して」ミス・ハンターは言い、細い腰に両手をあてた。「言えるのは、クライアントの多くが昼間は企業を経営しているような権力を持った男性たちだということ。そうした男性たちが、夜は別の誰かに支配されることを楽しむのよ。女性のクライアントも数人いる」ミス・ハンターは革製のベンチを指した。「座りなさい」

わたしがすぐに動かないでいると、ミス・ハンターはわたしのお尻を平手で思いきりたたいた。「いたっ!」

「わたしの命令に従うのよ。〝座りなさい〟と言ったでしょう」

「わかりました。座ればいいんでしょ」わたしはひりひりするお尻をさすりながらベンチに歩いていった。

わたしの目の前に立ったミス・ハンターは先ほどまでとは打って変わって厳しい表情を浮かべ、腰に両手をあてた。爪は深い紫色に塗られている。ひょっとしたら、黒かもしれない。鋭そうな爪だ。「これからあなたに痛い思いをさせるわ。あざが残るかもしれない」

わたしはひるんだ。「それは、やめていただけませんか? 幼稚園の先生をしているので、ファイトクラブに行ってきたみたいな見かけになるのは困るんです」

ミス・ハンターの黒い目が険しくなった。「約束はできないわ。激しいセッションになった場合、中止するためのセーフワードはなにがいい?」

わたしは少しのあいだ考えた。「やめて、とか?」

「だめよ。その言葉があなたの口から出てきても、わたしはやめない。セーフワードは、普段は使わない言葉がいいわ」

「水牛《ウォーターバッファロー》とか？」最近、オーディンと一緒に見たドキュメンタリー番組に出てきた動物だ。

「よろしい。それがあなたのセーフワードよ」ミス・ハンターはくいっとあごをあげた。

「では、パンツをおろしなさい」

そのときようやく、ひょっとしたら自分の処理能力を超える状況に陥ってしまったのでは、とわたしは思い始めた。座ったままぴくりとも動けなくなった。「本当にこんなことする必要が――」

ミス・ハンターはわたしの黄色いセーターの襟元を引っつかみ、うなり声をあげた。「パンツをおろしなさい。話してもいいと言われるまで、口を利くのは禁止よ」

「わかりました。わかったわよ。もう」前ぶれもなくいきなり頬を平手打ちされた。目に涙がわきあがり、わたしはぶたれたほうの顔を手で押さえた。「フォークとスプーンっ！　痛いじゃない！」

「黙ってパンツをおろしなさい」

またぶたれるのが怖くて、わたしは立ちあがった。ミス・ハンターは入れ替わりに革製のベンチに腰かけ、こちらを見ている。わたしは肺に息を詰め、チノパンのボタンをはずした。下着はお尻をすっぽり覆う青いボクサータイプだけれど、小さな赤い星模様がいくつもついている。全然、いやらしくない下着だ。「これでどうすればいいの?」チノパンは腿のなかほどまでずり落ち、茶色いローファーははいたままだ。

ミス・ハンターは自分の膝を軽くたたいた。「いらっしゃい」わたしがミス・ハンターの膝の上に座ろうとすると、彼女は片方の手をあげて言った。「そうじゃない。あなたのお尻をたたこうとしているのよ」

「あっ、てっきり――」

「うつぶせになりなさい!」

どうしろと言われているのか理解するまでにしばらくかかったが、わたしはついにミス・ハンターの膝の上にうつぶせになってお尻をさらした。「すみません。あんまり言われたとおりにするのに――」

バシッ! わたしはヒッと息をのんだ。「カエルのからあげっ! 前置きもなしなの?」

バシッ! バシッ! ミス・ハンターは平手でお尻を片方ずつ交互に勢いをつけてたたいた。バシッ!「信じられない、痛いっ! あうっ!」

ミス・ハンターの手がいっそう強く振りおろされた。「話していいとは言っていないわ!」

わたしは唇をぎゅっとかみ、お尻をたたかれ続けながら、これでいったいどんないいことがあるの、と考えていた。幸い、お尻は何度かバシバシたたかれたあとはしびれて、そんなに痛みを感じなくなっている。これが、可能性に心を開くということなの? もしそうなら、わたしはたったいまからずっと心を閉ざしたままでいい。

「立ちなさい」ミス・ハンターが大声で命じた。

今回わたしは口答えせずに従った。チノパンが膝までずり落ちる。下着ははいたままだ。わたしの自尊心は非常階段から逃げていってしまっていた。ミス・ハンターは革製のソファを指さした。「そこに横たわって。うつぶせよ」

わたしは片方の手でチノパンを引きずらないように押さえながら、すり足でソファに歩いていった。ソファに片膝をのせたとたん痛みにひるみながらも、もう片方の膝ものせ、革のクッションの上にうつぶせになった。「あなたはすごく悪い子だったわ」ミス・ハンターがうしろから言った。「口答えをして、言うことを聞かなかった」

わたしは唇をかみ、その手には乗りませんよ、と思っていた。挑発に乗って言い返したりすれば、すでにひりひりしているお尻をまたたたかれるだけだ。頭の片すみで、それが正しいのよ、いい子でいるのが、と告げる小さな声がした。〝いい子のふりをしてれば、ミス・ハンターはおもしろくなくなってやる気をなくすわ〟小さな声は言った。〝この人にお尻をたたく口実を与えないで。そうすれば、ワインでも開けて、ふたりでのんびりくつろいで、笑い話にできるかも――〟

バン！「チーズとお米っ！」わたしはソファに顔をうずめたまま叫んだ。「なんにも言ってないのに――」

バン！　バン！　バン！　ミス・ハンターはずっしりと重い革紐みたいなもので、わたしのお尻を攻撃している。痛みが全身を通って頭のてっぺんを突き抜けるようだった。〝セーフワードがあるでしょ。「ウォーターバッファロー」と言えば止まるわ〃それでも、わたしは歯を食いしばって両手を握りしめ、タフになって耐え抜こうとした。

「痛みに集中して」不意にミス・ハンターの声が優しくなった。「あなたが感じている心の痛みをすべて思い出して、体の痛みにつなげるのよ」

バン！　わたしはびくっとして目に涙をにじませた。息をのむほどの衝撃だ。でも、できるだけ人を喜ばせたいと思うたちなので、このときもわたしはミス・ハンターから言われたとおりにしたいと思った。そこで、きみとは結婚できない、とジェイムズに言われたときのことを思い出した。バン！　わたしがサンダルをはいて登校してしまった日に、廊下でブリュンヒルデとすれ違い、非難のまなざしを向けられたときのことも。バン！　わたしより自分のほうがエロティカをうまく書けると思っているサディのことも。バン、バン、バン！

お尻への攻撃がやみ、わたしは息を吐いた。革のクッションに顔を押しつけて泣いていたが、なんとなく気分はよくなっている。泣く必要があったみたいに。

ビシッ！　ミス・ハンターがまたわたしのお尻をたたき始めた。今度は別の、さっきより薄くて、刺すような痛みをもたらす革紐を振るっている。鋭い痛みだが、あとを引かない。

ビシッ！

わたしは姉よりかわいくない自分について考えた。姉と違って、なにをしてもうまくいかない妹。もう、そんな自分でいるのは本当にいやだった。ビシッ！　ビシッ！　それから、信じられないことに、エリック・クレイマンを思い出し、彼がどんなに魅力的か考えていた。

ビシッ！　引け目を感じている自分なんてエリックには絶対に見せたくない。引け目なんて捨てなければ。

ビシッ、ビシッ、ビシッ！

やがて、わたしの頭のなかは真っ白になった。ミス・ハンターはふたたび道具を変え、またひとしきりわたしのお尻をたたいてから、仕上げに入った。そうされて、わたしはまるで背中全体に火をつけられたあと、炎を消し止められたような感覚を味わった。そこまでして、ついにミス・ハンターは泣きじゃくっているわたしの顔のそばにしゃがみ、背にそっと手を置いた。「大丈夫？」とささやきかける。「終わったのよ」

わたしは何時間もこのソファにうつぶせになっていた心地だったのだが、壁にかかっている時計を見てみると、ほんの十分くらいしかたっていなかった。ごろりと仰向けになって、この先また座れるようになるだろうかと考えた。お尻は普段の五倍くらいの大きさに腫れあがっているのではないかと思える。わたしは両方の頬を伝っていた涙をぬぐった。「死ぬほど痛い」

ミス・ハンターはさっきまでとは別人のように優しく、思いやり深くなっていた。革張りの椅子にゆったり座り、両側の肘掛けに腕をのせて足を組んでいる。「どう思った？」

「アイスパックをあてないとって思います」

「ほかには？」

「ほかには、絶対あざになってると思います。そうしないでって言ったのに」

「それだけ？」

わたしはチノパンのボタンを留め、ずれあがっていたセーターを直した。〝なんとか生きてぐり抜けたわ〟恐ろしく過酷で、苦痛に満ちた体験だったけれど、生き延びることができた。力を入れすぎていたせいで痛む両手を握ったり開いたりした。「なんだか普段より力がみなぎっていて、少しハイになってます。それっておかしいですか？」

「いいえ。そうなるために、みんなわたしのところに来るのよ」ミス・ハンターが笑うと、まっすぐ並んだ真っ白な歯が見えた。「あなたには勇気がある。見知らぬ人間からあんなふうにたたかれるなんて勇気のいることよ」

「勇気があるのか、ばかなのか」体じゅうが痛いので、わたしは弱々しく笑った。

「信頼がなければできないの。わたしが決して限度を超えてあなたを傷つけない、セーフワードを口にすればプレイをやめると信頼してくれなければ、あんなことはできないから」

なんと、驚いたわ。ミス・ハンターの言うとおりのようだ。「お世話になってるセラピストに、女王さまのおかげで問題を打開できたって言わなくちゃ。あのドクターなら大喜びします」

わたしはふらつきながら立ちあがった。あざだらけの気分なのに、陶酔感に包まれてもいる。いまならなんでもできそうな気がする。いまはただ一刻も早く家に帰って書き始めたい。わたしのために時間を割いてくれたミス・ハンターにお礼を言った。「またセッションを体験したくなったときは、わたしの電話番号はわかってるわね！」ミス・ハンターは言った。

わたしは礼儀正しく微笑んだ。近いうちにまたこのセッションを体験したいとは思わない。ひょこひょこ歩きでエレベーターに乗りこみ、ロビーでは変な歩きかたをしないように気をつけてホテルをあとにした。車の前まで来たところで、運転するには座らなければならないと気づき、船の乗組員のように口汚くののしった。ようやく家に帰り着くと、オーディンをぎゅっと抱きしめて、ビスケットをあげた。それから、わたしはコーヒーを入れ、特大のアイスパックを椅子に置き、そこに座って傑作ポルノを書き始めた。

「入れ」

彼はマホガニー製の机の前に座り、広い窓とマンハッタンのスカイラインを背にしていた。彼の望みはなにか、彼女は正確に理解している。こんなふうに呼びつけられたときに彼に対して逆らうことなどできない。どんなささいな不服従さえも許さない男性だ。彼女は実用的とは言えないヒールの高すぎる黒い靴をはき、おぼつかない足取りで部屋に入っていった。彼が好むハイヒールだ。これをはいてくるように、と命じられていた。

「ドアを閉めろ」

指示に従い、重厚な木でできたドアを閉めて鍵をかけた。初めてこうして彼と過ごしたときのように、足が震える。立ち止まり、命令を待った。

彼の鋼を思わせる青い目は、人の心をざわつかせる。見つめられた者の心臓が早鐘を打ちだすほどの力を秘めている。近寄りがたい、強烈な視線。虹彩をわずかに光らせるのみで、相手を叱責することができる。彼女は日ごろから、なぜ自分はわざわざ職場に服を着てくるのだろう、と考えていた。彼のそばにいると、服を着ていても裸でいるかのように無防備に感じるのに。服があろうとなかろうと、彼に見つめられると、自分のもっとも秘められた場所までまっすぐ見透かされているような気になる。

「服を脱ぐんだ」

彼女は一瞬とも言えないほどわずかに、ためらいをのぞかせた。それすらも彼から隠すことはできなかったらしく、「わたしに逆らうつもりか?」と彼はささやいた。

「いいえ、サー」

彼女は手をあげ、シニョンに結いあげた髪を留めているバレッタをはずした。ダークブロンドが雲のように肩をふんわりと覆い、ジンジャーシャンプーの香りが漂った。わざと動作をゆっくりにして、彼をじらした。ひとつずつ、順番にイヤリングをはずす。絹糸さながらに細い金のチェーンにかけられた、ひと粒ダイヤモンドのネックレスも。それらを机のはしに置いた。続いてジャケットを脱いで、しわになるのも気にせず椅子にかけたあと、スカートのウエストからシルクのブラウスの裾を引き出す。そうしているあいだずっと、まるでひとりでいるかのように振る舞っていたが、すべての動きを彼に見つめられていることをひしひしと意識していた。彼は両足を大きく開き、あの鋼を思わせるまなざしで彼女の服の下に見透かした秘密すべてを、彼女がみずからさらけ出すのを待っている。

ついに服を脱ぎ去って、彼女は彼の前に立った。彼は全身に視線を走らせ、彼女の足元につと指を向けた。「靴もだ」

彼女はほっとする心地でハイヒールを脱ぎ、足でわきに押しやった。足の指のつけ根が痛む。彼は彼女に痛みを与えることも好むのだ。

「ここに来い」

彼は自分のすぐ前の床を指していた。彼女は目を伏せたまま、指された場所へ歩いていった。彼といるとあまりにもドキドキして、目を合わせられないときがある。けれども、彼になにをされようとも、自分の身に危険が及ぶことはないとわかっているのだ。シルクのスカーフで目隠しをしろ、と命じられたときは、たいていほっとしてしまう。目隠しをすれば、彼と目を合わさずにすむからだ。

心を読んだかのように、彼は言った。「わたしを見ろ」声は低く、かすれていた。

彼女は喉のつかえをのみ、手足の震えを止めようとした。話せとは命じられていないため、あなたの視線が強烈すぎて緊張するとは説明できない。魂までまっすぐ見透かされるだろう。それ自体が罰に等しい。

「わたしを見ろ」彼はふたたび命じた。それでも彼女が従わずにいると、彼は立ちあがり、みずから手で彼女のあごを押しあげた。「わたしに逆らうとは、どういうつもりだ」

ふたりの視線がぶつかった。燃えさかる氷を思わせる彼の視線と、目を大きく見開いて怯える彼女の視線。彼は剣を振るうかのように彼女の核心に切りこみ、そうされて彼女は恐怖をさらけ出すほかなかった。この人に丸裸にされ、なにもかも残らず奪われてしまう。このとき、彼にならそうされてもかまわない、と彼女は決めた。

「屈め」彼は机を指し示した。

彼女は乳房をじかに机に押しつけて目を閉じ、与えられるであろう甘美なお仕置きを待った。


あくびをして、わたしはノートパソコンを閉じた。いやらしい感じに書けた。セクシーだと思う。書き出しとしては。

そうっと椅子を離れ、足を引きずってベッドルームに入っていき、姿見の前に立ってパンツをさげた。お尻は真っ赤に腫れていた。確実にあざになりそうだ。週末のあいだはずっと氷で冷やしておかなければ。エロティカの締め切りがあって、誰かと出かける約束がまったく入っていなくてよかった。

週末ずっと書き続けた。たまに中断して食事をし、オーディンが破壊したものを確かめた。土曜日にママから電話がかかってきて、イタリアのおみやげは届いたかと訊かれた。

「ちゃんと届いてる」わたしは答え、例の小さな本を見つめた。それはまだキッチンテーブルの上で、ほかの郵便物と一緒に置かれていた。どこにしまったらいいか決めかねていたからだ。「すごい本ね」

「あなたならあの本のおもしろさがわかると思ったのよ！　エプロンも買ってあげるつもり

だったのよ。それにもダビデの下半身が——」

「えっ、うそ」

「——だけど、ふと思ったの、実際にそのエプロンを使う場面があるかしらって」

ない。わたしは絶対にそんなエプロンを使わない。わたしにも絶対に越えられない一線がある。テーブルに手を伸ばし、おみやげ本を手に取ってひっくり返した。「本だけでほんとに充分だわ、ママ。ありがとう。笑えた」

「それはね、屋台で見つけたの。ピサで。とんだ時間の無駄だったわ。ピサの話よ。エディったら、わたしが斜塔を支えてるポーズの写真なんか撮りたがるんだもの。わたしは絶対ごめんですって言ってやったの。なにもないところで突っ立って腕をあげたりしませんって。ばかみたいに見えるでしょ」

「うーん、そうね。で、エディとはどうなってるの？」

エディはママのボーイフレンドみたいなものだ。わたしの知る限りでは、ふたりは一日置きに一緒にディナーを食べているらしい。ママが真剣なつき合いは望んでいないから。なのに、ふたりはいきなりイタリアへ十日間の旅に出かけた。これで状況はなんとなくわかる。ママは電話口でため息をついた。「エディとは、お互いにちょっと離れてひと休みするつもり。彼と旅になんか出かけて、正直、重い感じになっちゃったの。エディが、結婚しようか、なんて言いだすのよ。だって——どうして、わたしがいまさらまた結婚なんてするの？　この年で？」

わたしは眉間にしわを寄せてテーブルを見据え、いまのは答えなんて求めていない疑問形式のつぶやきにすぎないのか、それとも抜き打ちテストなのか悩んだ。「わからないわ」

「そうでしょ。再婚なんてしないわ。だって再婚なんかしてわたしが死んだら、あなたとフェイがわたしの遺産をめぐってエディの子どもたちと争うはめになるじゃないの」

わたしはフェイとともにエディの子どもたち——存在するのかどうかも知らないけど——と争う場面を想像した。ママの籐椅子や花柄のクッションをめぐって。「わたしやフェイのことまで心配しなくてもだいじょう——」

「みんな、そう言うの。だけど、あとになって困るのよ。ママのお友だちのロンダを知ってるでしょ？　そのロンダのお姉さんの子どもたちがね、ロンダのお姉さんの遺した土地をめぐって、やっぱり裁判で争ってるみたいなのよ。農地が絡んでるらしいんだけど」

「ああ、農地ね。でも、ママは農地なんて持ってないから」

ママからの返事がなく、わたしは言いすぎたと悟った。ママを安心させようとして言った言葉だったけれど、わたしたちのことを心配してくれたママの気持ちをむげにすることになってしまったのだ。「とにかく、エディとはひと休みするの。それだけ」

「オーケー。残念ね」

「いいのよ」ママは口調をがらりと変え、ぐんと明るい声を出した。「わたしの話はこれでたくさん。それより、あなたのかわいらしい絵本について話してちょうだい！」

十代のころ、わたしは親友とともに、処女を捧げる男性に求める必要条件をリストアップしていた。自分が作ったリストは、いまでもはっきり覚えている。

魔法の力を秘めた青い瞳
健康な髪質
たくましい手
ペニスのサイズはほどほどで、大きすぎるのはだめ（痛そう！）
変なふうに折れ曲がってるのもだめ
毛深すぎない
歯並びがいい
体格がいい

つまり要約すると、ティーンエイジャー時代の途方もない夢のなかで、わたしは魔法の瞳を持ったマネキンみたいな人間とセックスするつもりだったのだ。ときどき不思議に思うのだが、わたしはある時点でいきなり完全なおばかさんの状態を脱したのだろうか、それとも、ただ自分は大人になったと思いこんでいるだけなのだろうか。
わたしのリストの内容は、ジェイムズ後にも、エロティカ調査後にも変わった。新しいリストを作成することはしなかった。なぜなら、そんなことをするのは男性に対して失礼だからだ（大人になった証拠！）。でも、頭のなかでリストを考えてみないわけではなかった（おばかの証拠！）。

ひとつ目、主導権を握って引っ張っていってくれる男性がいい。重い情緒の問題を伴わないアルファ、リーダータイプの男性が理想だ。極端な女嫌いの男性の問題を辛抱強く解決に導く忍耐力は持ち合わせていない。たとえ、その女嫌いが、アルコール依存症の母親に捨てられた心の傷を隠すための虚勢にすぎないとしてもだ。人生は短い。

ふたつ目、親切な心を持つ男性がいい。犬や子どもが好きで、わたしが——また——ポーシャとブレイズを公園に連れていくと言っても、あきれたように目をまわしたりしない人。わたしを笑わせてくれて、求められ、愛されていると感じさせてくれる人。わたしに、きれいだね、と言ってくれて、わたしのオーガズムは彼の勝利でもなんでもなく、わたしの体が悦びを感じたときに起こるかも起こらないかもしれないすばらしいことであると理解してくれる人。ときどき本物のマカロニアンドチーズを食べたって全然かまわないと認めてくれて、わたしがお風呂に入っているあいだに、それを焼いておいてあげるよ、と言ってくれる人。ついでに、ぜひ背中をマッサージしたいと言ってくれたらいいな。

このリストについて考えるたびに、わたしの頭には警告するドクター・ブーブレの声が響き渡る。人は自分で自分を幸せにするべきである。求められ、愛されていると感じさせてくれる人などいないし、マカロニアンドチーズを食べたからといってやましい気持ちにさせる人もいない。これらは自分で選択することである。とはいえ、ドクター・ブーブレの言うことなんて聞いてられないでしょ。現実に――差別と偏見に満ちているかもしれないけど――強くて、愛情深い男性がいれば、人生はがらりと明るくなるのだ。それについて弁解するつもりはない。

そこまで無理な注文もしていないと思う。魔法の瞳――それっていったいどんな瞳なのかわからないけど――とか、六つに割れた腹筋とか、胸毛も背中の毛もいっさいなしとかを求めているわけではないのだ。ただ、心が親切で、たくましければいいだけ。そういう人なら世間にごまんといるはずだ。

8

職員会議があると一日が長い。会議は放課後の三時半から始まり、ブリュンヒルデが力尽きるまで終わらない。新学期が始まってから二週間半しかたっていないのに、ブリュンヒルデが第一回の職員会議を開くと言い出し、わたしは昼休みにこっそり家に帰ってオーディンを庭に出してやらなければならなかった。帰宅時間が遅くなることよりがっくりくるのは、ようやく帰れたと思ったのに、絨毯におしっこ染みができているのを発見したときだ。

教職員用ラウンジの〝休憩室《ラウンジ》〟という部分には、ずいぶん背伸びした感がある。どちらかというと狭い食堂だ。白と青のタイルの床。四から六脚の青いプラスチック製の椅子がまわりに置かれている、かたちもさまざまな木製テーブルが何台か。茶色い自動販売機。マリナラソースや、なんらかのカレーが混ざり合ったものが飛び散って、いつも内側にこびりついている電子レンジ。わたしがこのラウンジでランチを食べるのは、規則で決められているからだ――教室ではランチ禁止。そんなまねをしたら教室がネズミの住みかになる、とブリュンヒルデが信じきっているからだ。けれども、自分で決められるなら、わたしはこのラウンジのような場所で食事をしたくない。電子レンジのせいだ。あれがあるせいで、部屋全体にポップコーンのにおいか食べ残しの魚のにおい、しばしばそのふたつが混ざり合ったにおいが漂っている。

不快なにおいに備えてミントタブレットを持参し、時間どおりにラウンジに入った。ミントを持参して正解だった。誰かがニンニク入りのなにかを電子レンジで温めたにおいが漂っている。すでにラウンジには大勢の教職員が集まっていたが、わたしはドアのすぐそばの席を確保することができた。ドアのそばなら風の通りがいいはずだ。わたしがちょうど椅子に座ったとき、マックス・アンダーソンがラウンジに入ってきた。満面に笑みを浮かべて近づいてくる。「こんにちは、オズボーン先生」

おれたちがあらたまってあいさつなんかしちゃっておかしいよな、とでもいうように彼は笑った。「どうも、マックス。お元気?」

「絶好調さ。いや、実はけっこう疲れてるんだけどね。朝四時に起きて走ってるんだ。知ってのとおり、マラソンに向けて鍛えなきゃならんから」マックスは両腕を広げて伸ばしてみせた。

がっちり体形のマックスがマラソンをするなんて意外だった。マラソンなんてしそうもないように見える。「あなたがランニングをしてるとは知らなかったわ」

「そうかい、最近は有酸素運動も取り入れてるんだ。筋肉が燃えちまうけど、マラソンが終わったら、またもりもりつけてくよ」マックスはガラス瓶入りの水を持ち歩いており、いったん口を閉じてそれをごくごく飲んだ。「そうだ、結婚式のことは残念だったな。うまくいかなかったって聞いたよ」

わたしの個人的な情報をマックスが仕入れていたことは意外でもなんでもなかった。また学校が始まって数週間たち、根掘り葉掘り訊きたがるここの人たちに慣れつつあったのだ。

「どうも」わたしはあっさり言った。「もうすんだことなの。お互いに新たな道へ進んで」

マックスは声を低めた。「じゃあ、きみはもう新しい相手とつき合いだしたってことかい?」

「いいえ、誰ともつき合ってません」慌てて答えてしまってから、わたしは自分を責めた。初歩的なあやまちを犯してしまった。マックス・アンダーソンのような男性に、いま自分には恋人がいないなんて間違っても言ってはいけない。決して。

「そうか、おれも数週間前に彼女と別れたばっかりなんだ」マックスは言った。「だからおれも、ぼっちクラブの一員だぜ」

いま、わたしは想像力を過剰に働かせてしまったのだろうか。それならそれで受け入れられる。だけど、いま、誓って、マックスは黒いスウェットパンツのポケットに手を入れてそこをぐいっとうしろに引っ張り、股間をぱつぱつにして彼の……男性の一物を目立たせた。わたしの目とマックスの股間はちょうど同じ高さにあるから、見逃しようがない。この男は下着をはいていないようだ。右側にぶらさげている。

一瞬で見たくないほど見てしまったが、わたしはすぐに目をそらした。それなのに、ああどうしよう。見てしまったことをマックスに気づかれた。マックスはにやりとし、わたしの目を見ながら眉をあげた。〝いいもの見ちゃったのかい?〟とでも言いたげに。マックスのぶらぶらマッシュルームとニンニクのにおいに襲われて、わたしは吐きそうになった。

「ここ、空いてますか?」

ヘンリーだ、美術の先生の。ヘンリーの体臭はヤギも卒倒するレベルだけれど、こっちの先生は自分のがらくたを見せびらかしたりしてこないはず。

「ええ、どうぞ座って！」わたしは隣の椅子をヘンリーのほうへ押し出し、マックスに晴れやかな笑顔を向けた。「お話が聞けてよかったわ。ランニングもがんばってね。絶対にうまくいくわ」

目に見えてしおれつつも、マックスはくっとあごをあげてわたしに親しげに手を振り、水の瓶を抱えてすばやく立ち去った。わたしはほっと息をついた。やっぱり、ヘンリーの臭さは深刻だ。わたしがミントを何個か口に放りこんだとき、ブリュンヒルデがラウンジに入ってきた。

ブリュンヒルデが教職員用ラウンジで会議を開くのが好きなのは、ここが、紙の使用方法や、ホッチキスの芯の許しがたい無駄遣いなどについて、わたしたちをしかりつけるのにちょうどいい狭さだからだ。ブリュンヒルデは、わたしたちを〝家族〟と称するのが好きだ。確かに、家族みたいなものだと、わたしも思う。なにしろ、ここの人たちは互いのうわさ話ばかりしていて、誰が誰をパーティーに呼んだとか、誰それがどこそこのグラノーラバーを食べているだとか、なんとかさんはお高くとまっているだとか、どうでもいい悪口ばっかり言っているからだ。そういう意味では、わたしたちはひとつの大きな機能不全家族であり、職員会議は毎回、感謝祭のディナーみたいな様相を呈した。感謝祭と違うのは、ターキーのかわりに、スーパーで買ったコーヒーケーキとアップルサイダーが出てくる点だけだ。

ブリュンヒルデは青いプラスチック製の椅子をラウンジの中央に引っ張ってきた。正面にドアが見える位置だ。これが恐ろしくて、みんな時間どおりにラウンジに来ている。遅刻した者は、ブリュンヒルデににらまれる恐怖を味わう。ブリュンヒルデが咳払いをした。「みなさんが着席したら始めましょう」まだ座っていなかった数人の先生が慌てて椅子を探した。「よろしい、どうも。それでは、明るい雰囲気で会議を始めたいと思います。みなさんのおかげですばらしい新年度のスタートが切れました。拍手をして自分をほめてあげましょう」

ブリュンヒルデが拍手をし始めたので、先生たちの何人かも、おずおずとそれにならった。みんながちゃんと拍手をしないとブリュンヒルデはやり直しを命じるに違いない、と経験から知っているので、わたしも急いで手をたたいた。今夜は見たいテレビ番組がある。

「わたしは十五年間、学校の管理に携わっています。ええ、そんな年には見えないでしょう」ブリュンヒルデはひとりうれしそうに笑った。「ですが、長い十五年のあいだで初めてです。あなたがたのように一丸となって学校のために尽くしてくれる教職員は。教室の飾りつけに注がれた努力ひとつをとっても、そう――わが校に通う児童たちは、ここをもうひとつのわが家と呼べて幸運です」

わたしは三年生の担任ジャスティン・マイヤーズのほうをさっと見た。彼は三年生の教室を宇宙空間に変えた。壁全体に黒い工作用紙をテープで貼りつけ、太陽系のモビールを縮尺どおりに作って教室の中央につるし、クラスでの活動をすべて――国語から算数まで――宇宙をテーマに計画している。われらが機能不全家族のなかでは、ジャスティンこそ輝けるゴールデンボーイだ。ジャスティンもそのことがわかっていて、誇らしげに胸を張っている。

わたしの携帯電話が振動し、見ればミンディからのメールだった。〝あいつ、むかつくよね〟

ミンディは表情をいっさい変えずに魔法瓶からお茶を飲み、ブリュンヒルデの話を聞いているふりをしていた。わたしは噴き出さないようにぎゅっと唇を閉じ合わせ、わが校の怖いもの知らずのリーダーが続ける話に耳を傾けた。「管理面での注意がいくつかあります。用具入れには持ち出し時の署名シートがあることを忘れないでください。なにかを持ち出したときは必ず、シートに記入しなければなりません。たとえ鉛筆一本であろうと例外はありません。誰が持ち出したか記録しておかなければならないのです」

わたしは自分の靴を見つめ、どこかのビーチに座っているのだと想像しようとしながら、あくびをかみ殺した。週末はずっと執筆を続け、何晩か夜更かしして書き進めているが、ついに編集者のマーシーから催促のメールが来始めていた。

宛先：alittleosbourne523@gmail.com
差出人：mwinters_edit13@baxterhouse.com
件名：エロティカ

親愛なるアレッタ

このメールを読んでいるあなたはエロティックアドベンチャーにどっぷり浸っていること
でしょうね！　原稿はいつごろ書き終わりそう？　締め切りは昨日だったわよね。完璧な原
稿を書く必要はないのよ。一緒にリライトできるから。念のためにもう一度言うと、今回は
五十ページくらいの短い作品でいいのよ。

マーシー

わたしは十二時間半ほど時間を空けてから返信した。

宛先：mwinters_edit13@baxterhouse.com
差出人：alittleosbourne523@gmail.com
件名：Re：エロティカ

コンピューターがクラッシュしちゃった。あわわ。すぐに連絡します。

うそだ。原稿は書きあがっている。ただ、気持ちが悪くなるくらいのめりこんで見直しを
していたのだ。結局、綿密なチェックを三回重ねたのち、明日メールを送ろう、と決めた。

三日後、メールを受信した。

宛先：alittleosbourne523@gmail.com
差出人：mwinters_edit13@baxterhouse.com
件名：Re：エロティカ

最新状況は？？？

ここにきてついにわたしは息を詰め、その日の早朝、書きあげた短編エロティカをマーシーにメールで送信した。うまくいけばマーシーに気に入ってもらえて、前払い金の残りも手に入れられる。恐ろしく不安で緊張するいっぽう、初エロティカを書き終えてしまって少し寂しさを覚えている自分がいた。短編エロティカの執筆は解放感を伴う経験だった。執筆に要した調査は、まさに痛みを伴うものだったけれど。お尻にはまだあざが残っている。だけど、あれでスイッチが入ったみたいになった。わたしは作家よ、だから書くの。絵本を書く秘訣は、わたしのなかの幼稚園の先生とつながることだった――まったく無理しなくてもつながれる。いっぽうエロティカを書く秘訣は、わたしのなかに眠っていた春休みだけのクールな女の子とつながることだった。セクシーな体験を恐れず、冒険もどんとこいな女の子。それに気づいたとき、言葉はまるで指先から流れるように次から次へ出てきた。

でも、エロティカの執筆はこれで無事に終わったのだ。また幼稚園の先生の仕事に集中できる。こっちが、わたしの天職だもの。

「紙も同じです。たとえ工作用紙であっても」ブリュンヒルデの話は続いていた。「持ち出したすべての物品はひとつ残らずシートに記載し、用途を明らかにしてください。われわれは正確な予算を教育委員会に提示しなければなりません。必要な手続きなのです」

そんなわけないじゃない、とわたしは思った。だって、これまでは工作用紙を持ち出すたびにシートに記入なんて全然してなかった。携帯電話がまた振動した。今度もミンディからのメールだ。〝蛍光ペンをなにに使おうがどうでもいいわよ。返しとけばいいじゃない！〟

わたしは思わず笑いそうになり、咳をしてごまかした。〝このへん、におうの〟とメールを送った。〝会議中に死んじゃうかも〟

本当に、ヘンリーはいますぐシャワーを浴びるべきだ。不潔なにおいでわたしが窒息してしまう。わたしは懸命に口で息をしようとしたが、ヘンリーが巨体をぐらりと動かすたびに、体臭がもわっと鼻に入ってくる。マックスのかわりにヘンリーに席を勧めてしまったのが間違いだったのだろうか？　この間違いは命取りになりかねない。ブリュンヒルデは報道陣への対応を迫られるだろう。〝今日、家族会議中にひとりの教職員の命が失われるという悲劇に見舞われました。被害女性は美術教師の体臭により窒息死したのです。わたしは服装規定と紙の使用ルールにこだわるあまり、基本的な衛生管理の重要性を説くのをおろそかにしてしまったのです〟わたしの死が、また新たなルール作りのきっかけになる――ブリュンヒルデは待ってましたと言わんばかりに、その口実に飛びつくだろう。たぶん正しいシャワーの浴びかたを説明するポスターを作ってくる。〝体を洗うタオルを円を描くように動かして胴体を洗ってください。絶対に、わきの下をこするのも忘れないように〟教職員用ラウンジで、わたしは自分の一生がその一枚のポスターに集約されてしまうに違いないと確信した。レッティ・オズボーン追悼記念：正しい体の洗いかたポスター。

イヴリン・ピアースが手をあげて音楽の授業への援助が足りないと訴え始めたとき、わたしは白昼夢から抜け出した。イヴリンはまあまあいい人なのだが、部屋の雰囲気を一気にどんよりさせてしまうことのある人だ。わかりやすく言うと、みんなでたき火のまわりに集まってマシュマロを焼いて盛りあがっているのに、不意に、そういえば焦げた食べ物には発癌物質が含まれているってどこかに書いてあった、と言ってしまうタイプ。そういう人なのだ。だから、ブリュンヒルデがイヴリンに甘い対応をしなかったとき、わたしはほっとした。

「あなたの言いたいことはよくわかります、イヴリン」ブリュンヒルデはとりつく島もない口調で答えた。「ですが、その問題については個別に話し合いましょう。教職員全体にはかかわりのない問題ですからね」

「そうでしょうか。すでに証明されているとおり、音楽教育は……」音楽の授業がどのようにわれわれ教職員ひとりひとりにかかわってくるか、したがって、この問題を個別に話し合うべきではない等々、イヴリンはくどくどと説明し始めた。

〝まったく〟わたしは腕時計に目をやった。見たいテレビの時間に絶対に間に合いそうにない。ヘンリーの巨体から顔をそむけ、ドアのほうを向いたとき、ラウンジに入るエリック・クレイマンの姿が目に飛びこんできた。わたしは瞬時にぴんと背筋を伸ばし、突然の胸の高鳴りに襲われた。これで職員会議がおもしろくなってきた。ヘンリーの体臭でわたしが気を失っても、エリックが心肺蘇生の達人として助けてくれるかもしれない。希望の兆しだ。

「遅れてすみません」エリックは本当に申し訳なさそうに言った。かわいい。

「いま始めたばかりです」ブリュンヒルデは答え、イヴリンに向き直った。「あなたの言いたいことはすべてわかります。ですが時間は限られているので、議題に沿って話し合いを進めていきたいと思います。個別に話し合いができるよう、スーにスケジュールを相談してください。ご苦労さま」

エリックはドアの近くの空いている席に座った。わたしはあんまり彼をじっと見つめないようにしたけれど、それは難しい相談だった。なぜなら、エリックは今日もスーツを着ているからだ。わたしは会社でボスがアシスタントを支配する短編エロティカを書いたばかり。そのヒーローにエリックはそっくりだ。磨きあげられた靴や、自信にあふれた態度まで全部。

〝彼が会議の席に着いた瞬間、彼女の全身にときめきの震えが走った。自分の首筋に自身の指でじかにふれて、ふれているのは彼の指だと想像する。彼もわたしのことを意識してくれているだろうか、と思わずにはいられなかった。彼もひとり部屋で物思いにふけるとき、わたしとともに過ごすひとときを想像しているだろうか。想像のなかでわたしにふれ、それから、彼自身に手を伸ばし――〟

「すでに、みなさんもマレーネ・キトリッチに関するうわさを耳にし始めているでしょう」

ブリュンヒルデが言った。「そのことについてお話ししたいと思います」

なんですって？　エリック・クレイマンにまつわるファンタジーからわたしを引っ張り出せるとしたら、この話題しかない。ヘンリーの体臭を忘れさせてくれたのは、エリックのファンタジーだけだったけれど。部屋を見まわし、校長の前口上に引っ張りこまれたのは、決してわたしだけではないことが確かめられた。先生たち全員が、さっきまでより少し椅子から身を乗り出している。マレーネに関してわたしが耳にしたうわさといえば、神経衰弱らしいという話だけだ。

「明日には新聞にも掲載されるでしょう。わたしの知る限り、すでにネット上では報道されています」

見せかけの温かみすら消え、ブリュンヒルデは完全に冷徹な口調になっていた。なにかを言いにくそうにしているブリュンヒルデを見るのはこれが初めてだったため、それだけで興味をそそられた。マレーネが新聞の記事になるようなことをしでかしたの？　ブリュンヒルデの教頭になった初日から右腕となって文句も言わずに仕えていた、あのおとなしくて内気なマレーネが？　あのおどおどした子羊みたいな人が、いったいなにをひそかにたくらんでいたというの？　わたしは早く真相を知りたくてたまらず、膝の上で両手を握り合わせ、足首を組んだ。

「現段階で警察はまだ多くを発表していません。わたしも報道されている以上のくわしいことはわかりません。マレーネの夫とも子どもたちとも話をしていません。どう考えても、彼らはいま非常に困難な状況にいるでしょうし」ブリュンヒルデは話しながら両手をもみ合わせた。

なんだかどんどん興味ばかりかき立てられているけれど、わたしにはなんの話だかいまだにさっぱりわからない。だから、ミンディが手をあげて、どうぞと言われる前に質問をしてくれたときは、ほっとした。「わたしはマレーネについてなにも聞かされていません。わたしたちにまず事情を説明してくださいませんか？」

ブリュンヒルデの顔に一瞬、不快な表情がよぎり、部屋のうしろのほうで誰かが声をあげた。「あの女は人を雇って自分の夫を殺させようとしたんだ！」

わたしはあごが膝に落っこちそうなくらい驚いた。マレーネが殺し屋を雇った？　マ、レ、ー、ネ、が？　アーガイル柄の靴下をはいていたマレーネが！　今回の家族会議がこんなにも興奮するものになると知っていたら、ポップコーンを持参したのに。ほかの先生たちも口々にうわさ話を始めたが、ブリュンヒルデは許さなかった。いさめるように両手をあげ、みんなを険悪な目でにらみつける。「憶測だけで結論に飛びついてはいけません。捜査の進展を見守りましょう」

「ぼくが質問に対応したほうがいいかもしれません」エリックが咳払いをして立ちあがった。

「マレーネとは個人的な知り合いではありませんので」

ブリュンヒルデは口を開き、反論しそうな気配を見せたが、結局あきらめたようだった。

「そうですね。それが最善かもしれません」

ブリュンヒルデは立ちあがり、部屋のすみに行ってエリックに中央の椅子を譲ったが、エリックは椅子には座らずに言った。「どうも、グレッチェン」

〝グレッチェンって誰？〟わたしはいったん悩んでから、ブリュンヒルデの本名だと思い出した。

「みなさん、多くの質問がおありだと思います」エリックは落ち着いた口ぶりで言った。「はっきり言って、ぼくも同じです。警察も、大多数の人も多くの疑問を抱いていることでしょう。われわれが知っているのは、マレーネが州上院議員候補の政治運動に協力し、そうするうちに候補者と……関係を持ったという事実です」

エリックは口をつぐみ、そのような事実を説明しなければならないことに本心から気まずい思いを抱いている表情を浮かべた。わたしは、なんとなく自分のほうが経験豊富だわ、と感じて、いい気になった。だって、わたしはエロティカ作家なんだから。プロの女王さまにお尻をたたかれたんだから。それにくらべたら、エリックなんて青二才よ。ただし、イケメンの青二才だけど。

エリックは咳払いをしてから続けた。「グレッチェンとぼくが職員会議でこの話題を取りあげたのは、ただひとつの理由からなのです。マレーネが学校の設備を私的に利用していた可能性があるからです。電話や、ええと、会議室を」エリックは片方の眉の上をかいた。「ひょっとしたら、警察が先生がたからも話を聞きたいと考えるかもしれません。なんらかの情報を持っている人がいたら、隠さず申し出るべきでしょう」

「マレーネはだんなさんを殺すために殺し屋を雇ったんですか？　その殺し屋って、うちの学校の人ですか？」

訊いたのはイヴリンだ。エリックは胸の前で腕を組み、口元に力を入れた。テレビドラマの刑事役も似合いそう。「マレーネが雇った——雇ったとされる人物については、なんの情報もありません」

「一緒に選挙キャンペーンをしていた誰かだって聞きましたけど」三年生を受け持っている担任のひとりが反応した。「マレーネはその男に五千ドル払ったって」

「それだけ？」また別の先生が反応した。彼女は動揺して唇を震わせている。「最近は人ひとりの命がそれっぽっちなのね」

「これからも多くのうわさが立つでしょう」エリックは続けて、教師たちのゴシップをすばやく消し止めた。「重要なのは、そうしたうわさをいっさい児童たちには聞かせないことです。児童たちを守らなければなりません。保護者から問い合わせがあった場合は、グレッチェンかぼくが対応します。先生がたはいっさいマスコミの取材には応じないでください。よろしいですか？」

エリックがラウンジに視線を走らせると、先生たちはゆっくりうなずいていった。そのとき、エリックの視線がこちらを向き、わたしたちの目が合った。わたしは息が止まりそうになって、心臓がドキドキしだした。いまのは、わたしの勝手な想像だろうか、それとも、エリックは本当にちらっと微笑みかけてくれたの？　ブリュンヒルデがずんずんと中央に戻ってきて、わたしのときめきの瞬間は終わってしまった。

「あとひとつだけつけ足したいわ、エリック」ブリュンヒルデはエリックの隣に立った。すでに落ち着きを取り戻し、どっしりと構えている。「今回のスキャンダルはわたしにとっても、わが校にとっても、われわれがこの学校に注ぎこんできた努力そのものにとっても、泥を塗られるような出来事です。これだけははっきり言わせてください。このような軽率な行為は決して許されません。昨年まで、わが校はテスト成績で地区の最下位だったのです。そこへきて、こんなスキャンダルまで」ブリュンヒルデは羽毛を逆立てて怒る鳥のように身を震わせた。「この春、教育委員会はわが校を廃校にし、ウィリアムズ小学校と合併することまで話し合っていたのですよ。こんなに近いところまできていたのです」――ブリュンヒルデは人さし指と親指をくっつけてしまった――「先生がたの何人かに辞めてもらうという選択をせざるをえないところまでこんなに近く」

家族会議の空気はとたんに凍りついた。機能不全家族の集まりでは、しばしばそうなるが。ミンディですらジョークを控え、椅子にもたれて顔を伏せている。みんなで楽しくふざけていたのに、いきなり酔っ払ったロジャーおじさんが義理の妹の胸をわしづかみにしてしまったみたいなものだ。マレーネ・キトリッチは、わたしたちみんなの極めて不適切な場所をいきなりわしづかみにしたのだ。

「教育委員会の話し合いは続いています」ブリュンヒルデは続けた。「地方自治体の財政は厳しく、州は補助金を切りつめています。わたしは教育委員会に手紙を書き、嘆願を行っていますが、こんなスキャンダルが起こっては状況がよくなりようがありません」

そのとき、わたしの隣でヘンリーが声をあげた。「でも、グレッチエン、マレーネは犯罪を行ったと疑われているんですよね。そのことは、ぼくらにはなんの関係もないんじゃ」

「人生は公平ではなく、世間の人々は理性を持ちません。わたしたちは被害者でもあるのです」ブリュンヒルデは説いた。「われわれ全員、今年いっぱいは厳しい監視の目にさらされるでしょう。あとひとつでもスキャンダルや、軽率な行動や、ささいなうわさ話でもあれば、わが校は廃校となり、高齢者センターになってしまう恐れがあります」

わたしは両手を腿の下に滑りこませた。いまのブリュンヒルデの言葉が胸にドスンときた。スキャンダル？　軽率な行為？　ささいなうわさ話？　エロティカを書く教師が、この三つのカテゴリーのどれかにあてはめられてしまう確率はどれくらいだろう？　〝昼は幼稚園の先生、夜はエロ本作家〟マスコミが校内をかぎまわっていたら、まさしくこういう話をおもしろおかしく取りあげるのでは？　ノア・ウェブスター小学校にとって、もうひとつの汚点となってしまうのでは？　〝これっきりにしよう〟わたしは無言で胸に誓った。契約を無事に満了したら、エロティカとはすっぱり手を切って、自分がしたことは誰にも話さずにいよう。

「工作用紙一枚の持ち出しにもシートへの記入が必要なのは、これが理由なんですか？」イヴリンがか細い声で訊いた。「廃校にならないようにするためなんですか？」

ブリュンヒルデがぐるりとイヴリンを振り向いた。「あなたがどんなにカリキュラム撤廃を恐れているかはわかっています、イヴリン」ブリュンヒルデはあごをそびやかした。「わが校はいま厳しい査察の目にさらされています。ペン一本、クリップ一本、ゴム一本、消しゴム一個たりとも記入もれは許されません。そして、わたしたち全員が行儀よくし、トラブルを避けなければならないのです。教育委員会のメンバーの何人かは、すでにわが校を廃校にすると決心しています。ほかの何人かは、廃校にする口実を探している。最終的にどうなろうと、わたしは彼らに口実を与えたくないのです。わかりましたか？」

わたしたち教師は全員ぼうぜんとうなずいた。

「よろしい」ブリュンヒルデは着ているオリーブ色のツイードジャケットの裾をぐいっと引っ張った。「今日のところはこのくらいにしておきましょう。くれぐれも覚えておいてください。マスコミの取材には応じないこと、なんとしてでもトラブルを避けることです。では、楽しい夜を」ブリュンヒルデはぞんざいにつけ足し、わたしたちは席を立った。

「信じらんない」廊下に出るとすぐ、ミンディがささやいた。「キトリッチが殺し屋を雇って夫を殺そうとしたですって？　あの人にそんな度胸があるとは思わなかったわ」

「まとめると、マレーネ・キトリッチが殺し屋を雇ってだんなさんを殺そうとしたから、わたしたち全員が用具入れから鉛筆を持ち出すときシートに署名しなければいけない。これで、だいたい合ってる？」

「重要な点はだいたいそんなもんね、うん」ミンディは大きな銀の輪のイヤリングに引っかかっていた髪を引っ張った。「どうやら新しい仕事も引き寄せなくちゃいけなくなりそうだわ」

わたしは不安で胃が締めつけられるような気がした。スイートピーとさよならしなくてはならないのとは話が違う。絵本の創作は余分にお金をもらえる活動であって、それ以上ではなかった。しかし、教師の職を失うとなると、すぐには受け止められない大問題だ。「この春、教育委員会が小学校をふたつとも存続させると決めたんだから、ここは絶対に大丈夫だと思ってたわ。もう廃校の心配なんてないと思ってたのに」

「州補助金について耳に入ってくる話からすると、安心はできないわね」ミンディは陰気につぶやいた。「頭痛がしてきた」

わたしたちは無言で駐車場に出ていった。わたしたちの前を、同じようにどんよりと黙りこんだ先生たちが歩いていた。ミンディに別れを告げ、わたしは自分のカローラのドアを開けた。運転席に座り、ミンディとメールのやりとりをしたのを最後に見ていなかった携帯電話の画面を確認した。不在着信が一件あった。電話をかけてきた相手の番号を見て心臓が止まりそうになる。

ジェイムズ。今夜の状況はこれ以上悪くなりようがないと思っていたのに。

9

エリックはネクタイをゆるめ、スーツの上着を椅子の背に投げかけた。〝今回も心が躍る会議だったな〟皮肉たっぷりに思った。ゴシップと恥しか生まない、かなり脅迫に近い管理者側の説明だ。グレッチェンはさぞ楽しんだことだろう。

「こんな仕事もしなくてはならなくて、いやでたまらないわ」グレッチェンは大げさにため息をつき、校長室のブラインドを閉めた。「だけど、ひなを世話する母鳥のつもりでやっているわ。公正に限度を示すことが重要よ」

「そうですね」エリックは堅苦しくうなずき、胸の前で腕を組んだ。「今回の会議の目的は果たされたのではないでしょうか」

エリックも中学校の歴史教師として経験を積み、それなりに職員会議の場数も踏んできた。もっとも意義のある職員会議と言えるのは、新たな教育の方法論について開かれた意見の交換を行ったり、教育の現場で見過ごされてしまうリスクがある生徒たちにいかにして手を差し伸べるかについて話し合ったりすることができた場合だ。間違いなく最悪と言えるのは、用具入れからペンを持ち出すときはサインしろ、などと言うだけの会議だ。事実、校長が教職員に行儀よくしろなどと指図する職員会議に出席するのは、エリックにとって生まれて初めての経験だった。グレッチェンのもとで働くのは、あたかも秘境への探検に乗り出すかのような体験なのだ。

「あなたのサポートがあってよかったわ」グレッチェンは机の前の椅子にどっかりと腰をおろしながら言った。「その点で、マレーネはつねに優秀だった」いったん口をつぐみ、肩を落としている。「面倒な騒ぎになったものだわ」

〝面倒な騒ぎ〟なんてとことん控えめすぎる表現だ。小学校の教頭が委託殺人を企てるなんて、恐ろしい悪夢のような出来事ではないか。エリックは中学校での元の立場からの大抜擢だと思ったから、ここの教頭になることを引き受けた。たとえ一時的な代理の教頭であったとしてもだ。〝すばらしいチャンスだよ〟教育長は言った。〝マレーネが神経衰弱から回復するまでの数カ月間だとしても、きみの経歴に箔がつく〟エリックは数日前に、マレーネの〝神経衰弱〟とは〝殺人未遂で捜査を受けている〟の省略表現だったのだと知らされたばかりだ。そして、グレッチェンがマレーネの不在を嘆くたびに、エリックは頬の内側をかんで、こう言いたいのをこらえている。マレーネという人は、殺し屋を雇って自分の夫を殺そうとしたんですよ。さぞ、すばらしいかただったんでしょうね。

エリックが頬を撫でると、生え始めのひげが手のひらにちくちくと刺さった。「明日のスケジュールは空けてあるので、マスコミから電話がかかってきても対応できます」

「よかったわ。マスコミの連中は当然、校長からお話をうかがいたいだの言ってくるでしょうけど、つき合ってやる気はない」グレッチェンは鼈甲《べっこう》製の鏡つきコンパクトを開け、髪形を直すそぶりをした。いっさい乱れなく固まっているように見える髪形を。「ああ、それにカメラマンも押し寄せてくるわね。いまからでも髪を染められるか訊いてみないと。先週末、美容院の予約をキャンセルしたとき、このことを後悔するんじゃないかって気がしたのよ。そういう虫の知らせってない？　もちろん、こんな事態すべてを予期していたわけじゃありませんけどね」グレッチェンはパチッとコンパクトを閉じ、両手を振った。「つまらないことをあなたにべらべらしゃべって聞かせてもしょうがないわね。あなたには関係ないことだもの」

エリックは感じよく微笑んだ。「かまいませんよ」

グレッチェンから自分には関係のないつまらない話をべらべら聞かされることを、エリックは仕事として受け入れていた。ストッキングが伝線した。足のマニキュアがもうはがれ始めた。買ったばかりのセーターを引っかけた。ノア・ウェブスター小学校で働き始めたころは、エリックはこのようなことをグレッチェンに言わせてしまう原因を自分が作ったのだろうかと悩んだ。どういうわけか、セーターの引っかけやマニキュアのはがれに強い興味を示すタイプの人間だと思われてしまったのか？　それからしばらくたって、自分はただマレーネの代理を務めているだけだと思われていると受け入れた。グレッチェンから、互換性のある教頭だと思われているだけだ。こうした会話へのエリックの対処方法は、話題を変えることだった。

「ほかの記録についても取っておくべきかどうか、警察から指示はありましたか？　マレーネはどの程度まで教頭の地位を利用していたんでしょう？」

グレッチェンは両手で頭を抱えた。「そんなこと知りようがある？　マレーネのファイルを渡したとき、警察は捜査員が書類を確認するって言っていたけれど。弁護士からは、マレーネに関するものはすべて取っておいたほうがいいと言われているわ」

「教頭室のファイリングキャビネットは調べましたが、なにも見つかりませんでした。選挙キャンペーンのビラは何枚かありましたが、それ以外はなにも」

「念のためそれも弁護士に渡したほうがいいわね。まあったくもう」グレッチェンは抱えていた頭をあげて、椅子にもたれかかった。「一杯やりたいわ」

学校管理者は自分のオフィスに自由に家具を運びこめる。グレッチェンは重厚な色合いのオーク材でできた机を使っていた。側面と下部には蔦《つた》模様の凝った彫刻が施されている。前面は三枚のパネル張りで、それぞれのパネルに四角い彫りこみがあり、中央にはパネルごとに異なる葉の装飾文様が彫られている。これらの葉については、グレッチェンと会ったばかりのころに話を聞かされていた。カエデとオークとカバの葉らしいが、それぞれが象徴する意味については忘れた。ニューハンプシャー州にあるグレッチェンの実家の農家に関係があった気がする。エリックが覚えているのは、この机が特注品で、グレッチェンが家具職人に頼んで引き出しのひとつにバーボンの隠し場所を作らせたという話だけだ。

「あなたも一杯どう？」グレッチェンは机にボトルをドンと置き、例の引き出しの奥に手を入れてクリスタルのタンブラーをふたつ取り出した。

エリックは職場の上司と酒を飲みたいとは思わなかったが、この上司の酒をことわったら、どんなふうに受け取られるかは心得ていた。「では少しだけ」と答え、机の前に置かれている椅子に腰かけた。

グレッチェンはそれぞれのグラスに少量のバーボンを注ぎ、片方をエリックに差し出した。

「混乱を無事に切り抜けられるように」グレッチェンは言った。

エリックはグラスを掲げた。「乾杯」

ほんの少しだけ酒を口に含み、壁にかけられている時計を見つめた。まだ五時十五分だ。職員会議にしては今回の会議は早く終わった。議題が紙の持ち出しと重罪だけだと早く終わるのだ。エリックは会議が長引くだろうと予想し、わざとあの席に座ったのだった。レッティ・オズボーンがよく見える位置に。もちろん、同じ学校の先生にほのかな恋心を抱くなんて間違っている。だが、ほのかな程度なら問題ないのでは。私情を挟まずに授業を評価する自信ならある。えこひいきはしない。ただ、オズボーン先生の脚はとてもきれいだな、と気づいただけだ。

「イヴリン・ピアースも、あの人の大事な音楽の授業も、くそ食らえ」グレッチェンがタンブラーを胸元で握りしめて唐突に言った。「あんなたわごと、もうひとことも聞きたくないわ。この春、わたしがどんな努力をして首をつないでやったか、あの教師は知りもしないのよ。あんなにうるさくされたんじゃや、わたしもどうしてあそこまでしてやったのかって むなしくなってくるわ」

ふたりで酒を飲むのはこれが初めてだったが、エリックはこれでまたグレッチェンとともになんらかの境界線を越えてしまったようだ。グレッチェンは飲み友だちにするように、エリックに話している。エリックはネクタイをさらにゆるめ、シャツのいちばん上のボタンをはずした。堅苦しくしている必要はない。「だからこそ校長はたっぷり給料をもらっているんでしょう、グレッチェン」気軽な口ぶりで言った。「イヴリン・ピアースに黙ってろと言ってやるために」

「まったくそのとおりよ。あの先生がなにを要求しているか知ってる？　音楽の授業を週三にしろと言っているのよ」

「常勤で教えたいわけですね」

「それどころの話じゃないわ。音楽を週三にしたら体育の時間を減らさなければいけなくなる。あるいは算数を」グレッチェンは威勢よくバーボンをあおり、顔色ひとつ変えずに飲みこんだ。「体育や算数の先生が賛成するはずないわ。あの連中の誰もね」

その点はグレッチェンの言うとおりだろう。エリックも教職員のひとりだったころは、よく校長や教頭のやりかたに文句を言っていた。それもあって管理する側の人間になったのだ。〝あいつらみんなそろって石頭だが、ぼくは違う！〟という思いがあったのだ。自分のほうがうまくできると思っていた。そうして管理する側の立場になってみて、ようやくこの仕事の難しさがわかった。予算の削減。テストの成績をあげろ、さもないと脅してくる教育委員会からのプレッシャー。そして、なにかあるたびに管理者のせいにする教職員。

「難しいですね」エリックは同調した。「ぼくも副教頭になったときに友人を何人かなくしました。彼らにねたまれたわけではなくて、彼らと学校について話しても、以前のように意見が合わなくなったからです。ぼくは管理者側の肩を持って、決定を下さなければならないプレッシャーについて説くようになっていました。かつての友人たちからは、おまえはもう暗黒面に落ちたんだな、と言われましたよ」

「はん！」グレッチェンはまたごくりと酒を飲み、タンブラーを机に置いた。「教職員のなかには、まともなのもいるけどね」含みを持たせて言う。

エリックはグラスのなかの液体を揺らし、そこに反射する光を見つめた。「幼稚園クラスの、オズモンド先生ですか？　そんな名前でしたっけ？」

グレッチェンの目がエリックを向いた。「アレッタ・オズボーンよ」

「ああ、オズボーンでしたね。彼女は感じのよい先生でした」

エリックは首が根元からじんわりと熱くなってくるのを感じた。自分は好きな女の子ができると、さりげないふりをしようとして、いつも同じ行動をとってしまう。〝どうだい、あの子のことなんかさりげなく話せちゃうよ〟と誰かになにかを証明しようとでもするように。いつかは、経験によって学び、ただ黙っていることができるようになるだろうか。誰かを好きになると、脳が正常に機能しなくなるのだ。血流が別方向にさかんになってしまう。

校長はぐるりと目をまわし、かすかに首を傾けた。「お上品なスイートピーちゃんね？」ばかにした口調だ。「自分だけはみなさんとは違うってお高くとまった先生」

エリックは愕然とした。自分はアレッタに対して全然そんな印象は抱かなかった。確かに〈バー・ハーバー〉の裏の路地で例のぺろぺろキャンディに関して腹を立てていたが、あれはいたってまともな反応だった。別にお高くとまっていたわけではない。「彼女となにかあったんですか?」あたり障りのない口調で尋ねた。

「だって、あの絵本を読んだ? お日さまとお花でいっぱいの世界よ。あの人は歩くマナーの教本みたい。もしもわたしたちがこうして校長室でバーボンを飲んでいるところをあんな人に見られたら、きっと教育委員会に通報されるわ」

ちびちびと飲んでいるだけなのに、エリックの頭はすでに少しぼうっとなっていた。かなり強いバーボンだ。運転するなら、少し仕事をしてから帰ったほうがいい。

「あなたもルールは好きそうじゃないですか、グレッチェン」笑みを浮かべて言葉のとげをやわらげた。「オズボーン先生とすぐに親しくなれるはずだ」

「わたしはルールなんて好きじゃないわ。ルールが必要なだけ」グレッチェンはエリックを指さした。「このふたつは違うのよ」

「はあ」

「学校を運営するには、規律を徹底しなければいけないの。こちらに敬意を払わせなければいけない。ささいな点から始めなければいけないのよ」

「服装規定のような?」エリックはつい口走ってしまった。あんなルールはとにかくだらないと思っていたのだ。

「そのとおり」グレッチェンは答えた。「服装規定に従わせることができれば、より大きなルールにも従わせることができるのよ」

「レッティ・オズボーンは服装規定に従っているように見えました。別にじろじろ見ていたわけではありませんが――」

「ええ、そうね。あの先生は無害よ」グレッチェンは酒を飲み干し、グラスを机に置いた。「いらつくけど、無害。あの人のことは心配してないわ。イヴリン・ピアースほどうんざりする相手じゃない」

グレッチェンはふたたび引き出しを開け、バーボンのボトルを取り出した。「もっと飲む?」

「どうも、もうけっこうです」エリックはバーボンのグラスを机に置いた。ほとんど口をつけていないが、これ以上グレッチェンの校長室にとどまるつもりはない。息抜きするのは普通だが、教職員について陰口をたたくように話すのは好きではない。「少し仕事を片づけて帰ります。いい晩をお過ごしください」

「グラスはそのままにしていって」

エリックは教頭室の入り口で立ち止まった。電話の赤いライトが点滅している。〝留守番電話のメッセージだ〟このまま教頭室に入って留守番電話のメッセージを聞いてしまいたくない。マレーネについてどこかのリポーターと話すのもいやだし、エリック自身も答えを知っているはずのない質問をされるのもいやだ。〝マレーネが学校にいるあいだに夫の殺害を企てていた形跡がなにか残っているんですか? 学校の管理者はマレーネが上院議員と不倫関係にあったことを知っていたんですか? この事件を機に管理体制はどのように改善されますか?〟

無理だ。

エリックは教頭室に入らず廊下を歩き、音をたてて作動している床磨き機のそばを通り過ぎた。子どものころ、エリックは床磨き機にあこがれていた。廊下であれを縦横無尽に乗りまわせたらと想像していたのだ。父親が近くにいるときは、いつも床磨き機に乗って町を脱出できたらと想像していた。いまでも床磨き機は非常にクールなメカだと思っている。タイル床清掃界の製氷車《ザンボーニ》だ。

教室の明かりはすべて消えていた——ひとつだけを除いて。明かりがついているのが誰の教室か気づいて、急にエリックはドキドキしだした。緊張して唾をのみこみ、声をかけるべきかどうかかすら悩む。息が酒臭いかもしれない。だが、教室の前を通って声もかけないなんて、感じの悪い振る舞いだ。

エリックは開いたままの教室のドアの横で立ち止まり、なかをのぞいた。彼女は床の上に座りこみ、スケッチブックになにかを描いていた。エリックは微笑んで、ドアを二回ノックした。「お疲れさま、レッティ。残業かい?」

わたしは車のなかに座って、この問題についてしばらく考えた。あとでジェイムズに電話をかけることもできる。グラスに一杯のワインを飲んだあとで。いっぽうで、元婚約者と別れてから初めての会話をするのに、よい時間も場所もそもそも存在しない。結婚式の二日前にわたしがジェイムズに車からおりろと言って以来、ジェイムズとはじかに話していなかった。冷凍された披露宴の料理を分けるときでさえ、フェイと披露宴会場のスタッフが協力して手配してくれた。ふたりとも親切にわたしの意向を尊重し、ジェイムズのほうに魚料理を多くしてくれた。受け取ったときのジェイムズの顔が見てみたかった。あの人は魚が大嫌いだから。

　わたしは車をおりて教室に戻った。校内にはもう誰もいなくなっていたけれど、暖房はついていた。不愉快な会話をするには最適な場所だ。ジェイムズの電話番号を押した。

「もしもし？」

　ジェイムズの声を聞いたとたん、わたしの思考はいったん途切れた。「も、もしもし？　ジェイムズ？　レッティだけど」窓際の本棚の上に腰かけた。すぐ横に〝Rはどくしょ《Reading》のR〟と書いたポスターが貼ってある。Rは後悔《regret》のRでもあるし、怒り《rage》のRでもあるし、ほんとに《really》気まずい《uncomfortable》のRでもある。

「元気かい」ジェイムズは不安げな声を発した。あたり前じゃない？　長いあいだずっと、わたしにうそをついていたんだから。「電話をかけてくれるとは思わなかったよ」

「え、かけなくてもよかったの？」わたしは言ってすぐ、そんなふうに聞き返したことを後悔した。そんなふうに険悪なムードにする必要はない。「ごめんなさい、変な冗談言って。冗談にもなってないわね」

「いいんだ。あやまるのは、ぼくのほうだよ」

言ったとおりでしょ？　ジェイムズは、いい人だ。たぶん、ほかにこんないい人はいない。

〝だけど、ゲイ〟少し気持ちがなごみかけた瞬間に、わたしは自分に思い出させた。「もう、なにもかも終わったことだわ」わたしは言った。「そのために電話したの、あやまるために?」

「いや、そうでは。あっ、それもあるんだけど」ジェイムズは言った。「もちろん、あやまらなければいけなかった。だけど、電話したのにはほかにも理由があって……」いったん言葉を途切れさせ、ふたたび話しだしたとき、ジェイムズの声は穏やかになっていた。「ぼくはもうすぐ結婚することになった、レッティ。自分の口から、そのことをきみに伝えておきたくて」

わたしは教室の時計を見あげた。文字盤がスマイリーの顔になっている時計だ。時間が知りたかったわけではない。正確には、わたしたちが別れてからどれだけ時間がたったのだろうと思ったからだった。もちろん、時計を見たところでわかるはずはない。ただ、この会話を受け入れるのが難しかったのだ。

「あなたが、もうすぐ結婚する?」額がぴきぴきと引きつっていた。「誰と?」

「相手の名前はマイケルだよ。こっちで出会ったんだ。ボストンで。音楽家なんだよ。チェロを弾いてる」まるでわたしがそれを聞くべきであるかのように、ジェイムズはつけ足した。

わたしは中途半端に麻酔をかけられたような心地になった。意識はばっちりあるのに、加えられている痛みには麻痺してしまっている。なんなの、ジェイムズがいきなりいちばん痛いところを突いてきた。いい人がすることじゃない。情け容赦のない仕打ちだ。

「へえー」喉が締めつけられているようで、話すだけでつらかった。「そのことをあなたがどうして自分の口からわたしに伝えなくてはいけないと思ったのか、まだわからないわ。なんでこんなふうに」

〝ジェイムズにとって、あなたはどうでもいい存在だからよ〟頭のなかで声がした。〝ジェイムズにとって、あなたはずっと便利な友だちだったけど、不便な存在になったとたん捨てられたでしょ。だけど、ジェイムズはいまもあなたを傷つけることだけは好きなのよ〟

胸が締めつけられて肺と心臓が押しつぶされそうになった。わたしは目をぎゅっと閉じ、革紐でぶたれたときのことを思い出した。体の痛みはすぐに癒えた。でも、こうやって感情を痛めつけられると、痛みはなかなか引かない。

「きみはこの知らせをぼくの口から聞いたほうがいいだろうと思ったんだ」ジェイムズは言った。少し途方に暮れて、必死になっているように聞こえる。〝よかった〟ジェイムズだって傷つくべきだ。「それに、ぼくはきみを裏切っていたわけではないんだ」

そんな言葉は大してわたしの頭に入ってこなかった。ジェイムズがほんの数カ月しかつき合っていない相手と結婚するわけがない。ジェイムズはありとあらゆる不測の事態に備え、すべてを百通りもの違う角度から違う方法で考え抜くタイプだ。なんといっても理論物理学者なのだから。考えすぎるのが仕事だ。「そんなの信じないわ」

ジェイムズは忍耐強くため息をついた。「無理やり信じてもらうことはできない。ただ、ぼくはきみに真実を伝えている」

へえ、今度は上から目線でものを言いだしたわ。「これにどう反応しろっていうの？　あなたは結婚間近で、わたしはいまも――」〝わたしはいまも悲嘆に暮れている〟と言いそうになって慌てて口を閉じた。「わたしはいまもキャンセルした披露宴の冷凍チキン料理を食べているのに?」

「きみももう吹っ切れて新しい道に進んでくれていると思っていたんだ。ぼくたちの関係には、ずいぶん前からきしみが生じていたから」

そんなの、わたしには初耳だった。ジェイムズの言葉は心臓にガツンと響いた。「こんな電話するんじゃなかったわ」わたしは小さな声を出した。「別れたのはごく最近でしょ。まだいろいろと吹っ切れてないの」

電話の向こうからしばらく返事がなかったが、わたしは耳をそばだてて、ジェイムズがなにをしているのか察知しようとした。ホワイトボードに方程式を書いている? 足の爪を切っている? チェリストだとかいう婚約者と声を出さずに口だけ動かしておしゃべりしている? 「ぼくたちは、ずっとお互いに近い存在だっただろ。心から、きみのことを考えているんだ。きみにも、ぼくの幸せを喜んでほしくて」

そのとき、わたしは自分が泣いていることに気づいた。胸の真ん中がつぶれそうなくらい痛い。「できるだけそうしようとしてる」声を絞り出し、グズグズと音をたてそうになって鼻の下を袖でぬぐった。「あなたが幸せになってうれしいわ、ジェイムズ」どうにか言えた。「ていうか、いずれはそう思えると思う。たぶん。だけど、いまはそうできない事情があって、温かい気持ちになるのも難しいの」

「わかってる。きみを傷つけるつもりはなかったんだ。ただ、この知らせは、ぼくから直接伝えたほうがいいんじゃないかと思っただけなんだ」

「オーケー」そのことについてジェイムズに感謝する理由は見つけられなかった。「おやすみなさい」

「おやすみ」

わたしは電話を切り、それをわきに放り投げた。

要するに、まったくジェイムズが正しく思えてしまうのだ。ひょっとしたら、ミスター・ペケとデートしてみるべきだと言っていたミンディに一理あるのかもしれない。もうどうだっていい。物理学者とつき合ってみて、これだったのだ。母親の家の地下室に住んでいる人とつき合ってみるほうがましかもしれない。失敗を恐れてどうなるの？

教室を見まわした。まだ気持ちが落ち着かないし、オーディンはもうしばらく留守番をさせておいても大丈夫だろう。明日のために準備しておきたいプロジェクトがある。いまそれを完成させてしまえば、仕事を家に持ち帰らなくてよくなる。スケッチブック――ちゃんとシートに記入して用具入れから持ち出したもの――を手に取り、床に座って絵を描き始めた。じっと考えこんで集中していたところにノックが聞こえて顔をあげると、入り口にエリック・クレイマンが立っていた。

「お疲れさま、レッティ。残業かい？」エリックの微笑みで教室は一気に明るくなったように思えたが、わたしはチャーミングに振る舞える状態ではなかった。ひとりになりたい。

「少しだけ」わたしは自分が描いた絵を見おろした。「あなたも残業してたのね」

「仕事をしていたわけではないんだ。実のところ、仕事から逃げていた」

エリックは教室に入った。シャツの袖を肘までまくり、ネクタイをはずしている。いまベッドから起きてきたばかりのような姿だ。乱れた姿も決まっている。「そうなの？」わたしは小さな声で答え、リンゴに枝を描き加えた。「ボスには知られないほうがいいわよ。あの校長先生に知られたら、教室のすみに立たされちゃうから」

エリックは静かに笑い、いまの冗談を、もっと近くで話しましょうという合図と受け取った。本当は違うのに。エリックはイケメンで魅力たっぷりだけれど、わたしにとっては上司にあたる教頭先生だし、わたしの元婚約者は別の相手と婚約してしまうしで、わたしは腐るほどレモンを持っているのに、レモネードウオツカの作りかたを知らないみたいな心地だった。エリックはわたしが描いた絵を見ながらうなずいた。「なにをしているんだい？」

「リンゴを描いてるの」わたしはスケッチブックをエリックのほうに向けて絵を見せた。「明日、教室の飾りつけをする予定だから。きらきらのラメペンを用意して、みんなでAの書きかたを練習するつもり」わたしは肩をすくめた。「単純に思えるかもしれないけど、子どもたちはきらきら光るペンで書くと大喜びするのよ」

「単純なことが大事なときがある」エリックは言った。「そうだ、昨日の夜は徹夜して『スイートピー　おたんじょうびおめでとう』を読んでいたんだ。水風船の場面での隠喩の用いかたには感じ入ったよ。帝国主義の危険性を痛烈に示していた」

わたしは顔をあげてエリックを見た。案の定、笑みを消してまじめくさった表情をしている。わたしは笑顔になって首を横に振った。「おもしろい人ね、自分でもわかってる？」

「ぼくの解釈が間違ってるって言いたいのかい？」エリックは自分の胸に手をあてた。「だいぶ時間をかけて、この点について考えてきたのに」

「それが本当なら、お気の毒だわ」わたしが床の上に座っているのに、エリックは立ったままなので、わたしはすぐ横の床を指して言った。「どうぞ好きに座って。わたしは床に座るのが好きだけど、あなたはご自由に椅子を使ってね」

エリックは床に目を落としてから、ミニサイズの幼稚園児用の椅子に目を向けた。彼の考えていることが聞こえてくるようだった。〝低さは同じようなものだ〟「長居はしないよ」言いつつ、エリックはわたしのうしろにある本棚に腰かけた。わたしがさっきジェイムズと電話していたとき座っていたのと、ほぼ同じ場所に。

リンゴの絵を描き終え、わたしは立って机にあるハサミを取りにいった。子ども用の安全ハサミではなく、本物のハサミだ。「わたしの絵本を読んでくれて、ありがとう」エリックに言った。

「かわいい絵本だった。イラストに魅力がある。よく売れているのがわかるよ」

「そんなふうに言ってくれてうれしいわ。まあまあ好評だったの。たぶん、もうすぐ絶版になってしまうけど」わたしが視線をあげてみると、エリックは困惑の表情を浮かべていた。

「出版社が買収されてしまったの。新しい会社は絵本を出版してなくて、取り扱っているのはエロティカだけ。だから、すでに出ている絵本はどうなってしまうのかわからないわ」

エリックは表情をくもらせ、うなずいた。「それは残念だ。じゃあ、ひょっとして、今後はエロティカ作家になるのかな？」

わたしは机にハサミを落とした。ハサミは机の上で一回跳ねて床に落ちた。「わたしったらそそっかしくて！」四つん這いに倒れこむ勢いでハサミを拾った。「ごめんなさい。あなたの質問にぎょっとして」

「ぼくが悪かった」エリックは片方の手で髪をかきあげた。「あんなことを言うべきではなかったね。ただ、子ども用の絵本の正反対のジャンルといえば――」

「いいの、気にしないで、平気ですから、大丈夫」わたしは引きつった笑い声を発し、ハサミをしっかり握りしめて立ちあがった。「でも、どうかうわさ話にはしないでね。というのも、こんな騒ぎになっているから――」

「たちの悪いジョークだった。不適切な。すまない」エリックは首を左右に振っている。「あのぺろぺろキャンディの次がこれでは……誓って言うけど、ぼくは本当に変態ではないんだ」

わたしの両手は震えていた。「そんなふうに思ってません」と答える。とはいえ、正確にはエリックのことをどう思っているのか、自分でもわからなかった。変態ではない。ひょっとして超能力者かしら。

本棚に座っているエリックの視線を感じた。「ぼくも切るのを手伝おうか？」

「もっと大事な用事があるでしょう」

「二十分くらい平気だ」

わたしはにっこりした。「オーケー。では、幼稚園におかえりなさい」

赤と黄色の工作用紙に下絵を描き写す方法をエリックに教えてから、ふたりで一緒に座って絵を切り抜き始めた。エリックは眉間にしわを寄せて作業に集中し、手に持った紙を慎重にまわしながら切っている。しばらくしてわたしが目をあげると、エリックがあまりにも真剣に切り抜いたリンゴを見つめているので、わたしは思わず笑いだしてしまった。エリックは顔をあげた。「なんだい？」

「あなたの顔。まるで手術でもしているみたい。そこまで完璧なかたちをしていなくても、子どもたちは気にしないわ」

エリックは、にっと笑った。「幼稚園を退園になりたくないんだ」

「退園させたりしないわ」わたしはまだ笑いながら本棚に寄りかかった。「手伝ってくれてありがとう。今夜はよくないこともあったんだけど、おかげで早く家に帰れそうだわ」

「そうなのかい？」

「ええ」

わたしは下唇をかんで考えた。自分の個人的な問題について少しだけエリックに話してもかまわないだろうか。いま、ここにいるエリックは上司である教頭先生という感じではない。おそらく、一、二歳の差はあれ年齢もわたしと同じくらいだ。それに、こうして共同作業をして、同じ工作用紙からリンゴを切り抜いたことだし。わたしは息を吸って言った。「元彼から結婚するって連絡があったの。六月に別れたばかりなのに、彼はもう一生をともにする別の相手を見つけたって」

エリックは目元にふっと優しい思いやりの表情を浮かべた。「つらいね」

「わたしもまさにそう思ったわ」でも、どういうわけか、こうしてイケメンと並んで座っていると、それほどつらく感じなくなっていた。「だから、教職員の記録をつけているなら、わたしのファイルには〝立ち直りが早い〟と書いておいてね」

エリックは切り抜いたリンゴをわたしに差し出した。「本当にそうなのかな」

エリックの口調のせいで、なぜか——わたしは息をのんだ。「ありがとう」わたしは小声で言った。

エリックは新たに工作用紙を手に取った。「元彼の新しい婚約者は、きみも知っている女性なのかい？」

「全然知らない人。男性よ」

エリックはいっとき沈黙した。「いろいろな事情がありそうだね」

「わたしには必要なものが備わっていなかったというだけだわ」

「それもきみのファイルに書き加えておこう」エリックはリンゴの切り抜きを続けた。両手で慎重に紙をまわし、きちょうめんに線に沿って切っている。「ぼくが前につき合っていた人も、かなり切り替えが早かったよ」

「ひどいわ」

「いいんだ。恨んではいない」エリックはちらっとわたしを見あげて目をきらりとさせた。

「よりよいほうへ進めばいいんだ、だろ?」

わたしはなんだかドキドキして目をそらした。「そうね」

エリックは信じられないくらいハンサムだ。けれども幸い、わたしは正気を保っていられた。元婚約者が別の人と結婚すると知らされたことを乗り越え、ふたたび自分にも魅力があり、求められていると感じるための方法は山ほどある。だけど、代理の教頭先生と寝ることは、そのなかには含まれない。

わたしは時計に目を留めた。「もうこんなにたったのね。そろそろ、あなたも電話と向き合わなければいけないんじゃない?」

「獰猛なマスコミどもか」エリックはため息をついて言った。「教頭に連絡が取れない、なんて話を書き立てられたくはないからね。もっと悪ければ、ありもしないことをでっちあげられるかもしれない」

わたしは切り抜いたリンゴを集め、きれいに重ねた。「自伝に書けるくらい重大な出来事になるわ。あなたがノア・ウェブスター小学校の名誉を守った日であるって」

「ぼくの自伝?」エリックは立ちあがって足を伸ばした。「それはないね。退屈な人間だから」

この返事を理解するまでに少し時間がかかった。なぜなら、わたしはエリックの均整のとれた上半身に見とれてしまったから。まるでアスリートのような体形だ――ランナーかしら？　それか水泳選手かもしれない。あんなにたくましい肩をしているもの。〝彼のシャツの前に並んでいるボタンが気に入らなかった。自由にしていいなら、あんなボタンはひとつずつ歯でむしり取り、チョコレートの包みを開けるみたいにしてゴージャスな胸板をむき出しにしたい〟

わたしは床に視線を落とした。「わたしも退屈な人間よ。だからこそ、わたしの自伝は完全なフィクションにするの」立ちあがり、椅子に腰をおろした。「そうするか、これから十年か十五年のあいだにおもしろい人間になる方法を探るしかないと思う」

「じゃあ、もう自伝を書くことは決めているんだね」

「わたしが実際よりもおもしろい人間だって、まわりの人に思ってもらえるようにするつもりなの」もちろん、わたしだって、こんな皮肉な状況はないと気づいている。わたしは幼稚園の教室で花柄のワンピースを着て茶色い革のブーツをはき、机の上を片づけながら、ひそかに次の短編エロティカの構想を練っているのだから。「わたしは二重生活を送っているかもしれないわ、みんなが気づいてないだけで」

「そうだね」エリックは肩をすくめた。「マレーネ・キトリッチは本当にそうしてたわけだし」

エリックと一緒に教室を出て、わたしはドアを閉めて鍵をかけた。「電話対応を楽しんでね。わたしは家に帰って犬を外に出して、テレビを見ないと」

エリックは気取って片方の眉を動かした。「まわりの人たちをあっと言わせるような人物になるんじゃなかったのかい？　てっきり、悪と戦いにいくのかと思ったよ」

「自由に想像して」

悪と戦う？　それはない。でも、わたしは学校をあとにしながら、急にテレビは飛ばしてノートパソコンを開きたくなっていた。頭のなかでエロティックなストーリーがむくむくと熱を発しながら生まれつつあった。主人公は、ほかでもないハンサムでチャーミングな教頭先生だ。

10

彼は女の子にとって夢のような存在だ。彼女を徹底的にファックしたあと、日曜の夕食に間に合うよう優しく家に送り届けてくれるような悪いやつ。スターは大学に入る前に農場でバイトをしていたとき、彼と出会った。あのころ、まわりは彼のうわさで持ちきりだった。彼はどういう人で、どこから来て、誰とつき合っていたのか。うわさを信じるならば、彼の名前はジェイス・ジャクソン。ニューハンプシャー州の辺境の町からやってきて、山ほどの女の子とつき合っている。ジェイスに連れられて納屋に行ったとき、スターはこうしたうわさのどれひとつとして気にしていなかった。

「横になれ」ジェイスは干し草のなかに隠れていた古いマットレスのほうへスターをそっと押して命じた。

どうしてこんなところにマットレスがあるのか、スターはさっぱりわからなかった。でも、まっとうな理由はなく、よからぬ目的のために違いない。このマットレスの上で何度もセックスが行われてきたのだ。ジェイスがベルトをはずした。金具がすばやくはずれ、革がデニムのベルト通しから引き抜かれるシュッという音がする。彼はベルトをわきに放らず、折って手に握りしめた。「うつぶせになれ」

なぜか、逆らわないほうがいいとスターにはわかっていた。うつぶせになって肩の下で両手をマットレスに押しつけ、次になにが起こるかと胸を高鳴らせながら待った。うしろからむき出しの脚にふれられて、はっと息をのんだ。ジェイスの指がワンピースのなかへ入りこむ。ジェイスは薄手の青いコットンの裾をめくりあげ、彼女の下着をあらわにした。白くて地味。平凡な女の子の下着。

ジェイスに笑われると思って身構えたが、彼は笑わなかった。ただ指を下着のゴムの下に差し入れ、彼女がすでに熱く濡れていることを確かめた。それからジェイスは静かにくっくと笑い、指を彼女のなかに滑りこませた。スターはマットレスに顔を押しつけて声にならない声をあげた。すごくいい気持ち。

ジェイスは指を何度か行き来させてから、もう一本の指も滑りこませた。スターの入り口はジェイスの指をきつく締めつけ、閉じこめようとする。スターは目を閉じ、快楽のため息をもらした。そのとき不意に、脚のうしろにベルトが振りおろされた。

バシッ！　炎になめられるような感覚が腿に走り、消えていった。スターは汚れたマットレスに顔を押しつけたまま叫んだ。ふたたびベルトで打たれ、燃えるような痛みがジェイスの愛撫と溶け合った。ジェイスは打擲《ちょうちゃく》と愛撫を繰り返し、悦びと痛みをこの上なく高めていく。それでも、スターは彼にやめてと言わなかった。言えなかった。やがてジェイスが手を止めたとき、スターは、どうか続けてと懇願しそうになった。その瞬間にジェイスは邪魔な薄いコットンを押しのけ、彼女のなかに挿入した。スターはマットレスにしがみつき、押し寄せる解放の波にさらわれて吐息をついた。荒々しく怒濤のように猛攻を加えたあと、ジエイスも達した。ふたりは手足を絡めて汗まみれになったままマットレスに横たわり、宙に舞う干し草のかけらを吸いこんでいた。

ジェイスはスターのなかから出ていき、立ちあがった。ジェイスの動きで揺れているマットレスの上でスターは横向きになり、彼を見つめた。ジェイスはなにも言わずに服を着てベルトをジーンズに通し、シャツの前についた干し草を払った。「百数えてから外に出ろ」彼は言った。

スターは体を起こして、めくれたワンピースを元に戻し、辱められたと感じるべきなのだろうかと思った。「これっきりなの？」

「次にまたするまではな」ジェイスは冷ややかな目をして、笑みひとつ見せなかった。

金曜日の朝、エリックはクロゼットから二着のスーツを取り出し、ベッドに隣り合わせに並べた。灰色のスーツ対、薄い灰色のスーツ。弟のアンドリューからはいつも服の色のことでからかわれ、〝定番じじい色〟とけなされている。〝今度のパーティーには何色のセーターを着ていくんだ、エリック？　グレイかネイビーか黒だろ？〟派手で、とんがっているなんて、エリックは誰からも言われたことがない。だが、定番じじい色を好む点も有利に働き、これほど早く教頭になれたのだ。規則に従い、規則を実施する。体に合った、地味で、場にふさわしい服を身に着ける。

これまで、それがいいのかどうか気にしたこともなかった。なのに、今朝は気になる。どうして周囲に溶けこむ服など選んだんだ？　たったひとりの人の目に留まりたいと願っているのに。そのうち、押しの強い真っ赤なネクタイくらい買ってみてもいいかもしれない。とりあえず手持ちのなかでもっとも明るい色といえば、赤というよりえび茶色だった。

シャワーを浴びて、ひげをそった。アフターシェーブローションを省略したりはしない。濃いほうの灰色のスーツを身に着け、ワイシャツに青のネクタイを選んだ。髪形を決めるのに、やたらに時間がかかった。手ぐしで少しは乱れた感じを出したかった。だが、やはり、きちんとして見えなくてはいけない。といっても、がんばった感を見せることはどうしても避けたい。そんなふうになったら、絶対にグレッチェンがなにか言ってくるからだ。〝昼休み中に大事なデート？〟とかどうとか。エリックがランチをともにするのは自分だと承知の上で。

グレッチェンがちょくちょくこちらの気を引こうとしてくることに、もちろん気づいていたが、応じるつもりはない。けっこうです、興味ありません……理由はたくさんある。グレッチェンも本気でエリックを口説くつもりはないだろう。教育委員会に廃校にされるかもしれないというときに。

とはいえ、どんな状況であれ、グレッチェンの行動を予測することなどエリックにはできない。あの校長は自分の学校の先生たちにくれぐれも行状に気をつけろと言っておきながら、舌の根も乾かぬうちに校長室でバーボンを飲んでいるような人なのだ。エリックに言わせれば、グレッチェンの最大の強みは、まわりの人間に、この人はいったいなにをするつもりだろう、とずっと思わせておける点だ。エリックは、そういうのが好きではない。弱い者を脅し、いじめる人間の間近で育ったため、そうする人々を尊敬しない。

エリックが学校に着いたとき、教職員用の駐車場に車はほとんど停まっていなかった。しかし、マスコミのバンとリポーターたちは待ち構えていた。エリックが黒の（やはり定番色だ）CR－Vのドアを閉める音をたてただけで、彼らはまさに猛ダッシュで群がってきた。

「ミスター・クレイマン！　少しでいいので、お話をうかがえませんか？」

声をかけてきた女性を朝のニュース番組で見た覚えはあったが、名前は思い出せなかった。美人で、ものすごくやせていて、両頬に入れたピンクのチークがやけに目立って炎症を起こしているように見える。

「いますぐというわけには」エリックは答え、ブリーフケースを胸に抱えて素通りしようとした。「いま登校したばかりですので」

「ほんのひとことふたことでいいんです。お時間は取らせないって約束します」女性リポーターはずいとエリックの前に出て、一歩も引かない構えで逃げ道をふさいだ。それから、にっこりと微笑み、黒髪を払いのける。「お写真より、男前ですね」

エリックは相手のいきなりのセックスアピールにぎょっとしたが、顔は伏せたままでいた。

「では、そろそろまた写真を撮り直したほうがいいですね」ぼそぼそと言った。「十分待ってください。そうしたら必ず声明を発表しますので」

エリックはリポーターがどくのを待った。彼女は学校のドアの真ん前に立ち、マスカラをたっぷり盛ったまつげ越しにエリックを見た。さらに唇をなめている。「指切りげんまんしてくださる？」色っぽく小指をあげてみせ、くねくねさせている。

エリックはむっと口元に力を入れた。色仕掛けをしようとしても、自分には通用しない。

「そういうことはしません。言ったことを信用してください」

「んー」リポーターは悩ましげな声をたて、目をぱちぱちさせた。「あなたがマスコミの対応を任された理由がわかるわ」

彼女は背をそらし、さりげなく小さい胸を目立たせた。この気まずいタイミングでエリックは彼女の名前を思い出した。カーラ・フレデリクソン。ついこのあいだまで、お天気おねえさんだったはずだ。調査報道のリポーターにステップアップしたばかりに違いない。エリックにとっては運悪く。

何年もバーテンダーの仕事をしていたので、エリックは女性に言い寄られる機会が多かった。だが、いつまでたっても慣れない。女性リポーターの頭越しに、ガラスドアに目を向けた。「では、よろしければ……」

「どうぞ」

ようやくカーラがどいてくれ、エリックは校舎に入ることができた。ドアが閉まる直前に、カメラマンに話しかけるカーラの声が聞こえた。「あの人はすぐに戻ってくるわ。インタビューに応じるって約束してくれたんだから」

エリックは鍵を開けて教頭室に入り、ブリーフケースを置いて、いつもどおり仕事を始めた。コンピューターの電源を入れ、ブラインドを開け、留守番電話のメッセージをチェックする。どうにも肩の力が抜けない。公式には、マレーネ・キトリッチの犯罪行為について学校側はいっさい関知していないことになっている。だが非公式には、エリックは昨夜あれっと思うようなものがファイリングキャビネットの奥に押しこまれているのを発見していた。明らかにマレーネが偽造し、払い戻しのために提出したとみられる、食事代や会議代やホテル代といった経費の領収書――おそらく手に入れた現金は夫の殺害を殺し屋に依頼するために使ったのだろう。学校の予算を。納税者から集めたお金を。

こんなことが現実に行われていたとしたら、警察はよりいっそう学校の捜査に力を入れ、弁護士もくわしく調べようとするだろう。宣誓供述書やら、裁判での証言を求める召喚令状やらが発生する。そうしたなかでマスコミは確実に疑問を抱くはずだ。どうしてノア・ウェブスター小学校はそれほど多額の金をマレーネ・キトリッチにすんなり渡してきたのか。

〝悪夢だ〟

だが今朝、状況は適切にコントロールされている。エリックの知る限り、例の経費の払い戻しは問題視されていないし、職員の誰も隠すことなどないはずだ。エリック自身、良心に恥じるところなどない。そう考えてネクタイのゆがみを直し、ふたたび外に出ていった。カーラ・フレデリクソンは窓に映った自分の姿を見ながら、スカートをまっすぐにしているところだった。カーラは近づいていくエリックに気づくやいなやまぶしいほどの笑みを向けてきたが、エリックは即座に本物の笑顔ではあるまいと疑った。「いらしたわ」カーラは誰にともなく告げ知らせた。

「急がなくてはなりません」エリックは言い、袖口を整えた。「百件ほどの留守番電話のメッセージに対応しなければならないので」

カーラはカメラマンに向かって指を鳴らし、手をひらひらさせてカメラをまわすよう合図した。それからエリックにすっと身を寄せ、彼の襟からありもしない埃を払うふりをした。

「すぐに解放してあげる」とささやき、ウインクする。

いまの言葉の意味をエリックが理解する間もなく、カーラはマイクを構えた。「今朝は大変な騒ぎとなっているノア・ウェブスター小学校の前にいます。さて、ミスター・クレイマン、ここで教頭を務めていた人物が夫の殺害を依頼したとされる疑惑について、学校側のコメントをお聞かせ願えますか？」


エリックが息つく間もなく仕事に追われ、正午近くになったとき、教頭室の入り口をグレッチェンの影が覆った。「今日はずっと、あなたの姿が見えなかったわね」

エリックは机の上のメモ帳を指した。折り返し電話をしなければならない先がリストに並び、声明を出さねばならず、その間もずっと電話は鳴りやまない。「つまり、仕事をしっぱなしなんです」そっけなく答え、リスト上の名前をひとつ線を引いて消した。「世界じゅうの人が今回の事件に興味を持っているようです。『ニューヨーク・タイムズ』からも電話がかかってきましたよ。夕方のニュース番組は映像がほしいと言ってきてますし」

「あなたにマスコミの対応を任せたのは大正解だと弁護士たちは考えているわ。あなたは以前ここにいなかったから」グレッチェンは白いマグカップを持ちあげ、慎重にコーヒーをすすった。「わたしはなにも言うな、と弁護士たちに言われてるの」

エリック以外の関係者は全員取り調べを受けているのだ。新入りはエリックだけ。わかっているが、そう考えても気分はよくならなかった。「ええ。大丈夫です。では、まだまだこれから折り返し電話をかけなければならないので――」

グレッチェンは手をあげてエリックの言葉を遮り、くるりと背を向けた。「邪魔はしないわ」青いツイードのスカートと白いブラウスの残像をエリックの目に焼きつけ、校長は立ち去った。

エリックは仕事リストを見ながら、ため息をついた。同じことを何度も何度も言うのに疲れた。〝ノア・ウェブスター小学校は教職員の献身的な働きに支えられたすばらしい学校です。疑惑が真実であったとしても、それは一個人の犯罪行為であり、学校全体の実情になんら関連づけて述べられるべきことではありません〟弁護士たちにこう言うよう指示され、これ以外のことは言うなと注意されている。ほかにはなにも言ってはいけない。ほのめかすのもだめ。憶測を述べてもだめ。つまり、貝のように口を閉ざしつつも、隠しごとがあるように思わせてはならない。ちょろいもんだ。

エリックは立ちあがって足を伸ばした。何時間も電話をし続けていた。しばらく電話から離れる必要がある。「十五分で戻ってきます」事務室にいるアシスタントふたりに告げ、ふたりの好奇心に満ちた視線にさらされながら廊下に出ていった。

廊下の掲示板は、いまも明るい〝学校におかえり〟のテーマで飾りつけられていた。紅葉やスクールバスの切り抜きが貼ってある。赤い太字で〝おかえりなさい！〟と書かれている掲示板もあれば、〝夏の思い出〟の字が躍る掲示板もある。

エリックは、この学校の児童たちより年上の中学生の教師になって後悔したことはない。歴史が大好きだし、片思いや友だちグループといった複雑な問題への対応を迫られながらも、教えることを楽しんでいた。けれども、小学校の廊下を歩いていると、なんだか気持ちが軽くなった。中学校の廊下を歩いていて、こんな気持ちになることはなかった。中学校の廊下では、いちゃついている生徒たちや、誰かに殴りかかっている生徒を発見してしまうことがある。いっぽう小学校では、ペットや家族を描いた幼稚園児たちの愛らしい絵を見られるのだ。

そうだ、気づけば自分はまたしても幼稚園クラスに来てしまっていた。そしてドアをノックし、驚いて顔をあげるレッティ・オズボーンを見て、自分にはここにいる至極まっとうな理由があるとみずからに言い聞かせていた。「昨日のリンゴはどうなっただろうと思ってね」

レッティはリラックスした表情になって、感じのいい微笑みを浮かべた。彼女は幼稚園ならではの小さなプラスチック製の椅子に腰かけ、そのまわりに園児たちが集まってカーペットの上に座っている。エリックはつい園児たちをまじまじと見て、なんて小さいのだろうと考えていた。「まだ、あのリンゴを使ったお勉強はしていないの。あれはランチのあとのお楽しみ。みなさん、クレイマン先生におはようございますが言えるかな？」

みんなが素直に子どもらしい声をそろえて言った。「おはようございます、クレイマン先生」

「おはようございます」エリックは笑顔で答えた。

レッティは絵本を膝の上に置いて、手を組んだ。「昨日の夜、クレイマン先生は、みなさんがあとでするお勉強の準備を手伝ってくれました。クレイマン先生は優しいですね？」

みんなはかわいらしい頭でこくこくとうなずき、何人かは「はい」と返事をした。

「では、クレイマン先生にありがとうの気持ちを伝えるために、みんなで拍手をしましょうか」

レッティのかけ声に合わせて園児たちは体の前で円を描くように両手を動かしながら拍手をした。「よくできました」レッティは顔を輝かせた。「ありがとうを伝えるのは気持ちがいいですね？」ふたたび子どもたちはこくこくとうなずいた。

レッティはなんてすてきな先生なんだ。彼女の温かみのおかげで、こちらの心まで温まってくる。園児たちも間違いなくレッティのことが大好きで、一生懸命に先生の言うことを聞こうとしている。教室の入り口に立ったまま、気づけばエリックもレッティ先生のとりこになっていた。大混乱のなかにあって、この教室はしばしくつろげる癒やしの空間のようだ。

エリックは咳払いした。「ちょうど、お話の時間にお邪魔したようだね。なにを読んでいたんだい？」

「あっ」レッティは急に恥ずかしそうになって何度かまばたきした。「マナーの絵本よ。マナーを覚えておくのはとても大切なことですね、みなさん？」

また、みんながいっせいにうなずき、はーいと返事をした。レッティが膝の上で絵本を動かしたので、それが『スイートピーの みんなに こんにちは！』であることがわかった。エリックは笑顔になって言った。「ぼくが読んでいいかい？」

レッティは床を見つめて少しもじもじした。「無理しなくていいのよ。お忙しいでしょうし――」

そのとき黒い髪の小さな男の子が元気よく膝立ちになって言った。「クレイマン先生は、お客さまです！　お客さまが読みたいって言ってます！」

「ドミニク、座ってね。覚えてるでしょ、あぐら《クリスクロスアップルソース》を組んで、お手々は膝の上」

男の子は脚を交差させて、両手を組んだ。すると、また別の園児が発言した。今度は明るい赤毛の女の子だ。「クレイマン先生が絵本を読んだほうがいいと思います。お客さまだからです」

「ぼくが言ったんだよ！」ドミニクが怒った。「ぼくのまねした！」

「落ち着いて、ふたりとも」レッティは言った。「みんなの前でお話しするときは、手をあげて、名前を呼ばれるのを待つのよね。だけど、ふたりの言うとおりだわ。クレイマン先生はお客さまだから、みんなでお客さまをおもてなししないといけないわね」レッティは笑顔を少しこわばらせながら椅子を立った。エリックの申し出に抵抗があるようだ。「ぜひ絵本の読み聞かせをお願いします、クレイマン先生。別の椅子を持ってきましょうか？」

エリックは青いプラスチック製のミニ椅子を見おろし、身長が一八〇センチを超える大人が座ったら脚が折れるかな、と考えた。「本棚に座るよ、そうしてかまわなければ」

「どこにでも、くつろげるところに座って」

レッティに絵本を手渡されたとき、ふたりの指がふれ合った。まるでこの部屋ごと彼女に包まれているようで、エリックは彼女の肌のぬくもりとかすかな花の香りを感じた。アルファベット模様のカーペットの上でアップルソース座りをしている小さな子どもたちを踏まないように、エリックは慎重に歩いていった。子どもたちは自分たちの先生が描いた絵本を読んでもらうのを、わくわくした顔で待っている。レッティは園児たちの円のはずれに立ち、どことなく所在なさげにしている。

エリックは絵本の最初のページを開き、自分が子どものころ先生がどうしていたか思い出して、みんなに絵が見えるように本を持ちあげた。そして、読み始めた。


〝あるはれたあさ、スイートピーはおきました。

めをこすって、はなをかきます。

ベッドをとびだし、かけまわってあそばなきゃ。

でもそのまえに、あいさつします。「おはようございます、たいようさん！」〟

イラストが特にエリックのお気に入りだった。にっこり笑う太陽と、サヤエンドウみたいな体をした、変わっているけれどもかわいらしい小さな女の子が、鮮やかな水彩で描かれている。子どもたちはじっと聞き入り、ところどころ覚えているようでエリックと一緒に声に出して読んだりもしているが、レッティは腕をかいて、見るからに落ち着かないようすをしている。エリックはレッティのほうを見るのをやめ、絵本の続きを読んだ。会う人みんなにあいさつをするようになったスイートピーが、感じよくお願いをすることや、ありがとうとお礼を言うことを学んでいく。

〝「マナーはたいせつよ」

ママはいって、スイートピーのちいさなあたまをなでました。

「わたしたちはことばをつかって、ありがとうのきもちをつたえたり、わけっこをしたりするの。

ありがとうといえば、あなたをたいせつにしていますってつたわるわ」〟

エリックは目のはしでレッティの動きを追っていた。レッティは机の前に歩いていってそわそわし、出しっぱなしになっていたペンを見つけてペン差しにしているコップに戻している。エリックはレッティを見つめないようにしながら読み聞かせを続け、園児たちが発する感想や笑い声を楽しんだ。最後のページをめくるときには、読み終えるのが残念な気持ちになったほどだった。

〝そして、とうとうスイートピーのしあわせないちにちがくれると、スイートピーはベッドにはいって、たいようにてをふりました。

「きょうもたくさんおべんきょうをして、たくさんあそんで、たのしいいちにちでした。たいようさん、ありがとう！」〟

絵本を閉じて前を見ると、園児たちの笑顔が並んでいた。エリックは絵本について子どもたちに質問をしてみようと思ったのだが、すかさずレッティが拍手をして言った。「ありがとうございます、クレイマン先生。はい、みんなで先生に拍手！」

ふたたび子どもたちが両手で円を描くようにしながら拍手をしてくれた。その拍子に、エリックは現実に立ち返った。この幼稚園クラスで子どもたちと一緒にいるのは心地いい。ここは学校の事務室を襲っている広報活動の悪夢のような事態とは縁がないからだ。しかし、エリックはこの安らぎの世界に属してはいない。

エリックは立ちあがり、本棚の上に絵本を置いた。「絵本を読むのを聞いてくれてありがとう、みんな」

何人かの園児の〝どういたしまして〟という言葉に送られて、エリックはレッティのすぐそばを通り過ぎた。肩が軽くふれ合った瞬間、またしても敏感に反応し、頭がぼうっとなった。

「では、仕事に戻るよ」エリックは普通のさりげない声が出ていることを願った。「いい一日を」レッティは答え、子どもたちに注意を戻した。「エマリン、お友だちにちょっかいを出しちゃだめよ」

エリックは教室を出てドアを閉め、廊下を歩きだした。「おはよう、エリック」一年生の担任ミンディ・リングが、腕いっぱいに紙を抱えてうしろから歩いてくるところだった。片方の腕に大きなシルバーの腕輪をはめ、動くと揺れるイヤリングもつけている。

「おはよう、ミンディ。運ぶのを手伝おうか？」

「いいえ、大丈夫よ、どうも」ミンディはうしろに首を振った。「もう各先生の授業の視察を始めてるの？」

エリックは、なにもやましいことはしていないと自分に言い聞かせた。それでも、訊かれた瞬間に肩をこわばらせてしまった。「今日は校内をまわっていただけだよ。それで、どういうわけか幼稚園クラスで絵本の読み聞かせをすることになったんだ」気らくに笑ってみせた。「中学校とはだいぶ違った経験ができるよ、それだけは言える」

「でしょうね」ミンディはいったん紙の束を片方の手で抱えて、イヤリングに引っかかった髪を引っ張ってはずした。「レッティはいい先生よ。いつも子どもたちのことを考えてがんばってる。あんなことがあっても」

「あんなこととは？」

「ほら、結婚式が。こんな話するべきじゃないわね」ミンディは髪を放し、ふたたび両手でしっかりと紙の束を抱えた。

「その件は本当に気の毒だ」エリックはあいまいに返した。

「ずっとジェイムズのことは感じのいい人だと思ってたのよ。ジェイムズってのはレッティの元婚約者」ミンディは言った。「ただ、レッティにはちょっとまじめすぎる相手かなって心配してたの。なんとなくわかる？　お堅すぎるっていうか。レッティだって、ちゃんとした教師よ。だけど、レッティは楽しむときには楽しめる人なの。本当のレッティは、まわりが思ってるような人じゃない」ミンディはちょっと笑って口をつぐんだ。しゃべりすぎたと気づいたみたいに。「いま言ったことなんて忘れて。別によくわかってるわけじゃないから」

「心配はいらない。きみは間違ったことは言っていないよ」エリックは言った。「きみとレッティは親しい友だちなんだね」

だが、ミンディは自分の教室に近づくにつれて、ばつが悪くなってきたようだった。「ええ。じゃあ、お話しできてよかった」ミンディはさっと教室に入って、そのまま奥に引っこんでしまった。

エリックが事務室に戻ると、すぐにスーから三枚のメモを手渡された。「何件か電話がかかってきてます。みなさん、そろって緊急だっておっしゃってます」

「みんな、そう言うだろうね。ありがとう」

エリックはメモを受け取ったが、わざわざ見ようともしなかった。ミンディが言っていたことについて考えていたのだ。レッティがあの柔和な見かけの下に、いったいなにを隠しているのかについて。

11

わたしはエリックに恋をしてしまった。その気持ちが、もっとも都合の悪いときにひょっこりわいてくる。たいてい、エロティカを読んでいるときに。わたしの頭のなかでは全部のロマンスのヒーローはエリックになる。そうすると、あまりにも頻繁に全裸のエリックを想像することになるので、学校の廊下で彼とすれ違ったりしたら、もうまともに彼の顔が見られない。

一度など、わたしが用具入れからシートに記入してペーパークリップの小箱を持ち出したとき、エリックが近くに来て「こんにちは、レッティ」と、いつものさわやかな口調で声をかけてくれた。

「こんにちは」わたしは明るいけれども食らいつく感じではない口調を心がけて、あいさつを返した。それからダッシュで逃げた。たとえば、今日の調子はどう、とか個人的なことを訊かれる前に。

エリックは親切に接してくれるけど、わたしはそれを深読みしたりしない。エリックはみんなに対してああやって話しかけるのだ。正直なところ、わたしにはエリック・クレイマンと深くかかわろうとする心の余裕がない。わたしはいま、ひどい状態だ。いまだにジェイムズ事件を引きずり、夜はキッチンテーブルでエロティカを書き、ときには昼間も学校で思いついたエロティカに使えそうなフレーズを紙にちょろっと書き留めたりしている。こういうフレーズだ。〝彼は女のなかに突入した。自身の欲望の赴くままに奥深くまで〟とか〝彼女は、ふたりの情熱とともにシーツがとっくに冷えてしまっても、そこに搦め捕られたまま横たわり、彼を思い出して胸の灯火を燃やしていた〟とか。夜、家に帰ってからポケットのなかのそうしたメモを取り出し、テーブルの上で広げる。いくつか採用することもあるけれど、ほとんどは使わない。早い話、わたしの頭はつねにわいせつな考えでいっぱいになっている。このエロティカへのこだわりが教頭先生への片思いと合体してしまったら、大変なことになる。

「でもさ」ある晩、地元のバーにカクテルを飲みにいったとき、ミンディは言った。「上司とセックスしたらすごく燃えるんじゃないかな。だからこそ、その設定のエロティカがあんなに山ほどあるのよ」

「そうね、エロティカに関して、わたしが学べたことがあるとすれば、どれもすごく現実的ってことだけだものね」わたしは皮肉を言った。

バニラマティーニを一杯半飲んだあとで、わたしは自分の禁じられた欲望を親友に打ち明けてしまっていた。わたしが誰かにつかまって拷問されたら即アウトだ。ウオッカを少し飲まされて、拷問装置をちらっと見せられただけで口を割るに決まっているから。できるだけいい見かたをすれば、わたしはミンディに、なにかはっと正気に返れるようなことをガツンと言ってほしかったのだと思う。たとえば、こんなふうに。〝エリック・クレイマンなんか日がな一日、教頭室でだらけて鼻くそほじってるわよ〟とか〝あんなやつ？　あいつ、犬嫌いよ！〟とか。なのにミンディは、わたしを思いとどまらせるようなことはなにも言わなかった。正直、わたしも本当は自分の気持ちをひとりで抱えきれなくなって打ち明けてしまったのだと思う。そして心の底では、ミンディに応援してほしかったのだ。

〈オマリーズ〉のバーカウンターは混んでいたので、わたしたちはテーブル席に座っていた。アイルランドのパブからわざわざダークウッドの設備・調度一式を取り寄せたというここは、雰囲気のあるバーだ。わたしたちはお気に入りのブースを確保できた。聖パトリックがヘビに向かって杖をあげている姿が描かれたステンドグラス窓のすぐ前の席だ。

「群れを支配する雄《アルファ》のファンタジーなのよ」ミンディは目をきらきらさせて言った。彼女は今日、おつまみ無料クーポンを引き寄せたばかりだから、自信にあふれている。「セクシーで、強くて、権力も持ってる。エリックなら、この三つすべてにあてはまるわよ」

「男性をアルファとかベータに分類するなんて、おかしい気がするわ。だいたい、エリックはいい人すぎてアルファっぽくない」わたしは言った。「アルファの男の人って、ものすごく傲慢で支配的なはずでしょ」

ミンディはあきれて目をぐるりとさせた。「それは本に出てくる心に傷を負ったヒーローの話でしょ。現実の世界でいちばん魅力的なのは、強くても、思いやりがあるタイプよ」

わたしはテーブルに落ちた水滴に指を浸し、そこに円を描いた。「怒りっぽいアルファ男のどこがいいのか全然わからなかったの。わたしが運命の人に求めるもののリストを作るとしたら、わたしを踏みつけにする態度なんて含めない。入れるとしたら、たまに進んで夕食を作ってくれるとか、基本的な洗濯くらいできるとか、そういうことにするわ」

ミンディはうっすら笑った。「あのねえ、アレッタ。そういうのってけっこう理想が高いと思うわよ」

「わたしなんかが高い理想を持ってちゃだめね。もうすぐ三十だもの」

そのときウエイターがテーブルに、熱々のホウレンソウとアーティチョークのディップ、そして三角形のピタチップを持ってきてくれた。わたしは丸められていた黒いナプキンを開き、フォークやナイフをカチャカチャいわせながらテーブルに並べた。「あなたは、職場の上司に欲望を抱いてはいけない理由を、わたしにしっかり説明してくれなければいけなかったのよ。それがどんなに自己破壊的で、心の健康に有害な行為かを」

「見てる分には別にかまわないじゃない。あなたがブリュンヒルデに欲望を抱いてたら、もっと心配しただろうけどね。そんな行為は誰にとっても不健全だわ」

「おい、ミンディじゃないか！」

わたしとミンディがそろって振り向くと、チェイス・ホロウェイが広い肩幅で風を切ってやってくるところだった。一緒にいた男友だちのグループを離れてわたしたちのテーブルにやってきて、ミンディの頬にキスをする。「このバーにも来てるとは知らなかったぜ」

「女子会よ」ミンディは微笑み、急に女の子らしくなって目をぱちぱちさせた。「あててみましょうか、野球でしょ？」

「ニューヨーク対ボストンだぜ」レッドソックスのスウェットシャツとジーンズというでたちのチェイスは気取らない感じのハンサムだ。両手の親指でバーカウンターを指している。

「よかったら、おれたちと一緒に——」

「女子会なの」ミンディは言った。「わたしたちが野球を見たとしても、どの選手のお尻がすてきか話すだけよ」

チェイスは顔をしかめて手を振った。「うえっ。だよな。ジャッキーも、おれがスポーツの話をするたびに反応が薄くなるんだから。わかった、楽しくやってくれ。また今度、ゆっくり話そう」それからチェイスはたったいま、わたしに気づいたかのように、つけ足した。

「会えてよかったよ、レッティ」

「こちらこそ、チェイス」

わたしたちは立ち去っていくチェイスを見送り、しばらくお酒を飲みながら黙っていた。

「チェイスと会ったのは、ずいぶん久しぶり」わたしは言った。

「うん」

ミンディは黒髪を耳にかけて、ちらっとバーカウンターのほうを見た。そこではチェイスが友人たちとメニューを見ながら酒を選んでいた。わたしと知り合ったころからずっと、ミンディはチェイスに片思いをしている。ミンディとチェイスは高校が一緒で、仲がいい友だちだった。あるときミンディはチェイスに告白したけれど、優しくことわられた。ミンディは別に大したことないというふりで、いまのはジョークと言ったらしいけど、プライドを守るためにそうしただけだ。ミンディのこんな顔は初めて見た。今夜は、はっきり傷ついた表情を浮かべてチェイスを見つめている。

「悲しそうな顔してる」わたしはピタチップに手を伸ばしながら言った。

ミンディは自分の膝に視線を落とし、ナプキンを撫でつけた。

「チェイス、つき合ってる人がいるんだって」ミンディは小さな声で言った。「ジャッキーって人。真剣につき合ってるみたい。もう、わたしは——お話だったら、こんな結末はないわよね？　理想の男性が、ほかの人と結婚しちゃうなんて」

ミンディはそんな考えを振り払うように手を振って、頭を左右に振った。「そんな話はいいか。あなたと教頭先生との問題について話したいわ」

「うん。わたしがエリック・クレイマンに恋してはいけない理由をあげて。そしたら、わたしの心も言うことを聞くかもしれないから」

「見ほれるのはかまわないのよ。わたしだって、あの教頭先生に何回も見ほれてるもの」ミンディは軽く片方の肩をすくめた。「お尻に関しては、最高のレベルよ」

友だちとエリックのお尻について話すなんて罪悪感がこみあげたが、でも、ミンディの言うとおりだった。彼をうしろから見ると確かにきゅっと引きしまっている。

「ただし」ミンディは続けた。「本のなかで女性が上司にぽんと飛び乗っちゃうのはいくらでもけっこうだけど、現実の世界では全然オーケーじゃないわね。女性にとっても上司にとっても」

わたしはピタチップをひとかじりし、かみながら考えこんだ。「上司にぽんと飛び乗るって、いい表現ね」

「上司にまたがる。上司とじゃじゃ馬ならしごっこをする。上司のサラミをいただく。どれでも好きな婉曲表現を選んで」

「わあ、どれもすごく参考になる」スプーンでディップをすくうと、溶けたパルメザンチーズが長く伸びてくっついてきた。立ち上る香りからして、ニンニクがほどよく利いている。最高。

「禁断の恋は、このディップみたいなものよ」ミンディもディップをすくいながら説明した。「うしろめたい楽しみ」

「すごいっ、あなたってなんてすばらしい先生なの」

「こういうのは過度に楽しんではいけないものなのよ」賛辞に気をよくすることもなく、ミンディは淡々と続けた。「わたしの言うことだから信用して」ミンディの視線が、さっとチエイスに向けられた。

本当は、わたしにもよくわかっている。わたしも完全に思考能力を手放したわけではないのだ。ただ、それを小さな箱に詰めて、棚の上にしまってあるだけ。

「いつものことだけど、あなたはわたしの理性の声だわ。でも、結局、非現実的な話にすぎないのよね。別に、つき合うなんて話が出ているわけですらないんだから。なんだか全部ひっくるめて、恥ずかしくなっちゃうわ」わたしは言った。「勤めてる学校の教頭先生に片思いするなんて、どんだけ痛々しいの？　わたしの恋愛がひどいありさまなのよ。振られた反動で恋しちゃっただけだわ。わたし、お酒を飲むと、いつもこんなになっちゃう」

ミンディの黒い瞳の光がやわらいだ。ミンディはわかってくれている。わたしたちはどちらも、決して手に入れられない男性を好きになってしまったのだ。

わたしたちはお酒を飲み、おつまみを食べ終えた。その間もミンディがたびたびカウンターのほうへ視線を向けてはテーブルに目を落とすのを見て、いまはチェイスのそばにいると落ち着かないのだろうな、とわたしは思った。わたしの家はこのバーからほんの数ブロックしか離れていないので、うちに行って家をリフォームするリアリティ番組を見ようと誘うと、ミンディはほっとしているように見えた。

夜気はひんやりとしていて、月が光っていたので、帰り道は明るかった。わたしは上着のポケットに握りしめた両手を突っこみ、冷たい風に身を震わせた。「わたしたちふたりとも、どうしましょうか？　わたしたちはどっちも、禁じられたホウレンソウとアーティチョークのディップに欲望を抱いてるでしょ。解決策は？」

ミンディは唇をとがらせて考えこんでいた。わたしにも、ミンディの心の痛みが感じられそうだった。ミンディはチェイスのことが本当に好きで、すごく悩んでいるのだ。

「やっぱり最初の思いつきが正しいと思う。よろしくない相手と恋愛を楽しむのよ。セクシーで、求められていて、情熱が燃えたぎっていると感じるの。そして、そのことを見せびらかすのよ」ミンディは黒い巻き毛の頭を左右に振った。「あなたがもうエロティカを書いていないのは残念ね。ハイジにお尻をたたかれすぎてセクシーな気持ちが消し飛んじゃったのかしら」

わたしはミンディの顔を見た。「ハイジって？　それがミス・ハンターのファーストネームなの？」

「ミス・ハンター？　彼女の名前はハイジ・グリスウォルドよ」ミンディは、ふふっと笑っている。

わたしは唇をなめた。ピタチップのおかげで、まだしょっぱい味がした。秘密にしているが、実はいまもエロティカを書いている。ただし、完全に自分の楽しみのためだけに。頭のなかにわいたファンタジーを健全に放出するため。それだけだ。「エロティカとは手を切ったの」わたしは言った。「わたしの書いたポルノが出版されてるってブリュンヒルデに知られたら、どうなると思う？」

「あるいは、ブリュンヒルデの右腕とベッドで暴れてると知られたら？」

「そう。教頭先生のサラミをいただいてると知られたら、でもいいけど」わたしは歩道に落ちていた小石を蹴っ飛ばした。「ミス・ハンター――ハイジ――にお尻をたたかれるのは、奇妙な体験だったわ。変に癒やし効果があったの。それって普通？　だけど、そのあとジェイムズから電話があって、もうすぐ結婚するって言われたものだから、回復しかけてた自尊心もどこかへいっちゃったっていうか――」

ミンディはいきなり立ち止まって、わたしの腕をつかまえた。「ちょっと待って。ジェイムズがなにをするって？」

「言ってなかったっけ？」わたしは自分の額をごしごしこすった。「もう自分が誰になにを言ったかも覚えてないわ。そうなの、ジェイムズは別の人と結婚するんですって。わたしと別れてから、ほぼ三カ月で婚約したのよ」

ミンディは小さく口笛を吹いた。「信じらんない。ものすごい侮辱だわ」

「うん、そうでしょ」わたしはあらためて肩をがっくり落とした。つらいことを口に出すと、なんだかそれがよりリアルに感じられる。「大学生のときね、春休みを機に、自分をいかにもクールな女の子に作り替えたことがあったの。ただ楽しく過ごそうとしてるだけの、まわりの目なんて気にしない、奔放な女の子に」

わたしたちはふたたび歩き始め、角を曲がってわたしの家がある通りに入った。「どんな気分だった？」

「すごくいい気分だったわ。いかにもな感じだったけど、そんなのどうでもいいでしょ？あの一週間だけは、男と寝ても、そこからなにも期待しない女になるのがどんなものか経験できたんだもの。ひょっとしたら、あれをもう一回やってみるべきなのかもね」

「悪い女になりなさい」ミンディは肩にかけたハンドバッグの紐をぐっと引っ張りあげた。「わたしはたくさんの男と寝てる。そんなこと大っぴらに発表するつもりはないけど、わたしたちは友だちだから言うね。レッティならよくわかってくれてるから。ときどき、わたしもそうやってて、これがもっと意味のあるものになったらって期待することがあるの。運よくいい人とめぐり合って、その人がチェイスのことを忘れさせてくれないかなって」

わたしは笑顔になった。「紫色の髪をした中国系アメリカ人の先生が好みの億万長者でしょ」

「そんなに多くは望んでないと思うんだけどなあ、そう思わない？」言いつつ、ミンディも笑っている。「そうだ、あのね、ダウンタウンにいいバーがあるんだけど。かなり流行の先をいってるの。その店で今度、独身者が集まるイベントがあるのよ。ふたりで行きましょうよ。そこで、ほら、ウインドーショッピングをするの」

「すごくいい考えね」わたしは手を伸ばしてミンディと腕を組んだ。「じゃあ、わたしのミスター・ペケと、あなたの運命の人《ミスター・ライト》を探しましょう」

わたしたちが玄関への私道を歩き始めるなり、オーディンが大喜びで吠えだした。「オーディンは飛びかかってくるわよ。先にあやまっておくわ」

「全然かまわない。オーディンのこと大好きだもの」ミンディは笑顔をこわばらせ、組んでいるわたしの腕をぎゅっと握って、小さな声を発した。「もう運命の人は見つけちゃったと思うのは間違ってる？」

ミンディの言っていることが、わたしが何度も心のなかで思っていたこととまったく同じだったので、わたしは胸に突き刺さる痛みを覚えた。ジェイムズに捨てられたあと、自分には運命の人なんていないんだろうかと本気で悩んでいた。

「いいえ、間違ってないわ、ハニー」わたしはミンディの肩を抱いた。「だけど、運命の人が目を覚ますまで、あなたは待つべきさだめなのよ。わたしたちは可能性に心を開くんでしょ？　宇宙を信じて」

「ちょっと待って、わたし、そんなこと言ってた？」ミンディは片方の手で顔を覆った。「信じらんない。ときどき、自分の言ってることがたわごとだらけで、自分でも聞いてて耐えられないわ」

わたしはもうエロティカを書いていないことになっているにもかかわらず、二週間後、キッチンテーブルの前に座り、怒濤の勢いでキーボードをたたいていた――もちろん、タイプしているのは授業計画ではない。オーディンはわたしの足に頭をのせて眠っている。ときたま体を起こして伸びをするが、すぐにまた同じ場所にドスンと横になる。

「いつも一日じゅう、そんなふうに過ごしてるの？」わたしは声をかけた。「てっきり家を守ってくれてるものと思ってたのに」

オーディンは尻尾を二度パタンパタンと動かしたあと、ごろりと仰向けになった。

この日はコロンブス記念日で学校が休みだ。わたしは新たな作品の執筆に取りかかっていた。干し草置き場でお尻をひっぱたかれる女の子が主人公の物語だ。わたしのエロティカ第一作と同じく、またしてもＢＤＳＭとしてスタートしたけれど、しだいにトーンが変化して、薄幸の恋人たちのロマンスになりつつある。奇妙なことに――理由は不明だが――恋してはならない相手に恋する設定へと、わたしは引き寄せられていた。

〝彼のことが忘れられなかった。何年もたったあとなのに、肌には彼にふれられた感覚が残り、いまでもまだ――〟

わたしは文の途中で手を止めた。一日ずっと書いていると、スナックもつい食べすぎてしまう。きっと食器棚があまりにも近くにあるテーブルで仕事をしていることと関係があるのだ。執筆に行きづまると、おやつタイムになってしまう。わたしは立ちあがり、冷蔵庫に向かった。どの低脂肪ヨーグルトにしようかなと選んでいると、携帯電話が鳴った。編集者のマーシーからだと気づいたとたん、心臓が止まりそうになった。「もしもし、レッティです」懸命に落ち着いた声を出そうとした。

「このいやらしい雌犬ちゃんめ」

わたしはぎょっとして電話を耳から離し、発信者の番号を確かめた。「もしもし？　どなたですか？」

すぐにマーシーが明るく大笑いする声が聞こえてきた。「いったいどこにこんないやらしいアイデアをごっそり隠し持ってたのか教えてくれない？　そこに鞭と鎖の世界があったなんて。あなたの頭のなかではスイートピーのお誕生日会が開かれてるものとずっと思ってたのに」

わたしは携帯電話の音量をあげ、電波が悪いのかしら、と考えながら部屋を歩きまわった。「マーシー？　さっき、わたしのことを雌犬って言った？」

「ええ、言った。ごめん。あなたのことをいやらしいってけなすつもりじゃなかったの。あんなふうに言うべきじゃなかったわね」と言いつつ、マーシーはクスクス笑っている。「それより、たったいまあなたの原稿を読み終わったの。すごく気に入ったわ。ぜひ買いたい」

喜びと正真正銘の恐怖に同時に襲われ、わたしは両手を震わせた。「あの原稿を買ってくれるの？　す、すごくうれしい」

「前払い金の残りを送るわね。契約書の条件のいくつかについては話し合って、変更しなくてはいけないわ。今度、出版するのは絵本じゃなくて短編小説だから」

マーシーがどんどん話を進めるあいだ、わたしはぼうぜんとした心地でうなずくばかりだった。残りの前払い金をもらえる。わたしが書いたポルノが出版される。なんだか、すごく刺激的だった。

「つまり、あれを気に入ってくれたということ？」わたしはおずおずと訊いた。

「レッティ、気に入ったなんてものじゃないわ。最初は、わたしも大丈夫かなって思ってた」

マーシーはこう言い終えた。「だけど、あなたは見事やってくれたわ」

〝勝利だ〟「あの、マーシー？　ちょっとこのまま待っていてくれる？」

「いいわよ」

わたしは携帯電話をそっと窓の下枠に置き、思いきりハッピーダンスを踊った。はたから見たら、その場で走りまわりながらけいれん発作に襲われているのと見分けがつかないだろう。オーディンが跳び起きて、変な動きをしているわたしに吠え始めた。「しぃーっ！　伏せ！　ママは大丈夫！」わたしはオーディンを撫でて落ち着かせてから、ふたたび携帯電話を手に取り、少し息切れしながらもプロの作家っぽい声を出そうとした。「そう言ってもらえてとてもうれしいわ」

「わたしもあなたとまた仕事ができてうれしいわ。それでね、著者名について確認しておかないといけないの。あなたはスイートピー・シリーズをアレッタ・オズボーンの名前で出してたでしょ。今回エロティカを出すにあたってはペンネームを考えたほうがいいと思うわけ。読者が混乱しないように」

ペンネーム。あたり前だ。「よくわかるわ」

「セクシーな名前がいいわよ。楽しく考えて。さて、いくつか修正に向けての提案があるの。メールでも送るけど、少し時間あれば、いまついでに――」

わたしは胃にずんとくる緊張を覚えた。編集者からのコメント。自分が書いたポルノに関して。わたしはごくりと唾をのみこんでソファに座りこんだ。興奮は早くもしぼんでいった。

「あ、時間なら大丈夫」

「ピアースのキャラクターは、すごくいいと思う。戦争により深い傷を負ったヒーローがアナルセックスにおぼれるけど、ジャスミンに完全に心を捧げることはできないのよね。このキャラクターの深みを出すために、いくつか思いついた点があったの。あ、あと忘れないうちに言っておくわ。〝ペニス〟と〝性器〟を使いすぎ。ほかの言葉に換えてみたらどうかしら」

マーシーの言葉は耳に入ってきていたが、脳はショート寸前で、わたしは真っ赤になった顔をクッションに埋めていた。「ああ、はい」

「伝統的な表現に頼るしかないわ。〝柱〟、〝棒〟、〝彼自身〟、〝竿〟といった。わたしは前から〝突き棒〟って言いかたが好きだけど、個人的な好みだから」

わたしは死んでしまいたくなった。頭をクッションに深く埋めこみすぎて、ほとんど逆立ち状態になっている。ポルノを書いたら、そのポルノへの編集が加えられるというあたり前の事実が、なぜかわたしの頭からはすっぽり抜け落ちていた。だから、それに対する心の準備ができていなかったのだ。

「そうね。よさそう」

「参考までにして。あとね、〝潤み〟って言葉はどうも苦手なの。だから、その言葉は原稿から削除して別の言葉を考えてってコメントを入れておく。〝パンティ〟もそう。〝パンティ〟には耐えられないわ。子どものころを思い出しちゃう。かわりにレースのソングでもはかせてあげて」紙がこすれ合う音がし、マーシーは咳払いを挟んでから言った。「さて。ピアースは戦争から帰ってきて、うしろからのセックスにこだわり始めたでしょ。この点に関して明確な説明はなされていないわ。これには心的外傷後ストレス障害《PTSD》かなにかが関係してるの？」

どうしよう、わたしにもわからない。あれは二週間足らずで書きあげたものだ。だけど、マーシーは説明を待っている。わたしは説明した。「あれは、ピアースが世界を不確かなものととらえていることと関係しているの。彼は、ええと、性交を妊娠と結びつけて考えてる。

でも、自分は友人たちの死をまのあたりにして、ほら、悪夢を見ているから、とても子どものまともな父親にはなれない、そんな危険は冒せないって考えてるのよ」

完全に口からでまかせ。ピアースはエイリアンに誘拐されて宇宙船内で変な検査を受けたから、アナルセックスにはまった、と説明したって同じことだ。ところが、マーシーはこう答えた。「そうだったのね、うん、あなたの説明を聞いて納得したわ。ただ、原稿にはそこまで書かれていなかったわね。原稿を見直して、どこでそれを明確にできるか考えてみて」

「オーケー」

「いろいろ言ったけど、全体的にはセクシーで楽しめるストーリーだわ。それに、戦争について、軍人として戦地へ行って傷ついた男女について、現実の側面も描かれていると思う。じゃあ、コメント稿と変更後の契約書を送るわ。決まったら、あとでペンネームも知らせてね」

わたしの顔の熱は引き始めていたが、ほんのわずかにだった。わたしはソファの上で身を起こし、ずっと前に額に入れて壁にかけた、古いホットココアの広告ポスターに目をやった。ココ。なんだかセンスがよさそうな名前だ。ラストネームは、自分のをちょこっと変えよう。オズなんとか。それか、なんとかボーン。ココ・ほにゃららボーン。わたしの思考回路は誰にでも想像がつくレベル？　クレイマン。ココ・オズマン。ココ・オズクレイ。ココ・クレイボーン。

「ペンネームはココ・クレイボーンでどうかしら？」

「うーん。ココ・クレイボーンか」マーシーはつぶやいた。「いいじゃない。じゃあ、それで決まりね。契約書にもその名前を載せとく。作品名は『折れた矢』にしましょう」

「えっ、題名は確か――」

「より大きなマーケットではこういうふうにするものなの。だから、ココ・クレイボーン著『折れた矢』で決まり。すばらしいわ。なにもかも、すぐ送る。それでね、ぜひもっと書いてほしいわ。この前も言ったけど、スケジュールは空けてある。だから、もし有名作家になって、余分にお金を稼ごうと思うんなら……」

わたしはマーシーに考えてみると約束し、電話を切った。でも、本当は考える必要なんてなかった。本を出版してもらえれば、経済的に安定する。わたしはすでに次の原稿を書き始めている。また前払い金が入ってくると考えただけで、作品を書きあげる充分な刺激になった。

12

土曜日の夜、ミンディは早めにうちにやってきて、ポップコーンを食べながら、ふたりで出かける準備をした。ウェストボローのダウンタウンにある〈バー・ハーバー〉に出かける予定だ。わたしはそこに行ったことがなかったが、別に〈バー・ハーバー〉に問題があるわけではない。ジェイムズがまったく酒を飲まず、週末の夜はずっとソファに座って本を読むのが好きだったからだ。

「悪い意味じゃないんだけど」一度ミンディに言われたことがある。「あなたはいっさい外出しなくて平気ってタイプには見えないんだよね」

実はミンディの言うとおりだった。あとになって思い返してみると、確かに、出かけないで家にばかりいるのは退屈だった。わたしはおしゃれをして友だちと出かけるのを楽しみにしていた。今日も出かけるのが楽しみで興奮しすぎ、トリュフオイルを垂らしたパルメザン風味ポップコーンを作ってしまった。特別なときにしか作らないメニューだ。

エリックに会えると考えてるんじゃないかって？　そういう可能性もなきにしもあらずと考えているかもしれない。一日じゅうそわそわしっぱなしなのは、そのせいかもしれない。エリックに会うのが今日の目的ではないのに。だいたい、あのバーに行こうと言い出したのはミンディだ。ミンディはエリックがあそこでたまにバーテンダーをしていることを知らないし、わたしもミンディに話していない。エリックがいるところで別の男性にアプローチできると、自分に証明できればいい気もする。〝わたしはそこまで彼に夢中になってないと自分に証明する〟のがいちばんの目的だ——たとえ、わたしが書いているエロティカ最新作のなかで主役を張っているのが彼だとしても。

なにを着ていくか決めるのもひと苦労だった。最初に選んだのは、まだオーディションにかみちぎられていないジーンズと、丸い襟ぐりが大きめの黒いTシャツだった。これならカジュアルなセクシーさを演出できるとわたしは思ったのだが、ミンディにどう思うか訊いてみると、彼女は深く息を吸いこみ、ずいぶん長いあいだ黙りこんでしまった。「そんなこったろうと思ったのよ」ミンディはついに言うと、自分のクロゼットから持ってきたたくさんの服をごっそりわたしに渡し、着てみて、と告げた。

三回も着替えたあと、わたしは黒のタイトスカートと、きらきらするシルバーの素材のノースリーブを着ていくことになった。シルバーのハイヒールをはいたら、そこにはココ・クレイボーンがいた。すっかりその気になっている、色気たっぷりの誘惑する女だ。熱気に満ちた、みだらで、汗まみれのセックスをする気まんまんだ。少なくとも、わたしは自分にそう言い聞かせ、バスルームの鏡の前で髪をカールし、ミンディとともにバーへ男性を引っかけにいった。

ミンディはどうだかわからないけれど、わたしは本気で誰かをお持ち帰りする気はなかった。そういう生きかたはできそうにない。だけど、危険な魅力があって、わたしにとってはあらゆる面でペケな男性を軽くナンパしてみることさえできれば、恋愛恐怖症を抜け出せるはずだ。相当、運がよければ、教頭先生への片思いも克服できるかもしれない。そんな恋は人生において賢い選択とは言えないから。

髪を巻き、メイクをし、香水を吹きかけたわたしがバスルームから出ていくと、ミンディはオーディンのおなかをかいてやっていた。わたしの姿を見るなり、小さく口笛を吹く。

「すごく色っぽいわよ、レッティ!」

「あなたもよ」わたしは言い、スカートの裾を引っ張った。「ほんとにこれ、短すぎない? 変に間違ったメッセージを送るのは避けたい――」

「違うでしょ。こんなことするのは、まさに間違ったメッセージを送るためでしょ」ミンディは立ちあがり、自分の車のキーを取った。「あなたの気が変わる前に、さっさと出発よ」

ミンディの青のシビックに乗って出かけた。わたしは助手席に座り、こんなのなんてことないわ、と自分に言い聞かせていた。全然、大したことじゃない。なんの責任も生じないし、デートでもないし、のちのち問題になる影響もない。ただ可能性に満ちた会話をして、進んで新たな経験に乗り出せばいいだけだ。そうはいっても、わたしの胸を突き破りそうな心臓や、汗びっしょりになった手は聞いていないみたいだ。胃は軽業師のようにねじれてしまいそうだし。

〈バー・ハーバー〉に一歩足を踏み入れたとたん、わたしはここの雰囲気が気に入った。音楽はモダンロックが流れているが、音は大きすぎないので、ミンディと話していてもちゃんとお互いの声が聞こえる。バーカウンターと同じ高さがある木のテーブルは磨きあげられて輝いている。バー中央にあるカウンターは光沢を放つ黒い素材でできており、その向こうにずらりと並んでいるお酒は、わたしが訪れたことのあるどのバーよりも種類が豊富だ。そこにいるバーテンダーの姿がちらっと見えたとき、わたしは一瞬パニックに陥った。でも、それはエリックではなかった。悲しいことに、エリックほど魅力的な人でもない。

「標的になりそうな男をもう見つけたわ」ミンディはカウンターに歩いていきながら言った。「あっちの席にいる男たちを見て。鏡越しによ」

わたしはミンディの視線の先を見て肩をすくめた。「ああ、あの人たちね。ほんとだ。さっそく行ってみる？」

「ほんとに、コツがわかってないわね」ミンディは言った。「そんなんじゃだめよ。わたしたちはテーブル席に座って、あの男たちにまず視線を送るのよ」

わたしたちはカウンターでカクテルを注文し――ミンディはラムアンドコークで、わたしはマティーニ――空いていた最後のテーブル席を確保した。たまたま目の前に狙った標的がいた。その人たちは、わたしたちと同い年くらいか、少し年上のようだ。ふたりとも茶色の短髪で、ひとりは首に目立つタトゥーを入れている。渦巻きみたいな模様だ。カルト教団のシンボルかもしれない。そのとき、タトゥー男が振り向いて、わたしが見ていたことに気づいた。わたしは慌てて視線をそらして錫《すず》板の天井を見あげ、そこになにか興味を引くものがあるふりをした。それから、マティーニを抱えこむようにして言った。「こんなことできそミンディはわたしに身を寄せて、ささやいた。「できるわよ。あなたならできると信じてるわ」

「だって、あの人、首にタトゥーなんかして」

「だから？　アーティストかもしれないじゃない」

「それか重罪犯人かも」

ミンディはさりげなくミスター・ペケのほうを盗み見て、首を横に振った。「あれは刑務所のタトゥーじゃないわ。お金かかってそうだもの」

「ふうん、そう。じゃあ、あの人は投資銀行家かもしれないわね」わたしは景気づけにカクテルをごくりと飲んだ。「わたしはなんのためにここに来たんだっけ？」

「また振られて傷つくことなく、軽い気持ちで男をナンパするためよ」ミンディは手を伸ばし、わたしの顔にかかっていた髪をつまんでどけた。「あなたはセクシーな女よ。あの首にタトゥーした男は、あなたの誘いにとことん乗りたがってる。一目瞭然だわ。あいつは目でもうあなたを丸裸にしてるわよ」

「その場合、もうあの人に上下ちぐはぐな下着を着けてるって知られてるわけね」本当は、ちゃんと上下そろいの下着を身に着けている。とりあえず、最低限の努力はしてきたのだ。

ミンディはスツールからおりてハンドバッグを手に持った。わたしはびっくりして背筋をぴんと伸ばした。「待って。どこに行くつもり？」

「散歩してくる。わたしたちがふたりでいたら、あの重罪犯は寄ってこないわ」ミンディは自分のグラスも手に持った。「心配しないで。遠くには行かないから。忘れちゃだめよ。あなたは可能性に心を開くセクシーな女なんだから」

そう告げると、ミンディはわたしを置き去りにして行ってしまった。

彼氏がいなくなって数カ月たつけれど、わたしはまだ公共の場でひとりになると落ち着かない気持ちを味わっていた。いまだにレストランでひとりで食事をしたり、バーで一杯引っかけたりすることさえできないほど自信を喪失している。だいたい、どこに視線を持っていけばいいかもわからないのだ。目の前のからっぽの席を見つめればいいのか、それとも、ほかの客を見ればいいのか？　自分の頼んだ飲み物や料理を、見張ってないと逃げ出すのではと疑っているみたいに、あんまりじろじろ見るのはエチケット上、問題ないのだろうか？　わからない。そこで、ミンディが行ってしまったあと少しのあいだ、わたしは仕方なく自分の爪を見ていた。〝うん。爪はまだ指にちゃんとついてる〟

「やあ、そこのきみ」首タトゥーの男が瞬間移動して目の前にいた。空いているスツールを引き出している。「ここらじゃ見ない顔だ」

いまのは質問なの？　わたしはあたり障りのない感じのいい表情を保ち、可能性に心を開くのよ、と自分に言い聞かせた。まだわかっていないだけで、この人こそ理想の男性かもしれないのだ。「わたしも、あなたをここらじゃ見てないわ」

まるでわたしが小気味いいことでも言ったように、首タトゥーはにやりとした。その拍子に、男には前歯が一本ないことに気づいた。わたしはマティーニをひと口飲み、頭痛の気配を感じた。

「きみはずっといたんだな、間違いなく。ここらじゃないとこに」首タトゥーの視線がわたしの首筋を這いおりた。「ここで会ったら絶対気づいたはずだ」

なんなの。ミンディはどこ？　こんな会話をしてもセクシーな気分になんてならない。侵害されているとしか思えない。わたしはまた自分の爪を見つめた。「はあ。どうも」

首タトゥーがスツールを近くに寄せてきたので、酒臭い息がにおった。「なんて名前なんだ、かわいこちゃん？」

「ココ」

「ココ？」首タトゥーは片方の眉毛をあげた。思ったより頭がよかったみたいだ。「おれはゼッドだ」

わたしは首をかしげて相手を見た。「ゼッド？　本名じゃないわよね」

自称ゼッドはあごをあげた。「ココだって違うだろ」

一本取られた。

わたしはスツールの上で体を動かし、ゼッドとまっすぐ向き合った。歯が一本ないことを忘れれば、けっこう男前なほうだ。この人を土曜日の夕食会に連れていったら、パパやフェイはなんて言うだろう？　わたしは考えてみた。パパはジェイムズのことをほめていた。父親の本能で、ジェイムズならわたしを堕落させようとはしないと感じ取っていたからだろう。

いっぽう、このゼッドなら？　パパは半狂乱になるはずだ。デザートが出る前に、自分の銃コレクションをゼッドに見せつけるかもしれない。

「じゃあ……ゼッド、今夜は楽しく過ごしてる？」

「楽しくなってきたよ、ここに座ってきみを見てるから」

うわっ、すごく口がうまい。わたしはお返しに肩からさっと髪を払い、ぶりっこっぽく言った。「会った女の子みんなにそう言ってるんでしょ」

「もう少しよく知り合いたいと思う相手にだけだよ」

ゼッドはにやりとしてスイスチーズみたいに穴のある歯並びを見せつけてから、さらにわたしににじり寄った。わたしは体が傾くほど引いた。

「こういうことをしょっちゅうやってるんだろ」ゼッドがささやいてきた。

「えっ？　バーでお酒を飲むこと？」

「かわいいミニのスカートなんかはいてバーに繰り出して、お楽しみを求めてるのってサインを出しまくることとさ」

わたしは肌がぞわぞわしてきて、マティーニのグラスを近くに引き寄せた。「いいえ。そんなことしないわ」このいかにもなゼッドが、なぜいままでそんなことしてこなくて正解だったのかを思い出させてくれた。

両目をこすって視線をあげた瞬間、わたしの視界に飛びこんできたのは、バーにいるほかならぬエリック・クレイマンだった。腕組みをして、両足を大きく開いて立ち、じっとわたしを見据えている。わたしは凍りついたように動けなくなった。大変。いまエリックと会っても喜べない。エリックのほうも、喜んでいるふうには見えなかった。なんだか、少し、怒っているみたい。わたしは深呼吸をし、笑顔になって、と自分に命じた。いまは学校にいるわけじゃないんだから。わたしは新しくできた友だちのほうに目を向けた。

「じゃ、ゼッド、面倒くさがらずに聞いてほしいんだけど、もっと親しくなる前に、いくつか質問があるの。パニックを起こさないで。バーで男性と会うたびに、いつもしている質問だから」

ドクター・ブーブレの診療所の待合室から女性誌を拝借し、会話のためのカンニングペーパーを持参していた。記事の題名は〝彼をお持ち帰りする前に知っておきたいこと〟。〝ドンピシャだ〟わたしは思って、そのページを破り取り、ハンドバッグにしまった。本当は家を出る前にこれについてミンディと話し合っておくつもりだったのだが、服を何度も脱いだり着たりするのに忙しく時間がなかったのだ。いつもなら、わたしもバーでいきなりアンケートを採り始めたりはしない——わたしにだって少しは社交スキルがある。ただ、ゼッドは特別な取り扱いが必要なケースに思えるのだ。

ゼッドは額にしわを寄せ、わたしがハンドバッグから紙を取り出すところを、ぐっと身を寄せて観察した。「質問?」

「ええ、数分かかるかもしれないけど、長い目で見れば、わたしたちふたりにとって時間の節約になると思うの」わたしは咳払いをし、テーブルの上で紙を広げた。「第一問、あなたは結婚していますか？」

「いいえ」

「ほらね？　簡単でしょう」わたしは足を組んでスカートを少しだけずりあがらせた。バーにいる男性の視線を意識して。「第二問、前科はありますか？」

ゼッドは視線を左右に泳がせた。ついに首タトゥーの真実が明らかになると思って、わたしは息を詰めた。「前科って――ムショに入ってたかってことだろ？」

あーらら。わたしは背筋をこわばらせた。「質問への答えは？　解釈はあなたに任せるわ」

「有罪判決は受けたことがない」

わたしは質問リストを見おろしたまま、眉間にしわを寄せた。〝有罪判決は受けたことがない〟ということは、誰かを棍棒で殴り殺して無罪になったという可能性もありうる。善良な市民とは言いがたい。「では、この質問に関してはあとで話し合いが必要ってことでチェックを入れておきましょうね？」

わたしはどうも見られている気がし、微妙に首を動かしてバーのほうを盗み見た。やっぱり、エリックはカウンターに寄りかかり、腕組みをしてわたしたちを見張っていた。雇われた用心棒みたい。わたしはゆっくりため息をつき、ゼッドに視線を戻した。ゼッドからはかすかにガソリンのにおいがする。ガソリンスタンドで働いているのだろうか。それとも、どこかに火を放ってきたのだろうか。「第三問、ＳＴＤにかかっていますか？」

ゼッドはテーブルの上で両腕を組み、さっとうしろを見てから、わたしに視線を戻した。

「性病のことか？　ヘルペスみたいな？」

頼もしい回答とは言えない。「ほかにもいくつかあるけど、それも含むわ」

「いいや。ばっちり健康」ローリング・ストーンズの曲がかかり始めると、ゼッドはテーブルを指でたたき、頭を振り始めた。

わたしはとうにこの人とセックスするのは無理と決めていたが、ほかになにを話したらいいのかわからないので、アンケートを続けることにした。「完璧な回答を得るためにお訊きします。最後にＳＴＤ検査を受けた日にちを覚えていますか？」

「ったく、ベイビー。なんの意味があんだ？　コンドームを着けてやるよ」ゼッドが手を伸ばして、膝にさわってきた。

「えっ」わたしは足を組み直して、ゼッドの手から逃れた。「それはまたいつかご縁があったら。まだ知り合ったばかりだし」

ゼッドは両方の眉をぴくぴくと躍らせた。わざとではなくて、顔面のけいれんなのかもしれない。「もっとよく知り合えるって」ゼッドがずいっと身を寄せ、今度は腿まで手を伸ばしてきた。「ふたりきりになれる場所に行かないか？　いい場所知ってる――」

わたしは思わず顔をしかめ、ふれてくる手から本能的に身を引いた。「ちょっと。さわらないでください！」

そのとき、わたしとゼッドのあいだに男性の影が落ちた。「この男からいやがらせを？」

〝ああ、やめて〟男性の横顔がはっきりと目に入った。エリック。教頭先生がバーでわたしを助けにきてしまった。おしまいだ。わたしは顔を覆った手の指のあいだからなりゆきを見つめ、月曜に辞表を提出するはめになるのだろうかと考えていた。「自分でなんとかできます。大丈夫――」

「またこの店に来て女性を困らせるまねをしたら、ぼくはどうすると言った？」エリックが低いうなり声を出した。ゼッドはエリックに間近でそびえ立たれて、のけぞるように圧されている。

「別になにもしてねえよ。話してただけだ」

「どう見ても、おまえが彼女を困らせていた」エリックはより険悪になった。「話し相手ならよそで探せ」

ゼッドは憤然としたが、すぐに立って自分の席へ戻っていった。ゼッドが離れていって、わたしはひと息ついた。けれども、エリックはくるりとわたしのほうを向き、まなざしをとがらせた。「大丈夫か？」

「ええ。あんなことしてくれなくてよかったのに」

エリックの表情に影が落ちた。「きみはあの男のことをよく知らないだろう。あいつには前々からここで問題を起こされているんだ」

わたしはどこ吹く風で髪に指を通した。エリックがゴリラよろしく胸をたたいていばる理由を、わざわざ与える必要はない。さっきまでゼッドが座っていたスツールを、わたしは指した。「空いてる席があるわ。座らない？」

エリックは眉根を寄せた。袖を肘までまくりあげた黒のボタンダウンシャツとジーンズを身に着けている。シンプルなのに、とてもセクシーだ。だけど、彼はわたしに向かって顔をしかめたまま、スツールに座った。「自分からあいつを誘ったなんて言わないでくれ。きみにも人を見る目くらいあると思っていた」

わたしは困惑したふりで、バーのなかを見まわし、テーブルに身を乗り出した。「まあ、ここもあなたの管轄区域だったの？　どう見ても小学校には見えないけど。だから、あなたのそんな問いかけに答える必要はないわね」

エリックはあごにぐっと力を入れ、大きな手をテーブルについて、わたしのほうに顔を近づけた。「あいつはろくでもないやつだ。きみのタイプじゃない」

「ゼッドのこと？　まあまあいい人に見えたのよ。おさわりしだす前は」

「ゼッド？やつの名前はダレンだ」

「ふうーん。おかしいわね」

「しかも、やつは数カ月前にガールフレンドを散々に殴って逮捕されてる。いまも裁判で係争中だ」

「そうなの？　興味深いわ」わたしはマティーニをひと口飲んだ。「あのう、ご心配はありがたいんですけど、自分の面倒はちゃんと見られるので」

「そうは見えなかった」エリックはテーブルから体を引いた。「今夜はここに来る予定ではなかったんだが、来てよかった。きみがダレンと夜を過ごすのを防止することができたんだから」

わたしは、にっこり微笑んだ。「わたしのヒーローだわ」


エリックがバーからウオツカを持ってきて、わたしたちは話し始めた。聞けばエリックはわたしより二歳年上で、教育行政学の修士号を持っていた。わたしはうめき声をこらえられなかった。「恐ろしい学問のように聞こえるわ」

「少しね」エリックは笑い、タンブラーを持ちあげた。「きみも、もう修士課程は始めてる?」

コネチカット州の全教員は修士号を取得することを求められている。わたしもだましだまし、あちこちで科目を履修してはいる。おもに夏休みのあいだに、しかも、おもしろそうな選択科目だけだ。なので、修士号を取るためには、最後におもしろくない必修科目をどんどん勉強しなくてはいけなくなるはずだ。「いまの調子でいくと、教師を引退するころには取れそうだわ」

「熱心だね」

エリックの両目のはしにある笑いじわから、からかっているだけだとわかる。それでも、わたしはつい言い返してしまった。「あなたに言われたくないわ。だって、教育への熱心さという点ではどうなの。あなたはまだバーテンダーもかけ持ちしているんでしょう?」

「友人がほぼこのバーを所有しているんだけど、ぼくも共同オーナーではあるんだ。バーをうまく経営していくことに興味があって」

おもしろい話になってきた。エリックが〈バー・ハーバー〉の共同オーナーですって？　わたしがエリックにくわしい説明を求める前に、ミンディがテーブルに戻ってきた。息を切らして、顔には笑みを浮かべている。「ハーイ、エリック。あなたとここで会えるなんて驚いたわ」

「このバーのオーナーなんですって」わたしはぼそっと言い、グラスのなかのお酒を揺らした。

「共同オーナーだよ。本当に、それほど派手な役割じゃない」

ミンディは空いているスツールに腰かけて、テーブルの上にハンドバッグを置いた。「で、首タトゥーのイケメンはどうなったの？　うまくいかなかった？」

エリックは皮肉な笑みを浮かべて首を横に振り、またウオツカを飲んでいる。

「恋は芽生えなかったの」わたしは説明した。

「がっかりね。期待できそうに見えたのに」

「そうでもないわ」わたしは言い、エリックと視線を交わして、こっそり笑い合った。「あとでくわしく話してあげる」

ミンディはバッグに手を入れて携帯電話を引っ張り出した。「うっそー。チェイスから連絡があった。会えないか、だって。もしよければ——？」

わたしは手を振って言った。「いいわよ。チェイスも誘って」

ミンディはスツールをおり、テーブルから離れる前にもうチェイスに電話していた。わた謎の存在だね」

しはエリックに向き直った。「チェイスは友だちなの」

「ああ」エリックは指先をタンブラーに軽く打ちつけつつ、テーブルを見つめた。「きみは
「なんですって？」

「絵本を書くいっぽうで、バーで首にタトゥーをするような男たちを引っかける」

「引っかけたのは、あの人だけなんだけど」

「それでもだ。あんな男は、きみのタイプではないくせに」

じゃあ、どんな人がわたしの〝タイプ〟だと思うの、とエリックに訊きたくなった。どうやら彼はその道の専門家のようだから。でも、そうするかわりにわたしは話題を変えた。わたしの恋愛とタイプの人の話はセラピストとする。軽いおしゃべりのノリで話せる問題じゃない。そこで別のことをいろいろ雑談していたら、わたしたちのあいだにはたくさん共通点があることが判明した。どちらも両親は離婚していた。教員課程を除けば、どちらも大学で教室の外の実社会ではあまり役に立ちそうにない文系の勉強をしていた（エリックは歴史学部、わたしは芸術学部でおもに絵を）。どちらも姉がいる（エリックは弟もいる真ん中っ子だ）。どちらもクラフトビールが好き。どちらも雨の日が嫌いなふりをしながら、ひそかに家でのらくらできるすばらしい口実になるとありがたがっている。

ミンディとチェイスはすぐにすみのテーブルに移り、辛いチキンウィングの皿を挟んで話しこんでいた。あとでミンディからくわしく話を聞かなければ、とわたしはすばやく頭にメ

モした。ところが、二杯目のマティーニを飲み終えるころには、隣に座るゴージャスな男性のことで頭はいっぱいになっていた。わたしたちはふたりとも理性をなくし、異性として相手の気を引こうとし始めていた。

「ゼッドから救ってくれて、ありがとう」わたしは手を伸ばし、エリックがまくりあげているシャツの袖のはしを引っ張った。「あの人には、わたしの名前はココだって言ったのよ」

エリックは眉をぴくりと動かし、タンブラーを口元に持っていった。「今回もその手を使ったのか」問いかけではなかった。「きみはぼくにも偽名を教えてくれたっけね。ぼくの記憶が正しければ」

「抜かりのない人間なの」

そう、マティーニを二杯飲んで、わたしはクールで自信に満ちた、ちょっとその気になっているココに変身していた。そしてエリックは……死ぬほどセクシーだ。シャツのボタンは上からふたつ目まではずされている。わたしはそこからちらりと見えているTシャツから目が離せなくなり、そこに手を差し入れてさわり心地を確かめたいと考えてしまっていた。なによりもエリックにふれたい。ふれたら押しのけられるかも、なんて心配はしなくていいようになりたい、と願っていた。さらには、エリックの首筋をぺろっとなめてみたいとまで考えている。だって、エリックからはもぎたてのレモンのような、さわやかな香りがする。

「本当に、抜かりのない人のようだね」エリックはわたしの口元を見つめ、少しとろんとした笑みを浮かべている。「なあ、さっきゼッドに見せていた紙はなんだったんだい？」

「えっ、アンケートのこと？」

「いつもバーにアンケートを持ちこんでいるのかい？」

「誰かと知り合うのに、もっといい方法なんてある？」

「うーん。普通に話せばいいんじゃないか」

「だめよ。みんな、こういうチェックリストを持ち歩くべきだわ。見て」わたしはハンドバッグから切り抜きを取り出して広げた。「あなたの回答をチェックしましょう」

「大変なことになったな」エリックは天井を向いて一気にウオツカをあおった。「よし。始めてくれ」

「第一問、あなたは結婚していますか？」

「ほかの州にいる妻も含めて？」

「ええ」

「じゃあ、ノーだ」

すごくおもしろいことを言ったみたいに、にっこりしている。

「オーケー、やり手ね。第二問、前科はありますか？」

エリックは静かに笑い声をたてた。

「本当にそんな質問をしてまわってるのか？　赤の他人に？」

わたしはエリックをまっすぐ見つめ返した。「いい、身長一九〇センチ近くある人には、こういうチェック項目がばからしく思えるかもしれないけど、一六七センチしかない人間には必要なのよ。はい、回答は？」

「いいえ。当然じゃないか。小学校の教頭なんだから」

「ね、そんなに難しくないでしょ。いまのところ、あなたは満点よ。おめでとうございます」

次の質問で、わたしはちょっとためらった。「ええと、第三問、性病にかかっていますか？

それから、最後にSTD検査を受けた日にちを覚えていますかって質問が続くんだけど」

「なんだって？　手加減なしだな、きみは？」エリックはざっと自分の頬をこすり、首を横に振った。「STDはない。しばらく検査は受けてないけど」

わたしたちは目を合わせ、少し気恥ずかしくなるくらい見つめ合ってしまった。その間、状況に変化なし。わたしは意識しすぎて肌がぴりぴりしてくる気がしたので、またリストに目を落とした。「オーケー、第四問——」

「きみはどうなの？」エリックが、わたしのアンケートを半分に折ってしまった。「どのくらいの間が？」

まるでエリックが別の意味で質問をしているように聞こえた。わたしはごくんと唾をのみこみ、両手を膝に置いた。「わたしも、ずいぶんしばらく検査は受けてない。だけど、病気はいっさい持っていない健康体のはずよ。あっ、でも別に——深い意味はなくて……」わたしが先を続けられなくなると、エリックは笑い始めた。彼の喉の奥から響く、深みのある笑い声を聞いて、わたしは首筋がかっと熱くなった。「これで公平ね」

エリックが手を伸ばしてわたしの指先にふれたとき、電気がわたしの腕に流れこんできた。

「ぼくは公平なタイプなんだ」エリックは言った。

そんなエリックがほしい、とわたしは思った。あんなシャツなんて引きはがして、エリックの体のいたるところにふれてみたい。新しく生まれ変わったアレッタは欲望のあまり興奮状態で、結果を考えるのが難しくなっている。でも、古いアレッタもまだいて、あいかわらずルールを気にしていた――わたしたちがあと少しでそのルールを破ってしまう、どんなに危うい状態にあるかを。なんといっても、エリックとは同じ小学校で働いているのだ。「ひょっとしたら、わたしたちがふたりでこんなふうにバーにいるのは間違っているかもしれないわね」

「なにが？　一緒に酒を飲むのが？　ぼくたちはどちらも大人だ。同僚どうし」

「だけど、あなたは教頭先生だし――」

「近いうちにそうではなくなるかもしれないよ。ぼくは代理だし、あんな事件になって状況が変わっただろ」エリックが視線をあげて、悪巧みをするようなまなざしを送ってきた。その奥で静かに燃えている欲望をのぞかせて。「いまつき合い始めたとしても、関係は明らかにしなければならないというだけだよ。直接、きみを管理する立場ではいられなくなるから」

わたしの心臓はすさまじい勢いで高鳴り、胸を突き破りそうだった。「あなたの言うとおりね」わたしは自分のからのグラスをわきに置き、エリックの膝に手をのせた。「友人どうし、ふたりで飲んでいるだけよね。まったく害はないわ」

わたしの手の下でエリックの膝が緊張し、エリックのまなざしに真剣な光が宿るのを見たとき、この状況は〝害はない〟どころではないし、わたしたちは〝友人どうし、ふたりで飲んでいる〟わけでもないと、わたしは悟った。いま、わたしを襲っている感情がなんであれ、エリックもそれを感じている。

エリックの膝から手をどけようとしたが、すばやく手首を取られて引き寄せられ、耳元でささやかれた。「本当にああいう男がタイプだったのか、レッティ？ 悪い男が好みなのか？」

わたしたちの顔は数センチしか離れていなかった。原因はわからない。アルコールのせいなのか、ホルモンのせいなのか、わたしをうっとりさせて動けなくさせているエリックの魅力のせいなのか、わからないけれど、わたしの頭は興奮状態にあった。この瞬間は、完全にどうにでもしてという気持ちだった。いますぐ、エリックに身をゆだねたかった。エリックにすぐにでもその気があるのなら、なんでもされるがままになるつもりだった。絶対にいけないことだ。でも、いまこの瞬間、エリックはまさに正しいミスター・ペケだった。

「ええ、そうよ」わたしはささやき、吐息を彼の頬に吹きかけた。「悪い男を探してるの。あなたなら誰か知ってる？」

エリックの表情になにかがよぎった。変化があった。エリックは首筋を緊張させてわたしの手首をとらえた手に力をこめ、さらに近くに引き寄せた。「こっちだ」

引き寄せられたわたしはキスを期待したのに、エリックはわたしの手首をつかまえたまま立ちあがった。エリックに主導権を握られている。わたしはスツールをおり、おとなしく彼に従った。ミンディに合図を送りもしなかった。ミンディのほうを見もしなかった。まるでバー全体が消え失せ、残ったのはわたしとエリックと、わたしが彼を求める気持ちだけのようだった。

エリックに連れられて廊下を進み、ドアから狭い事務室に入った。書類がのった小さな机がある。エリックは書類を押しのけ、わたしを抱きあげて机の上に座らせた。それからエリックは背を向け、ドアに鍵のかかるカチッという音が響いた。

わたしは肺に息を詰めたまま呼吸を止めた。エリックが戻ってきてわたしの両脚を押し開き、わたしの髪に手をうずめてのけぞらせ、キスをした。舌がすばやく、迷いなく入ってくる。キスをしながら、わたしは手を伸ばして彼のシャツをつかみ、エリックを引き寄せていた。数分後、重ねていた唇を離し、エリックはささやいた。「こうしたいのか？」

欲望に満ちて張りつめているエリックの声を聞かされ、わたしはほとんど息も絶え絶えになって答えた。「ええ」エリックがほしかった。ほかのなによりも。「ピ――ピルを飲んでるわ」小さな声でつけ足した。

「完璧だ」

エリックはそれ以上わたしを待たせなかった。スカートをウエストまで押しあげて床に膝をつき、わたしの両脚のあいだを覆っている薄いレースに歯を立てた。わたしは悩ましい声をあげてエリックのふさふさした髪に両手を埋め、もっと近くに引き寄せて、彼の頭に両脚を巻きつけた。エリックは布の上からそっとかみついたあと、それをわきに寄せて、舌でわたしの入り口を探った。わたしが快感のあまり声をあげ始めると、エリックはわたしの口を手で覆い、「しぃーっ」と言った。

拷問だ。エリックがそこで魔法のようなことをして、わたしを昏睡状態から目覚めさせようとしているときに、静かにしていなくてはいけないなんて。わたしは不意に、乱暴とも言える勢いで達した。熱いのか冷たいのかわからない波が次々と全身を襲った。クライマックスの衝撃から回復する間もなく、金属どうしがぶつかる音がして、エリックがベルトをはずしているのだと気づいた。エリックの興奮のあかしにも気づいた。目を見張るほど、すばらしい証拠だ。

「うしろ向きになれ」エリックに手を貸され、わたしは机の上でうつぶせになった。そこにあったボールペンを何本かどかし、リラックスしようとする。〝息をするのを忘れないで〟エリックはゆっくりうしろから入ってくると、わたしの髪をぎゅっと握りしめて、リズミカルに突き入れては引く動きを繰り返した。「きみのなかはすごく心地いいよ、レッティ」わたしのすぐ耳元で低い声を響かせ、いっそう深く身を沈める。わたしもエリックをほめ返したかったのだけれど、まともに頭を働かせることができなかった。

エリックはペースを速めて、わたしの肩にかみつき、オーガズムに襲われた瞬間うなり声を発した。すべてが終わり、わたしたちは絡み合ったまま机にもたれかかった。汗をかき、あえいでいる。いまだに興奮に包まれて。でも、やがて塵が降ってくるように現実が戻ってきて、わたしは自分の両手に重ねられているエリックの手を見た。数日前、工作用紙からリンゴを切り抜くのを手伝ってくれた手。わたしが勤める学校の教頭先生の手。

「ああ、どうしましょう」わたしはか細い声を出した。なんてことをしてしまったの？

13

翌朝、わたしはベッドのなかで緑色のチェック模様の毛布に潜ってぐずぐずし、オーディンを外に出してやらなくてはいけなくなってようやく起きた。オーディンは外の落ち葉を見てなぜか吠えていたのだ。窓の前に立って見ていると、オーディンが落ち葉を追いつめ、まるで獲物を仕留めたように地面に前足で葉っぱを押さえつけているので、わたしはほんの一瞬、笑い声をあげた。でもすぐに昨夜のことを思い出し、もやもやとした吐き気が戻ってきた。

自分の行動を正当化する言い訳はいくつかある。ひとつ目、エリックはノア・ウェブスター小学校の代理教頭にすぎないから、わたしは本物の上司とセックスしたわけではなくて、上司の代理としただけだ。ふたつ目、ああしているところを誰かに見られたわけではないから、尋ねられても、あんなことは起こらなかったふりをできる。三つ目、わたしたちは同じくらいの年代で、共通点もたくさんあり、何杯かお酒も進んでいたから、ルールを忘れてしまったのだ。起こるべくして起きた出来事だった。けれど、最終的にどんな言い訳に落ち着いたところで、ひとつの点は揺るがなかった。あれはもう二度と、決して起こってはならないことだ。

どうしようもないのだ。たとえ携帯電話を何度も見るのをやめられないとしても。エリックからメールは来なかった。だいたい、エリックに番号を教えた？　教えていなかったとしても、それでよかった。なぜなら、教頭先生が教員にメールを送るなんて不適切なのだから。メールで、今日の調子はどうだい、と訊いたり、今日、一緒に出かけないか、ランチでも、なんて誘ったりするのは。〝やるだけやってくれて、ありがとうございました〟わたしは吐きそうになった。

よたよたとベッドに這い戻り、頭まで毛布ですっぽり覆った。ブリュンヒルデにばれて、ふたりとも仕事をクビになる。別にいいもん。わたしにはもう先生のお給料なんて必要ない。もう一冊、本を書きあげれば、前払い金の半分をもらえる。それで一カ月くらいはローンの支払いができる。そのあと、ぼちぼちほかにお金を稼ぐ方法を見つければいい。いろんな人のごみ箱からソーダの瓶をあさってきて、まとめてリサイクルに持っていくとか。あるいは、執筆のペースをあげて、どんどんエロティカを生み出すとか。ココ・クレイボーンの頭にはストーリーがたっぷり詰まっている！

熱いチャイを入れたマグカップで武装し、ノートパソコンの前に座ってスクリーンを見つめた。〝セクシー思考！　セクシー思考！〟そんなに難しくないはずだ。前夜に、これまでの人生で最高のセックスを体験したばかりなのだから。地獄に投げこまれてから天国に打ちあげられる？　両方とも経験ずみよ。ようやく理解できた。なのに、思考はあまりセクシーじゃない。〝とにかく書いて〟自分に言い聞かせ、書き始めた。

ふたりは手足を絡めて体を重ねたままベッドに横たわっていた。唇をなめると、塩気のあるふたりの汗の味と、いつまでも消えない彼の肌の味がした。彼女は息を吸いこんだ。覆いかぶさっている男も息をしている。男の重みで彼女のヒップはマットレスに押しつけられていた。やがて彼は身を起こし、ベッドの上で膝立ちになった。「もう行かないと」

その言葉が矢のように胸に突き刺さり、彼女はシーツで胸を覆おうともせずに身を起こした。彼には体のすみずみまで見られている。いまさら慎み深くしても意味がない。

「もう行くの?」

「ああ」

彼はボクサーパンツをはき、服を拾い集め始めた。ネクタイは部屋のすみで、いまにも飛びかかろうとしているヘビのようにとぐろを巻いている。シャツはクロゼットの銀色の取っ手に片方の袖が引っかかり、だらりとぶらさがっている。ズボンは……ズボンが見つからないようだ。たぶん、廊下に脱ぎ捨てたままになっているのだろう。彼は服を一枚一枚拾っては、全部一緒に丸めて腕に抱えている。それからバスルームに入り、ドアを閉めてしまった。換気扇がまわり、鍵をかける音がして、二分もたたないうちに彼は出てきた。まだ乱れている感じはあるが、とりあえず服は着て、ネクタイは開いた襟のまわりにゆるく巻きつけてある。

あらゆるすばらしいひとときを過ごしてもなお、結局はこうなる。すべてのささやき、キス、ふれ合いをひとまとめにして溶かした末に残るのが、ふたりのあいだに起こっていることの本質だ。彼は彼女にさよならを告げることができる。そうする男は彼が最初ではないはずだ。あるいは、結局は同じことだけれど、彼は口実を編み出すかもしれない。彼女の尊厳を守りつつ、被害妄想を悪化させる口実だ。またいつか会いたい。きみの体をよく知ることになったように、きみの心も知りたい、などと言って。または、彼女のパフォーマンスを格づけして、それっきりにするかもしれない。きみはまあまあだったよ。もっといいのがいたけど。

いまになって彼女は胸元をシーツで覆った。それで彼が放ってくる矢を防げるとでもいうように。帰って、と彼に告げ、先に攻撃に出ることもできる。自分も口実を編み出して、列車事故に似た人生の主導権を一度くらい握ってみるのだ。指が痛くなるくらい強くシーツを握りしめた。自分の部屋をあらためてよく見てみる。ベッドの頭板にはサイドテーブルがぶつかったせいで傷がついている。窓にかかっているカーテンは白というよりアイボリー色で、明るい日差しの下では汚れて見える。部屋にはセックスのにおいが漂っている。

彼は車のキーを手に持ち、ジャケットを反対の腕にかけて、部屋の出口で立ち止まった。そこから果てしなく思えるほど長く彼女を見つめる。しまいにはじらされて、彼女は鋭い声を出した。「なんなの?」

「すまない」彼は背を向けて立ち去った。なにをあやまっているのか、彼女にはわからなかった。

わたしはコンピューターから離れて椅子にもたれた。同じことをエリックから言われた。なにをあやまっているのか、わたしにもわからなかった。

午後のなかごろになってフェイが訪ねてきた。ポーシャとブレイズはパパとサディおばあちゃんに預かってもらっているらしい。

「ウィンは?」わたしは訊いた。

フェイはソファの上で脚を折って座り、クッションを膝にのせて抱えた。セピア色のクッションカバーには黒の渦巻き文字で〝Ｈｅａｒｔ〟と書かれている。「ウィンはいまホテルで生活してるの」

フェイは夫婦の問題について、あいまいにしか話してくれていない。それでも、ウィンが浮気したに違いない、とわたしは直感していた。あの男はそういうタイプだ。ヘビみたいにずるいところがある。なんだか気持ち悪いくらいぬるぬると口先がうまいのだ。とはいえ、わたしは批判はしない。支えとなって、愛情深く接するのが、わたしの役目だ。フェイの頼れる妹として。〝あなたのオブラになってあげるからね〟わたしは心のなかで言った。両手でティーカップを持ち、とっておきの聞く耳を持ち、口調をやわらげた。「それは残念だわ。話したかったのは、そのことについて?」

フェイはわっと泣きだしたりはしなかった。といっても、いつもこうストイックな姉なのだ。指先でおでこをマッサージしながら、ぎゅっと目を閉じている。「ちょっと恥ずかしい話なの」

姉の気持ちを思うと胸が痛んだ。けれども、すぐにわたしの考えは自分の過去の恋愛へと飛び、ジェイムズと恋に落ちてしまったことだけでなく、ジェイムズがさっさとわたしとの別れを乗り越えてしまったことを恥じる気持ちを思い出した。こんなふうに自分のことばかり考えていてはいけない。自分の問題で頭がいっぱいになっていたら、フェイのオプラになんてなれっこない。〝集中して、レッティ〟わたしはわきあがりそうになっていた自分の涙をのみこみ、姉の手を取った。「フェイが悪いんじゃないわ。ウィンになにをされたのであろうと――ウィンがいけないのよ。その点は、ちゃんとわかっておいてね。いたらないのは、ウィンなの。専門家に話を聞いてもらいたいのであれば、わたしが夏のあいだに会っていたセラピストの先生はすばらしい人だから」

フェイはため息をついて、ソファの背もたれに頭を預けた。わたしに握られているフェイの指からは力が抜けきっていた。わたしがここにいることさえ忘れてしまっているように。

「わたしのせいなの」

「ううん。そんなことない。それはないって保証する」

フェイは笑いだした。乾ききった、ユーモアのかけらもない笑い声だ。「信じて。わたしのせいだから」ソファから頭を起こして、姉は淡々と言った。「わたしが別の人を好きになってしまったみたいなの」

「待って……なんですって？」

わたしは何度かまばたきをし、目を細くして姉の顔をじっと見た。そうすれば、理解できるとでもいうように。オーディンがあくびをし、ごろんと仰向けになって太陽の光でおなかを温めている。犬は、なんて複雑じゃないんだろう。人間は、なにもかも難しくする。

「わたしは本当にどうかしちゃったのよ」フェイは言った。言葉とは裏腹に、まったく打ちのめされた感はない。ただ、ひたすらなにも感じていないような口調だ。

〝ねえ、オプラになるんでしょ〟わたしは心のなかで言った。〝オプラなら、こんな状況にもどう対応すればいいかわかってるわ〟オプラなら相手の心にすっと入りこむ問いかけをして、ティッシュの箱を差し出し、車だってプレゼントしちゃう。番組の終わりには、みんなの気持ちがちょっと明るくなっているのだ。なぜならオプラには、人の状況のどこかに光をあてる力があるからだ。フェイだってあやまちを許され、わたしたちみんな普通の生活に戻れるはず――それなりに普通の生活に。だけど、わたしはオプラじゃない。

「なにがあったの？」フェイの告白が巻き起こす影響を考えて、わたしはひるんだ。「ポーシャとブレイズには、そのことを知られてないんでしょうね？」

「えっ？　もちろん、全然知らないわよ」フェイはわたしのほうを向き、ソファの背もたれに片方の肘をのせた。「わたしは、ただ……ウィンがずっと働いてばかりいるから、あるときふっと退屈になったっていうか」

それだけのことなの。〝退屈になった〟自分の姉が、これだけの問題をこんなにもなんでもないことのように話せてしまうことが、信じられなかった。〝オプラになれ、オプラになれ〟わたしがいちばんしてはいけないのは、よく理解もしないで人を批判することだ。だけど、姉の言っていることはまったく理解できない。「フェイもウィンも、すごく幸せそうだったじゃない」なんとか言葉を発した。この言葉には、ちょっとうそが含まれていた。フェイもウィンも、うまく幸せな夫婦を演じきっていたでしょ、と言うのが本当は正しい。あんなにおしゃれなライフスタイルを気取って、ふたりのかわいい子どもがいて。コッパーヒルに染まりきっていた。それは本当の幸せとは違う。

「あーあ。ときどき、そういうのに耐えられなくなってたのよ」フェイは折り曲げていた脚を立てて抱えているクッションに押しつけた。「いっつも自分と他人をくらべてばかり。どっちの取り扱い件数が多いか。どっちの請求料率が高いか。パートナーが集まる夕食会で、どっちがいいテーブルを割りあてられたか」

「ウィンの話をしてるの？」

「いっつもよ」フェイはわたしの問いかけを完全に無視して続けた。「だけど、あの人はわたしの一日がどうだったかとは絶対に訊かないの。病院でリストラがあっても、わたしがいる科は大丈夫かとも訊かない。わたしはときどき透明人間にでもなった気がしたわ。ウィンにとって、わたしは子どもたちの世話をする女でしかないのよ。あの人がこれまでに双子を何回お風呂に入れたことがあるか知ってる？」フェイは手で丸を作ってみせた。「ゼロよ。夕食を作るのも、お風呂に入れるのも、寝かしつけるのも、全部わたし。それで、あの人が帰ってきたら、毎日どんなプレッシャーにさらされて働いているか、あの人が延々と話すのを、わたしは辛抱強く聞かなければならないの」

「自分の気持ちをウィンに話したの？」

「何回もね。そしたら、あの人は、新しい服でも買いにいけって言うのよ。そうすれば気分がよくなるだろって。見た目がよくなるってことなんじゃないの、わたしが思うに。山ほど契約をまとめなきゃいけないときに、わたしが求めてるような人間にはなれないって、あの人は言うのよ」フェイは自分の膝をじっと見つめていた。「それでね、一年くらい前に、わたしたちは決めたわけ。もっとオープンな夫婦関係を探求してみましょうって」フェイは話しながら長いブロンドを指ですいた。「わたしは誰とでも好きな相手と寝ていい。ウィンも同じ。ただし、必ずうちに帰ってきて、寝るだけの相手には特別な感情を抱かない」

この時点でようやく、わたしは自分がぽかんと口を開けてしまっていることに気づいた。オープンな夫婦関係？　そういう話は、まさに、エロティカのなかにしか存在しないと思っていた。「なにがあったの？」

「なのに、ウィンがもうやめたいって言いだしたの。わたしが彼の信頼に違反しているなんて言って」

わたしのお茶は冷めてしまっていた。まだほとんど口をつけていなかったが、ぬるいお茶ほど気持ち悪いものはない。「つまり……フェイは特別な感情を抱いているということなのね。その相手を愛してるの？」

フェイは、ひとつ息を吸った。「ひとりだけじゃなかったの」

「はい？」

「まず医者でしょ。手が専門の外科医。その人とは何回かで終わったわ。深夜シフトが一緒だったの」

わたしはうなずいた。まるで〝ああ、それでね〟とでも納得したように。

「それから、診療看護師。男性よ」フェイはつけ足し、指を使って数えあげ始めた。「あの人とは一回だけ。すぐに、つき合ってる彼女にプロポーズするって決めちゃったのよ。わたしたち、いまも友だちだけどね。それから、患者さんの兄弟と――」

フェイは止まらず話し続け、どんな相手と、どこでセックスしたかを順番に残らずあげていった。クロゼットで。車中で。休憩室で。診察室の担架の上で。なんということだろう、わたしは懸命に忍耐強い、開かれたオプラの顔を保とうとしていたが、終わらない姉の話を聞くうちに、あきらめざるをえなかった。こんな事態は完全に予想外で、われ知らず引きこまれてしまう、非常にどろどろした話だった。

「そして、クリス・ルイストン。実は、彼との関係はしばらく前から続いてるの。だからウィンは気にしてるみたい」さすがの姉も、こう言うときは少し恥ずかしそうな顔をした。

わたしは、えっと気づくまでに少し時間がかかった。眉間にしわを寄せる。「ルイストンって、ドクター・ルイストンのこと？　歯医者の？　フェイの家のお隣さんの？」〝連続殺人犯の？〟

フェイはうなずいた。「そうよ。彼は本当にすてきな人なの、レッティ。彼と話すたびに、あなたも彼を好きになるだろうなって思ってる」

「ちょっと待って」わたしはティーカップをコーヒーテーブルに置いた。なぜなら、感情のボルテージがあがっていく自覚があり、全身にお茶をかぶってしまう事態は防ぎたかったからだ。「それは、つまりこういうことなの？　フェイはお隣さんのドクター・ルイストンと不倫し放題していて、そのたびに、ドクター・ルイストンとわたしが仲よくなれそうだなんて思ってたってこと？　フェイ。わたしはもう、それについて、どこからなにを言ったらいいかもわからないわ」

フェイはむっと唇を引き結んだ。「なんだか批判されてるみたい。わたしのこと非難してるの？」

「そうじゃないけど。ただ……」わたしは髪をかきあげた。「まあ、ちょっとはね。だけど、そうしないようにはしてる。いったいどういう状況なのか、理解しようとしてるのよ。だって、わたしがドクター・ルイストンのことをどう思ってるか知ってるでしょう。あの人が、ばらばらにした人体の各部分をコレクションしてることも」

「あの人は、そんなことしてません」フェイはかすかにつんとあごをあげて言った。「わたしは彼の家の地下室に行ったことがあるのよ。洗濯室と物置でした」

「大容量の冷凍庫もあったでしょう、間違いないわ。まだ疑いは消えない」

わたしはソファに寄りかかったが、頭のなかは真っ白になっていた。心の底では、一抹の失望を感じていた。生まれてからずっと、フェイはわたしのあこがれの存在だったのだ。わたしの、きれいで、何事にも動じない、お姉ちゃん。そんな姉が自分にちょっとでも関心を示した男性と手あたりしだいに寝ていたなんて、悲しすぎる。そのとき、わたしは思い出した。「わたしが子どもたちをアイスクリーム屋さんに連れていった日、あのとき、フェイは保護者説明会があるって言ってたわよね。実は彼と会ってたの?」

フェイは首を横に振った。「いいえ。まあ、会うには会ってたんだけど、こういうことはもう終わりにしましょうって話をしただけよ」

「そうなの、よかった」

「あなたに、なにか言ってとか、してとか頼むつもりはないの。クリスとのことをウィンに知られて、ちょっと気まずい状況になっているだけなのよ」

ええ、そんな状況になったらにっちもさっちもいかないだろうな、とわたしでも想像がつく。オーディンが歯で引っ張ってほつれさせてしまったカーペットの一点を見つめながら、わたしは考えた。ウィンが書類の束と一緒に高級車に乗って家に帰ってみたら、美人妻が隣人と浮気していたなんて。屈辱だろう。いままでずっとウィンのことはそんなに好きではなかったけれど、屈辱を受ける気持ちはわたしにもよくわかる。だから、あんな義理の兄でも気の毒に感じてしまうのだ。〝あなたの勝ちね、宇宙〟

「ウィンは離婚したくないんですって。夫婦でカウンセリングを受けようなんて言うの。そんなことして、なんになるのかしらね」フェイは長いため息をついた。「しつこく、なぜだって訊いてくるのよ。〝なんで、そんなことをしたんだ? どうして、そんなことができるんだ?〟って。だけど、別に家の近くに住んでる人はだめなんて条件は最初からなかったのよね。お隣さんはだめなんて、いっさい言ってなかった」

「へえ」わたしにはこれしか言えなかった。

「わたしのDNAのせいなんじゃないか、とも思えるのよね。だって、ほかに理由らしい理由なんかないでしょ。もちろん、ウィンが仕事ばかりして家庭をかえりみないからだ、とか、退屈したから、とか口では言えるわよ。だけど、わたしはああすることでスリルを楽しんでもいたの」フェイは横目でわたしを見た。「わかるでしょ。パパみたいに」

フェイはとことん正直に話してくれている。なのに、どうしてこうも聞いていてつらいのだろう? たぶん、わたしはパパの連続浮気を性格上の欠点であって、遺伝子によって決まる性質とはとらえていなかったからだと思う。性格上の欠点なら、自覚して、失敗から学ぶこともできる。でも、DNAに組みこまれている性質だとしたら、それはわたしのなかにもあるかもしれないのだ。フェイのなかにも。その場合、わたしたち姉妹は最悪の配偶者になる性質の持ち主になってしまう。悩まずにはいられない問題だ。

「でも、いまパパはサディと幸せそうよ」わたしは言った。

フェイは鼻で笑った。

「ほんとよ! パパは成長したのよ。そうでなければ、四度目の正直というものよ」

「わたしはわざわざ確かめるために四回も結婚する気はないわ」

そう言うフェイを、わたしも責められなかった。わたしも一回、結婚しかけただけで、また現実にあんな大変な思いをするなんてごめんだという気持ちになっている。散々な目に遭ったせいで、真実の愛なんて、現実はおろか、本のなかにさえ存在しないと思いこんでしまっている。わたしはスターリング卿と公爵夫人の濡れ場を思い出した。ふたりはクリスマス・パーティーの最中に食料庫でおめでたくことにふけり、召使いに目撃されることを半分期待していたのだ。もちろん、スターリング卿も物語の最後らへんで膝をついて愛を誓っていたけれど、そんな愛は長続きするだろうか？　なんといっても、スターリング卿は魔法の一物の持ち主だ――その彼が自分の羽根ペンを別のインク壺にはいっさい差し入れないなんてことが果たしてありうるだろうか？

話を現実世界の、わたしの遺伝子の問題へ戻そう。わたしのパパ：四回結婚している。わたしのママ：結婚は一度だけど、デートばかりして結婚を断固拒否している。イタリア旅行のおみやげとして娘にペニス本を送ってくる。わたしの姉：結婚は一度だけど、いまもさかんにデートしている。わたし：わたしより男性が好きな男性と一度、結婚しかけた。いまはエロティカを執筆しながら、教頭先生とセックスする。真剣な恋愛からはとことん逃げ腰になっている。うわっ、すごい家系図になってない？

「考えてみればフェミニズムの問題なのよ」フェイは話を続けた。「ウィンにも説明し続けてるの。ウィンは、わたしが誰とセックスするかをコントロールしたがってる。わたしたちが結婚したからといって、あの人がそんなことまで決めるなんておかしいわ。結婚しても、この体はわたしのものだもの」

これは、かなりまっとうな意見に聞こえた。たぶん、わたしは自分のなかにいる批判的なレッティを手放し、かわりに心のなかで眠っていた〝可能性に心を開く〟オプラに戻れたのだ。それはないか。わたしはお茶の入ったマグカップを見つめ、この場にふさわしい完璧な言葉が頭に浮かぶのを待った。今回、話し合った状況への洞察に富んだ、わたしたちふたりともに希望を与える言葉。そんなものは浮かばず、こう言うしかなかった。「このまま結婚生活を続けていきたいの?」

フェイは少し考えてから、うなずいた。「ええ。そうね。だけど、ウィンには、わたしと結婚したころの彼に戻ってほしい。いまのあの人みたいな、仕事中毒の法律事務所パートナーじゃなくて」

「そうよね。でもね、フェイ」わたしは姉の手を握った。「あなたのお隣さんとの話や、ほかの何人もの男性との話を聞くと――もう、ウィンのことはすっかりあきらめてしまったみたいに思えるわ。だから、あなたもウィンも、夫婦であり続けるためには、お互い再投資するつもりで関係修復に取り組む必要があるんじゃないかしら」

なんだか、すごいことが言えた。そして、フェイがいまの言葉をじっくりかみしめるようにしてから、思慮深くうなずいてくれたときは、とてもうれしかった。わたしは夏じゅうずっとトーク番組ばかり見ていたのだが、それが役に立ってよかった。

「あなたの言うとおりね。わたしも、もっと努力しなくちゃいけないんだわ。わたしとウィンのどちらも、間違った選択をしてきてしまった。話を聞いてくれて、ありがとう」

「えっ、お礼なんていいのよ。また子どもたちの面倒を見てほしいときがあれば——」

「ありがと。たぶん、また頼らせてもらうわ。そのあいだに、ウィンとわたしは、知ってのとおり——」

「カウンセリングかなにかを受けにいくのね」

「それか、ディナーね」

「ああ。ディナーね」


その夜、わたしはベッドに横たわって、姉とした会話について考えこんでいた。何時間もたって機会を逃したあとに、言うべきだったことを次から次へ思いつくなんて、わたしらしい。フェイにこう言うべきだった。わたしは愛も、二度目のチャンスもあると信じてる。絶対、不倫する遺伝子なんてあるわけない。こうも言うべきだった。ウィンはあなたを愛してるるし、ポーシャもブレイズもわたしもパパも、あなたを愛してる（サディに関しては知るわけない）。わたしはいまになって思うからだ。フェイは、自分が人から欲望を抱かれるだけでなく、愛されていると聞きたかったに違いないと。だから、わたしはその夜遅くにメールを送った。〝なにがあっても、愛してるからね〟

そして、言うべきだったことをあれこれ考えているうちに、わたしはエリックのことも考えていた。あのとき、わたしは〝ああ、どうしましょう〟と言い、エリックはあやまっていたが、わたしたちはどちらも起こったことについて率直に話し合おうとはしなかった。わたしは自信を持ってエリックのもとを去るべきだったのだ。クールな女性なら、髪をさっと肩から払って、さらっとこんなふうに言ったはずだ。〝あなたが黙ってれば、わたしもなにも言わないわ〟とか〝楽しめたわ〟とか。わたしはココ・クレイボーンとしてエリックと一緒にあの事務室に入っていったのに、出ていくときはアレッタ・オズボーンだったのだ。びくびくしながら、傷ついて、自信のかけらもなく。わたしが〝ああ、どうしましょう〟と言ってしまった瞬間、動揺をエリックに悟られてしまった。わたしにとって、あれがただのセックスではなかったことを。

そのことは、わたしにとっても深刻な誤算だった。

エリックは学校の駐車場に車を停めてエンジンを切り、フロントガラスの向こうを見つめた。今日は待ち構えているカメラマンの姿はない。〝プラス〟の欄にチェックだ。レッティ・オズボーンの車はすでに停まっている。〝大問題〟の欄にチェックだ。なぜなら、エリックはこれからレッティと向き合い、土曜の夜にふたりのあいだで起こった出来事については、ふたりともすっぱり忘れなくてはならない、と完全に明確な言葉で伝えなくてはならないからだ。まるで、すっぱり忘れるなどということが可能であるかのように、エリック自身も振る舞わなければいけない。

日曜日はずっと、前夜の自分はいったいどうしてあんなことをしてしまったのか、悩みどおしだった。アルコールのせいではない。大して飲んでいなかった。酔っ払っていたら、便利な口実になっていただろうに。あの日、バーに入っていった瞬間、エリックはダレンと話しているかわいい子がいるなと気づいた——そのこと自体が引っかかって、二度見をしてしまった。そして、そのかわいい子がアレッタであると気づき、彼女がダレンの言ったことに対して笑っているのを見たとたん……エリックは正気を失った。本当に、いかれてしまったとしか思えない。なんらかの本能に乗っ取られ、エリックはダレンを棍棒で殴り倒し、レッティを自分の洞窟に引きずりこんで、〝おれのもんだ！〟と叫びたくなったのだ。なんてチャーミングで、文明的な姿なんだ。

だが正直言って、その本能の発現にほっとする気持ちもどこかにあった。以前つき合っていたベッカから、あなたには危険なところがないのよね、と不満を言われたことがあった。「わたしにはもっと刺激的な人が必要なの」ベッカはまるで、新しい靴を買わなきゃ、とでもいうように、さらりと言った。「わたしを生き生きとした気持ちにさせてくれる人よ」

ベッカにこう言われたとき、彼女が求めているものがわかった。攻める男だ。彼女を変な目つきで見る野郎がいようものなら、そいつをこぶしで殴り倒す男。だが、エリックはまさにそういう男を父親に持って育ったので、攻める男などというのが存在するとしても、その攻撃性が適切に抑えられるべきところでは抑えられるなんてありえないと知っている。攻撃性は虐待につながる。エリックは絶対にそんな男にはならない。とはいえ、ベッカから、情熱がない、弱いとほのめかされた気がして落ちこんだ。

いまだに、そのことを思い出すとつらいほどだ。ベッカとは一年以上も会っていないのに。

ベッカには少し恐ろしいくらい人を傷つける才能があった。人の古傷を見つけると、そこに指を突っこんで、どれだけ深いかほじくって確かめるようなところがあった。ほじくり終えると、そこにはいったんしるしをつけておき、必要となったらふたたびそこを攻撃するのだ。エリックはベッカと出会った瞬間から、彼女とつき合うのは絶対に間違っているとわかっていた。それでも、なあなあでつき合ってしまったのだ。だが、ベッカから教えられたこともあった。女性は危険を冒す男が好きである。少なくとも、エリックが惹かれるタイプの女性はそうらしい。それにしても、レッティとは危険を冒しすぎてしまった。エリックは一線を越えてしまった。互いが傷つく前に、事態を修復しなければならない。

誰かがエリックの車の横を通り過ぎた。エリックは慌ててブリーフケースを開け、なにかを捜しているふりをした。通りすがりの女性がそのまま行ってしまうと、エリックはすぐに元の姿勢に戻った。ばかみたいなことをしている。

校舎に入っていくときも、やけに人に見られているような気がしてならなかった。被害妄想だ。みんながもうあのことを知っているなんてはずはないのに。ありえない。教頭室に近づいたときも、こちらに向けられる職員たちの笑みには裏があるのではないかと疑って観察した。みんな、いたって普通に見える。おそらく、自分にやましいところがあるから――。

そのとき、教頭室の前で待っている人がいることに気づいた。エリックは心臓をばくばくいわせながらドアに手を伸ばした。「なにかご用……」

こちらを振り向いたのがアレッタだとわかった瞬間、言葉は途切れた。アレッタはパニックの表情を浮かべつつ、「おはよう」と言った。

アレッタはやはりものすごくかわいかった。茶色の髪が顔を取り巻いて、毛先が優しげに肩を撫でている。エリックは自然に少し胸を張り、明かりをつけた。「おはようございます、オズボーン先生」まわりに聞こえる大声で言った。「楽しい週末を過ごしたかい？　そういえば、リンゴの切り抜きを使った授業はどうだったかな？　授業風景を見に立ち寄れなくて、すまなかったね」

すべて教頭室のすぐ近くに座っている事務員を意識しての演出だ。エリックの人生において向上させなければならない点は多々あるが、賢明さもそのひとつだ。自制心も。ただし、ゴシップとのかかわりは増やしたくない。

アレッタは困惑したように眉間にしわを寄せた。「リンゴ？　ああ、はい。すごくきれいにできたわ。それより――」

「それはよかった！」エリックはブリーフケースを机にドンと置いた。留守番電話のライトは点滅していなかったが、それでも言った。「何件か急いで連絡しなければいけないところから電話がかかってきているようだ。会議の準備もしなければいけなくてね。なにか、いますぐぼくの助けが必要なことがあるのかな、あるいは、もし急ぎでなければ……？」

アレッタは電話の点滅していないライトを見つめ、それからエリックに視線を戻した。そして、うしろに手を伸ばしてドアを閉めようとしている。「わたしたち、話し合うべきだと――」

「それはいけないっ!」エリックは意図したよりも大きな声を出し、大急ぎで机の前に出た。「暖房がついているから、このなかは暑いんだ。ドアは開けたままにしておきたい」

アレッタはショックでぼうぜんとしているようだった。エリックに平手打ちされたも同然のショックで。

「わかったわ」アレッタは事務室のほうへさっと目を向け、またエリックの顔に視線を戻した。「ただ——話さなければいけないわ」

エリックの間違った決断の数々が、ついにこの教頭室まで来て、彼を追いつめた。エリックは動揺を隠せなかった。ただ、ひとつだけは確かだ。この会話をここでするわけにはいかない。ここでは誰に聞かれてしまうかわからない。そもそも、エリックがその会話に対応できればの話だ。いまのところ、心の準備はできていないように思える。

「話すことはなにもないよ」張りつめた口調で小さく言い、そのあとで声を大きくして言った。「授業の視察について心配しているのであれば、いまのところまだ予定していない。それについても前回の職員会議で言わなかったかな?」

レッティは腕組みをし、きつい目つきでエリックをにらみつけた。「いいえ。言われていません。だいたい、そんなことを聞きにきたんじゃ——」

「あっ、そうか。この前、話したのは用具持ち出しの際のシート記入についてだったね」エリックは大声を響かせ、そのあとすぐささやいた。「いまは話せない」

「いまより都合のいいときがあるの?」レッティの左目がかすかにぴくりとした。「いいわ。

工作用紙について質問があるんです」事務員たちに聞かせるために、うしろ向き加減でレッティは言った。「三枚持ち出すだけでも、理由を記入する必要があるんですか？」ひそひそ声になって続ける。「土曜日にあったことを誰にも言うつもりはないわ。あれは間違いだった」

今度、傷ついた気持ちになるのはエリックの番だった。いま自分は拒絶されたのか？　確かに、さっきまで自分は同じようなことをレッティに対して言おうとしていたが、それでも傷ついた。

「ああ、たとえ一枚であろうとも記入しなくてはいけない。けちけちしているようだが、わが校は大変厳しい目にさらされているんだ」エリックは息を吸って、ひそひそ声を出した。「あれは大変な間違いだった。ぼくもまさにそれが言いたかったんだ。はっきり言って、ぼくの人生においてもこれだけ最悪の間違いはあまりないよ」

言いすぎた。レッティの目に浮かんでいるのは涙じゃないか？　泣いてしまうのか？

「厳しすぎるわ」レッティはいったん目をそらし、まなざしをとがらせてからまたエリックを見て、ささやいた。「そんなくそ野郎みたいな言いかたをしなくてもいいでしょうに」

今度は、くそ野郎呼ばわりか。子どもっぽいにもほどがある。ふたりともプロの教師なのに。「きみがそう感じてしまったのなら残念だ」エリックは言い、レッティに背を向けて机の椅子側へまわった。「状況はきみも理解しているだろう。賢い女性のようだから。現在は、誰もがわが校に関心を向けている。われわれは金魚鉢のなかにいる金魚も同然だ」

エリックはあたり障りのない言葉に必死で意味を持たせようとしていたが、ただのいやなやつが言いそうなセリフに聞こえているのではないかと心配した。レッティの顔をちらりと見るだけで、まさに彼女にそう思われていることがわかった。エリックは卑怯なばか野郎だと。

レッティは頭を高くあげ、ドアに手をあてた。「わかりました。あなたはその方針の責任者というわけではないんですね。もっと上の立場のかたにご相談すべきでした」

なんだって――？　反抗的な態度をとられている？　エリックはぐっと奥歯をかみしめた。そういう子は膝に乗せてお尻ペンペンだ。はっとして、エリックは自分の顔を手でこすった。完全に頭を正気に戻す必要がある。「そうだね。いい一日を」

よし。これでいい。

レッティが教頭室を出ていきかけたとき、香水のにおいをもわっとさせてグレッチェンが押し入ってきた。「エリック！　冬のコンサートについて話があるのよ」

いまかかわっているひまのない、くだらないことの最たるものがそれだ。エリックはうなじをごしごしとこすった。「わかりました。ランチのあとにでも」

グレッチェンは唇を真一文字にして首を横に振った。「だめよ。いま話しておいたほうがいいわ、忘れる前に。長くはかからないから。あなたにこの件を引き継いでほしいのよ。去年はマレーネがやったの。教頭の職務なのよ」

そんなのは口からでまかせだと、エリックにも、グレッチェンにも、わかっている。グレッチェンはただ単に、冬のコンサートなんぞにかかずらっていられるかと思っているのだ。だから、ほかのやりたくないこと――マスコミへの対応、警察や弁護士に渡す書類捜し、職員会議のためのアップルサイダーとドーナツホールの買い出し――と同様に、それもエリックにまわされることになる。

エリックは作り笑いを浮かべた。「マレーネの書類はほとんど警察に渡してしまったので。まず、なにから取りかかればいいでしょう?」

レッティは教頭室に閉じこめられていた。グレッチェンの広い肩で出口が封鎖されているせいだ。レッティはおとなしく部屋のすみにいるが、まだドアノブを握ったままだった。校長はぞんざいに手を振り、まるで部屋にはエリックと自分しかいないように話し続けた。

「委員会をまとめて手伝わせるのよ。委員会のメンバーに仕事はほとんどさせるの。ほら、ここにも」――グレッチェンはアレッタを指さした――「あなた、去年も冬のコンサート委員会のメンバーじゃなかった?」

アレッタはいったん口を開きかけたが、すぐにあきらめたように閉じた。「はい」消え入りそうな声で答えている。

「では、今年も手伝ってくれるわね」グレッチェンは言った。「さっそく去年の委員会メンバーだった先生を集めてちょうだい。そのくらい難しくないでしょう」どんどん話を進め、ふたたびエリックに目を戻した。「まず日程と、飾りつけと、各学年が演奏する歌を決める。そうしたら最後はイヴリン・ピアースに任せればいいのよ」グレッチェンは目をぎょろつかせた。「成功を祈るわ」

校長は背を向け、報告書を書かないと、とかなんとかぶつぶつ言いながら教頭室をあとにした。レッティとエリックは、ちらっと顔を見合わせた。エリックはすぐに机の上の記録簿に視線を落とした。「ほかになにか？　さっきも言ったが、何件か電話をしなくてはいけなくてね」

レッティはくるりと向きを変え、すばやく教頭室から出ていってしまった。彼女が中指を立てていかなかったことに、エリックは感心していた。

14

教職員用ラウンジには魚のフライみたいなにおいが漂っていた。わたしは椅子の上で背を屈めて、できるだけ自分のサラダに顔を近づけていたが、漂うにおいのせいで夏じゅうずっと食べていた冷凍の魚料理を思い出さずにはいられなかった。それだけで食欲がなくなった。プラスチックのフォークをサラダの容器のなかに置き、それをわきに押しやった。「ねえ、今後六週間の予定はどうなってる？」

今日、ミンディはシルバーの長袖シャツを着て、シルバーの細いブレスレットをたくさん着けて、赤と白のストライプ模様のスカーフをゆるく巻いていた。黒い髪はうしろでまとめているが、顔のまわりに幾筋かおくれ毛を出している。珍しく服装規定に違反していない。ミンディはランチバッグからオレンジを取り出した。「どうしてそんなことを訊かれているかによるわ」

「また冬のコンサート委員会のメンバーになっちゃったの。それで、ほかにもひま人を集めなくてはいけなくなったの」

頼りになる友人は鼻を鳴らし、首を横に振った。「うわっ、絶対いや。ことわる口実を引き寄せなくちゃ」

「ねえ、お願い」わたしは両手を合わせて頼みこんだ。「ブリュンヒルデに無理やりやらされてるのよ」

さわやかなオレンジの香りがある程度は魚の悪臭をやわらげてくれたが、すっかり魚臭を消し去るほどではなかった。ミンディはナプキンの上にオレンジの皮をきれいに積みあげている。「ただでというわけにはいかないわよ、ハニー。何年か前にその委員会に参加させられたときは、もう少しでイヴリンの目にプラスチックの氷柱《つらら》をぶっ刺しそうになったんだから」

わたしはぎゅっと口を閉じ、ラウンジ内を見まわした。このテーブルにいるのはミンディとわたしだけで、ほかの人たちはラウンジ内でいろんなことをして、にぎやかにおしゃべりしている。小さな声で話せば……。

わたしはテーブルに身を乗り出して声をひそめた。「ある情報と引き換えならどう」

ミンディはエレガントな眉の片方は動かさずに、もう片方だけあげた。わたしがいくらやってみても、いまだにできない芸当だ。「おいしい情報なんでしょうね」

「おいしいわ。約束する」

ミンディはオレンジのスライスにかぶりつき、音をたてずに果汁を吸った。「オーケー。話して」

「土曜日の夜、エリックとセックスしたの。〈バー・ハーバー〉の事務室で」

ミンディはかんでいる途中で口の動きをぴたりと止めた。落ち着いたそぶりでオレンジの皮をナプキンで包み、茶色い紙袋のなかにしまう。「信じらんない」ささやき声で言った。

「あなたを車で家まで送っていったのに、そのときはなにも言わなかったじゃない」

わたしは膝の上で両手を握りしめていた。このとき、自分がどんなに、あの出来事によって感じた恥ずかしさと屈辱をミンディに打ち明けて、いくらかその気持ちを肩がわりしてほしいと願っていたかわかった。「大変なまねをしちゃったんだもの。気持ち悪くなるくらい悩んでて――」

「まさにそういうエキサイティングな人生を引き寄せたいって、わたしはここ半年がんばってるのよ？」ミンディは言った。「なのに、ホットな上司とセックスできそうな気配なんて全然ない。一度も。自分以外の誰かのホットな上司とも全然なし」ミンディは唇を震わせた。

「ほんとに、おいしい話だわ。まさに、わたしのファンタジーそのもの。うらやましすぎる」

「そんなことない。ひどいものよ」わたしは言った。「今朝、そのことについて話し合うために彼のところに行ったんだけど――」

「うそでしょ。教頭室に行ったの？」

「うん――」

「ありゃりゃ」

「そしたらね、人生最悪の間違いだったって言われたの」

これを聞いたミンディは紙袋を握りつぶした。「なんて最低野郎なの。わたしの友だちにそんなこと言うやつは許さないわ。そんなやつの言うことをまともに聞いちゃだめ。あなたはあいつの人生で最高の女性のはずよ」

やっぱりミンディのことが大好き。ミンディを雇って、わたしの対人関係や、踏んだり蹴ったりな人生の管理を任せたい。ミンディならエリックの間違っている点を指摘して、レッティにふざけたまねをするなと言ってくれるに違いない。「結論を言うとね、わたしは彼に恋をしてると思ってたんだけど、やっぱり、あんな失礼な男はいやってことになったの」大したことないふりでわたしは肩をすくめ、微笑んだ。「チェイスとはどうなってる?」

「だめよ、そうはいかない。話題を変えようとしても無駄よ」ミンディは椅子ごとわたしにずいと近づいた。「で、よかったの?」

「ええ」わたしはためらうことなく答えていた。エリックとのセックスは驚くほどすばらしかった。エリックがしてくれたあんなことやこんなこと、わたしの体を完全に意のままにする巧みさ……。「早い話、わたしはいままでろくな経験をしてなかったんだって初めて気づいたの。真剣に」

ミンディはどっと息を吐いて椅子にもたれかかった。「そんなこったろうと思ったわ。あの男を見るだけで、あれはセックスの神だってわかってた」

わたしはじわじわと首から熱くなってくるのを感じ、まわりに視線を走らせた。「誰にも聞かれてないって」ミンディは言った。「にしても、よかったわね。ジェイムズよりよかったんでしょ? 答えなくていい。もうわかってるから」

わたしはごまかすために食べかけのサラダにふたをして、それをランチバッグにしまった。「では、快く冬のコンサート委員会に参加してくれることに感謝するわ」

「うえー。いくらかお金を渡すから、見逃してくれない？」

「残念でした。どうしても一緒に委員会に出席して、真剣に取り組んでるふりをしてくれなきゃだめ。しかも、委員長がエリックなのよ。あなたの支えがないとやっていけない」

ミンディは目を大きく見開いた。「まったくもう、レッティ。トラブルから離れてるってことができないたちなのね？」

「うん、もういいの。本当に」わたしはランチバッグのジッパーを閉め、お行儀よく膝の上で手を組んだ。「あなたの言うとおり、ミスター・ペケを探して、見つけたわ。かゆいところをかいてみた。これで、普段の暮らしに戻る準備ができた気がするの、わかってくれる？普段の暮らしというか、もっと健全な道に戻る準備ができた」

「ふうーん」ミンディは全然、納得しているふうに見えなかった。「じゃあ、今度はちゃんとしたおつき合いをする彼がほしいってわけ？」

いいえ、そういうわけではない。ちゃんとしたおつき合いをするなんて、一筋縄ではいかない。わたしには毎晩家に帰るとキスしてくれて、世界で大事な人はわたしひとりであるかのように、どこへ行くにもついてきてくれる男性がいる。彼は、わたしがその日一日のぐちをこぼすあいだ、わたしの足をなめてくれる。もちろん、その彼にときどきジーンズの股の部分をかみちぎられたり、床におしっこをされたりするけれど、これだけは言える。これ以上、わたしになにが望めるだろう？

「誰かとつき合ったりしたら人生どんづまりだわ」わたしは真剣に言った。「いまわたしが望んでいるのは、授業に集中して、誰かを絞め殺したり、自分の頭をオーブンに突っこんだりするはめにならずに無事に冬のコンサートの計画を立てて、今回の散々な出来事を残らず頭から追い出すことなの」

ミンディは首に巻いているスカーフをふわっとさせてから腕組みをした。「心からあなたのことを誇りに思うわ。あなたはやり遂げたんだもの。ホットなイケメンとすばらしいセックスをした。これでもう、ジェイムズのことなんて頭から吹き飛んだでしょ？」

そういえば、とはっとして、わたしは椅子に座り直した。ミンディの言うとおりだ。途方もなく新しい方法で人生をぐちゃぐちゃにかきまわしたおかげで、いまやジェイムズはわたしの思考が届かないところまで消えていた。考える必要があるのが披露宴のキャンセルと、怪しいくらい乗り換えの早い元婚約者についてだけだったころが、ほとんど懐かしく思えてくるくらいだった。「びっくりだわ、ミンディ。あなたは絶対、人生相談のコラムニストかなにかになるべきよ」

「わかってる」ミンディは悟り澄ましてうなずいた。「ミンディ・リング、愛のドクターよ」

15

冬のコンサート委員会の第一回会議のために、わたしは教職員ドリームチームのようなものを結成した。エネルギーに満ちあふれた、おしゃれなミンディ。根暗のイヴリン・ピアース。臭いヘンリー。わが校の輝ける希望の星、手っ取り早く言えば、ごますりがうまいジャスティン・マイヤーズ。あと、わたし。それに、もちろんエリックだ。でも、わたしはエリックについて考えないようにしている。

会議の日程は完全にメールのみで決められた。

宛先：eclayman@noahwebsterelementary.ct.ed
差出人：aosbourne@noahwebsterelementary.ct.ed
件名：冬のコンサート委員会

親愛なるミスター・クレイマン

ご存じのとおり、ハウスチャイルド博士から冬のコンサート委員会を設置し、今年の冬の行事について話し合うよう仰せつかりました。メンバーを募ったところ、何人もの先生がたが快く応じてくださいました。教頭先生のご都合のよい日時に集まれればと存じます。

敬具

アレッタ・オズボーン

幼稚園クラス、一一六番教室

わたしは丸一時間、メールの文面について悩み続けた。メールなのに〝親愛なる〟とつけるのは、あまりにもなれなれしいのではないか。そして、最後に〝真心をこめて〟なんてつけ加えたら、エリックに踏みつけられても我慢するドアマット女だと思われるのではないか。もし、わたしが結果など考えなくていい世界に住んでいたら、〝おい、最低野郎〟で始まり、〝もう完全に立ち直って、あんたなんかとつき合わなくてほんとによかったと毎日ほっとしているレッティより〟で終わるメールを送っていただろう。

エリックからの返事は寒けがするくらい冷ややかだった。

宛先：aosbourne@noahwebsterelementary.ct.ed

差出人：eclayman@noahwebsterelementary.ct.ed

件名：Re：冬のコンサート委員会

了承しました。水曜の午後なら空いています。校長用会議室を予約してください。

これだけ。〝親愛なるレッティへ〟も〝この仕事を引き受けてくれてありがとう。きみはぼくの夢の原動力であり、ぼくの欲望の支配者だ。きみを崇拝している。愛をこめて、エリックより〟もなし。この返信メールで、あの男がどんな人間か知るべきことはすべてわかった。だから、わたしはこう打ち返した。

宛先：eclayman@noahwebsterelementary.ct.ed
差出人：aosbourne@noahwebsterelementary.ct.ed
件名：Re：冬のコンサート委員会

十一月四日四時に会議を開きます。

それに対して、こう返ってきた。

宛先：aosbourne@noahwebsterelementary.ct.ed
差出人：eclayman@noahwebsterelementary.ct.ed
件名：Re：冬のコンサート委員会

了解

エリックとは何週間も口を利いていなかったけれど、このメールには本当に頭にきた。

校長用会議室は、この学校のなかでいちばん豪華な部屋だ。本物の会議用テーブルと外の景色が見える窓があるのだから。もちろん、豪華といっても完全に相対的な話で、部屋自体は壁がからし色に塗られ、薄茶色のカーペットが敷かれた地味な内装だ。それでも、全体的に見れば、わたしたちのなかでは本当に最高の会議室だった。

会議当日、わたしはモカチョコチップクッキーと、まだ開けていないコーヒーの袋を持参した。放課後すぐに会議室に行ってシルバーのトレイにクッキーを並べていると、例のあの人が、あいかわらずのイケメンぶりで部屋に入ってきた。すぐさまわたしの頭の悪そうな心臓が〝ねえ、見て見て、気づいてる?〟とでも言っているように胸を内側からつんつんしてくる。

ええ。もちろん気づいている。それでも、わたしは一瞬、視線をあげただけで作業を続けた。「こんにちは」

エリックは入り口で立ち止まり、困ったような顔をした。「クッキーを持ってきたのかい?」

「ええ。いけなかったかしら?」

エリックは白いビニールの買い物袋を掲げた。コーヒーケーキの箱とアップルサイダーの一リットルボトルが透けて見えている。「あら」と言った瞬間、わたしはなんだか少し悪いことをした気持ちになった。エリックが、がっかりした子どものような顔をしていたからだ。

「わたしのクッキーを好きじゃない人もいるだろうから、コーヒーケーキも並べましょう」

エリックは自信を持てないようすでトレイに目をやった。クッキーはすばらしい香りがする。食べたらもっとおいしい、わたしの自信作だ。「これは、買ってきたのかい？」

「今朝、焼いてきたの」

「学校の前に？」エリックは驚いたように目を見開いて、わたしの顔を見た。

わたしは肩をすくめた。「いつも作り慣れてる簡単なレシピだから。ほとんど目をつむったままでも作れるくらいよ」

白状すると、これまでにも何度も会議のためにクッキーを焼いたことはあるが、会議当日の朝に焼いたのは今日が初めてだ。今日のクッキーは特別に、できるだけできたてで食べてほしかったからだ。なぜなら、わたしの想像のなかでは、こうなることになっている。エリックがクッキーにかじりついた瞬間、チョコレートとモカの味が舌の上でとろけて広がり、彼はわたしのいない人生がなんて味気ない最低のものであるかを悟るのだ。この想像を現実にするため、わたしはちょっときつめで、ネックラインがほんの少しだけ大きく開いているワンピースを着てきた。エリックに彼女を手に入れておけばよかったと悔しがらせたい。ただ、それだけだった。この計画が実現したらどうするか、までは考えていない。

「それに、コーヒーも持ってきてくれたのかい？」エリックはサイドテーブルに置かれている学校の安物の白いコーヒーメーカーにさっと目をやった。

「クッキーとすごくよく合うの」それに、すごくおいしいコーヒーだ。学校のコーヒーは、たとえ袋を開けたてであったとしても、うんちみたいな味がする。

エリックは黙って、なにともなく顔をしかめてから、自分が持参したビニール袋に入っているおやつを出し始めた。間違いなく、あれはコンビニエンスストアで購入したコーヒーケーキだ。ラズベリーゼリー入りの、上には渦巻き模様のフロスティングがかかっているしろもの。いくらエリック・クレイマンが表向きはわたしの天敵——さらには、わたしが書いているエロティカのなかで、ヒロインがヒーローのお尻をたたき、革のブーツをなめさせる原因を作った人物——であったとしても、彼がかすかに見せた素直な反応を見て、わたしの胸はちくりと痛んだ。うつむいたエリックの目元には前髪がかかっている。そして、エリックは今日も細いメタルフレームの眼鏡をかけている。食べちゃいたいくらいお利口そうで、かわいくて、少年っぽいエリックを前にして、わたしは彼の頭をくしゃくしゃになるまで撫で、ほっぺにキスしたくなった。それから、悪いことをした子を座らせるタイムアウトの椅子に座らせて、反省させる。

〝ほんとに、なんて悪い人なの。あんなに折り目正しいワイシャツとおもしろみのない青いネクタイの下に、なめらかで温かい胸板と、むきむきの腹筋を隠しているのだから。ちょうど指をくぐらせるのにちょうどいい濃さの、くるんと巻いたダークブラウンの胸毛。やわらかいさわり心地がして、さわやかな香りがする首筋。鎖骨のすぐ上のそこに口づけると、彼の血管が力強く脈打っているのを唇で感じられる。いちばん気に入っているのは、彼の手だ。指がすらりと伸びる、たくましい手。上品と呼ぶには、男らしすぎる。あの巧みな手は、狙い澄ました場所を何度か優しく撫でるだけで、彼女の両足をわななかせることができる〟

気づけば、わたしはエリックを見つめていた。エリックはビニール袋を丸めて視線をあげ——いけない。見ていることに気づかれた。わたしは慌ててさらに何枚かクッキーをトレイに積みあげた。でも、すでに積みすぎだったので、二、三枚のクッキーが山から滑り落ちた。それらを拾いあげ、テーブルからクッキーのかけらを払うあいだも、わたしはエリックの視線を感じていた。あの夜、バーで感じた視線と同じだ。わたしは不意に高ぶりを覚え、かっと頬が熱くなった。もちろん、エリックは憎い天敵だ。でも、やっぱり〝憎い〟というのは言いすぎだったかもしれない。

彼女はエリックの命取りになる——レッティとレッティが着ているワンピースは。いつもは必死に体の線を隠そうとしているくせに、今日のワンピースはくびれもふくらみもなにもかもくっきりと浮かびあがらせている。エリックはレッティの体と、じかにふれた彼女の肌の感触について考えるのをやめられなかった。そうなると、学校では対処に困る結果につながってしまうのだ。レッティがテーブルの上で屈んでクッキーをいじったとき、ワンピースのネックラインがさがって黒いレースのブラジャーがちらりと見えた。なんてことを。エリックは目をそらさなければならなかった。

最近はレッティにふれることを選択肢のひとつとすら考えてはいけないようだからだ。

現在の状況はエリックにとって未知の領域であり、状況を改善するにはどうしたらいいかもわからない。確かに、エリックはいやなやつのように振る舞ってしまった。人生最悪の間違いだった、なんて言うべきではなかった。だが、レッティもふたりで間違いを犯したことは認めていたのだ。なのに、どうしてそう大げさに反応するんだ？ 廊下ですれ違っても、レッティはエリックのほうを見もしない。そして、冬のコンサート委員会の会議の日程を決めるときも、直接口を利かなくていいように、レッティは連絡をすべてメールですませた。エリックが女性を理解できる日はこないだろう。もしもエリックの思いどおりになって、状況がまるで違っていたら、ふたりは毎晩一緒に過ごしているはずなのだから。だが、レッティのほうがふたりの関係を終わらせてしまった。それでも――エリックはレッティの上司だ。非常に厄介な状況。レッティはわかっているのだろうか？

「ナプキンがいるわね」

レッティはまるでエリックに見せつけるように、口のはしを舌でなめた。エリックは思わずネクタイをゆるめて言った。「そこのキャビネットに入っているはずだ。コーヒーメーカーの下の」

別にわざとレッティを屈ませようとしてそう言ったわけでもないのに、レッティが屈みこんでキャビネットのなかを調べだすと――エリックは咳払いをし、急いで自分が持ってきたコーヒーケーキをトレイに並べ始めた。確実に何週間も前に焼かれたに違いない惨めったらしいコーヒーケーキを、レッティの焼きたてのチョコチップクッキーの隣に置く。こんなコーヒーケーキをわざわざ並べたところで、誰が食べるというんだ？

「会議ってここですよね？」

ヘンリー・ギヴンスが窮屈そうに会議室に入ってきた。ドアのフレームに引っかかって両肩をぶつけている。その直後に――まいったな。体臭とかびのにおいがもわっと漂ってきた。エリックはとっさに手をあげて鼻を覆いかけたが、寸前で自分を抑え、失礼なまねをせずにすんだ。ちらっとレッティに目をやると、彼女は腕組みをしてエリックを見ながら、おもしろがっている表情を浮かべている。「間違いなく会議室はここだよ、ヘンリー」エリックは言い、椅子の背もたれをぐっと握りしめた。「好きな席に座ってくれ」

続いてイヴリン・ピアースが入ってきた。とがったかたちの黒縁眼鏡をかけているせいで猫みたいな顔に見える。「ようこそ。自由にお菓子とコーヒーをどうぞ」エリックは声をかけた。

ヘンリーはすぐテーブルの上に手を伸ばして何枚かクッキーを取ったが、イヴリンはそのまま会議用テーブルのまわりをぐるりと歩いて反対側の席に座った。「わたしはけっこうです。何週間か前にコーヒーをやめたんですけど、すごく体調がよくなりました。コーヒー豆には、すごくたくさんの菌が付着しているんですって。農薬もべっとり」

それでもレッティはおやつのトレイをイヴリンに差し出した。「クッキーかコーヒーケーキはいかが？」

「えっ、いいです」イヴリンは〝冗談でしょ〟と言わんばかりのまなざしでレッティをにらんだ。「そういうお店で買うお菓子にはホルムアルデヒドが入っているのよ」

ヘンリーはクッキーにかじりついた。「ホルムアルデヒドの味はしないけどなあ」ネクタイについたクッキーのかけらを払っている。

「わたしが作ったクッキーにホルムアルデヒドは入っていないわ」レッティは淡々と告げた。

「コーヒーケーキにも入ってないんじゃないかしら。どこでその情報を読んだのかわからないけど、イヴリン——」

「ネットに書いてあったの。あとでリンクを送ってあげる」イヴリンはショートカットにした黒い巻き毛を引っ張った。「メンバーはこれだけ、それともまだ人が来るの？」

エリックは自分のうなじをさすって、壁にかけられた特徴のない白い時計を見た。「あと数人集まる予定だ。開始時刻まで数分あるから」言うそばから、ミンディとジャスティンが会議室に現れた。「これでメンバーがそろったね」

「わたしたち、遅刻？」ミンディが手をあげて携帯電話の時計を確認すると、手首に着けているブレスレットがジャラジャラ鳴った。

「時間ぴったりよ」レッティはミンディに答え、自分の隣の空いている席をぽんぽんたたいている。

エリックは自分の両手を見おろし、レッティはミンディにどこまで話したのだろうと考えた。ミンディからエリックへの態度に変化が見られたわけではないが、レッティとミンディはかなり親しい友人どうしのようだ。こういう点も考えると、いっそうエリックは理性的に振る舞うべきなのだ。レッティとは大きな間違いを犯した。エリックは教頭らしからぬ振る舞いをしてしまった。そして、レッティがすばらしい胸とクッキーを持参して会議に臨んできたからといって、エリックがその魅力にまいるようなことはあってはならないのだ。

「はい、では始めましょう」エリックはテーブルの上座の椅子を引き出した。「イヴリン、きみがコンサートを主導して――」

「まず、まさしくそのことから話し合うべきだと思います」イヴリンは言い、猫眼鏡を目からはずして額の上に引っかけた。「コンサートを主導しろとおっしゃいますけど、音楽の授業はひとつのクラスにつき週一時間半に減らされています。この状況で、そんなことをどうやって実現させろっていうんですか」

エリックは辛抱強くうなずきつつ、奥歯をかみしめていた。「言いたいことはわかるよ。かなり難しいチャレンジだ。われわれはどうサポートしたらいいだろう？」

この質問に、イヴリンは不意を突かれた顔をした。何度かまばたきをしてから、腕組みをする。「もっとリハーサルの時間が必要なんです」

答えは予想どおりだった。もう何カ月も前からイヴリンはこの点について不満を述べている。しかし、グレッチェンが指摘したとおり、音楽の授業を増やすために、なにを削ればいいのか、が問題なのだ。算数か、読解か？「イヴリン、問題は――」

いきなりドアが開き、エリックは言葉を切った。会議室に入ってきたのはマックス・アンダーソンだった。「パーティーがあるって聞いたもんで」ふざけたことを言っている。「仲間に入れてもらっても？」

「全然かまわないよ」エリックは答えたが、マックスがレッティのすぐ隣に座り、彼女になれなれしい笑みを向けたことを見逃さなかった。エリックはむかつきを覚え、イヴリンに目を戻した。「問題は、一日の授業時間が限られていることなんだ。音楽の授業を増やすための時間はどうしたらいいだろう？　どこを削って時間を作ればいい？」

イヴリンは肩をすくめた。「わたしは必要なことを訊かれて答えただけです。もっと時間が必要なんです」

エリックは深く息を吸いこみ、テーブルの上で両手を組んだ。不平を言うばかりで解決策は丸投げする人たちには、いらいらしてしまう。こういう人たちに慣れて穏やかに対応できるようになる日はくるのだろうか。「きみの手助けをしたいと思って――」

「きっと、あなたがいちばん心配しているのは幼稚園クラスでしょう？」レッティが言った。「幼稚園クラスの子どもたちは小学生より歌を練習するのに時間がかかるから」

イヴリンはうなずいた。「いつも幼稚園クラスの子たちは歌を覚えるまでに、いちばん時間がかかるわ」

「ほかの先生たちにも話してみるけど、とりあえず幼稚園クラスは短いあいだだけなら活動を変更して、音楽の授業を増やせると思うの」レッティはエリックに目を向けた。「お勉強の時間ではなくて、減らすのは演劇の時間です。今後数週間だけ演劇の時間を週一回、音楽の時間に替えてイヴリンに教えてもらうんです。それで役に立つかしら?」

こわばっていたイヴリンの姿勢から力が抜け、彼女はほっとしたようにテーブルに両腕をのせた。「とても助かるわ、アレッタ。どうもありがとう」

いっぽうレッティはエリックを見つめ、承認を待っていた。「エリック? そうしても問題ないですか?」

数週間、演劇の時間を少し減らしても問題ない、とエリックも思った。そのせいでセラピーを受けなくてはならなくなる子どももいないだろうし、園児たちも歌の発表の練習ができて喜ぶだろう。「ぼくも問題ないと思うよ」と答えた。そして、前に置いたノートに視線を落としてつけ足した。「いいアイデアだ、レッティ」

ぱっと顔を輝かせて椅子の上で緊張を解くレッティを見て、エリックは自分がどうしてレッティを好きなのか気づいた。レッティは義務として要求される以上の働きをして、しかも、それについて不満を言ったりしない人だからだ。レッティは解決策を見つけてくれる。このとき初めて、レッティと一緒に冬のコンサート委員会のまとめ役を任されたことを、ありがたく思った。咳払いをして口を開く。「よし。そうと決まったところで——」

最後まで言う前に、イヴリンに遮られた。「もう歌う曲のリストは準備してます。フォークソング数曲に、スノーマンの歌が何曲か。宗教的な歌はいっさいありません。各学年につき二、三曲だけです。あと、みんなで合唱する歌が一曲。どうぞ。みなさんに配るコピーを持ってきました」

「レッティ、教頭室に来てくれるかい？」

会議は無事終わり、教師たちはそれぞれノートや鞄を持って会議室を出ようとしていた。マックスと話していたレッティは、エリックの言葉に驚いた顔をした。「ちょっと待って」

レッティはそう言ってマックスを振り向き、小声でなにか言って、体育教師を笑わせた。

マックスとレッティが楽しげにふたりしかわからないことで笑っている姿を見て、エリックは襟元からじわじわと上ってくる熱を感じた。「いますぐ話があるんだ」エリックは言ってから、鋭い口調に驚いてレッティが目を見開いているのに気づき、つけ足した。「いいかな」

エリックはテーブルから自分のノートとペンを取り、ドアの横で待った。レッティはため息をついてマックスに言った。「行かなきゃいけないみたい」

マックスは肩をすくめている。「いいって。また話したくなったら、いつでも声をかけてくれ」

レッティはうなずいてくるりと向きを変え、時間をかけて飛び出した椅子をそれぞれ丁寧にテーブルにつけて元の位置に戻してから、エリックなどそこに存在していないかのように彼の前を素通りして会議室を出ていった。エリックはあごにぐっと力を入れて舌をかんだ。

幸い、会議は実り多いものだった。コンサートの日取りと時間を決め、歌のリストを承認し、飾りつけに必要な材料のリストもまとめた。招待状のデザインから音響システムの操作まで、委員全員に仕事が割りあてられた。これで二度と冬のコンサート委員会の会議を開かなくていいかもしれないと考えると、ほっとした。

レッティは教頭室まで先に廊下を歩いていって、エリックがドアの鍵を開けるあいだ腕組みをして待っていた。「つまり、また口を利くことにしたの?」レッティはむすっと言った。

「きみと口を利くのをやめた覚えはない」

エリックには駆け引きを楽しもうという気はさらさらなかった。ドアを開け、レッティを先に通した。人の動きを感知する照明のセンサーが作動し、部屋の明かりがぱっとついた。レッティは机のすぐ前で立ち止まった。まだ腕組みをしたまま、かわいらしい顔に不機嫌な表情を浮かべている。「どういうつもり?」

エリックは机に寄りかかり、脚の両側に手を置いた。この近さだと、レッティの香水のにおいをかぎ取れる。バニラとレモンの甘い香り。もっと言えば、少しレモンクッキーに似た香りがする。エリックはレッティの首筋に顔を近づけた。「いいにおいがする」

レッティはわずかに肩の力を抜き、しかも、エリックに微笑みかけた。「わたしのにおいをかぐために、ここに連れてきたんじゃないでしょうね?」

レッティはかわいらしく小首をかしげ、からかうように話している。この顔を一日じゅう見ていられたら、とエリックは思った。そして、体をまっすぐにした。「いいや、きみをここに連れてきたのは、そのネックラインが服装規定に違反しているからだ。谷間を見せるべからず、という規則に反している」

ささやかなユーモアとして、ふたりのあいだの氷を溶かすために言ったのだったが、レッティは笑わなかった。「三章一節のDの項ね、わたしの記憶が正しければ。ええ、わかってるわ」レッティは両手をあげ、ワンピースのネックラインをさらに引きおろした。先ほどエリックがちらりと見てしまった黒いレースのブラジャーのはしを、今回は進んで見せびらかしている。「規則違反のワンピースを脱がせるつもり?」

レッティはエリックの目をまっすぐ見据え、はしばみ色の瞳を輝かせて挑戦状をたたきつけている。〝まいったぞ〟「きみには警告表示をつけておくべきだな」エリックは言った。「下手に刺激すると危険だって」

「あなたは全然わかってないわ」

エリックは静かに笑った。「少しはわかってるよ」

どうしてここまでレッティに惹かれるのか説明できない。ひょっとしたら、レッティの顔立ちのちょっとした特徴のせいだろうか。それとも、軽やかに歌うような響きのある声のせいだろうか。あるいは、彼女には深みがあるせいかもしれない。つねにエリックの想像をかき立ててやまないところがあるせい。だとしたら、いったんレッティのことを深く知ったら、エリックは彼女に飽きてしまうのだろうか。そういうリスクなら喜んで冒してみようと思う。

エリックは視線でじっとレッティの繊細な顔立ちをたどった。ほっそりとした、まっすぐな鼻筋。彫りの深い目元の茶色い瞳。高い頬骨。豊かな唇と大きな口。「ぼくに腹を立てているんだね」エリックは言った。「怒っていないといいと思っていたんだが」

レッティは視線を落とした。「わたしたちは間違いを犯したわ。おかげで気まずいことにエリックにもそれはわかっていた。いまも自制心を振り絞り、手を伸ばしてレッティにふれてしまわないよう耐えている。「きみが気を悪くするようなことを言ってしまって、すまなかった。きみと気まずい間柄になんてなりたくなかったんだが」

レッティは懸命に秘密をもらすまいとしているように口をぎゅっと閉じたまま微笑んだ。

「じゃあ、どうしようって言ってるの？　タイムマシーンでも発明する？」

レッティがゆっくりと手を伸ばし、エリックの胸の真ん中にあるボタンをつまんでいじくった。心臓にいちばん近いところにあるボタンだ。エリックはレッティの手首をつかまえて引き寄せ、彼女の腕を彼の背にまわさせて、彼女の腰を両膝のあいだに閉じこめた。レッティは小さく高い声を発した。「きみが頭から離れないんだ」エリックはささやいた。「頭から離れていってほしくない」

「なんて偶然なの」レッティは甘くささやき返した。「ちょうどわたしも相手がほしかったの」

妙な言いかただが、いまは気にしていられない。エリックが屈んでキスをしようとすると、レッティも顔をあげて応えてくれる。ところが唇がふれ合う寸前、レッティが一本の指をあげてエリックを止めた。「だめよ」

エリックはこらえがたい苦しみが内側からふくらんでくる心地がして動けなくなった。レッティへと引き寄せられる力が強すぎて、耐えきれなくなりそうだ。「どうしてなんだ？」

かすれる声で訊いた。「仕事が問題なのか？　ぼくが教頭だから？」

レッティがまだ終身在職権を得ていないことはエリックも知っている。リバージャンクションに来る前の数年は別の学区で教員をしていたからだ。レッティがそのことを心配する気持ちは理解できる。しかし、エリックのような代理ではなく、長期で教頭を務める人材を求めて教育委員会が履歴書を集め始めているのも事実だ。エリックはノア・ウェブスター小学校にずっといるわけではない。だから、エリックにはなにが問題なのかわからなかった。

「こういう関係になるのは、ぼくたちが初めてというわけではないよ。中学校の教員のひとりは校長と結婚して――」

「そうじゃないの。問題はわたし」レッティは少し身を引き、顔をあげてエリックを見た。「わたしは、ちょっとした傷物なの」

まるで、へこんだ豆の缶詰の話をしているような、あっさりとした口調だった。

「傷物？　逆にそうでない人なんているかい？」エリックはたじろいだ。「だいたい、いったいどういう意味？　きみが婚約していたことを言っているのかい？」

「ええ。というか、違うかも。それだけではなくて」レッティは両手ですでにきちんと整っている髪を撫でつけた。「深いつき合いはできないの」

エリックはまっすぐに姿勢を正した。人生のある時期まで、原則として人々は予想どおりの、一貫した行動をとる、とエリックは思いこんでいた。だが、それはずっと昔の話だ。にもかかわらず、いましている会話は想定外すぎて、頭が痛くなってきた。「ついさっき、相手がほしいと言ったばかりじゃないか」

「ええ。あなたが混乱する気持ちもわかるわ」レッティはふと親指を見つめ、考えこむようにそこをかじり始めた。「ふたりで契約を結んでみるのはどう？」

「契約？」

「ええ。セックス限定の契約。しがらみはいっさいなし。恋愛感情も約束もなし。学校側へ公表するのもなし。セックスするだけ」レッティは、ぱっと顔を輝かせた。「そうよ、そうすれば完璧だわ」

こんなふうにレッティが膝のあいだに立っている状態で、自分がなんらかの契約に同意できるわけがないことはエリックにも明らかだった。レッティの手を口元に持っていき、指先に吸いつくと、レッティは気持ちよさそうな、やわらかな声をもらした。その声を聞いてエリックは体の芯からぞくぞくし、「きみをこの机の上で屈ませてやりたい」とうめいた。

レッティはセクシーに目をとろんとさせたけれども、またたく間にわれに返ってエリックにつかまえられていた手をさっと引いた。「わかってくれてないのね。わたしはちゃんとしたおつき合いはできないの。それに、あなたはわたしにとって、つき合っちゃいけない相手だわ、エリック。それこそ百通りくらいの理由で。だけど、あなたにはすごく上手なところもあるし、わたしはどうしても視野を広げたい。それで」レッティは肩をすくめて締めくくった。「契約を結びたいの」

たったいまレッティから投げられたわけのわからない論理を解明しようと、エリックは眉間にしわを寄せて考えこんだ。「どうしても視野を広げたい？　それはどういう意味だい？」

「どうしても、いいセックスをしたい。理由があって」レッティはきゅっと唇を結んだ。

エリックは頬をぽりぽりとかき、自分はいま幻覚を見ているのか、眠って夢を見ているのかと悩んだ。あまりにも奇妙な話だ。「セックス契約なんて考えかたは、ぼくは好きではない。ぼくたち両方の品位をさげる行為のように思える」

レッティの表情がくもった。「本のなかではしょっちゅうしているわ！」

「どんな本を読んでいるんだい、レッティ？」

レッティは深く息を吸って目をそらし、横にある本棚のほうを向いた。セクシーで強気な女性は現れたときと同じようにすばやく消え失せ、かわりに傷つきやすそうな女性が残った。彼女は自分の親指の爪を残らずかじってしまおうとしているようだ。エリックはうしろの机に両手をついて寄りかかった。「いいかい。ぼくにとって大事なのはセックスだけではないんだ。ぼくはきみのことが好きだ。きみのことをもっとよく知りたいと思っている」

レッティは悩ましげな表情になり、眉間に一本しわを作った。「つい最近、破局を経験したばかりなの。またデートし始める気には、まだなれなくて」

「その気持ちはわかるよ。ぼくも、つき合ってくれと無理に頼みこんだりはしない。ただし、セックスだけの契約に応じることもしない」

レッティは目を見開き、ハンドバッグを引き寄せて抱えこんだ。しばらく黙りこんだのち、意を決したように言った。「じゃあ、これで話は終わりね」

「そのようだ」

エリックはドアを開けにいこうとしたが、レッティが先を越した。「楽しい晩を」レッティは言った。

「きみも」

レッティが事務室を出ていくまで見守って、エリックはドアを閉めた。セックス契約。ひとり首を横に振る。なんて突拍子もないことを言い出すんだ。〝あなたはわたしにとって、つき合っちゃいけない相手だわ〟レッティの言葉が頭に響いた。

おかしなものだ。ふたりがつき合ったら、きっとすばらしい関係を築ける、とエリックは思っていたのに。


冬のコンサート委員会の会議を終えて家に帰ったあと、わたしは大きなボウルにいっぱいホイップクリームを泡立て、キッチンのカウンターに立ったままそれをすべて食べてしまった。次に食料庫からチョコレートチップの袋を出してきて、手づかみでむしゃむしゃ食べた。オーディンは最初のうち不思議そうに首をかしげてわたしを見ていたけれど、そのうち退屈して離れていき、ソファの上に座った。わたしにはそのことでオーディンをしかる気力すら残されていなかった。

エリックにセックス契約を持ちかけてしまうなんて。わたしは目をぎゅっとつぶった。本当にそんなまねをしてしまったの？　セックス契約。それはエリックに言わせれば——至極まっとうな意見だけれど――わたしたち両方の〝品位をさげる〟行為だ。

　本当に、わたしはどうかしていたのだろうか？

　わかっているのは、教頭室でエリックと一緒にいて、彼から誘惑されたとき、舞いあがるような気持ちになったことだけ。完全にエリックに心をつかまれていたのは確かだ。エリックの目をのぞきこんだとき、そこに映っていたのは、ずっとわたしがなりたいと思っていた自分だった。男性の欲望をかき立てる、セクシーで、求められている存在。そのとき、わたしはパニックに陥った。セックスするだけならまだしも、エリックから本物の好意を抱いてもらう準備は、わたしにはできていなかった。

　自分がなにをしでかしたのか悟ると同時に、胸が苦しくなって呼吸が浅くなった。わたしはエリックに誘いをかけただけでなく、なんのしがらみもないタイプの契約を持ちかけ、完全に拒絶されたのだ。こういうときどうすればいいのか、これまでの人生経験をそっくり生かしても自分へのアドバイスなんて思いつかない。わたしはまたしても、まったく未経験の、途方もなくどうしようもないやりかたで大失敗をしでかしてしまったのだ。

「オーケー。気をしっかり持って」自分にささやきかけ、両膝に手を置いた。「息をするのよ」

　あんな大胆な行動に出るなんて、わたしらしくない。オープンな結婚生活を送り、何人ものセックスパートナーがいるフェイとは違うのだ。わたしは単なる地味なアレッタだ。いい子。いい子は自分から男性に迫ったりしないし、契約を持ちかけたりもしない。男性から迫られるのを待つはずだ。

この町を出ていこうかな。車に乗りこんで、ひたすら運転すれば、どこか別の州にたどり着く。だけど、わたしの銀行口座に入っているしみったれた額では新しい人生などとても始められない。そして、なによりも、わたしのクラスの園児たちのことを考えなくてはならない。リビングルームに行くと、オーディンがソファの上で寝転がっていた。わたしの〝Ｈａｐｐｉｎｅｓｓ〟と書かれたクッションを枕にしている。オーディンはちょっと体を緊張させて、わたしを見つめた。わたしの精神状態を心配してくれているのだろうか。いや、たぶん、ソファに乗ってはいけないことを、よくよくわかっているからだ。それでも、わたしはオーディンの首を優しくたたいた。オーディンはわたしの手をなめて仰向けになり、四本の足を空中に泳がせて、おなかをかいてもらおうとした。「拒絶されたら傷つくわよね、オーディ」

わたしはキッチンに行って背の高いグラスに赤ワインを注ぎ、一気に飲んだ。それから携帯電話を取ってドクター・ブーブレに電話をした。「はい、ドクター・バブル診療所の受付係、パトリシアと申します」

考えてみれば当然だが、営業時間後の受付サービスにつながった。「〝ブーブレ〟って発音するのよ」わたしは言った。

「もしもし？」

「〝ブーブレ〟なんです、〝バブル〟じゃなくて」わたしは屈辱とホイップクリームとチョコレートと赤ワインの特別カクテルで酔っ払い、頭がくらくらし始めていた。「どうしてもGと話したいの」

「どなたですって?」

「G・ブーブレよ。たぶんゴードンのGだったと思うけど、グスタフかも」

一瞬パトリシアは沈黙した。「こちらは伝言サービスです。メッセージをお預かりいたしましょうか?」

「ええ。ブーブレに伝えて。わたし、ついさっき上司にセックス契約を持ちかけて、そのあとボウルいっぱいのホイップクリームとチョコチップ半袋を食べて、ワインをグラス一杯飲んだんです。つまり落ちるところまで落ちたのよ、パトリシア。ブーブレは感謝の気持ちを念頭に置けとか言ってたけどね、あの人がいま安楽椅子から起きあがって、わたしの精神が完全に崩壊する前に電話してくれたら、本当に感謝するわ」

また沈黙。「うけたまわりました。ところで、お名前をうかがってもよろしいですか?」

わたしは自分の名前と電話番号を告げ、パトリシアがメッセージの内容を復唱するのを辛抱強く聞いていた。「それでいいわ。セックス契約よ。どうも、パッティ。ご機嫌な夜を」電話を切った。

〝これで大丈夫〟わたしは自分に言い聞かせた。〝問題ないわ〟ソファに座って親指の爪をかみ、耐えきれなくなってミンディに電話した。三度目のベルでミンディが出た。「もしもし、レッティ。どうしたの?」

「そんなに調子がよくないの」わたしは立ちあがった。「契約を結んで関係を持ちましょうってエリックに言っちゃったの。セックス契約を」

「待って、そんな話を聞かされたら、テレビなんか見てらんない」ミンディはすぐにテレビを消して電話口に戻ってきた。「で、どんな契約を結ぼうとしたって？」

「セックスだけの契約。しがらみをいっさいなくした関係よ。なのに、エリックに拒絶されたの」ああ、口に出して言ってしまうと、いっそうひどい話に聞こえる。「仕事を辞めて、シベリアに引っ越さなきゃ。だって、どんな顔して登校し続ければいいの？」

「オーケー。驚いたわね」ミンディは、ふうっと息をついた。「まあ、あなたたちふたりはもうセックスしちゃったんだから、あなたがそんなこと言っちゃったって別に問題ないわよ。あなたは相手のポケットのなかのちっちゃいエリックくんの面倒を見てあげたんだから、相手だって、いかれたあなたの面倒を見るべきよ。言ってる意味わかる？　いいとこも悪いとこも受け入れろってこと」

「えっ、それって――ただ、わたしの気持ちを軽くしようとして言ってるだけでしょ」

「まあ、そうなんだけど。だけど聞いて、わたしだってこれまで散々セックスのあとにばかなまねをしてきたわ。きっと、あれすると頭がおかしくなるのね」

　こう言われても、ミンディが今日のわたしほど愚かなまねをするところなんて想像できなかった。おまけに、こってりしたホイップクリームと赤ワインのせいで気持ちが悪くなってきた。ミンディの叱咤激励すら効果がなく、わたしの人生は終わろうとしている。ふらふらとバスルームに入って胃薬を探し始めたとき、携帯電話から通知の音が鳴った。画面に表示された番号を見る。「ミンディ、セラピストから電話がかかってきたわ。もう切るわね」

「オーケー、セラピストでもだめだったら、また電話して」

「そうする」わたしは通話を切り替えた。「ドクター・ブーブレ。ご機嫌いかがですか?」

「アレッタかい? きみがセックス契約がどうのと言っていると受付係から連絡があったんだが? 本当なのかい?」

マニキュア落としのうしろに、まだ半分入っている胃薬の瓶があった。このマニキュア落としはレモンの香りとうたっているが、実際はアポカリプス後の世界みたいな恐ろしいにおいのするしろものだ。「確かにセックス契約よ。上司との」

長い沈黙があった。「ふうむ」

「数週間前に彼とセックスしたんです。バーで。そのせいで、ふたりともまだ意識し合っていて、わかりますよね? それで、デートできたらいいなと思ったんですけど、そうしたらわたしたちの関係を公表しなくてはいけなくなって、たぶん、わたしたちのどちらかは別の学校に行かなくてはならなくなるんです」いまあらためて考えてみると、このことはそれほど大きな問題に思えなかった。「それはともかくとして、彼はわたしのことをもっとよく知りたいって言ってくれたんですけど、わたしはそんなに重いつき合いにはしないで、セックスだけ思う存分楽しめればって思ったんです。なのに、そんなことをしたら品位がさがるって彼から言われて、わたしも彼の言うことがもっともだと思うんです」

わたしは息継ぎのために間を置いた。そこでドクター・ブーブレはすかさず訊いてきた。

「これは緊急事態なのかな?」

まさにいまようやくドクター・ブーブレと心が通じ合えたと思ったのに。「え、はい、間違いなく緊急事態です。だって、ばかなまねをしてしまって、これからどうしたらいいかわからないんだもの。本当に人格がふたつあるみたいなんです。そのふたりがとことん仲が悪くて戦ってるんです」

「セックス契約を持ちかけたのは、どちらの人格?」

「悪いほうです、もちろん!」

「悪いほうっていうのは、どちら?」

「エロティカを書いて喜んでるほうです。自分の上司を勝手に好きになって、それが正しいかどうかなんて気にもしないほう。その人格が悪いんだわ」

「あなたはいま自殺を考えていますか?」

「ええっ?　いいえ」

「自分を傷つけようと考えている?」

「夕食をホイップクリームとチョコレートにしたことも、それに含まれます?」

電話の向こうでドクター・ブーブレがため息をついた。「アレッタ、どうやら話し合えることはいくつかありそうだね。予約さえしてくれれば。ただ、これは緊急事態ではないね」

わたしが抗議する前に、ドクター・ブーブレは続けた。「いいかい。われわれはみんな二重の本質を持っているものなんだ。社会に見せる一面と、逆に社会から隠す一面がある。きみの話を聞いて、わたしが懸念を覚える点はひとつもなかったよ。ただ、ひとつだけ訊いておこう。きみが持ちかけた契約の条件はなんだったんだい？」

思い出すだけで胸が痛んだ。「しがらみはいっさいなし。恋愛感情もなし。セックスするだけ」

わたしは目をぎゅっとつぶり、なんてみだらなことを考えているんだ、とドクター・ブーブレから非難されると思って身構えた。ところが、ドクター・ブーブレはこう言った。「本当にきみの悪い人格がそういった契約を望んでいると思うかい？　というのも、きみの話を聞いていて、わたしは思ったんだ。きみが言うところの悪いほうの人格は、ただひたすら誰かと親密になることを求めている。いっぽうで、きみのいいほうの人格は、まわりの人との深いかかわりを避けて、ふたたび傷つかないようにしているんだ」

ドクター・ブーブレの言葉がすっと心に入ってきて、わたしは廊下の真ん中で立ち止まった。やっぱり、なかなかのやり手だ、このドクター・ブーブレという人は。

わたしは歯を磨いてベッドに入り、あきらめて明日に備えることにした。電気を消した直後に携帯電話が鳴った。新着メールが一通。心臓が止まりそうになった。エリックからだ。どうしよう。

お疲れさま――

きみのことだから、今日の会議について、ひどく自分を責めているのではないかと思ったんだ。ぼくも自分の対応に満足していない。もう一度やり直さないか？　きみはすばらしい先生だ。これからも、きみと楽しく過ごしたい。

エリック

わたしは笑顔になり、胃の痛みもやわらいだ。すばやく返事を打った。

好きです、新たな始まり。

送信ボタンを押した。眠りに落ちていきながら、ドクター・ブーブレの言葉を思い出していた。ドクターの言うとおりだった。わたしは自分の殻に引っこんで、心を閉ざしていた。アレッタ・オズボーンは怖がってばかりいた。でも、もうそんなアレッタ・オズボーンであってほしくない、とわたしは思った。

16

翌朝、わたしはここ数週間の劇的な出来事の数々は意識からシャットアウトすると決めて登校した。登校する以外の選択肢はないのだ。なぜなら十一月に入って、園児たちは手がかかるようになっていた。たぶん、みんな冬休みが近いからはしゃいでいるのだろう。それか、幼稚園に慣れ始めてリラックスしだしたのだ。理由はどうあれ、最近は子どもたちにちゃんと座ってと注意したり、騒いだ子を落ち着かせるために椅子に座らせたりしてばかりいるような日もあった。いたずらっ子の代表格はオスカーという名前の男の子だ。

オスカーは真ん丸の青い目に、明るいブロンドの持ち主だ。髪のうしろはいつも少し寝癖がついている。お話の時間になって、あぐらを組んでアップルソース座りをしましょうとみんなに言うと、オスカーは膝立ちになるので注意しなくてはいけない。いろいろなかたちに色を塗る練習をするときも、オスカーはわざと線からはみ出して塗り、わたしの顔色を見ながらこっそり笑っている。こういう悪ふざけ――順番を待たずにしゃべったり、言うことを聞けなかったり、たまにほかの子に意地悪なことを言ったりする――のすべてを、五歳児だから、のひとことで片づけることもできた。五歳というのは、あらゆる点で特別な年齢だ。けれども、わたしはオスカーのファイルにメモを書き留めていた。オスカーはひどく疲れたようすで登校することがあった。ときには何日も続けて昼食を残すことがある。エリックとわたしがやり直そうと決めた日の翌日、わたしは子どもたちに描いてきた家族の絵を見せてください、と言った。オスカーの絵を見た瞬間、わたしはひどく胸騒ぎを覚えた。

体育の授業のためにマックスが子どもたちを連れていくと、わたしはすぐにオスカーの絵を持って事務室がある翼へ向かった。学校の心理カウンセラーの部屋もそこにある。予算が削減された影響で、ノア・ウェブスター小学校には専任の心理カウンセラーがいない。兼任のカウンセラーはほかの小学校と中学校をかけ持ちしているため、ノア・ウェブスター小学校には月曜の午前中と金曜にしか来ない。今日は木曜なので、彼女の部屋に伝言メモを置いておけば——。

「カウンセラーなら今日は不在だよ」

振り向くまでもなくエリックの声だとわかったが、それでもわたしは振り向いた。今日のエリックは普段よりカジュアルな格好をしていた。グレイのスラックスに、明るい緑色のシャツを襟元のボタンをはずして着ている。ネクタイはしていない。理性を裏切るわたしの体はすぐに反応し、エリックがウエストに押しあてているすらりとした指に目ざとく注目していた。エリック・クレイマンへの思いを断つと誓ったのに。〝ちゃんとわかっておいてよ、昏睡状態だったそこのあなた。メモを送っておいたでしょ〟

だけど、エリックとわたしはやり直すことに決めたんだから大丈夫、と自分に言い聞かせた。けれども、エリックから例によって膝がへなへなになりそうなくらい優しさのこもったまなざしとともに微笑みかけられては、安心するどころではなかった。なにもかも忘れてエリックの胸に飛びこみ、机の上で激しく抱かれてしまいたいという衝動に駆られた。エリックにかかわるなにもかもがわたしを落ち着かない気持ちにさせ、全身をぞくぞくさせる。わたしは冷静に仕事をしていると見せかけるため、手に持っているオスカーの絵に視線を戻した。

「心理カウンセラーが不在なのはわかってるの」わたしは言った。「でも、実は――問題があって。これよ。見てみて」エリックに絵を渡し、彼が折りたたまれたそれを広げて確認するところを見守った。「クラスの子どもたちに家族の絵を描いてきてって言ったら、ひとりの子がこれを持ってきたの」

この絵は暗い色のみで描かれていた。黒と紫と青だ。絵のなかの母親と男の子には口がない。小さく描かれたふたりにのしかかるように黒で書きなぐられた人影がある。「こんな絵を見たのは初めてだわ」わたしは言った。

エリックも絵を見て顔をしかめた。「誰がこの絵を描いたんだい？」

「オスカー・デラコートよ」

「その子に行動上の問題は？」

「少し見られる。この年ごろの子としてはごく普通のことだって、ずっと思ってたんだけど。ただ、ほかにも問題があって。何度か、保健室で昼寝をさせたことがあるの。あまりにも疲れたようすで通園してきたときがあったから」

修士号を取るためにわたしが受講した選択科目のなかに児童心理学もあった。そこで、幼稚園児くらいの年ごろの子どもの絵は、しばしばその子の精神状態を知るために用いられると学んだ。「オスカーが暗い色ばかり選んでいる理由は別にあるとも考えられるわ。家で描いた絵だから、こういう色のクレヨンしかなかったのかもしれない。だけど、この絵自体が問題なの。虐待されている子どもは、こういう絵を描くのよ。真っ黒に塗りつぶされた、怖い人影を描くの」

エリックは人さし指を曲げて、わたしについてくるよう合図した。わたしたちは教頭室に入り、今回エリックはドアを閉めた。「なにか気にかかることがあって、この絵を描かせたのかい？」

わたしは首を横に振った。「普通にみんなに出した、家族の絵を描く宿題よ。社会科のお勉強をしているから」

わたしたちは教頭室の真ん中に立っていた。あらためて見ると、この部屋にはあまりものが置かれていない。高級感を出すために着色された安価なパイン材で作られた、標準仕様の事務机。部屋のすみに置かれた本棚。そこには教科書や手引書が詰まっている。誰かの命令でなにかをしなくてはいけないときに、あの手引書を見てさまざまな規則を確認するのだろう。壁には、屋根つきの橋を秋に撮影した写真が飾られていた。額入りの学位はすみに積まれている。この教頭室のどこを見ても、エリックがここで落ち着こうとしている気配は感じられなかった。エリックがもうすぐいなくなると思ったとたん、わたしは胸に刺すような痛みを覚えた。

「明日の朝いちばんにモイラに相談してみよう」エリックは言って、絵を持ちあげた。「これは預かっていていいかい、それとも返したほうがいいかな？」

「持っていてくれて大丈夫」わたしは手を伸ばし、ほとんどなにも置かれていない机にふれた。「また別の学校に行くの？」

わたしの口調から知りたがっていることを見抜いたに違いない。エリックは笑みを浮かべて言った。「すっかりこの教頭室に居着いたように見えると思ったんだけどな」

「そうでもないわ」

〝そもそも彼は部屋を飾るタイプではない。彼の家は昔からずっとひとり者の住まいそのものだ。シンクには皿が積みあげられ、洗濯物はぐしゃっと引き出しに詰めるか、ドレッサーの上に置きっぱなし。寂しさが漂う部屋だ。女性に手を加えてもらう必要のある部屋。それは部屋の住人も同じだ〟

エリックは机に腰かけた。「当初から、ここの教頭代理を務めるのはごく短期間のみだとはっきり伝えられていた――マレーネが本当のところどういった状況にあるか判明したいまとなっては、もっと短くなるかもしれない」

わたしは新聞でマレーネの事件の続報を追っていた。明らかになった最新の情報によると、マレーネは上院議員の選挙運動のために学校の設備を使い、勤務時間中に活動を行っていたほかにも、領収書を偽造し、実際は負担していない経費を計上して不正に金を得ていた。こうして得た金を使って、マレーネは夫を殺すための殺し屋を雇ったと考えられている。マレーネの夫にとっては幸運なことに、依頼を受けた自称殺し屋は警察に駆けこんだ。言うまでもないが、マレーネの先行きは暗そうだ。

「教育委員会はもう代理ではない次の教頭先生を雇おうとしてるの？」

「人材の募集をしているようだ。まだ選考のプロセスが始まったばかりだが、早くて春の学期が始まるころには決まるかもしれない」

「そうしたら、あなたは……どこへ行くの？」

「中学校に戻る。学校側がまた迎え入れてくれればだけどね」

またあんなチャーミングな笑みを浮かべて。わたしは不意に悲しい気持ちに襲われて、エリックの顔から目をそらした。わたしはエリックのことが好きだ。ブリュンヒルデの恐ろしさを相殺してくれるエリックの存在感がいつまでもこの学校にあってほしかった。そして最近は、エリックに見つめられるとき、彼のまなざしに映る自分を再発見できるのがうれしかった。エリックが中学校に戻ってしまったら、それっきりだ。話の上では、たまにはランチをご一緒しましょうとか、ソーシャルメディアでフォローし合いましょうとか言うかもしれないけれど、たぶん実現しない。エリックは去ってしまい、わたしは寂しく取り残される。わたしはうつむいて、擦り傷のついた自分の茶色い革のブーツを見つめた。「あなたも、この正規の教頭になるために応募すれば――」

「ぼくには中学校が性に合っているんだ。あっちの同僚たちも懐かしいしね」

「まあ、当然よね。ブリュンヒルデは、あんな人だし」

エリックは首をかしげた。「ブリュンヒルデ?」

わたしは自分のおしゃべりな大口をぱっと手で押さえ、顔を真っ赤にした。「いまのは忘れて。なんでもない」

「ブリュンヒルデって誰だ?」エリックは長い指でわたしの手首をそっとつかまえて、口から手をどけさせた。「ブリュンヒルデって?」わたしは唇をぎゅっと閉じ合わせたまま頭を左右に振ったが、やがてエリックはひらめいてしまったように目を見開いた。「グレッチェンのことか?」

「そんなひどいこと、よく言えるわね」わたしはぞっとしたふりで言った。その努力もむなしく、エリックは笑いすぎて引きつけを起こしそうになっている。わたしは手をあげて真っ赤になっていそうな顔の熱を確かめた。「このことを上に報告するつもり?」

エリックは笑いが止まらないようすで、首を横に振った。「いいや。はっきり言って、そのあだ名は彼女にぴったりだ。ただし、ぼくがこう言ったなんてよそで話さないでくれよ」

わたしは自分の左胸の前で十字を切った。「約束するわ」

〝ふたりは教頭室のなかで考えを一致させた——彼がその場で彼女を抱くことを申し出た教頭室で。ここまで彼女の近くにいながらほぼ教頭にふさわしい態度を貫けたことで、彼は自分をほめたいと思った。だが、あとで、放課後になったら、彼女に迫ってしまうかもしれない。やはり例の契約に応じたくなったと告げてしまうかもしれない〟

わたしはうしろの壁にかけられている時計に目をやった。「もう教室に戻らなきゃ。わたしがいなかったら、マックスがかんかんになるわ」

たぶん、わたしの想像だろうけど、ごくわずかにエリックの体がこわばったように見えた。マックスについて口にしたから？「ぼくも一緒に行こう」エリックはそう言って、オスカーの絵を机に置いた。「オスカーに会ってみたいんだ。話してもみたいし」

反対する理由はなかった。エリックがオスカーと話してくれれば、オスカーは話すほうに夢中でいたずらをするひまもないだろう。これはプラスになる、とわたしは思った。


エリックとわたしが廊下を歩いて教室に向かっているとき、ちょうど反対方向からマックスがアメリカコガラみたいにかわいらしく一列に並んだ園児たちを連れて戻ってくるところだった。わたしはマックスとエリックがいかにも男どうしらしく、おまえか、とでもいうようにうなずき合うのを見て、ふたりがゴリラみたいに胸をたたきだすのではないかと期待した。「子どもたちのようすはどうだった？」

「元気がありあまってるから、体育館を何周も走らせといたよ」子どもたちが一列になって教室に入っていくと、マックスは壁に寄りかかった。「これで少しは聞き分けがよくなってるはずだ」

「体育の授業のあとはいつも、みんな言うことをよく聞いてくれるわ」わたしはマックスの腕の力こぶをたたいた。「ありがとう」

またしても、わたしの勝手な想像かもしれないけれど、一瞬エリックの顔に嫉妬がよぎったように見えた。わたしはその表情を見なかったことにして教室に入っていった。「はい、みなさん。まるく集まってお話ししてから、それぞれのコーナーで学習しましょう。今日は少しのあいだクレイマン先生が、みんなのお勉強のお手伝いをしてくださいます」

エリックが横で見守るなか、わたしはカーペットの上で子どもたちを円になって座らせた。みんなでお話をよく聞きましょうの歌を歌ってから、わたしは各コーナーでする学習について説明した。初めて自分の教室に教頭先生や校長先生が見学にきたときは、死んでしまいそうなくらい緊張した。がちがちになって、なにをするにも間違っていたらどうしようと考えて時間がかかった。でも、何年もの経験を積んでいまでは慣れ、自信を持って授業ができるようになっている。数分後には、エリックがその場にいることすら忘れていた。

「一番はお絵描きコーナーです。クレヨンと紙が置いてあります。紙とクレヨンを持ったら、最初になにをすればいいんだった？　はい、ホリー？」

名前を呼ばれたホリーは、うれしそうににっこりして答えた。「名前を書きます」

「そのとおり。最初に紙の裏に名前を書いておけば、描いた絵がなくなってしまったりしませんね。この前、社会の時間にコミュニティについてお勉強しました。そこで今日は、みなさんのコミュニティでみんなを助けるお仕事をしている人の絵を描いてください。コミュニティでみんなを助けるお仕事をしているのは、どんな人でしょう？」

そのとき、緊急警報システムのベルの音が鳴り響き、わたしは心臓が止まりそうなくらい驚いた。火災警報の音ではない。これは学校に新たに導入された侵入警報の音だ。教職員の誰も、この警報を本来の名前で呼ぼうとする人はいない。〝銃乱射警報《アクティブ・シューター・アラーム》〟とは。わたしは助けを求めるようにエリックを見た。怯えきった顔をしていたに違いない。「ただの訓練だよ」エリックは落ち着いた口調でわたしを安心させようとした。

それでも、わたしは息苦しくなるくらい不安になった。いったいいつから学校での暴力事件がそこまで身近な脅威になってしまったのだろう？　五歳の子どもたちにまで、銃乱射事件に備える訓練を受けさせなければならないなんて。鳴りやまない警報音に子どもたちが怯え始め、わたしたちは教師としてみんなを落ち着かせなければならなかった。懸命に笑顔を作ったが、手には汗をびっしょりかき、心臓は胸を突き破りそうなほど激しく打っていた。

「これから、みんなでゲームをしましょう」わたしは小さな声で言った。「みんなでコートのお部屋に入ります」唇に一本指を押しあてる。「しぃーっ。できるだけ静かに、音をたてないで」

エリックは教室のドアの前に行って鍵をかけた。ドアには小さなガラス窓があるけれど、わたしはそこに紙を張って、ドアを閉めたら廊下からなかをのぞけないようにしてある。わたしが子どもたちをクロゼットの奥に誘導するあいだに、エリックは教室の明かりを消した。「ただのゲームですからね」下唇を震わせているドミニクに、わたしはささやきかけた。「怖くないわ」

園児たちの背をそっと押してクロゼットのなかに進ませる。クロゼットは教室の半分の広さがあり、子どもたちは並んだ小さな収納箱とコートかけのあいだにある空間に身を寄せた。

いちばん重要なのは、クロゼットにも鍵のかかるドアがあることだ。ここがわたしたちの安全な隠れ場になるはずだ。

わたしはクロゼットのドアを閉めて鍵をかけた。「はい、では床に座って静かにじっとしていましょう」

子どもたちにそんなことができるはずがない。だからこそ、わたしは収納箱のいちばん上に秘密のぺろぺろキャンディを隠してあった。手を伸ばしてキャンディのビニール袋を取ったが、手がうまく動かず、袋は床に落ちてしまった。「あっもう」わたしはパニック寸前だった。

そのとき、エリックの両手がわたしの手を包みこんだ。たくましくて、温かい。安心させてくれる手。わたしは顔をあげて、エリックの澄んだ緑色の目をのぞきこんだ。「手が震えている」エリックはささやいた。

わたしは恐ろしいことばかり考えてしまっていた。この訓練によって、わたしの悪夢がよりはっきりと現実味を帯びて迫ってきた。まわりを見まわせば、あどけない顔の園児たちみんながわたしを見て、先生が怖がっているなら、ぼくたちあたしたちも怖がらなくちゃいけないんだ、と考えている。そんなみんなを見て、わたしには無理だと思った。わたしはこの子たちを守れるほど強くない。途方に暮れてエリックに目を向け、下唇をかんだ。「わたしには――」

「じゃあ、ぼくが。きみは子どもたちと一緒に座っているんだ。大丈夫だとみんなに言い聞かせて」

わたしは黙ってうなずき、子どもたちと一緒に床に座った。エリックは床に落ちたぺろぺろキャンディを拾い集めてくれている。子どもたちの何人かはわたしの膝の上によじ上り、ほかの子たちはわたしの背にぴったり身を寄せた。「しいーっ」わたしは言った。「みんな怖がらなくて大丈夫。ただのゲームだもの」

ところがオスカーはひとりクロゼットのすみに座り、膝を抱えてうつむいていた。わたしはオスカーに手を伸ばしたかったけれども、ほかの子どもたちにぴったりと囲まれて動きがとれなかった。エリックが子どもたちひとりひとりにぺろぺろキャンディを渡す。エリックとわたしはふたりして、子どもたちにキャンディをなめて静かにしていてね、と言い聞かせた。外の廊下ではグレッチェンが警察官とともに各教室をまわり、ドアの取っ手をつかんでガタガタといわせ、みんなが手順どおりに訓練に臨んでいるか確かめているはずだ。

ここにいれば安全。わたしは自分に言い聞かせた。ただ、それを信じることはできそうになかった。今日は安全だとしても、明日はどうだろう？　本当になにかが起こったらどうなるの？　わたしが震えながら息を吸っていると、エリックが控えめな笑みとともにわたしにもぺろぺろキャンディを差し出した。レモン味だ。わたしは声に出さずに〝ありがとう〟と口を動かし、エリックはうなずいた。

わたしはそこに座ったままぺろぺろキャンディを食べた。そうしながら〈バー・ハーバー〉の裏階段にいるブレイズを見つけたときのことを思い出していた。あのとき、ぺろぺろキャンディを持っていたブレイズを見て、わたしはあの子がタバコを吸っていると思ったのだ。まさに、人を信頼できないわたしの心の問題がさらけ出された瞬間だった。わたしの甥に親切にしてくれた人がいたのに、わたしは彼がブレイズにタバコの吸いかたを教えていると思いこんだ。なめているキャンディが少しすっぱくて、唇をすぼめた。あのときもわたしはパニックに陥ったけれど、ブレイズは大丈夫だった。あらゆる危険は、わたしの頭のなかだけにあった。

いまだって、まったく同じだ。危険なんてない。訓練をしているだけ。

わたしがじりじりとうしろにさがって壁にもたれると、何人かの子どもたちも一緒に移動した。わたしはその子たちに両腕をまわして抱き寄せ、いい香りがする小さな頭に頬をくっつけて静かに「しぃーっ」とささやきかけた。きっと、みんなが母親からされているように。すると、子どもたちはリラックスしてわたしにもたれかかり、ふうっと息を吐いて体の力を抜いた。クロゼットのなかはとても静かになり、聞こえるのは自分の心臓の音か、ときおり耳に届く小さな子どもの息をする音だけになった。

わたしはこの子たちを愛している。この子たちが自分たちの毎日について、なにも隠さずに教えてくれるところも大好きだ。誕生日になにがほしいかも教えてくれるし、ふと耳にしたらしき家族の秘密の情報も無邪気に話してくれる。なによりも、子どもたちは自分の心を精いっぱい使って、自由に、恐れることなく生きている。わたし自身は、いったいいつから恐れるあまり自由に生きることも愛することもできなくなったのだろうと考えていると、エリックがわたしの手を包みこんで優しく力づけるように握ってくれた。まるで、わたしの心を読めるみたいに。

それから十分ほどたって訓練が終了し、校内放送でブリュンヒルデの声が流れ、もう避難場所を出ても安全だと告げられた。エリックがドアを開けると、子どもたちはほとんど駆け足で飛び出していった。解放されてうれしくて仕方ないのだ。ただ、ひとりだけ違った。その子はすみで丸まったまま、膝に顔を伏せていた。

オスカー。

「どうしたの、オスカー？」わたしはそっと声をかけ、屈んでオスカーの背中に手を置いた。「もう終わったのよ。教室に戻りましょう」オスカーは震え、泣いていた。「まあ、かわいそうに。どうしたの？　怖かった？」

オスカーは潤んだ目でわたしを見あげ、大粒の涙をこぼした。「パパだったの？」小さな声で訊く。「パパがぼくをつかまえにきたの？」

わたしはしゃがんで腰を落とした体勢で動けなくなった。子どものこんな言葉にどう答えればいいのか？　どう声をかければいいのかさえ、わからなかった。

17

デラコート一家はリバージャンクションのはずれに住んでいる。一九六〇年代に同じ開発業者によって建てられたパッチワークのような住宅街のひとつだ。各戸それぞれに微妙な差がある。ランチ様式、ケープコッド様式、コロニアル様式、ケープコッド様式、ランチ様式、ランチ様式、コロニアル様式というように。ときおり、独立したガレージや、天窓つきのファミリールームが増築されて統一感のなくなった家も見られるが、おおむね、これら三種の家のどれかが並んでいる。ただし、そこに暮らす家族の個性は各家に微妙な違いとなって現れている。木の柵を張りめぐらして整えた庭や、壊れたまま庭に放置された家具や、垂れた車のオイルが、それ以外は似たようなかたちをしている家に特徴を与えている。ここにあるどの家もコッパーヒルにはありそうにないが、何軒かはコップーホールにだったらありそうだ、とわたしは想像した。

放課後、わたしは車でオスカー・デラコートの家に行ってみた。白い屋根の、手入れの行き届いた明るい黄色の外観をしたランチ様式の家だ。水色の玄関ドアには、いちばん上に四つの四角いガラスがはめこまれており、店で売られている小枝とプラスチックの葉で作られたリースが飾られていた。防風ドアがないので、風が吹くたびにプラスチックの葉がガサガサと揺れている。強い風が吹けば、リースがバタンバタンとドアにたたきつけられるだろう。

わたしはミセス・デラコートと話してみて、事情を聞き出せないかと思っていた。ほぼ毎朝、オスカーを預けにくる彼女と会っている。ミセス・デラコートはいつもオスカーの手をしっかり握って、必ず教室まで送り届けてくれるからだ。控えめだけれど、感じが悪い女性ではないので、少し過保護なところも、ごく普通だとわたしは思っていた。親たちのこうした過保護なところに、年配の教師たちはしょっちゅう文句をつけている——ああやって親がヘリコプターみたいにつねに子どもにまとわりついていたら、あの子たちが大人になったときに自分ではなにもできない、怠け者ばかりの世代になってしまう。でも、いまになってわたしは、ミセス・デラコートが自分の子どもを本物の脅威から守ろうとしていたのだと理解し始めていた。ミセス・デラコートをヘリコプターペアレントとひとまとめにしてしまったことで、罪の意識を感じる。

どのくらいの時間、通りに車を停めたままミセス・デラコートの家を見つめていただろう。自分でもなにを待っていたかわからないが、いきなり携帯電話が鳴ったとき、わたしは跳びあがるほどびっくりした。

「もしもし？」

「もしもし、フェイよ。パパから感謝祭について電話あった？　サディが大騒ぎしてるらしいのよ」

そのときデラコート家の玄関が開き、ホワイトブロンドの小柄な女性がコンクリートの階段をおりてきた。ミセス・デラコートだ。わたしは車のなかで背を屈めた。「いいえ、パパとは話してない」

「なんで、ひそひそ声なの？」

「ちょっといま、取りこんでて」ミセス・デラコートがうしろを向いて大きな声で誰かに呼びかけ、また風が吹いて秋のリースが揺れるなか、黒いコートの前をかき合わせている。

「サディがどうしたって？」

「サディが感謝祭のディナーにみんなを招きたいって言ってたでしょ？　それが先週、あの人、完全菜食主義者になるって決めちゃって。豆腐ターキーとか言ってるのよ。ターキー一羽の命を救って、彼の写真を飾りつけの目玉にするんですって」

「うそでしょ。わたしは豆腐ターキーなんか食べない」

「おまけにね、感謝祭のディナーにはママも来るのよ。だから集まるなら中立地帯にしたほうがいいって思うわけ」

離婚したカップルにしては、ママとパパは良好な関係を保っている。わたしたちは子どものころからよくママとパパの両方と祝日を一緒に過ごしていた。わたしがそのことに感謝するようになったのは、だいぶ大人になって、離婚した両親のほとんどがそんなふうになごやかにいっていないと知ってからだった。わたしの子ども時代は完璧とは言えなかったけれど、パパとママの努力のおかげで、そんなに不完全でもなかったのだ。

ミセス・デラコートはいやがるオスカーを家から連れ出し、通りの歩道へ歩いていった。わたしはさらに身を低くして、窓から目だけが出るようにした。「わたしにどうしろっていうの？」

「レッティの家で感謝祭を開けばいいのよ」

「わたしの家で？　どうしてフェイの家じゃだめなの？　わたしも手伝うから」

フェイはまるで、どうしようもないわがままを言っているわたしに辛抱しているように電話口でため息をついた。「うちで開くのがいちばんとは思えないわ。ウィンとわたしは結婚生活を続けていこうと努力している最中だし。再投資の最中なのよ。それにはエネルギーを消費するの」

それと感謝祭にどういう関係があるのか、わたしにはどうもわからなかったけれど、いまは教え子の家の前で張りこんでいる最中だから、姉と言い争いをしている場合ではない。

「オーケー。なんでもいいわ。感謝祭はうちで開く」菜食主義者用の料理までいくつか考えなければいけないようだ。笑っちゃう。「だからね、あとでまたこっちから――」

「わたしとウィン、あれからすごくうまくいってるわ。前より仲がよくなったくらい。レッティは心配してくれてただろうけど、わたしたちはちゃんと話し合って、お互いにあやまちを犯したことも認めて、もう一度やり直そうって決めたの。あっ、それで思い出したわ――一月の最初の週末は予定を空けておいて。わたしとウィンは夫婦水入らずで静養にいくから、あなたに双子の面倒を見てもらわなくちゃいけないの」

わたしは目をぐるりとまわした。「ほかになにかある、フェイ？」

「話はそのくらいね。感謝祭はあなたの家で開くって、パパに知らせておくわ。わたしはサラダとパイを持っていく。ほかにもなにか必要だったら言って」

「フェイの病院ってロボトミーをしてくれる？」

「いいえ」

「それなら、もう大丈夫」

　電話を切り、わたしはオスカーが母親と一緒に通りを歩いて隣の家に向かうのを見守った。ふたりが隣の家に入ってしまうと、今日の張りこみはここまでにしておこう、とわたしは決めた。わたしに私立探偵は無理そうだ。

　ノア・ウェブスター小学校の始業時間は八時半だが、心理カウンセラーのモイラは七時半には登校している。そのため、わたしがモイラの部屋を訪ねたときにはすでに、エリックがモイラにオスカーの絵を見せていた。エリックはわたしに気づいて顔をあげ、〝やっぱり来てくれたね〟と言いたそうな微笑みを向けてくれた。「レッティも来たよ」とモイラに言う。

「彼女がもっとくわしい話をしてくれるはずだ」

　モイラは黒い髪をショートにし、その髪形がよく似合う小顔の持ち主だった。大きな黒い目をしているので、わたしはいつもモイラを見ると、すごくかわいい子ネズミみたい、と思ってしまう。エリックもモイラをかわいいと思っているのだろうかと疑って、わたしは無意識にエリックに視線を向けたが、エリックはわたしを見つめていた。そこでわたしは、机の前に座っているモイラに目を向けた。

「絵は見てくれたのね」わたしは言った。

モイラはほっそりした黒い眉を寄せて絵をじっと見た。「ええ、確かに、これは危険信号よ。この子の家庭環境は？」

わたしが答えようとしたとき、エリックが先を越した。

「両親はまだ離婚していない」エリックは言った。「父親はコカインの所持で何年か刑務所に入っていた。最近、釈放されて保護観察中だ」

わたしはあぜんとしてしまった。モイラの問いかけに対するわたしの答えは〝なにもわからない〟だったのだ。張りこみまでしてわかったことといえば、オスカーは黄色い家に住んでいて、隣の家を訪ねていることのみだったのだから。オスカーは幼稚園児なので、ファイルに書かれているのもわたしが記録したことだけ。わたしが問いかけるような視線を向けると、エリックは落ち着かないようすで小さく肩をすくめた。「弟が警察官なんだ。昨日の夜、電話で訊いてみた」それを聞いて、わたしは胸が温まる心地がした。

「これが父親のイメージであることは確かなの？」モイラが尋ねた。わたしが前日の侵入訓練のあとオスカーが口にした言葉を伝えると、モイラは深刻な表情でうなずいた。「アレッタ、その子の体にあざや不自然な痕があったことはない？」

大人の男性が、オスカーを、ほかのどんな子どもであれその子を傷つけると考えただけで、わたしは激しい怒りを覚えた。体が冷たくなり、震えが走る。「いいえ、一度もない。だけど、いまごろの子どもたちはみんなズボンと長袖の服を着ているから」

「朝のうちにその子と話したいわ」モイラは言い、両足を伸ばした。「できればすぐにこちらに連れてきて。今日は、ほかに予定はないので」

「オスカーから話を聞いたあとは、どうなるの？」わたしは教師を六年続けてきて、虐待が疑われるケースに直面するのは初めてだった。「まさかオスカーは――家から離されて施設へ連れていかれることになるんですか？」オスカーの気持ちを考えると、恐ろしくなった。モイラはまなざしに思いやりを浮かべた。「子どもの安全を最優先しなくてはいけないわ。緊急のケースなら、DCFに連絡しなければいけないかもしれない」

〝児童家族局《DCF》〟DCFに訪ねてきてほしいと願う家族は国じゅうどこにもいないだろう。DCFが来るというのは、公式な報告がされ、捜査が行われるということだ。児童養護制度の対象になる。「オスカーを母親から引き離したりしないで」わたしは言った。「お願い。母親は毎朝オスカーを教室まで送って、放課後は必ず迎えにきてるのよ。お弁当には、いつもお手紙を入れて。母親はオスカーを大事にしているの」ほかに方法があるはずだと考えて、喉が締めつけられているように苦しくなった。ミセス・デラコートも被害者なのだ。「オスカーにとってよかれと思って知らせたのに。どうかお願いだから、こうしたことを後悔させないで」

実際はモイラに知らせないという選択はありえなかった。児童虐待が疑われる場合は適切な部署に報告することが法的に義務づけられている。けれども、ミセス・デラコートが虐待を行っているとは考えられないし、州が母親から息子を奪うようなことになったら……わたしは自分の体にぎゅっと両腕をまわしたが、震えは止まらなかった。「ミセス・デラコートも危険にさらされているのよ。ふたりとも助けなくてはいけないわ」

モイラの口のはしがさがって残念そうな表情になった。「わたしたちの役目はオスカーを守ることで――」

「ミセス・デラコートは毎朝、学校に来ているのかい？」エリックが進み出て両手を腰にあてた。「それは、いまごろ？」

わたしは時計を見やった。「ええ、もうすぐ」

「ミセス・デラコートから話を聞いてみたい。そうしてもかまわないかな、モイラ」

エリックがそれ以上は言わないので、わたしは説明を求めて心理カウンセラーに目を向けた。ふたりの視線の合わせかたからすると、モイラとエリックのあいだでは無言の会話が交わされている。いったいどうなっているの？わたしは交互にふたりを見つめた。「あのう――」

「そうしてもらって問題ないと思うわ」やがて、モイラは言った。「わたしがオスカーから個別に話を聞くことさえできればね」

「それでいい」エリックはわたしを見つめた。「レッティ？」

わたしはうなずいた。「あ、わたしもそれでいいと思います。ええと、おふたりとも専門家だから」

「よしと」モイラは立ちあがって、オスカーの絵を裏向きに机に置いた。「では、一応のプランは決まりね」ここでの話は終わりのようだった。

エリックは、わたしと一緒に教室へ歩いていった。あと三十秒くらいで校門が開き、児童たちが入ってくるはずだ。わたしはクラスの準備をしなくてはいけない。それなのに、心は別のほうへ向かっていた。横目でエリックを見た。「ミセス・デラコートになんて言うつもり？」

エリックの表情は謎めいていた。「まだなにを言うかまでは決めていない。まずあいさつをして、そこからどういうふうに話を進められるかだ」

エリックのやんわりとした笑みにはいつもどおり魅力があったけれど、彼の顔つきには、わたしがいままで見たことのない緊張感が漂っていた。

「あなたにも今回の件がこたえているのね？」

笑みがごくかすかに揺らいだ。「ああ」エリックはそれ以上なにも言わなかった。

わたしたちは廊下の角を曲がり、ジャングルの動物たちが描かれた壁画の前を通った。そこにはバナナを手にご満悦の笑みを浮かべるサルも描かれていて、まるでこう言っているように見えた。〝おい、おいらがこのバナナを使って、そこのゾウになにしてやるつもりかわかるかよ？〟「できる限り、オスカーがママと一緒にいられるように手を尽くすって約束してくれる？　オスカーが母親から引き離されるようなことだけは――」恐怖で喉が詰まり、わたしは続けられなくなった。

エリックはぴたりと立ち止まって、わたしの腕を握った。「レッティ。ぼくを信頼してこの件を任せてくれないか？　こういう事態は、実はぼくにとって無縁ではないんだ」

エリックのまなざしは思いやりに満ちていて心強く、わたしの腕を握る手にも力がこめられていた。そのとき、たとえエリックがミセス・デラコートになにを言うつもりかはっきりわからなくても大丈夫だ、とわたしは悟った。わたしが自分のまわりのすべてをコントロールしようとする必要などない。エリックを信頼できる。

〝エリックなら信じられるわ〟


その日の午前九時四十五分、わたしは園児たちを連れて毎月の全校集会が開かれる講堂へ行き、前の列に並ばせようとしていた。いつも集会はたいてい同じようなものだ。一学年が歌を発表し、ブリュンヒルデが皆勤賞を手渡す。ただ、この日は違った。舞台には金属製の折りたたみ椅子が一列に並べられており、演壇と校旗が置いてある――なにもかも、なにやら重要なことが起ころうとしている証拠だ。そういえば、テストの成績があがったので表彰されることになっていたと、わたしはしばらくしてから思い出した。

ノア・ウェブスター小学校にやってきてからというもの、ブリュンヒルデはツイードを身にまとった蒸気ローラーみたいに高圧的に学校の改革を推し進めてきた。ブリュンヒルデのおかげで、教職員は適切な服装をし、学用品の持ち出しはホッチキスの芯一本にいたるまで記録されるようになった。そして、三年生の共通テストの点数が劇的に伸びたことで、ブリュンヒルデはたくさんの取材を受けている。教職員に対して送った一通のメールのなかで、ブリブリュンヒルデはわたしたちに警告した。これからわが校は〝わが校の成功に対するマスコミの関心〟を受けることになるので、謹んで受け入れるように、と。〝受け入れる〟というのが〝普段どおりにする〟ということなら、わたしはそのとおりにできていると思う。けれども、この日、講堂のすみに何台ものカメラが設置されていることに、わたしは気づいてしまった。

わたしが園児たちに、ちゃんと前を向いて、足じゃなくてお尻を椅子にくっつけて座ってね、と教えているとき、講堂のうしろの入り口からジャスティン・マイヤーズが入ってきた。文句のつけようがないくらいお行儀のよい、輝かしい業績を達成した三年生を引き連れて。

「いいぞ、みんな。ここに座ろうじゃないか。モニーク、きみが率先していこう、リーダー」

なんか、児童たちに友だちづらしてなんでもやらせようとする教師って大嫌いなんだけど。三年生の何人かは変なかぶりものを頭につけている。頭の上に惑星みたいなのがぴょんぴょん揺れているサンバイザーだ。何事もなく着席する三年生をわたしがまじまじと見ていると、ジャスティンがこちらを振り向いて手を振った。わたしは失笑していたことがばれませんようにと願った。

「うちのクラスのみんな、ノリノリだよ」ジャスティンが言ってきた。見たところ、うそだ。

「もう何週間も前から今日の発表の準備をしてきたからね」

「ふうん。だから、あんなかぶりものをかぶってるの？」

ジャスティンは、ごく平均的な顔のパーツを持つ地味な顔立ちの男性だ。まさにありふれた顔の見本なのだが、鼻の先だけ大きいおできみたいにぷくっとしていて目立つ。たまに、ジャスティンが職員会議で発言しているとき、あそこを槍で突いたらどうなるだろう、とわたしは想像している。「あれはかぶりものなんかじゃないよ、レッツ。あれは惑星さ。今日ぼくたちは学校のみんなを太陽系をめぐる旅に連れていくんだよ」

惑星といえば、ジャスティンはこの地球上でただひとり、わたしをレッツと呼んで許されると思っている人間だ。そんなまねをされて、この人を好きになれるわけがない。

「ふうん。おもしろそうね」わたしは言い、離れていこうとした。

「すごく気に入るはずさ。あそこにうちのクラスのお友だち、ヘイデンがいるだろう？」ジャスティンは完璧な天使の群れのひとりを指した。「彼はブロードウェイから飛び出してきたみたいにタップダンスをしてのけるんだ。それにアンジェリカは毎週日曜に教会の聖歌隊で歌ってる。彼女の歌声を聞くべきだよ。いつかスターになるはずだ」ジャスティンはいったん間を置いて両手をポケットに入れると、肩をすくめた。「教師たるもの、生徒たちの才能を最大限に伸ばしてあげるべきだ、と思うわけさ」

「それで、タップダンスミュージカルで太陽系をめぐる旅を企画したということ？」もしそうなら、そんな旅が始まる前にわたしは排水管洗浄剤を飲んでこの地球からおさらばしたい。

「違うよ、むしろぼくたちは、みんなの才能をそれぞれの惑星と結びつけたんだ。たとえば土星の話をしようか？　土星は音楽の惑星だから、アンジェリカがこの惑星にまつわる歌を歌うんだ。海王星はどうかって？　海王星はいちばんクールな惑星だって話になってね。この星が人間だったら、きっと革ジャンを着てタップダンスをしてるはずさ。何人ものレディたちとの絡みも見ものだぜ」わたしにはジャスティンの言っていることが理解不能なのに、本人はわかるでしょと言いたげににやにやし、耳のうしろに挟んでいた鉛筆を取って、手に持ったクリップボードをそれでたたき始めた。「まあ楽しみにしていてくれたまえ、レッツ。すごい瞬間を見逃すなよ」わたしほどの自制心の持ち主でなかったら、衝動的に相手の鼻に鉛筆を押しこんで殺してしまっていたはずだ。

舞台の照明がつき、ブリュンヒルデの声が響き渡った。「集会を始めます。全員、着席してください」

舞台上にはブリュンヒルデとともにスーツ姿の人が三人いた。たぶん、教育委員会の人たちだろう。そこは最悪のファッションショーのステージと化していた。体形に合っていない上着。どでかいブローチ。ツイード。〝クリーム色と茶色の斑《まだら》模様があるツイードのスカートに、そろいの上着を身に着けたブリュンヒルデは、たくましかった。彼女の重みに耐えうる頑丈なヒールと実用本位のデザインが特徴である茶色のローファーは、魔女狩りに赴く怒れる清教徒よろしく廊下を踏みしだくのにぴったりだ〟

ブリュンヒルデが唐突に笑みを浮かべたとき――もう、これだけで異様な出来事だ――舞台の右側から鼈甲の眼鏡をかけた白髪の男性が登場した。州下院議員フリッツ・パトリックだ。フリッツはスポットライトに慣れている。数年前にトップニュースに取りあげられたこともあるからだ。そのときフリッツは選挙中の不祥事の疑惑についてある女性リポーターに質問され、こう答えたのだ。「きみは血を求めているように攻撃的だな。月のものの最中なんだろ」最低。わたしは着席しながら、フリッツが同じ調子でブリュンヒルデに食ってかかってくれたらいいけど、と願っていた。ジャスティンとの会話でストレスがたまっていたわたしは、誰かが鋼鉄張りのブラジャーでたたきのめされるところを見たい気分だった。

「ようこそ、みなさん」ブリュンヒルデは言った。「みなさんのお顔を見ることができて大変うれしく思います」

エリックの姿が見えないことに、わたしは気づいた。まだミセス・デラコートと話しているのだろうか。わたしの隣の席で、ドミニクが鼻をほじっている。わたしはそのままほじらせておいた。

「今回もすばらしいプログラムが予定されていますが、今日は特別に教育委員会からのお客さまをお迎えしています。最初にコネチカット州下院議員であるフリッツ・パトリック氏をご紹介しましょう」

パトリック下院議員は演壇に立ち、お決まりの大げさな演説を行った。〝今日この場に同席できて幸せだ〟とか〝われわれが力を合わせて成し遂げたことを誇りに思う〟とか、なんたらかんたら。それから彼はこうも言った。「先だっての春、ノア・ウェブスター小学校が共通テストで模範的な結果を出したことをお伝えでき、大変誇らしい思いでいっぱいです」

だからなに？　この集会は幼稚園クラスから二年生までの児童たちには関係ない。共通テストを受けるのは三年生からだ。つまり、ジャスティン・太陽系・マクタップダンスが誇らしげに胸を張るか、クールを気取って喜んでいないふりをするところを見せつけられるだけ。ミンディはどこだろう？　わたしはどうしても同じ気持ちを共有する友人とアイコンタクトを取りたかった。なのに、講堂をさっと見渡したところ、ミンディはずっとうしろのほうの席に座っていた。あーあ。

「そして、ハウスチャイルド博士」フリッツは続けている。「われわれ全員の目に明らかなのは、ノア・ウェブスター小学校があなたのリーダーシップのもとで輝きを取り戻していることであります。このニュースは喜ばしい新たな風となるでしょう」

そりゃそうでしょう。これまでのニュースといえば、いまだに夫を殺そうとしたマレーネ・キトリッチに関する話ばかりなのだから。殺人がたくらまれていたということで、当然ながら、関係者の周囲には暗い影が落ちていた。まさに、共通テスト高得点ばんざいだ！

フリッツと握手するブリュンヒルデは一瞬、感極まった顔を見せた。テストの点数をあげたことで教育委員会から一万ドルのボーナスがもらえるらしい。そんなにもらえたら、わたしだって涙で声が詰まってしまうだろう。

「ありがとうございます、パトリック下院議員。ノア・ウェブスター小学校の全員を代表して、議会でのあなたのたゆまぬご尽力に感謝いたします」

聞いているだけで、むかむかしてきた。わたしはこの時間をもっと有効に使って、いま執筆中のエロティカに出てくるいくつかの絡みの場面についてあれこれ考えた。それから、ジャスティンの太陽系タップダンスのステージが始まると、わたしは思った。ジャスティンがマレーネ・キトリッチの依頼殺人スキャンダルになんらかのかたちでかかわっていて、刑務所送りになる、という可能性はないものだろうか。

集会が終わってわたしたちが教室に帰っても、オスカーはまだクラスに戻ってこなかった。園児たちが家に帰る時間になってもオスカーが戻ってこなかったので、わたしは心配になりだした。

「オスカーは大丈夫だよ」わたしが教頭室に駆けこんでいくなり、エリックは言った。机から顔をあげもせずに。「母親も大丈夫だ」

わたしは両手を広げて、さらに話を聞き出そうとした。「それで？　どうなったの？　ミセス・デラコートはなんて言ってた？」

「入って」エリックは椅子から立ちあがって教頭室のドアを閉め、わたしに机の前に置かれた椅子を勧めた。「きみの直感が正しかったよ。ミセス・デラコートは身の危険を感じて恐れていた。夫が刑務所から出てきた当初は、しばらくのあいだ問題はなかったそうだ。だが、数日前に、夫は彼女とオスカーを殺すと脅した。ミセス・デラコートの話では、夫は銃を持っている」

わたしは真っ青になった。「なんて恐ろしい」

「そして、もちろん仮釈放の条件に違反している」エリックはわたしとのあいだに机を挟んで座るかわりに、隣の椅子をふたりの膝がくっつきそうなくらい近くに引き寄せて座った。

「そこで弟のアンドリューに連絡したんだ。警察官だから。ミセス・デラコートは夫に対する接近禁止命令を申請して、ミスター・デラコートは刑務所に戻ることになるはずだ。本当に仮釈放の条件に違反していたら、そうなる。そうした手続きがすべてすむまで、ミセス・デラコートとオスカーは別の町の安全な家に身を寄せる。オスカーは何日か幼稚園を休まなければいけないが、大丈夫だろう」

わたしはエリックを抱きしめたくなった。安堵の気持ちがあまりにも大きかったので、椅子の背もたれに身を預けて、ほっとする心地を味わった。エリックは思いやりに満ちた、忍耐強い緑色の目で見つめてくれている。

「あなたはすごい人ね」それ以外に言葉が見つからなかった。「ありがとう」

エリックはうれしそうな表情を見せたけれど、すぐに謙遜して肩をすくめ、前屈みになって膝に両肘を置いた。「ぼくの父親も模範市民とは呼べない人物だったんだ。ミセス・デラコートにオスカーが描いた絵を見せたときの彼女の顔を目にして、すぐにわかったよ。あの絵を見て、彼女は死ぬほどつらい思いをしていた」エリックはよみがえった記憶を振り払うように頭を横に振った。「ぼくはああいう表情を前にも見たことがあったんだ。母もあんな表情を浮かべていた。罪悪感と恐怖の表情を」

エリックの告白を聞いて、わたしは椅子の上でぴくりとも動けなくなった。それから思い出した。「前にお姉さんがカウンセリングを受けていたって話してくれたことがあったわよね。あなたも、カウンセリングを受けたことがあったのね?」

エリックはいっとき目をそらしてから、迷いを見せながらもうなずいた。「裁判所の命令でセラピーを受けていたんだ」

そのとき、エリックのなかに当時の小さな男の子がまだいるような気がして、わたしは腕を伸ばして彼の手を握った。エリックはふれられて驚いたように見えたけれど、手を引っこめようとはしなかった。「本当につらかったでしょう、エリック。お父さんのことで」

「父は数年前に死去した。その前に和解できていたんだ」エリックはわたしの指のあいだに自分の指を滑りこませ、わたしの顔に視線を向けた。「きみの家族は、とてもまともな人たちなのだろうね」

わたしは笑い声をあげた。「うちの父は四回も結婚してて、いまの奥さんは完全菜食主義者になったのよ。わたしの姉はオープンな夫婦生活を送ってるし」言ってしまってから、わたしは唇をぎゅっと閉じた。「家族のうわさは広めないでね」

エリックは静かにくっくと笑って言った。「ああ。もちろん広めないよ」

エリックに指先でそっと手の甲を撫でられ、わたしは全身に電気が通ったようにドキドキした。出会ったときから、わたしはエリックのこういうところに惹かれたのだった。親切で強いところに。エリックは迷子にぺろぺろキャンディを差し出し、助けを求めている女性のために身を隠せる安全な場所を見つけてくれる男性だ。こういう人だからこそ、わたしはエリックにたまらなく惹かれ、彼のそばにいればいるほど、そばにいてはいけない理由を忘れていってしまうのだ。

わたしは教頭室のドアにさっと目をやってから、またエリックを見つめた。まだ手を取り合ったままで、エリックの目は熱く燃えている。「感謝祭の日は、なにをする予定?」わたしは、かすれ声で訊いた。

エリックの両方の目尻にしわが寄った。「それを訊いてくれるとは奇遇だな。今年に限って、ぼくの家族みんな、それぞれの大切な人と特別な日を過ごすって言ってるんだ」

「でも、あなたには特別な人は……」

「いない」

わたしはひと呼吸置き、勇気をすべて(集めてもごくわずかだけど)かき集めた。「じゃあ、うちに来て。お願い。そうすれば、うちの変人ぞろいの家族に会えるし、ターキーのおなかに詰め物を押しこむことができるわよ」感謝祭の準備のその部分が、わたしは大の苦手だった。

「よくわかってるね、ぼくはそのふたつが特に好きなんだ。変人ぞろいの家族と、ターキーにものを詰めこむのが」

「来てくれるってこと?」

「うん。ところで、今夜の予定は?」

「えっ、いまってこと? 家に帰って、うちの犬が散らかしたものを片づけて、残り物をレンジでチンするわ」

「一緒にディナーにいこう」

エリックは腕を伸ばして、まだ握っていないほうのわたしの手も取った。普段のわたしなら、こんなロマンティックすぎるしぐさにはつき合っていられないだろうけど、エリックはこんなにすてきなふれかたをするのだから仕方ない。わたしの全身あらゆるところが完全に目覚め、昏睡状態なんて言っていられなくなった。「ウェストボローにすごくいいレストランがある」エリックは続けた。「〈ソンブレロズ〉といって――」

「そこはだめ、ひどかったわ。ニューヘイブンにもっといい場所があるの。怪しげで、驚くような店よ」

「驚くような店ってのがいいね」

わたしはますますエリックが好きになった。「行きましょ」

わたしは間違っていなかった。正しいレストランの選択ができたことに関しては、それは驚くべきことではなかった。わたしは食いしんぼうなのだから。〈ランチョ・ビエホ〉の入り口には真正面にグアダルーペの聖母のフレスコ画があった。これでもう、すばらしい料理が保証されているようなものだ。でも、ことが恋愛になると、わたしはいままで幸運に恵まれず、いつも正しい選択ができるわけではなかった。そのため、本当に驚くべきなのは、わたしがエリックに関して間違っていなかったことだった。

エリックを見つめていられるだけでうれしい。エリックは笑うと、両方の目尻に笑いじわができる。エリックは好きなことについて話すとき、顔全体をまぶしいくらい輝かせる。たとえば、生徒たちについて話すときだ。「この前の春、教え子からメールが来たんだ」エリックは言った。「医大に受かったんだって、感謝の手紙を送ってくれた」

「そういうのがいちばんうれしいのよね」わたしは言った。わたしが初めて幼稚園で教えた子たちでも、まだ中学生だけれど、いつかその子たちもわたしを思い出して手紙をくれないかな、と願っている。「そのために、みんなこの仕事をしているのよ」

エリックは考えこみ、水が入ったグラスを指でなぞった。「あの子のことは、まったく心配していなかったよ。彼なら間違いなく成功すると思っていた。もらっていちばんうれしかったのは、学習障害に悩んでいた生徒からのメールだ。ある年いっぱい、週に四日、放課後にその子の個人指導をしていた。長い時間、一緒に過ごした。その子から、二、三カ月前にメールがあってね。今度から大学院でアメリカ史を研究するって知らせてくれたんだ。自分は大学に行けるとも思っていなかったのに、と言ってくれて」

そのことについて話すだけで、感情がこみあげてくるようだった。

「教えてたころが懐かしい？」

「ああ」エリックは少しもためらわずに答えた。「ずっとそうだ。創造性のある仕事だから懐かしいんだ。教えていたころは毎朝、考えていた。あの生徒にはどうやったら気持ちが伝わるだろう、とか、あの子にはなにをやらせたらいいだろう、とか。ときどきは、そうやって考え抜いたことがうまくいくときもあったしね」

「だけど教頭先生になって――それはそれでまた別の創造性のある困難な仕事なんでしょ」

「もちろん」微笑むエリックを見て、わたしの心臓は止まりそうになった。「ただ、ぼくにとって困難なのは、用具入れからの持ち出しをあそこまで制限する意味を見いだすことなんだ」

エリックと話していると、ずっと前に別れた友人と話しているような感じだった。会話にすき間が空くことはなく、ふたりとも話したいことが多すぎて、まるで言葉を発するスピードが追いつかないと思えるくらいだった。ブリュンヒルデと彼女の服装規定について、ふたりで笑うこともできた(「あの人は服装規定をとても重く見ているんだ」エリックは打ち明けた。「少なくとも週に一回は教頭室に来て、誰それがわきの下を見せるべからずのルールを破ったと文句を言っているんだからね」)。ふたりとも、職員用ラウンジは変なにおいがすると思っていた。わたしたちは、教育委員会があっさり予算を認めてイヴリンに常勤で音楽の授業をさせれば、イヴリンも不満を述べる原因がなくなって、わたしたち全員もっと心穏やかに学校生活を送れるはずだ、と意見を一致させた。でも、正直言って、そうなってもイヴリンはほかに不満を述べる原因を見つけてきそうだ。

ディナーのあとエリックは車でわたしを家まで送ってくれ、会話はわたしの家がある通りに車が入るまで途切れることなく続いた。その時点で、わたしはずっと口にされることなく漂っていた多くの疑問を意識した。わたしたちはこれからどうするの? これから、どういう方向へ進んでいこうとしているの? まずセックスをして、それから何週間もあとにディナーに出かけたりして、どうして物事をあべこべにしようとがんばってるの? とはいえ、それはある意味うまくいっていた。欲望を抜きにして、違う種類の親密な関係に移ることができた。

だけど、なにをごまかしているのだろう？　わたしに関していえば、欲望はまったく抜きになっていない。ディナーのあいだずっと、わたしはエリックとふれ合う感覚や彼のキスについて考えていた。エリックの手を見るたびに、あの手に愛撫される心地を思い出し、エリックの口元を見るたびに、彼があの口でどんなに巧みなことができるか思い出していた。だから、家の駐車場に車が停まるころには、わたしは我慢できないくらい彼を求めていた。

エリックはSUVを停めたが、エンジンはかけたままだった。いきなり濃密な感情で張りつめた空気のなか、いっときふたりとも黙って動けなかった。

「今夜は楽しかった」ようやくエリックが口を開いた。

わたしは小さいころからずっとお行儀よくして、いい子と思われるにはどうすべきで、どうすべきでないか、ばかり考えて生きてきた。ジェイムズとつき合っていたときもずっと、なにをするにも彼のほうから行動に出てくれるよう辛抱強く待つばかりだった。デートに誘うのも、キスをするのも、泊まっていくよう勧めるのも、プロポーズするのも、結婚を取りやめるのも、全部ジェイムズが言い出した。わたしは昔ながらの、きちんとした、いい子のルートをずっとたどってきて、いまどうなってる？　もう、そんなことやってられない。

「わたしも楽しかったわ」わたしはささやき返し、エリックの手に自分の手を滑りこませた。

「本当にあなたのことが好きよ、エリック」

エリックは喜ぶと同時に驚いているように見えた。「ぼくも本当にきみのことが好きだよ、レッティ」そう言って、うちの玄関にちらっと目を向けている。

「今夜は金曜日よね」

「そうだね」

「うちに寄っていかない？」

「うん」エリックはためらいを見せた。「いろいろ複雑な問題が出てくるかもしれないけど、それでもいいのかい？」

わたしは手を伸ばしてエンジンを切った。それから、エリックに覆いかぶさってキスをした。ああ、エリックはなんてキスがうまいの。エリックがシートを倒し、わたしは彼の膝の上に座った。エリックはわたしのお尻を手で包みこんで、ふたりの体をすり寄せるように揺らしたあと、両手をスカートの下に潜りこませた。わたしはエリックのシャツのボタンをいくつかはずし、硬い胸板に両手を押しあてた。二十分はそうしてキスをしていたに違いない。息をするために顔をあげたときには、窓はすっかりくもってしまっていた。

「なかに入りましょう」自分の声だと思えないくらい、わたしの声はかすれていた。「まだあなたを帰らせたくないわ」

エリックが喉の奥から悩ましげな声をもらした。「きみはスリルを求めてるのかと思ってたよ」口元に色気のある笑みを浮かべている。「どうしていまさらおりてしまうんだ？」

わたしの心臓はすでにばくばくいっていた。これ以上のスリルに耐えられるかどうかわからない。「ひょっとして——」

「そう。これを脱がせてしまおう」

エリックはスカートのなかに手を差し入れ、わたしの下着を引きおろした。少し腰をくねらせて、もぞもぞと無理な動きをするはめになったけれど、このくらいしないとエッチなことはできない。「これはレース？ すごくセクシーだな」言いながらエリックはそれをわきに放った。

そうよ、わたしは黒いレースの下着をはいてきたの。この瞬間は、そのことがものすごく誇らしく感じられた。胸を張った拍子にクラクションにぶつかってしまった。ふたりともその音にびっくりして、笑い声をあげる。「ごめんなさい、わざとじゃ——」

「大丈夫だよ。車中でこういうことをする際のリスクのひとつだね」

エリックはシートをうしろに押してハンドルから離し、わたしは彼の膝にまたがった。そしてすぐにエリックのズボンのボタンをはずすと、わたしに向かって勢いよく飛び出してくるものがあった。「わっ。ばねが入ってる？」

エリックはにやりとして、ズボンを押しさげた。わたしはそっと彼を迎え入れ、その感覚に泣き声をもらしそうになった。「ああ、ありがとう」思わず、つぶやく。

「どんなときも礼儀正しいな」それからエリックは話すのをやめ、わたしのなかを行き来し始めた。

興奮が高まる。高ぶりすぎてぞくぞくし、わたしは必死にエリックの肩に両手でしがみついた。何度も感じるスポットを突かれながら。エリックのすべてが現実とは思えないくらい完璧に思えて、体の中心から彼と溶け合ってしまおうとしているうち、ほぼふたり同時にたちまち激しいオーガズムに突入した。終わったとき、わたしたちはひとつになったままあえぎ、汗びっしょりになっていた。

エリックはシートの背にもたれてわたしを見つめた。「これまで経験したなかで最高にホットなセックスだったよ」これを言うためにエリックは息を切らしかけていた。

「バーの事務室でしたときよりホットだった？」

「もっとホットだ」

わたしたちはしばらくそのまま呼吸を整えていたが、やがてわたしは体のなかでエリックの動きを感じた。わたしはびっくりして口をぽかんと開けた。「もうできるの？」

エリックは手をあげて額の汗をぬぐった。「そこまで元気じゃないよ。少し休ませて」

「まあ、それならこんな状態のあなたを家に帰すわけにはいかないわ」わたしはエリックの膝の上からどいて自分の下着を拾った。「うちに入って。ついでに今夜は泊まっていけば？」

エリックは下着をはいていないわたしのお尻を手のひらで撫で、悩ましげに言った。「きみのおかげで死んでしまうかもしれない」

18

ひと晩じゅう雨が降り続いたあとの朝は灰色で湿っていて、地面はまだやわらかく、ぬかるんでいた。レッティは水色のウェリントンブーツをはき、裏庭でオーディンにボールを投げてやっている。そのあいだ、エリックはコーヒーができあがるのを待っていた。キッチンの窓からレッティとオーディンを見つめ、昨夜、レッティから釘を刺されたことを思い出して口元に笑みを浮かべた。オーディンと親しくなったら、あと戻りはできないぞと言い渡されたのだ。「もう真剣に考えてもらわなければいけないわ」レッティはエリックに告げた。「単にわたしの心をもてあそぶのとは話が違うのよ。もしも、あなたがオーディンの心をもてあそぶようなまねをしたら……」レッティは警告の意味をこめて首を横に振っていた。

ふたりがデートをして一緒に過ごすようになってから、すでに二週間たっていた。学校でふたりの関係がないかのように自然に振る舞うのが難しくなってきている。レッティといるとき、不自然に微笑み合いすぎているのではないか、近くに立ちすぎているのではないか、と気になってしまうのだ。だが、一緒に過ごす夜はすばらしい。エリックは誰の心ももてあそぶつもりなどなかった。「そんなまねはしないよ」エリックは答え、レッティの温かい腰に腕を巻きつけた。「オーディンのことは自分の息子……自分の犬のように大事にする」

エリックは犬が大好きだ。子どものころ、トビーという名前のジャーマンシェパードと一緒に暮らしていた。トビーは毎晩エリックのベッドの横で眠っていた。レッティがオーディンを大切に思っているのは一目瞭然だ。だから、その黄色いラブラドールにどうやら受け入れてもらえたことが、エリックはうれしかった。エリックとレッティが並んでテレビを見ているとき、オーディンはエリックの隣に座る。眠るときもベッドのエリックの隣に寝そべるのが定位置だ。よく考えれば、レッティがエリックにオーディンを傷つけないよう警告するのはおかしなことだ。エリックのほうがオーディンに愛情を抱きつつあるのだから。

いま、当のオーディンは夢中でテニスボールを追いかけ、泥や芝生をはね散らしている。ボールをキャッチするとレッティのところに駆け戻り、尻尾を振る。レッティが口からボールを取ろうとすると、オーディンはふざけて頭を振り動かし、取ってみなよと遊びに誘う。エリックは大きなマグカップふたつにコーヒーを注ぎ、それらを持って裏庭に出るガラスドアの前まで行った。「コーヒーができたよ」

レッティがくるりと振り向き、ガラスドアを肘で開けているエリックを見た。「待って、手伝うわ」レッティが茶色い髪をふわりとさせて駆け寄った。エリックの手からマグカップを受け取って「ありがとう」と言い、コーヒーから立ち上る湯気をふうーっと吹いてから、ひと口飲んだ。

エリックはすっと身を寄せてレッティの香りをかいだ。ベッドから起き出たときのまま、着古したスウェットシャツを着て、黒いレギンスとウェリントンブーツをはいている。化粧をしていないレッティを見るのが好きだ。やわらかな肌はほんのりと赤みを帯び、そばかすが散っている。でも、いいかげん見つめすぎてしまったらしい。レッティがさっと目をそらした。「なに？　顔に変なものでもついてる？」

「ただ、きみを見ているのが好きなんだ」

手を伸ばしてレッティの頰を撫でると微笑んでくれたので、エリックはこれ以上ないくらい幸せになった。

ふたりはその日の午前中のうちに車で出発し、モントピーリアにあるエリックの母親の家を訪ねた。エリックは数週間前にも母の家に行ったのだが、今年は木々の葉が落ちる時期が遅れていた。「重労働の一日になるよ」エリックは言った。「ちょうど熊手の扱いを知り尽くした女性の手を借りたいと思っていたんだ」

「それは残念だわ。わたしは繊細な花びらのような女性ですから」レッティはため息をついた。「これまであなたと寝られて楽しかったわ、エリック」

「じゃあ、これでお別れか」

と言いつつ、レッティは繊細な花びらではなかった。実際はかなりの働き者で、母親の家の庭掃除を行う姉弟の一員となって能力を発揮してくれた。また、レッティはふれられたら枯れてしまうスミレのような引っこみ思案でもなかった。いまもエリックの姉のサラと庭のすみに立って、キャーッと盛りあがって笑っている。そのとき、弟のアンドリューがエリックの隣に来て言った。「彼女のこと、気に入ったよ」

レッティがアンドリューの尊敬を勝ち得たのは、レッティが集めた落ち葉の山の上に飛びこんできたアンドリューを、ためらわずに熊手を持って庭じゅう追いまわしたときだ。自分の姉と楽しそうにおしゃべりしているレッティを見つめながら、エリックは首筋がじんわりと熱くなってくるのを感じた。「ぼくも彼女を気に入ってる」と弟に答えた。

エリックの母も、その日の夕方には早くもレッティを気に入っていた。キッチンで温めたアップルサイダーを飲んでいるとき、レッティはマグカップを手にまっすぐ部屋の奥にある作りつけの本棚の前に行き、そこに並んでいる本のタイトルに見入った。

「ミセス・クレイマン」レッティは息をのんで言った。「ロマンス小説を読むんですか！」

ロマンス小説は母のひそかな楽しみだった。表紙に豊満な胸と、毛が一本も生えていない胸板が飛び出さんばかりに描かれているたぐいの本だ。レッティにロマンス小説を見られて母が恥ずかしがっていないかと気にして、エリックは母をちらっと見た。まったく恥ずかしがっていなかった。「大好きなの」母は言い、レッティの横に歩いていった。「あなたもロマンスを読むの？」

「最近、読み始めたばかりなんです」レッティは本棚に手を伸ばし、表紙がくたびれたペーパーバックを取り出した。「このコレクションはすごいですね！」

「ハッピーエンドが大好きなのよ。ねえ、こっちも見てみて」母は爪先立ちになって目的の本を取った。「すばらしい作家なの。これも。ヒストリカルはお好き？」

「ヒストリカルはまだあまり読んだことがないんです」

「じゃあ、まずこれがお薦めよ。ぜひ感想を聞かせて。そしたら、もっといろいろお薦めができるわ」

母は自分のコレクションを紹介できる相手ができて本当にうれしそうだった。「あの子は大事にしたほうがいいわよ、エリック」サラはエリックの横で静かに言って笑った。エリックも、そのとおりだと思った。


日曜日の朝、わたしたちはオーディンも車に乗せて、ロードアイランド州の海岸へ向かった。わたしはビーチが大好きだし、そこはウェディングドレスを破壊するのにぴったりのロケーションだ。

言い出したのはエリックだった。土曜日の夜に一緒に映画を見ていて、わたしはクロゼットから毛布を取ってきてとエリックに頼んだ。数分後、リビングルームに戻ってきたエリックは、ハンガーにかかってビニール袋に守られているわたしのウェディングドレスを手に持っていた。「アレッタ」と彼はとがめる口調で言った。「これはぼくが思っているとおりのものかい？」

「えっ、やだ」わたしは両手で顔を覆った。「どうして人のクロゼットを引っかきまわしたりするの？」

「ぼくがクロゼットの扉を開けたら目の前にこれがあったんだが、それが〝引っかきまわした〟ってことになるのかい？」エリックはドレスにかかっているビニール袋を引っ張った。

「見てみても？」

訊いておいて返事も待たずにエリックはジッパーをおろし始め、わたしも止めはしなかった。「別に持っていたからって恥ずかしくないわ。ジェイムズとは六月に別れたばかりだもの」

「にしてもだ、ぼくならまずこういうものを手放すと思うけどね」

エリックが言うことももっともだ。ジェイムズとわたしは（フェイを介したメールで）話し合い、婚約指輪と結婚指輪を売って、そのお金もキャンセル料の支払いにまわそうと決めた。よりを戻すかもしれないなどという幻想は抱いていなかった。「それは寄付するつもりだったんだけど、オーディンが裾をかんで破っちゃったの」

エリックは犬を厳しい目でにらんだ。「オズボーンくん。お行儀がよくないぞ」オーディンはあくびした。

わたしは立って、エリックが袋からドレスを出すのを手伝った。ノースリーブのドレスで、身ごろの部分は重ね合わせたレースで飾られている。ウエストから白い何層もの裾が広がってふんわりしている。いま見てもすてきだと思う。だけど、これをずっと取っておいて、今度こそ結婚式で着ようとは思えなかった。

「縁起が悪いから、もう花嫁はこれを着るべきじゃないわ」

エリックは悪いことを考えているように口元をゆがめた。「じゃあ、どうすればいいかわかっているね？　こんなものは破棄すべきなんだ」

「そうね」わたしはため息をついた。「処分するわ」

「いや、破棄するってのは、めちゃくちゃに壊すってことだ。一度これを着てしまって、徹底的に汚すんだ。ぼくの従姉妹は結婚式のあとそうした。その一部始終をカメラマンに撮影までさせたんだ」

人生があらゆる面でわけのわからないことになっているとき、この種の提案はものすごく理にかなっているように聞こえる。そこで、わたしたちはウェディングドレスを破壊する方法をひとつひとつ計画した。

チョコレートケーキを食べて、その手をウェディングドレスでふく
泳ぐ
ビーチを走る
丘を転がり落ちる

ところが、ミスクアミカットのビーチに着いてみると、駐車する場所が見つからなかった。

「どうして十一月にビーチがこんなに混んでるの?」わたしはうめいた。「どうなってるのかしら?」

「なにかイベントがあるんだよ」エリックは言い、指さした。「ほら。ロードレースみたいなのがあるらしい」

じゃあ、もううちに引き返して、なにもかもなかったことにしましょう、と言いかけたと

き、わたしの目に横断幕が飛びこんできた。「待って。ただのレースじゃないわ。カラーレースよ。知ってる？　色つきの粉を浴びせられるの」

春にミンディがそういうレースに参加し、くわしく説明してくれていた。出場者は白い服を着てスタートラインに並ぶ。そしてランナーたちが走りだすと同時に、主催者が色粉を噴射する。ランナーはゴールするころには粉だらけになっているというわけだ。「あれは人生最高の経験だったわ」ミンディは大興奮で語っていた。「なんだか、すっごく盛りあがっちゃうのよ！」

エリックは首を横に振った。「聞いたことがない」

わたしはもうエリックの返事なんてほとんど聞いていなかった。これは運命だ。すばらしい、めぐり合わせ。完全な達成への道。「停めて。どこでもいいから停めて、歩きましょう」

やっと車を停められる場所を見つけると、わたしは後部座席で身を屈めてウェディングドレスに着替え、スニーカーをはいた。わたしたちはオーディンを連れて当日の出場申しこみをしようとしたが、受付の女性から当日券は売り切れたと告げられた。「ごめんなさいね、ハニー」その女性は心からすまなそうに言った。「つい数時間前に売り切れてしまったの」

「お願いします。ゴールまで走れなくてもいいんです。このドレスを破壊しようとしてるだけなんです」わたしはふわふわのドレスを振ってみせた。「婚約者に結婚式の二日前に捨てられたの。あっ、この人ではないんです」女性の視線がエリックに向けられるのを見て、わたしは慌ててつけ足した。「この人はいい人です。わたしの心の癒やしのプロセスを手伝ってくれてる人で」

受付の女性は銀色の髪をくるくるとカールしたショートヘアにしていて、大きめの口は両端が悲しそうにさがっていた。彼女は舌を鳴らして言った。「かわいそうにねえ」

それから彼女はサングラスをはずして額の上にのせ、声をひそめて言った。「スタートラインにも粉が噴出する装置が仕掛けられているの。レースに出なくても、スタートラインを通過するだけで粉はかぶれるわ。はい」彼女はわたしに223番のゼッケンをこっそり渡してくれた。「これは登録されていない番号よ。これを着けていれば、つまみ出されることはないわ。ただし、レースには参加しないで、少し走ったら戻ってくるって約束してね」

わたしは胸に十字を切った。「約束します」

わたしはスタート集団のうしろのほうにつき、スタートの合図の音が鳴り響いて色鮮やかな粉が宙に舞いあがったとき、ランナーたちと一緒に歓声をあげて飛び出した。ダンスミュージックとトロピカルフルーツの香りに包まれるなか、たくさんの人からウェディングドレスをほめられた。わたしも五キロを完走したくてたまらなかったけれど、約束がある。スタートライン付近でわたしはすぐに向きを変え、オーディンとエリックのところに走って戻っていった。

「すごい汚れ具合だ!」エリックは顔を輝かせ、携帯電話を構えた。「はい、チーズ!」

写真のなかのわたしは幼児のアート作品か、人間水彩パレットみたいな姿だった。赤、黄、青の色が流れて混ざり合っている。ぱっと明るい色彩がドレスの白をほぼすべて埋め尽くしていた。そしてわたしは、きれいでしょ、というように笑っていた。

わたしはベッドの上に座り、膝にスケッチブックをのせていた。冬のコンサート委員会でのわたしの仕事のひとつが、保護者たちに配るビラのデザインだった。飾り模様のついた紙を選ぶだけですませることもできたのだが、手描きのほうがずっと心がこもっているように見える。でも、残念ながら、わたしに雪の結晶を描く才能はないようだった。「なんだか、ふにゃふにゃの塊になっちゃった」

「見せてごらん」エリックは読んでいた本を膝に置き、わたしの肩越しにスケッチブックをのぞきこんだ。「そんなことないよ。ちゃんと雪の結晶に見える」

「よく言って、ふにゃふにゃに指が生えたものだわ」わたしは消しゴムを手に取った。「あなたがシャツを着てないからいけないのよ。そのせいで気が散るんだわ」

エリックはわたしのおなかにすっと手をまわし、首筋に唇をすり寄せた。「もっと気を散らしてもらわないと」

わたしはぞくぞくする興奮を覚えた。いつもこうなってしまう。エリックのことを考えただけで胸がときめくのだ。そのエリックがすぐ横で半裸になっていたら、わたしの脳はオーバーヒートしてしまう。

「だめよ」わたしはため息をついた。「どうしてもこれを描いてしまわなければいけないの。描いたらすぐ印刷しないといけないから」

「気を持たせておいて」エリックはむっつりとしたふりをしてベッドにもたれかかった。「急いだほうがいいよ。いつまでも待ってはいられないからね」

「えっ、帰っちゃうの?」

「眠ってしまうかもしれない。この本はつまらないんだ」

わたしはエリックが手にしている本の表紙に目をやった。組織構造の管理に関する本らしい。確かに恐ろしくつまらなそうだ。わたしは自分が持っているエロティカを薦めてみようかとも思ったが、やめておいた。エリックとの仲はかなり深まってはきているけれども、まだ、わたしのエロティカにかかわる面は明かしていない。いまのところ〝必知事項〟のみを話すようにしている。そうするのが適切で、常識的だと自分に言い聞かせて。わたしは自分を守る必要があるのだ。

それでなくとも、わたしたちの関係には困難が多い。ひとつあげれば、わたしたちはふたりがつき合っていることをまだブリュンヒルデ(どうでもいいことだけど、エリックはまだあの校長をグレッチェンと呼んでいる)には知らせないほうがいいと決めた。教育委員会はすでにエリックの次に教頭を務める人材を検討し始めているので、エリックが元の中学校に戻る日は案外近いかもしれない。ならば、わざわざ騒ぎをもたらすようなまねはしなくていいのでは、とわたしたちは思った。エリックが別の学校に移ってしまえば、自分たちの関係を公表する必要もなくなる。それに、内緒の関係を続けるのは、なんとなくドキドキする。職員会議のとき、エリックの視線に気づくと、わたしはペンの先を口にくわえてみたり、自分の首筋に指を滑らせてみたりする。するとエリックは顔を赤らめたり、椅子の上でもぞもぞ動いたりして、プロフェッショナルな態度を保とうとする。そして、夜ふたりきりになってからエリックは、なんて悪い子なんだとわたしをしかり、仕返しをする。まるでエロティックなロマンス小説が現実になったみたいだけど、鞭打ちとかスパンキングとか手錠とかは出てこない。そう、わたしたちの関係はかなりありきたりだ。それでも、エリックとのセックスは極上だ。

ついでに奇妙だけれど、わたしとエリックがつき合い始めると同時に、マックスからのモーションが強まった。マックスのコロンのにおいが前より強烈になり、Tシャツがさらに少しぴちぴちになり、自慢話のふくらませ具合がさらに聞くに堪えないものになった。「つたく、体じゅうがうずいてるぜ」ある午後、マックスは言った。わたしが掲示板の飾りつけを雪の結晶とスノーマンに張り替えているとき、教室にふらりと入ってきたのだ。「昨日、ジムで鍛えすぎちまったかな」

マックスは本棚に片方の足をのせ、わたしの目の前で膝腱をストレッチし始めた。わたしは感じが悪いやつだと思われたくなかったけれど、マックスの振る舞いを助長するのもいやだった。結局、目のはしでちらっとマックスを見るだけにとどめた。「走ってたの?」

「いいや、二週間前にマラソンはやめたんだ」マックスは足を床におろし、今度は体をねじって背中のストレッチを始めた。「三時間三十分を切ったぜ。初マラソンで」

わたしは雪の結晶のはじをホッチキスで掲示板のいちばん上に留めた。「まあ、そう。それっていいタイムなの？」

わたしにマラソンの知識が欠けていたため、マックスは見るからにしおれた。「全完走者のなかで上位一〇パーセントに入ったんだ。あと数分速かったら、ボストン・マラソンへの出場資格が得られたんだぜ」

「まあ、すごい」ホッチキス、バチッ、移動、バチッ。「それは、おめでとう。そんなことしたら、わたしもきっと体じゅうが痛くなるわ。二キロも走る前に酸素ボンベが必要になりそう」

「いまはもう、おれも走ってないよ。リフティングに戻った。昨日はデッドリフトで、かなり自分を追いこんだんだ。そのつけがいまごろきたぜ」マックスは腰に両手をあてて、笑い声を響かせた。

「想像つくわ」かなり無理すれば。わたしは汗をかくのが嫌いだ。好きなのは食べること。その証拠にセルライトならある。「これでちゃんと真ん中になってる？」

マックスは数歩離れて見た。「右のはしを少しあげたほうがいいな」

わたしは言われたとおりに飾りを動かした。「よくなった？」

「ばっちりだ」

わたしは掲示板の飾りつけを終えて本棚からおり、手についた埃を払った。「掲示板の飾りつけを新しく替えるのが大好きなの。教室の雰囲気ががらりと変わるでしょ」

作業の出来映えを確認しているわたしに、マックスは数歩近づいた。マックスのコロンに混じるなにかのにおいが、鼻に突いた。「おれたちの共同作業がよかったな、レッティ」

うわっ。マックスのべたべたした口調のせいで、いますぐシャワーを浴びたくなったけれど、わたしは軽い口調を保った。「ええ、そうね」

「ずっと考えてたんだ」マックスはスウェットパンツのポケットに両手を突っこみ、さらに近づいていた。「去年のクリスマス・パーティーでの出来事について」

〝あのキスのことだ。やめてー〟そんな話は絶対いまされたって困るし、二度と持ち出してほしくない。「あら。その話は前にもしなかった？」絶対した。マックスを突き飛ばして、わたしは婚約してるのよ、とはっきり言ってやった記憶が頭にしっかり残っているからだ。

マックスは肩をすくめて、とっておきのチャーミングな笑みだと本人が思っているに違いない笑みを向けてきた。「だって変わるもんだろ。状況は。あのときは、きみにもつき合ってる相手がいて、おれにもつき合ってる彼女が――」

「ちょっと待って」わたしはマックスを二度見してしまった。「つき合ってる彼女がいたくせに、わたしにキスしたの？」

「つき合ってるってほどじゃなかったんだよな。そんなに真剣じゃなかった」マックスは一瞬の動揺を見せた。「とにかく、おれたちどっちもあのときは都合が悪かっただろって言いたいんだ。ひょっとしたら、いまならいいころ合いなんじゃないか？」

マックスは微笑んでいる。〝無理。絶対無理よ〟わたしはこめかみをもんだ。「わたし……いまはいろいろ忙しくて」

マックスはこの返事を〝今日はだめだけど、明日また誘ってくれない？〟と受け取った。エリックとつき合っていて困るのは、まさにこういうときだ。エリックはすばらしい人で、ストレッチしながら〝Dカップをベンチプレスできるぜえ〟と言うマックスのものまねをして、わたしを笑わせてくれる。それでも、わたしは自分の気持ちを世界に向けて全力で叫ぶことはできないのだ。わたしとエリックは用具入れでいちゃいちゃすることを余儀なくされている（ええ、やってしまったの。自慢できることじゃないけど）。

「ぼくがオーディンをデッドリフトしたらどうする？」ベッドの上で、わたしがまた雪の結晶を描こうとしていると、エリックが言った。「そうしたら、かまってくれるかい？」

「いいえ。あなたが体を鍛えてるところを見たっておもしろくないもの」

エリックは毛布の下から抜け出てベッドの足側に移動し、わたしの足をもみ始めた。わたしはうしろの枕にもたれて、スケッチブックの上に鉛筆を置いた。「やめて」

エリックは手を止めた。「やめてほしい？　フットマッサージが大好きだと思ってたのに」

「ううん、そういうことじゃないの。マッサージは続けて」

しまうんじゃないかと思ったの。目を覚ましたら、わたしはまだノア・ウェブスター小学校にいて、あなたはわたしの存在すら知らないイケメンの教頭先生に戻ってしまうんじゃないかって」

エリックは笑みを浮かべ、わたしの足の親指のつけ根にうっとりするほど気持ちのいいことをした。「また話を勝手に作ってるな。ぼくは初めからきみの存在に気づいてたよ」

エリックだって本当はわたしが言いたいことをわかっているはずだ。なにもかも現実にしてはすばらしすぎる。わたしはエリックを見つめるのが大好きだ。澄んだ緑色の目や、むき出しの胸板を見つめるのが。見とれてしまうくらい美男子。そんな美男子から興味を持たれた経験なんて、わたしにはなかった。だけど、自信のない態度ばかり見せるのは魅力的じゃないし、いまはすばらしいフットマッサージをしてもらっている。もらいものにけちをつけるのは間違っている。とはいっても……。「あなたはまだわたしの家族に会っていないから。みんなに会ったとたん、きっと逃げ出しちゃうわ」

エリックは静かに笑った。「挑戦なら受けて立つよ」

エリックは全然わかっていないのだ。エリックの家族はごくまともで、機能不全に陥ってなんかいないから。「あなたでもこの挑戦には勝てないわ、エリック。うちの家族に会ったら、あなたでもくじけちゃう」

エリックの笑顔はわたしの心を温め、とろとろにとろけさせた。「いたずら描きは終わったの？　終わったんなら本格的に始めたいんだけど」

「あなたの勝ちよ」わたしはスケッチブックをわきに放った。雪の結晶はあとで描けばいいや。

彼のアパートメントの白いドアの前で追いつめられ、両手でウエストを強くつかまえられた。「どうしてもきみがほしい」耳元でささやかれる。「どうしてもきみのなかに沈みこみたいんだ」

欲情に襲われて膝に力が入らなくなり、彼を迎え入れると考えただけで両脚が自然に開いた。彼にここまで影響を及ぼされ、欲望をかき立てられるのはどういうことなのだろう？こんな気持ちになるのは生まれて初めてだし、彼以外の人を相手にこんなふうになるなんて想像もできない。彼に顔を寄せて黒い革のジャケットとコロンの香りを吸いこみ、彼のジーンズのポケットに指を引っかけて彼を引き寄せた。彼は信じられないくらい硬くなっている。強い男はめっけものだ。ジーンズの上からそこを撫でさすった。彼が全身をこわばらせて悩ましげな声をたてるのを聞いて、強烈なスリルを感じた。

「きみのおかげで死んでしまうかもしれない」彼は息を切らしながらも玄関のドアに鍵を差しこんだ。カチリという音が響き、ドアが開く。そのとき、彼の手がスカートのなかの太腿を撫であげた。「なんだこれは」不満そうな声をあげて、タイツを引っ張る。「脱いでくれ」

「まだ部屋に入ってもいないわ」彼女は笑ったが、タイツのウエストをつかんで引っ張りおろそうとする彼に手を貸した。

「これでいい」

アパートメントに連れこまれ、ドアが閉まった。室内は暗かった。アパートメントの奥にある窓は開かれており、そこからどこかよその光がじんわりと入っていた。その光を除けば、音と感触しかなかった。腿のあいだに差し入れられている指。耳にかかる吐息。両手で彼の肩から革のジャケットを懸命に脱がせようとする。

「まずは一瞬でも早くきみとやりたい。そのあと、ちゃんと時間をかけて抱くよ」ささやきかけられた。

「いつだってちゃんとしてくれるわ」不満なんていっさいなかった。一緒に過ごすたび彼が発揮してくれる実力に。

彼はついにタイツを脱がせて、それをわきに放った。指が滑りこんできた瞬間、彼女は快感に叫んだ。「まだこんなものじゃないぜ、スイートハート」

彼は膝をつき、彼女の片方の脚を自分の肩にかけて両脚のつけ根をいじり、なめた。彼女はうしろの玄関ドアに頭をもたせた――ふたりはアパートメントに入って二歩も進んでいない。でも、そんなことは気にならなかった。気にしていられなかった。彼の豊かな黒髪に指を絡めて引き寄せる。そのとき前ぶれもなく彼女は達した。波にのまれて体が揺れ、自分の声だともわからない音を発した。彼が立ちあがるころには、彼女の関節はゆるんで筋肉はくたくたになっているように感じたけれど、彼の目はまだ全然終わりじゃないと告げていた。

軽々と持ちあげられ、彼のウエストに両脚を巻きつけた。キスをすると、彼の唇に残る自分の味がした。彼は数歩移動して、立ち止まった。あっという間に、彼がくるりと向きを変え、ふたりは同時に革のソファに倒れこんでいた。膝の下にある革はひんやりとして、なめらかな感触だった。「あなたの番よ」彼のズボンに手を伸ばして、見事な欲望のしるしを自由にし、根元から先までゆっくりと撫でる。

「だめだ」彼がうめいた。「我慢できない」

太腿のうしろを手のひらでじかに包まれ、引き寄せられる。迷いのない動作で彼が一気に奥まで入ってきた。彼がなかにいる感覚を心ゆくまで味わいたくて、円を描くように腰をゆっくり動かした。「ちくしょう」彼はのけぞってソファに頭を押しつけた。薄暗いなかでさえ、彼が目を固く閉じ、懸命に自分を抑えている表情が見えた。

出し惜しみは許せない。

彼の両方の手首をつかまえて頭の両側で押さえつけた。それから彼の上でなめらかに、そのかすように腰を揺らすと、自分のなかで彼がびくんと跳ねるように動く。彼にされたように、彼をじらした。首筋にかじりつき、いったん腰を浮かせて、ふたたび完全に彼を受け入れる前に懇願の声を引き出す。タイツを除けば、ふたりともまったく服を脱いでいない。公共の場でふれ合う十代のカップルのようなまねをして、死にもの狂いで解放を求めている。でも、彼女は彼を待たせることにした。

「よせ。どこへ行くんだ?」彼女がすっと離れると、彼は苦しんでいるような声をあげた。

「今度はわたしの番よ」

彼がおもちゃをどこにしまっているかは知っていた。もちろん、ふたりで頻繁に使っているからだ。ベッドルームで引き出しのなかを探っていると、彼も部屋に入ってきた。「なにを探してるんだ?」

彼女はちらりと振り返った。「口を利いていいって言った? ベッドに行きなさい。いますぐ」

彼は、この借りは必ず返すと言いたげな険のある笑みを浮かべてみせてから、降伏するふりで両手をあげ、ゆっくりベッドに横たわった。彼女は手錠で彼の右手をベッドポストにつなぎ、左手は自由に遊ばせられるようにそのままにした。予想どおり彼は左手を遊ばせて、スカートのなかに潜りこませた。ぐずぐずせずにすぐさま一点を責めて彼女の足を震わせ、狙いどおりになっていることを見て微笑んでいる。

彼にもてあそばれて、ヘッドボードにしがみついた。「ずるいわ」と声をかすれさせる。「あなたを追いつめるはずだったのに」

彼はにやりとした。「人生がいつも公平にいくとは限らないんだ、スイートハート」

そんなことは言われなくてもわかっている。不公平な状況のリストなんて自分でいくらでも読みあげられるし、ふたりがいつだってこんなふうに、暗闇に紛れて会わなければならないことを思うと、いますぐにでも泣きだしてしまいそうだ。ふたりの愛はものすごく正しく感じられて、こっそり会うのが間違っているなんて思えない。ただ不公平だと思える。彼と愛し合っていることを堂々と公にしたい。ひとえにそう望んでいるだけなのに。

彼女が心を遠くに飛ばし、反応しなくなっていることに気づいて彼は言った。「どうした？おれがよくないことをしたか？」

「なんでもない。なんでもないわ」両手で彼の顔を包みこみ、深くキスをして唇を重ねる心地を味わった。ここを離れたあとも、この瞬間を思い出して味わうに違いない。けれども、やっぱり想像は現実と同じではない。

彼はもういっときも自分を抑えられないようすで彼女のなかに突入し、自由なほうの手でウエストをとらえて逃すまいとした。自分の計画どおりではないけれど、彼に抗えない。何度か深く突き入れたあと、彼はかすれる声を絞り出すように彼女の名前を口にして、マットレスの上で背をそらした。ふたりの服は汗びっしょりになり、体からなかば脱げかけて垂れていた。

「おいで」腕を伸ばした彼に抱き寄せられ、彼女は自分よりだいぶ大きな体に包みこまれて丸くなる子どもの気分になった。彼の荒くなっていた呼吸は落ち着きつつあった。

「あなた、まあまあだったわよ」にっこり笑って彼の胸にキスをした。そこのたくましい筋肉も好きだし、中心に沿って生えている、腰のある黒い胸毛も大好きだ。

「きみは信じられないくらいすばらしかったよ」彼はそう言い、まだベッドポストに手錠でつながれている手首を見あげた。「ずっとこのまま拘束しておくつもりか？」

「しばらくのあいだはね。お仕置きよ」

「なんの？」

〝また、わたしをもろくて傷つきやすい気持ちにさせたから。恐ろしい不安を、すばらしい快楽で包んでしまったから〟

「これまでしょっちゅうわたしを縛りつけて、あなたにさわらせてくれなかったでしょ。復讐するつもりなの」

なぜなら復讐よりもよほど怖いのは愛という感情だからだ。愛は欲望のふりをして、たやすぐ心に忍びこんでくる。

まるで心の鎧など簡単に見破れるかのように、彼は屈んで彼女の頭のてっぺんにキスをした。彼が強引な支配者から甘い恋人に早変わりしてしまえることに、いつも驚いてしまう。彼を知らずによくもこれまで生きてこられたものだわ、と彼女は思った。

19

感謝祭の朝、わたしは早く起きてターキーをオーブンに入れ、それから料理の下準備に取りかかった。合間にシリアルを手づかみで食べながら、じゃがいもの皮をむき、豆を刻んだ。ディナーは午後二時からの予定だ。一時にはエリックが赤ワインを三本持ってやってきた。キッチンのカウンターにワインを置き、オーディンの背中を撫でてやってから、わたしのところに来てウエストを両腕で抱きしめる。「やあ、美人さん」

右耳の下にキスをされ、わたしはドキッとして息を吸った。

「あなた、いいにおいがするわ」とささやいた。今日のエリックは見た目もすごくすてきだ。仕立てのいいグレイのズボンに、目の色を引き立てる緑色のセーターを合わせている。

「みんなが来るまでには、まだ時間があるね……」エリックは両手をわたしの腿に滑らせた。

「冗談でしょ？　まだこれからスイートポテトキャセロールを作って、前菜を準備しなくちゃいけないのよ！」

「オーケー、わかったよ」エリックはわたしの頬にチュッとキスした。「じゃあ、またあとで」

感謝祭のディナーに呼ぶ口実として、エリックはわたしの同僚で友人ということになっていた。祝日にどこも行くあてのない友人。わたしたちはデートなんてしていないし、ベッドをともにするなんてあるわけない、ということになっている。わたしたちは時間をかけて話し合い、エリックにわたしの家族と会う上での基本ルールをみっちり教えこんでおいた。「政治の話は、どんな方面であっても絶対だめ。さもないと、パパとウィンが激しくやり合うところを見るはめになるわ。つまり、大統領の仕事ぶりの話もだめだし、どんなものであれ社会福祉政策についてもいっさいふれてはだめということよ。あっ、それに、不法行為法改革についてもなにも言わないで。その話になったら、パパがあの改革は団体を助け、個人を傷つけるものであるって説明しだして止まらなくなるから」

話のあいだずっとエリックはソファに横になってわたしの膝に頭をのせていた。「そうなると、ぼくが話せることはほとんどないね」とふざけて言った。

「まだ終わりじゃないのよ。ママは最近話題の年齢制限ありコンドミニアム住宅団地に住んでるの。だから、そういう団地について、立案に問題のある政策だとか、高すぎるとか、少数派の人種の人たちや子どもの存在を恐れてそんな住宅を建てたんじゃないかとか、言わないようにして」

「そんなこと――」

「念のため言ってるだけ。あと、サディは三週間前から完全菜食主義者になったの。だから、なるべく革製品は着用してこないでね。サディのことだから、革が動物からできてるものだって結びつかないかもしれないけど。それと、フェイとウィンはしばらくオープンな夫婦生活を送っていたんだけど、最近それを閉じたばかりなの。だから念のため……とりあえず、そのことにはいっさいふれないで。わかった?」

エリックは満面に笑みを浮かべてわたしを見ていた。「ほかには?」

わたしは息を吸った。「姪と甥はとってもかわいいんだけど……」

「うん、覚えてる」

「くれぐれも、ポーシャには生意気だとか、ほかにもあの子に恥をかかせるようなことはいっさい言わないで。もっと言うと、あの子がなにか悪いことをしても、見逃して。本当に見ていられないくらい悪いことだったら、フェイにそっと知らせて。ウィンは子どもの躾のことなんてこれっぽっちもわかってないから」わたしは微笑んでエリックの髪を撫でた。「以上で本当に終わりよ。これで、すばらしい感謝祭を迎えられそうね」

だけど、いまこうしてキッチンに立って、わたしはスイートポテトキャセロールの上にミニマシュマロ(菜食主義!)を散らし、エリックにイタリアンブレッドを切ってもらいながら、なにかまだ踏みこんではいけない話題について言い残したことがあったのではないかと頭を絞っていた。「この前これを言うのを忘れたわ。パパはちょっと被害妄想の気があるから、できるだけホームセキュリティについての話題も避けたほうがいいと思う」

エリックはパンを切る手を止めなかった。「いったいどういう場面で、ぼくがホームセキュリティについて話しだすっていうんだい?」

「わからないわ。あなたがなにかホームセキュリティについて強く思うところがあるかもしれないじゃない。そういう防犯関連の企業は被害妄想の人たちをカモにしている、という持論があるとか。とにかく、ホームセキュリティについてなにも言わないで。さもないと、パパはなぜ自分の身の安全を守らなければならないと感じているか、理由を五十個くらいあげてくるわよ。そんなことになったらサディがお酒をどんどん飲みすぎて、アメリカとくらべて外国がどんなに安全か知った話をわたしたち全員に聞かせて、しまいには勝手に盛りあがって、アメリカ人を見下したようなことを言い始めるんだから――」

「レッティ」エリックはまな板の上にナイフを置いた。「いくらルールを決めておいても、完璧な祝日を作り出すことはできないよ」

エリックの言うとおりだ。たとえエリックを、わたしの家族が会ったこともないくらい気遣いに満ちた、議論を好まないお客さまに仕立てあげられたとしても、フェイが歯医者の診察椅子の上でなにをしたかをめぐって、ウィンと大げんかを始めるだけですべては台なしになってしまうのだ。「ごめんなさい、それはもっともね。わたしたちが気をつけてても、わたしの家族の誰かが変なことを言い出すかもしれないし、ママが〝ジェイムズは元気にしてる？〟とか訊いてくるかもしれないし――」

「ハニー」エリックは首を左右に振った。「自然のなりゆきに身を任せて、悪いほうへばかり想像をふくらませるのはやめにしないか？　ぼくはきみの家族に会ってみたいし、好意を持ってもらいたいと思っている。その点は信頼してくれないか。いいね？」

わたしは息を詰めて三秒数えてから、吐き出した。「いいわ」問題ない、落ち着いて振る舞える。ひたすらにこにこして、ずっとワインのグラスを手にしていればいい。

ノイローゼのように心配ばかりしているわりに、わたしは祝日のなかで感謝祭がいちばん好きだった。世界でいちばん愛している人たちと、好きなだけおいしいものを食べられる日よりすばらしい日なんてあるだろうか？　ママは地元の菓子店で買ったミニケーキの箱、パパとサディはワインを何本かと豆腐のあえもの、フェイとウィンは自家製のコーンブレッドとチョコレートトリュフプディングとパイと誰も食べないだろうヘルシーサラダを、それぞれ持ち寄ってくれた。

「レッティおばちゃん！」ポーシャとブレイズが走ってきて、わたしのエプロンに顔をすり寄せた。「おやつ食べていい？」

わたしはふたりに順番にキスをした。「おつまみならできてるわ。ブリ・チーズとクラッカーでしょ、ブドウでしょ――」

そのとき、ポーシャが目ざとくエリックに気づいた。あっ、この人見たことある、という顔をした。「こんにちは」とあいさつしている。

「やあ、こんにちは」エリックも愛想よくあいさつを返した。「感謝祭おめでとう」

ポーシャはわたしに顔を寄せ、エリックをじっと見つめたまま言った。「レッティおばちゃん、あの人ってあたしたちにヘビのキャンディをくれた人でしょ？」

わたしはポーシャを部屋のすみに誘導し、コートを脱ぐのを手伝った。「いいえ、スウィーティ、あの人とは別の人よ」

「同じ人に見える――」

「おばちゃんのお友だちは、みんな同じ人に見えるの」

「あら、そこにいるのはだあれ？」ママが晴れやかな笑顔でキッチンに現れた。最近わたしはママに会うたびに、フェイはどんどんママに似てきてる、と思ってしまう。違いといえば、ママにはしわと白髪が何本かあることくらいだ。

「おばあちゃんだ！」ポーシャとブレイズは同時にわたしのママのほうを向いて、その脚に両腕でがしっと抱きついた。ブレイズはすぐに顔をあげて訊いた。「ぼくたちにプレゼントはある？」

「ブレイズ、そういうこと言わないの！」フェイがしかった。「ごめんね、ママ。ブレイズったら、はしゃいじゃって」

ポーシャは下唇を突き出した。「サディおばあちゃんはいつもプレゼントくれるのに」

わたしはエリックに目を向けた。彼は食器棚のそばに立って、やりとりのすべてを観察している。エリックがこちらを見たので、わたしは目配せした。〝ほらね？　コートを脱ぐか脱がないかのうちに、もう始めてるでしょ〟

困惑している顔つきのママを見て、怒りだしてしまうのではないかと一瞬わたしは心配になった。「サディおばあちゃん？」ママは笑いだした。「まあ、なんてこと」

フェイとウィンとわたしはそろって安堵の息をついた。「じゃあ、怒ってないの？」フェイが尋ねた。

ママは手を振った。「怒る？　あの人があの年でもう自分をおばあちゃんって呼ばせたいなら、どうぞご勝手に、好きにすればいいのよ。張り合えるわけないでしょ」ちょうどこのとき、リビングルームからパパとサディがキッチンに入ってきた。ふたりのこわばった表情からして、すべてを聞いてしまったようだ。「あら、サディおばあちゃんが来たわよ！」ママが言った。

サディは言葉のとげを物理的によけるようにすっと肩を引き、屈んで子どもたちにあいさつした。「こんにちは、わたしのかわいいおちびちゃんたち。サディはふたりにびっくりプレゼントがあるのよ」

「サディおばあちゃん、でしょ」と、ポーシャ。

「うーん」サディは双子の手を握って言った。「サディだけでもいいわ」

「どうも、グレース」サディと子どもたちがキッチンを出ていくと、パパは言ってママの頬にキスをした。「また会えてうれしいよ」

「わたしも」ママはそう返事をしたが、本当はどう思っているか、わたしは知っていた。あんな自分の娘と同じ年ごろの若い子と一緒にいたって若く見えませんよ、やっぱり妄想の気があるのね、と思っているに違いない。パパがサディと結婚したとき、ママは確かにわたしにそう言ったのだ。ママは手を伸ばしてパパの顔まわりの髪にふれた。「髪を染めているの？男の人のシルバーヘアは品があってすてきなのに」

パパは不機嫌そうにもぐもぐと口ごもり、目をそらした。なんとママはパパに顔を赤らめさせてしまった。ママはすごい人だ。わたしは咳払いをしてエリックの腕に手を添えた。

「ねえ、みんな。友だちのエリックを紹介させて。エリックはノア・ウェブスター小学校の教頭先生なの」

「ジョン・オズボーンだ」パパに手を差し出され、エリックはパパの特徴である力強い握手を受け入れた。

「お会いできて光栄です、サー」

さすがだわ、エリックはパパを〝サー〟と呼んだ。パパは少し胸を張り、わたしに〝いい若者じゃないか〟と言いたげな視線を向けている。

「わたしはグレースよ」

わたしは息を詰めて見守った。ママは誰にでもキスしちゃう人だと、エリックに警告しておくべきだった。家族の家にいる人は誰だろうともはや他人ではない、とママは思いこんでいる。やっぱり、ママはエリックの頬にキスをした。またしても感心ポイントだ。エリックはたじろがなかった。それどころか、感じよくこう言ってくれた。「お会いできてうれしいです、マアム。レッティはあなたにそっくりですね」

これはうそだ。それでも、ママは喜んでいた。「この子のあごのラインは父親譲りよ」変に正確な答えを返している。まるで時間をかけて丁寧な調査をした上での結論を述べているかのように。「レッティ、お菓子はどこに置けばいいかしら?」

わたしはママを連れてキッチンの奥へ行った。エリックが初対面のフェイやウィンとどんなやりとりをすることになるか見ていられなくて。だけど、わたしが三人のそばに戻ってみると、ウィンはフェイの肩に腕をまわし、エリックとともになごやかなようすでニュースを話題に盛りあがり、一緒に笑っていた。〝驚きターキーだわ。エリックはウィンと政治の話をしてしまっているのに、誰も血を流していないなんて〟エプロンの前を撫でつけているわたしを振り向くと、エリックは目を合わせてウインクをした。わたしはにっこりした。

やってくれたわね、クレイマン先生。お見事だわ。


エリックは最悪の事態を予想していた。ドラマみたいな騒ぎと、料理が宙を舞う大げんかを。人格に難ありの、それぞれの思惑を秘めた気難しい人々を。レッティがかなり期待値をさげてくれていたので、とりあえず流血沙汰になっていない時点で、エリックはレッティの家族を好ましく思わずにはいられなかった。レッティの母親？　すこし変わっているけれど、かわいらしくて感じのいい女性だ。レッティの温かみのある人柄がどこからきたものか、すぐにわかった。レッティの父親？　一緒に飲んだら楽しそうな人だ。サディ？　ううむ、先入観は持たないようにしよう。ブレイズやポーシャとはすでに会っていた。ふたりとも元気に、見ていて思わず笑ってしまいそうなことばかりしている。学校の幼稚園クラスにいる子どもたちとまったく一緒だ。一目散に逃げ出したくなる理由はなにもない。

レッティから前もって彼女の姉のフェイがどんなに美しい女性かは聞かされていた。「ほんとに、息をのむくらいきれいなんだから」レッティは言った。「モデルにだってなれたくらい」

レッティの言葉から、エリックは不安を感じ取った。エリックがレッティよりも彼女の姉のほうを魅力的だと思うのではないか、と心配しているのだ。確かにフェイは美しい女性だった。だが、エリックは実際に自分がレッティより彼女の姉を好ましくとらえることができるとは思えなかった。正確な理由をはっきりこれとは示せなかった――部屋の向こう側にいるレッティがポーシャの言ったことに対してほがらかに笑う姿を目にするまで。レッティは大きく開けた口を手で覆い、はしばみ色の瞳をきらきらと輝かせ、頬を赤く染めていた。一瞬ドキッとし、エリックは思った。これだ。これこそ、自分がレッティに恋をしてしまった理由だ。これがなんなのか言葉に表すことはできなくても、はっきりと目の前にあった。

初対面のあいさつをするとき、ウィンはエリックと握手をしてすかさず、ご職業は、と尋ねた。「ノア・ウェブスター小学校で教頭を務めています。差しあたっての代理として。普段は中学校で教えています」エリックは答えつつも、ウィンが本当はどの方向に話を持っていきたいのか、ぴんときていた。「そちらは、ウィン？　弁護士をされていると、レッティから聞いているんですが」

ウィンはあごの高さをさらに少しあげ、これまでに千回は繰り返してきたに違いない自分自身に関するスピーチを始めた。エリックも最初のうちは丁寧に耳を傾けていたのだが、あまりにも長いので、意識がさまよい始めた。法廷弁護士。顧問弁護。大規模な判決。裁定額。若くして結んだパートナーシップ契約。「前例のない若さだったんだよ、本当のところ」ウィンはワインを口に含んだ。「だけど、ぼくは自分の弁護の腕一本でクライアントを連れてニューヨークへ行ってしまうかもしれないと事務所を脅しているんだ。両方の州の弁護士資格を有しているからね。そうでないとやっていけないんだよ。あの街のこんな近くに住んでいるんだからね。」

エリックは礼儀正しくうなずいたが、フェイがさりげなく話題を変えてくれたときは安堵のため息をもらしそうになった。「ニューヨークに移ったほうがいいんじゃないかって、わたしが勧めたの。いずれは判事に立候補できるように」フェイは言った。「この人なら本当にすばらしい判事になれるわ。犯罪には厳しい態度で臨む判事に」

当然さ、というように、ウィンは息を吐いた。「ぼくは改革者になるよ、フェイ。あとはニューヨークの連中にぼくを迎える準備ができているかどうかだな」

フェイはウィンの腕に手を置いた。「もちろん、できているわよ。あたり前だわ。みんなにどう行動すべきか示してくれる存在が待ち望まれているはずよ」フェイは大きな青い目をエリックに向けた。「あなたも学校で目にしているでしょう。若年層の犯罪行為を」

これは政治の話題にあたるのではないだろうか。政治の話題はどんなものであれ避けろ、とエリックはきつく言われている。「犯罪行為を？　そんなことはありません。もちろん、少し通常より親身な指導が必要な生徒は何人かいますが。何年か前にも、こういう生徒がいたんです。廊下の壁一面に教職員の風刺画を油性マジックで描いた生徒が。ぼくの絵も描いてくれていました」あのときのことを思い出して、エリックは笑みを浮かべた。「ペンギンに似せて」

「ペンギン?」フェイは眉間にしわを寄せた。「どうしてペンギンなの?」

「ぼくもさっぱりわからなかったので本人に訊いてみました。そしたら、こう言われました。くそまじめな顔して、よたよた歩いてるからだよって」

フェイとウィンはそろって笑いだし、ウィンはフェイの肩に腕をまわした。「そうなると」ウィンは言った。「その生徒は少年院行きかい?　公共財産の毀損《きそん》だものな」

エリックは首を横に振った。「いいえ。彼とはじっくり話し合いましたが」

「ペンギンについて?」フェイは心得顔で微笑んだ。

「まさにそうです。どうしてわかったんですか?」エリックは言った。

ウィンはうめいている。「甘い、甘すぎる。じっくり話し合ったって?　公共財産を毀損した犯人と?　確実にその子には問題があるじゃないか」

「そのとおりなんです。一連の大きな問題を抱えていました」エリックは指を折って数えあげた。「父親の不在。アルコール依存症の母親。彼女は死ぬまで酒を飲んでやろうとして、結局、職も住むところも失いました。あの子はホームレスになって、問題行動を起こしていたんです」

説明を聞いて、フェイとウィンは深刻な面持ちになった。「それで、どうなったの?」フェイが尋ねた。

エリックは肩をすくめた。「校長に報告しました。この生徒は芸術の才能があり、適切なサポートさえ受けられれば、厳しい状況のなかでも将来に希望を持てるはずだと。教育委員会は落書きを罪に問わないことに同意してくれました。そのかわり、生徒は毎日、放課後に学校に残って壁を塗り直しました。結局、すばらしい壁画に仕上げてくれたんですよ。リバージャンクションのこのあたりを描いた風景画です」思い出して温かい気持ちになり、エリックは微笑んだ。「すみにはペンギンの絵も描き加えられていました。これはアーティストとしての自分の雅号だ、と彼は言っていました。このときは好意でそうしてくれたみたいです。現在、彼はシカゴでアートスクールに通っています。犯罪者ではありませんよ」エリックはつけ加えた。

「うーん」フェイはウィンの肩に頭をもたせた。「判事に立候補すべきなのはあなたかもしれないわね。結果を出しているようだもの」

ほめ言葉に対してエリックは手を振った。「判事はウィンに任せます。小学校で充分、苦労してますから」

エリックは魅力を振りまき、おおらかにみんなとつき合っていた。ディナーのときパパはエリックの話を聞いて何度か大きな声で笑っていた。ウィンもエリックをすごく気に入ってしまい、春のチャリティ・ゴルフ・トーナメントに一緒に出場しないか、と誘っていた。

「うちの事務所が毎年開いてる大会なんだ。かなり楽しめる」

「ゴルフは大好きです。大学時代にプレイしていました」

〝まあ、見てあのミスター・コッパーヒルの顔〟とわたしは思い、ワインのグラスを手に取った。「ゴルフをするの、エリック？　それは初耳だわ」

なぜか、その事実にわたしはとまどいを覚えた。エリックはそんな贅沢なレジャーを楽しむタイプじゃないと思いこんでいたせいかもしれない。それとも、自分が思っているほどエリックのことをよく知らなかったからだろうか。対してエリックは気らくに肩をすくめている。「子どものころ、おじに連れられてゴルフ場に行っていたんだ。高校時代はカントリークラブでアルバイトをしていた。キャディをしていたんだけど、空いた時間は無料でプレイさせてもらっていたんだよ。そうやって何時間かは家から離れていることができたんだ」

ああ、それで、とわたしは思った。ゴルフは、エリックにとって父親から離れているための手段だったのだ。上流階級の人はこれだから、なんて思ったことが、わたしは急に恥ずかしくなった。

「ぜひ参加したいな」エリックはウィンに言った。「まずゴルフクラブの錆をこすり落とさなくてはいけませんが」

「心配いらないよ。完全にチャリティ目的の大会だから。寄付と楽しみのためさ」ウィンがエリックの背中をバンバンたたいたので、わたしは顔をしかめた。〝出たわ、背中たたき〟

ママは地元のコミュニティカレッジで絵を習い始めたと話した。「もちろん、本格的なクラスじゃないのよ。女友だちと一緒に受講してるの。だけど、絵を描いてみると、ずいぶん自分自身を見つめ直せるのね。先生にも、才能があるなんて言われちゃった」ママはわたしを見て言った。「だから、先生には、うちの娘の作品をぜひ見てほしいわって言っておいたの。わが家のアーティストといえば、あなただものね、レッティ」

「ママも絵を描くなんて、すごいわ」わたしは言った。「画材はなにを使ってるの？」

「油絵よ。じゃあ、見せてあげるわね」ママはテーブルを離れ、すぐに携帯電話を持って戻ってきた。白いプラスチック製の携帯電話ケースは、花のかたちに貼りつけられたきらきらストーンでデコられている。「見て、これはコンドミニアムのお部屋の前に咲いてたお花を描いたの。それと、こっちはポストカードを見て描いたお花」

次々と絵を見せられていくうち、わたしはすぐ共通するテーマに気づいてしまった。〝わたしの母親は女性器の絵をひたすら描き、しかも自分ではそのことに気づいてすらいない〟

「すてきな絵ね、ママ」

「わたしにも見せて」わたしの隣からフェイも携帯電話の画面をのぞいた。「あ。えっ、これって」息をのみそうになって、こらえている。

「興味深い絵よね？」

フェイは目を大きく見開いた。「とっても」

「ジョージア・オキーフの作品を思わせるわ」

「まあ、その人って上手なの？」ママは言った。「名前をどこかに書いておいてちょうだい。あとで調べてみたいから」

フェイとわたしは視線を交わし、携帯電話をママに返した。

「自分がこれまでした経験のない新しいことにチャレンジするなんてすばらしいと思うわ、

グレース」サディが言った。「わたしもエロティカを書いてみることにしたのよ。一、二カ月前にフェイやレッティにはもう話したけど」

タイミング悪くちょうど水を飲んだところだったので、フェイはむせてしまった。わたしは姉の背中をそっとたたいた。「大丈夫？」

フェイはうなずいたが、顔は真っ赤で、白いセーターの前が濡れてしまっている。

「あなたが小説家だとは、レッティから聞いていませんでした」エリックが自分の料理にクランベリーソースをかけながら、ほがらかに言った。

「実はそうなの。まだ作品を発表してはいないけど、発表しちゃおうかしらって思ってて。新しいことにチャレンジしたいのよ。おもしろくてセクシーな話なら、みんな大好きだし」サディは手を伸ばしてパパの手をぎゅっと握った。こんな場面を見せつけられるのは二度目とはいえ、わたしはやっぱりもやもやした。

ところが、エリックはもっと聞きたそうにしている。「その分野の市場については、あまりよく知らないんです。どんなストーリーの本を書こうと思われているんですか？」

サディは顔をぱっと輝かせた。スポットライトを浴びるのが大好きなのだ。「モデルをしていたころ、いつもメモするための手帳を持ち歩いてたの。人から話をされることが多くて――そういう話をしやすい顔なんでしょうね。みんな、喜んで内緒の話をしてくれるの。わたしはそれを本にしようと思って」

「では、ノンフィクションのエロティカなんですか？」

エリックはごく自然な口ぶりだった。本当に前々からそんなことを知りたいと思っていたかのように。本気で、そんなこと知りたいの？　わたしはテーブルの下でひそかにエリックの足を足でつついた。すると一瞬、エリックの見せかけの表情がほころび、笑みの気配がのぞいた気がした。でも、それはほんの一瞬で、エリックはすぐにサディとの真剣なやりとりに戻り、ターキーを食べながらエロティカ談義を続けた。

サディは熱をこめてうなずいた。「作品に出てくる名前は変えるつもりだけど、早い話はそうね。信じられないような話をしてくれた人たちがいたんだから。ある友だちなんかね――超有名人だから名前は言えないわ――写真撮影をしにいったら、カメラマンからしつこく水着を脱げって言われたんですって。その子は言ったの。〝だけど、わたしは水着モデルよ！〟って。でも、カメラマンは聞かずにこう言ったんですって。〝おっぱい出せよ〟で、撮影地はハワイの有名な黒砂のビーチでしょ、しかも超イケメンの男性モデルもいたもんだから――」

「もういいわ」フェイが大きな声を出した。「このテーブルには大きな耳のある小さな水差しちゃんたちがいるのよ」

とはいえ、ポーシャとブレイズはちっとも聞いていなかった。ブレイズはマッシュポテトを積みあげて山を作り、ポーシャはテーブルの下でこっそりオーディンに食べ物をやっている。

「ふたりとも、そろそろ向こうで遊びたいんじゃないかしら」わたしは言った。「ポーシャ、ブレイズ、もうディナーはおなかいっぱい食べた？」

双子はうなずいた。「もう、ごちそーさましていい？」ブレイズはつまらなそうに言った。

「いいわよ」ぴったりくっついていくオーディンとともに双子が部屋から出ていくのを見送ってから、フェイは言った。「おもしろそうな話ね、サディ。本になったら、ぜひ見せてほしいわ」


その後キッチンでお皿を洗っているとき、フェイは文句を言った。「サディがエロティカを書くって話、あなたもぞっとすると思わない？」

「どうかしら。誰も傷つきはしないと思うけど」わたしは洗ったお皿を、ふきんを持って待っているエリックに渡した。

フェイはぐるりと目をまわした。「あの人がああいうのを書きたがること自体は驚きではないのよ。ああいうのって、とにかくくだらない本でしょ」

わたしは肩をこわばらせ、下唇をかんだ。「ねえ、そういう言いかたは公平ではないと思うわ。セックスも人の生活に普通に含まれることのひとつでしょう。恥ずべきことでもなんでもないわ」

「あなただって、どうしてああいう本を読む人がいるかわかってるでしょうに。欲望を満たすためだわ。つまりはポルノなのよ」フェイはすすぎ担当のわたしにグラスを手渡した。

わたしは片方だけ肩をすくめた。「女性が自分の欲望やファンタジーを表現することには価値があると思う。わたしたち女性にとってセックスは我慢してするもので、男性のためだけにするものであるって教えられてきたんだから。昔からあるでしょ、〝今日はやめて、あなた、頭痛がするの〟ってセリフ。だけど、女性が自分たちだって楽しみたいと思うことのなにがいけないの？　楽しむということは自由だわ」

横目でわたしを見るフェイの顔にはうっすらと笑みが浮かんでいた。「その点について反論するつもりはないわ。ただ、あなたがエロティカの肩を持つようになったことに驚いてるだけよ」

「わかりました。わたしは、エロティカもひとつのアートのかたちとして認めてると言いたいだけよ。女性もセックスを楽しんでもいいんだって伝えてるんだから」いったん間を置いて、わたしは続けた。「でも、まあ確かに、パパの奥さんがセックスについて本を書くのは……」

「ほらね？　気持ち悪いでしょ」フェイは勝ち誇ったように言った。

「うん。気持ち悪い」

わたしはエリックにちらっと視線を向けた。見たところ、必死に存在感を消したままでいようとがんばっている。でも、目が合ったとたん、エリックから思わせぶりな笑みを向けられ、わたしは胃がひっくり返りそうなくらいドキッとした。わたしがエロティカと自分とのあいだのすき間を埋めようとしたことでエリックと親しくなれたのだとしたら――わたしは確実にそうだと思っている――これから一生エロティカの擁護者として生きていくつもりだ。

デザートの時間になったとき、ポーシャの姿がどこにも見あたらなかった。ブレイズはファミリールームの床の上で、双子が遊びにきたときのためにうちに用意してあった絵本をぱらぱらとめくっていた。フェイはブレイズを問いつめた。「ポーシャはどこ？」

「知らない」ブレイズはページをめくり、顔をあげようともしない。

「フェイ、ポーシャがいなくなるわけはないよ」ウィンはソファから立ちあがって言った。「たぶん二階のどこかで遊んでるんじゃないか」それから、すでにふくれているおなかをぽんぽんたたいた。「どれどれ。どんなパイがあるのかな？」

フェイは両手を腰にあてた。「だったらどうしてポーシャはわたしが呼んでも返事をしないの、ウィン？　ブレイズ、ポーシャとかくれんぼしてたの？　洗濯機に隠れようとして閉じこめられたんじゃないでしょうね？」

わたしはため息をついた。「ポーシャは五歳よ。だから、返事をしないのよ。わたしが二階に行って見てくる。たぶん、うちの犬と一緒にいるんだわ」しばらく前からオーディンの姿を見ていないし、ポーシャはオーディンにべったりだ。

「ぼくも一緒に行こうか？」エリックが言って、階段へ一歩近づいた。

あの姪のことだから、なにかやってはいけないことをしているに違いない。ポーシャが祝日の残りをタイムアウトの椅子に座らされて過ごすはめにならないよう、わたしが全力で手助けして証拠隠しとダメージ回復をこころみなければいけない。

「ありがとう、でもひとりで大丈夫よ」わたしは笑顔で答えた。「すぐに戻ってくるわ」

うちの二階にはベッドルームが三部屋あるが、そのうち二部屋は物置として使っている。そのどちらかにポーシャがいるとは思えない。やっぱり、わたしのベッドルームのドアを開けたら、目の前にポーシャがいた。生まれたままの姿で、楽しそうにオーディンと取っ組み合いをしている。「ポーシャ！」

ポーシャはぎくっとして振り向き、恐れおののいている表情を浮かべた。また、しかられると思っているのだ。〝立って、ちゃんと服を着なさい。女の子らしくしなさい〟フェイや、ウィンや、わたしたち全員が、そう言って、この子の幼い頭にこんな考えを押しつけようとしてきた。〝お行儀のいい、かわいい女の子でいなさい。お行儀のいい、かわいい女の子しか、男の子に好きになってもらえないんだから〟

大きく見開かれているポーシャの茶色い目に、わたしに初めて見せる感情がよぎった。心臓がガクンと傾きそうなくらい、胸を揺さぶる感情だ。ポーシャは恥ずかしいと感じている。わたしも、この気持ちならよく知っている。姪には、こんな気持ちを二度と味わってほしくない。わたしに防ぐことができるなら。

ポーシャは急いで立ちあがってオーディンから離れた。オーディンは横向きに寝転がったまま舌を出し、尻尾を振っている。「ごめん、レッティおばちゃん」ポーシャは言った。「服を着るね」

ポーシャはオーディンの体を跳び越え、さっと服を拾った。服はベッドルームのいたるところにでたらめに放り投げられていた。わたしは痛む胸を押さえながら一歩前に進み出た。

「ポーシャ。ハニー、待って」

ポーシャは服を拾うのをやめて、わたしのほうを向いた。くたっとなった紫色のワンピースを持っている。裸のおなかは小さいボールみたいにぽこんと突き出て、ふっくらとした太腿と太腿のあいだにすき間なんてない。少し内股気味だし、いつか大きくなったら誰かに〝その眉毛、太くない？　抜けば？〟と言われるかもしれない。だけど、いまこのときのわたしにとって、ポーシャはなにを言う必要もなく、美しかった。

「スイートハート」わたしはポーシャの前で膝をついて、姪の両腕に手を置き、赤ん坊みたいにやわらかい肌にふれた。「怒ってないわ。あなたのこと、すごくすてきだと思う。あなたが裸になってオーディと遊びたいなら、そうしたっていいとおばちゃんは思ってるからね、オーケー？」

ポーシャは一瞬とまどった顔をしてから、かすかにうなずいた。「オーケー」

「ひとつ約束してくれる？」

「なに？」

わたしはポーシャの茶色い髪を耳のうしろにかけてやった。「誰かに、あなたはこういう人だとか、あなたの体はどうだとか決めつけるような考えを押しつけられても、絶対に聞いちゃだめ。約束してくれる？　なぜなら、あなたはそのままで美しくて、完璧だからよ。いつかあなたは小さな国を支配するかもしれない。誰がそれを止めようとしたって知ったこっちゃないわ。あなたが服を脱いで裸になりたかったら、そうするべきなのよ」ポーシャは微笑んだ。「わかった」それから、ふと考えこむ顔をして、わたしを探るように見た。「レッティおばちゃん、あたしの息、臭い？」

「えっ？　いいえ、スウィーティ。全然そんなことないわよ」わたしははっとして固まった。「わたしの息、におってる？」

「ちょっとね」ポーシャはワンピースを広げて、わたしに見せた。「寒くなってきちゃったから、服を着るね」

わたしは姪のおでこにキスした。「オーケー、カボチャちゃん。先に下に行ってるわ」

このやりとりについて、フェイにも誰にもいっさい話さないつもりだ。ふたりだけの秘密。わたしは下に行き、ポーシャはオーディンと遊んでいたとだけ告げる。でも、その前に、サイドテーブルの引き出しを開けて、〝ブレスミントの缶を取り出した。〝子どもの言葉は胸に突き刺さるわ〟


みんなが帰っていったあと、エリックとわたしは一緒にソファの上でくつろいだ。「オズボーン家の感謝祭をよく無事に生き延びたわね」わたしは言った。

「生き延びたのは、きみだろ。ぼくは大活躍だった」エリックはわたしの頭のてっぺんにキスをした。「冗談はさておき、楽しかったよ。きみのおかげで最悪を予想していたから」

「それはよかったわ」

ったしね」

「オーディもすごくいい子だった。跳ねまわったり、テーブルから盗み食いしたりもしなかったしね」

「オーディは忠犬への道をきわめつつあるのよ、だから……」

エリックは首を傾げて、にやりとした。「忠犬への道のりはまだまだじゃないかな」

「ちょっと、それはわたしへの侮辱よ。自分の名誉を守ってみせるわ」わたしはソファの上で体を起こし、膝を両手でたたいた。「オーディン、おいで！」長すぎる沈黙が続き、二階からドッグタグがカチャカチャいう音がはっきり聞こえた。呼ぶ声も聞こえているはずなのに、オーディンは来ない。「オーディン。おいで！」またドッグタグのカチャカチャが聞こえた。オーディンが耳のうしろをかいているのだ。

エリックはにやにやしながら腕組みをした。「きみ、ほんとに忠犬って言った？　ぼくの聞き間違いかな？」

「ラブラドールは成長に時間がかかる犬種なの。服従という面ではね」

「へーえ」

「泳ぐのはすごく得意なのよ」

「湖に住んでなくて残念だったね」

わたしは口に両手をあてて大きな声を出した。「オーディン！　クッキーよ！」

ちょっと間があったが、今回はすぐにパタパタとオーディンの足音が聞こえてきた。ベッドルームを出て、一目散に階段を駆けおりてくる。「いい子ね！　あなたが忠犬オーディちやんだってところをエリックに見せてあげ――」

部屋にオーディンが飛びこんできたとたん、わたしは凍りついた。口になにかくわえている。オーディンは頭を低くさげたまま、尻尾を高くあげて振り、口に入れたなにかをクチャクチャかんでいる。「なにを口に入れてるの？」わたしはソファをおり、四つん這いでオーディンに近づいていったが、オーディンはさっと顔をそむけ、ふざけてうなってみせた。「引っ張りっこじゃないの。いったいなにを――あっ、うそっ」オーディンの口のはしからのぞいているそれには見覚えがあった。

わたしのソングだ。

「だめ。悪い子ね！　それはわたしのよ！」わたしは慌てて手を伸ばして下着を奪い取ろうとしたが、オーディンはすばやく反対方向に飛びのいた。いったんソングを床に置き、わたしに向かって吠えながら尻尾を振っている。「オーディン・ザッカリー・オズボーン、いますぐそれを返しなさい！」

エリックが立って、何歩か近づいた。「手伝おうか――」

「わたしひとりで大丈夫！　手出し無用よ！」愛犬の口からエリックがべっとり濡れたソングをもぎ取るなんて最悪だ。それにしても、オーディンの股部分へのこだわりはいったいなんなの？

わたしは二階までオーディンを追いつめ、おやつで油断させる作戦をとった。案の定、オーディンがぽとりと落とした下着を、すばやく拾いあげた。「まったく！」わたしはうなり声をあげてオーディンの頭をくしゃくしゃ撫でた。「ちょうど、あなたのお行儀は抜群だって自慢してたところだったのに」

リビングルームに戻ったわたしに、エリックは笑いかけた。「たぶん、もう少し訓練学校に通えば――」

「やめて」わたしは厳しい表情を保ったままでいようとしたのに、つい微笑んでしまいそうになり、口を手で覆った。「笑ってる場合じゃないわ」

エリックは両手を差し伸べ、わたしのウエストバンドに指を引っかけた。「レッティ、おいで」

引き寄せたわたしを膝の上にまたがらせると、エリックは両手をセーターのなかに潜りこませ、広げた手のひらでじかにわたしの背中にふれた。「もっといいことを話そう」

「どんな？」

エリックは指先で背骨をなぞり、わたしの全身をぞくぞくさせた。「きみがエロティカを読んでいることについて。そんなことを聞くと、胸がドキドキしてしまう」

わたしは両手をエリックの肩から背に滑らせて、あと数センチくらいで鼻がふれ合うところまで顔を近づけた。こんなに完璧な男性が存在していいのだろうか？

「ブリュンヒルデには言わないで。クビにされちゃうかもしれないわ」

「読んでいる本が仕事に関係あるとは思えないな」エリックはわたしの額にキスをした。

わたしはエリックの髪を指ですいた。家族はみんなエリックのことを大好きになった。エリックも、わたしの家族を好きだと言ってくれている。またいつもの細いメタルフレームの眼鏡をかけているエリック。本当に、頭がどうにかなってしまいそうなくらいセクシーだ。

〝正直に言えばいいじゃない〟わたしは思った。エリックへの自分の思いを集めて、書いているエロティカのなかに生かしていることを正直に打ち明けてしまえばいい。もちろん、話自体はフィクションだけれど、そこにこめた感情は……本物だ。そうエリックに言えばいい。

「何冊か持ってるのよ。一緒に読んでみても――」

エリックが耳のすぐ下にある敏感な場所に口づけた。「自分たちで実際にやってみたほうがずっといい」

そのとき一瞬、わたしはためらった。話すチャンスはあった。このタイミングで、自分のすべてを彼に見せてしまえばよかったのだ。でも、そんなチャンスは一瞬しか続かず、わたしの意識は――そうなって当然だけれど――別の方向へそれてしまった。

20

原稿の締め切りは感謝祭から二週間後だった。わたしは最後の最後までぐずぐずしていた。コーヒーはいれてある――今夜、二ポット目だ。キッチンに立ち、カウンターにノートパソコンを置いて、コーヒーメーカーがたてるゴボゴボ、シューッという音を聞きながらキーボードをたたいている。エリックは自分の家にいて、オーディンは自分用のベッドでいびきをかいている。そして、わたしはすでにマーマレードを塗ったピーナツバターサンドイッチをふたつ食べていた――味はひどかった、念のために言っておくと。だけど、原稿の締め切りが迫っているときは間に合わせることがすべてで、ほかのことはあとまわしになる。とりあえず糖分を補給しなくてはいけなかったのだ。

午前二時。わたしは泣きながら自分以外の人を責めたくなった。エリックのせいだ。あんなに何日も昼も夜もすばらしいことをしてわたしを夢中にさせてくれたおかげで、執筆がとても締め切りに間に合わないくらい遅れてしまった。オーディンのせいだ。わたしのお気に入りの靴を食べちゃったから（そのこと自体は本とはなんの関係もなさそうだけど、わたしはかなり腹が立っていたし、こんな深夜未明の時間帯には頭がちゃんと働かない）。サディのせいだ。エロティカを書くなんて趣味みたいなものだと思ってるから。趣味なわけないでしょ。これは神聖な職業だ。間違いない、わたしはこんなに苦しんでるんだから。

目の奥がつんとしてきた。「どうしてこんなこと引き受けちゃったの?」誰もわたしの言うことなんて聞いてやしない。完全なひとりごとだ。けれども気にしているひまもなかった。あと一章書きあげなければいけない。締め切りは今日だ。どうにかして登場人物たちが抱えるさまざまな問題を解決して感動のフィナーレへ持っていき、いつまでも幸せに暮らしましたで終わるハッピーエンドにいたる展開を考えなければいけない。大したことじゃない。気づけば頭のなかは真っ白で、エンディングなんて全然思い浮かばない事実を除けば。ヒーローとヒロインがふたりとも死んじゃったらどうだろう、などと考えてはみるが、そんな終わりかたではまったく感動しないし、そのふたりがいつまでも幸せに暮らすこともできなくなる。

「大丈夫。ノープロブレム」わたしはカップにコーヒーを注ぎ、ノートパソコンを持ってキッチンテーブルに戻った。あと二時間書き続ければ、午前四時には原稿が完成する。そしたら六時に目覚まし時計に起こされて学校に行くまでに二時間眠れる。完璧だ。

とりあえず書くということ以外なにも考えずにキーボードをたたき続けた。眠るためには原稿を書きあげるしかない。是が非でも眠りたい。四時になる五分前に最後の章を書き終えた。手早くメールをしたため、こんな原稿じゃやっぱりだめだと考え始める前に送信ボタンを押した。そして、ついにベッドに潜りこみ、瞬時に寝入った。

起きて、まだひりひりしている目をこすり、目覚まし時計に表示されている数字を見た。七時三十二分。〝うそでしょ〟あと十五分で学校に到着しなくてはいけない。

自分をののしりながら毛布をはね飛ばした。なんていいかげんな人間なの？　シャワーを浴びる時間もない。服を着るのと歯を磨くのを同時にし、オーディンに食事をさせて外に出し、二十分後に家を出た。車に乗りこむ前にすでに五分も遅刻してしまっている。

途中でミンディに電話したが、留守番電話にしかつながらなかった。「もしもし、わたし。あのね、ちょっと遅刻しそうなの。わたしが着くまで、幼稚園クラスの子たちを見ていてくれる人を見つけてくれないかしら？　とりあえずエリックに知らせてくれる？　ごめんね、どうかお願い」

わたしとエリックの関係を知っている人は、この世でミンディひとりだけだ。ミンディを除けば、わたしたちの関係は国家安全保障レベルの機密扱いになっている。エリックがうちに泊まるときは、エリックの車をガレージに入れ、わたしの車は私道に停めておく。エリックの車のナンバープレートを誰にも見られないようにするためだ。わたしたちは携帯電話では電話もメールもしない。エリックが仕事でも同じ携帯電話を使っているため、それも情報公開の対象になりうるからだ。校内の廊下ですれ違っても、まわりに人がいるときは、たいてい会釈をするだけだ。こういうあらゆる予防策をとっているのは、ふたりでベッドに入る前に、それを正当化するたくさんの言い訳について話し合った結果だ。こんなのは大したことじゃないから、堂々とつき合っていることを公表してしまえばいい、なにも悪いことはしていない、と互いに言ったりはするけれども、真剣に考えてみると、やはりもうしばらく内緒にしたままようすを見るのがいちばんだという結論に達する。エリックは、もうすぐにでも元いた中学校に戻るかもしれない。そうなってしまえば、なにも公表する必要なんてなくなる。だから先走って、わざわざ自分たちで面倒な状況を作り出すことはないのでは？

小学校の駐車場に車を停めるころには、わたしは落ち着きを取り戻していた。わたしだって人間だ。ブリュンヒルデ――この人は、自分以外の者が人間であることを許さない――に出くわさない限りは、きっと大丈夫。わたしはバッグを持って急いで校舎に駆けこんだ。二十五分の遅刻。あわわわ。

わたしが笑顔で教室のドアを開けると、エリックが園児たちに絵本の読み聞かせをしていた。絵本の時間ではないけれど、問題はない。わたしはエリックに手を振った。ところが、エリックはほんの一瞬ちらっとこちらを見ただけで、すぐに読み聞かせに戻ってしまった。あ、そうよね。わたしはちょっとびっくりしつつも急いで荷物を出して、エリックに自分の仕事に戻ってもらわなければと思った。エリックは子どもたちに問題が発生していると思わせたくなかったに違いない。優しい人。

エリックが絵本を読み終えるまで、わたしは出てきた大事な単語をあとで練習できるように黒板に書き留めていた。あと一時間半で冬のコンサートが始まるけれど、こうしておけば講堂に向かう前に少しお勉強ができる。エリックが絵本を閉じると、わたしは読み聞かせコーナーに行って、みんなに声をかけた。「ありがとうございます、クレイマン先生。みなさん、クレイマン先生に拍手をしましょう」

円になった子どもたちは顔を輝かせて熱心に拍手を送った。その真ん中でエリックは礼儀正しいけれども、どう見てもこわばった笑みを浮かべていた。おかしい。

「どういたしまして。みなさん、もう少ししたら、またコンサートで会いましょう」エリックはわたしと目を合わせるのを避けていた。

「そうね、みんな、一生懸命お歌の練習をしたものね」そのころにはわたしも心配になって、なんとかしてエリックにこちらを見てもらおうとした。でも、エリックが立ちあがってすぐ、こちらにちらりとも視線を向けずに教室を出ていってしまおうとしたので、わたしはそっとエリックの濃紺色のスーツの肘を握った。「ね。ありがとう。遅れてごめんなさい。子どもたちを見ていてくれて本当に助かったわ」

エリックは足を止めて振り向いたが、表情は冷ややかなままだった。「グレッチェンが朝からきみを捜していた。コンサートの準備を手伝うことになっていただろう」

〝あっ、まずい〟わたしは顔をしかめた。「そのことをすっかり忘れていたわ」

「そのようだね」エリックの口元は緊張し、目はいまも視線を合わすまいとしている。「準備はすませたよ」

わたしは自分の胸を押さえた。どうしていいかわからない気持ちだ。「ありがとう。本当にごめんなさい。普段は、こんなことしないのに」

エリックはわたしの目をまっすぐ見据えた。「正直言って、ぼくには普段のきみがどんな人なのかわからなくなってきているよ、レッティ」

まるでエリックに平手打ちされたようにショックだった。「ちょっと待って。本当に今回のことでそこまで怒ってしまったんじゃないわよね？」

　エリックはいったん口を開けたがすぐに閉じ、うしろにいる園児たちに目を向けた。「あとで話そう。もう行かなければ」それだけ言って、彼は教室を出ていってしまった。

　わたしは懸命に落ち着きを取り戻そうとし、授業をしてから園児たちを連れて講堂へ向かった。表面上は平静を保っていたけれども、内心は穏やかではいられなかった。昨夜、うちをあとにしたときのエリックはまったくいつもと変わらなかったのに、今朝はわたしにすごく腹を立てているように見えた。わたしが遅刻したことに腹を立てているなんて、まさか――広い目で見ても、あそこまで怒るのはどう考えてもおかしい。ほかになにかある、と考えずにはいられなかった。そして、ジェイムズから自分はゲイだと打ち明けられたときの、罠に真っ逆さまに突き落とされるような気持ちを思い出さずにはいられなかった。

　不意打ちを食らった気持ち。

　気分が悪くなってきた。

　冬のコンサートはとてもうまくいき、保護者たちは子どもたちの発表を楽しんでいた。ミセス・デラコートも見にきていて、コンサートのあとは教室まで訪ねてわたしを抱擁してくれた。「ありがとう」ミセス・デラコートはわたしの髪に頬を寄せ、静かな声で言った。

　わたしは力なく手をあげて、ミセス・デラコートの背中をそっとたたいた。「そんな。どうしたんですか？」

抱擁を解いたミセス・デラコートの目からは涙があふれそうになっていた。「わたしとオスカーが助けを得られるようにしてくださったのは先生でしょう。自分はいままでなにを考えていたんだろうと思うんです。怯えるばかりで――」

「えっ」わたしは額にしわを寄せた。「わたしは本当になにもしていないんです。エリック、ええと、クレイマン先生があなたから話をうかがってみるとおっしゃって――」

「ええ、それでも、先生があの絵に気づいてくださらなかったら、こうはなっていなかったはずです」ミセス・デラコートは弱々しく微笑んだ。「いまはもう大丈夫です。夫は刑務所に戻りました。わたしは離婚と完全な親権を求めるつもりです。数週間後には、オスカーと一緒に引っ越します。姉のところに身を寄せることになって」

「ここの近くですか？」

「オレゴン州です」

「まあ」わたしは胸を痛めた。学年末に卒園していく教え子を見送ることさえつらいのに。突然、州外に引っ越してしまうのは、いっそうつらい。やっぱり、わたしはいたらない人間だ。「クラスからオスカーがいなくなると寂しくなります」いやだ、泣きそう。

「オスカーも先生を恋しがります。先生のことが大好きですから」

もうだめ。わたしは頬の内側をかみ、あふれそうになる涙をまばたきで押しこめようとした。「立ち寄ってくださってありがとうございました、ミセス・デラコート」

その日はずっと、悲しみに満ちた憂鬱色の雲を引きずっているような気がした。睡眠不足のせいかもしれないけれど、エリックのどう考えてもおかしい態度と、ミセス・デラコートの思いのこもった感謝を受けて、感傷的にならざるをえなかった。午後の残りは家に帰ることばかり考えて過ごした。なのに、園児を全員バスに乗せて見送った直後、教室に戻って持ち物をバッグに詰めていると、教室に備えつけの電話が鳴りだした。「オズボーン先生?」

「はい?」

「事務室のスーです。ハウスチャイルド博士がお会いになりたいそうです」

「いますぐに?」

「はい」

チーズとお米っ。

わたしは力なく電話を切った。どっと疲労感に襲われつつ、自分に言い聞かせた。わたしはなにも悪いことはしていない。確かに、冬のコンサートの準備を手伝うのをすっぽかしてしまったけれど、あれは厳密に言えば始業時間前のサービスにあたる。遅刻についてはエリックにカバーしてもらったし、大丈夫なはずだ。校長室に入るときも、なにも問題ないはず、と自分に言い聞かせていた。でも、校長室にいるふたりの顔を見た瞬間、問題大ありだと気づいた。

ブリュンヒルデは体の前で手を組んで机に着き、視線を入り口に据えて、わたしを待ち構えていた。そして、そこにはエリックもいた。机の前に置かれた椅子に座り、足首を膝にのせて足を組んでいる。エリックが床にじっと視線を据えているようすから、まずい事態になっているのは明らかだった。「オズボーン先生」わたしに声を発するチャンスも与えず、ブリュンヒルデが声をとどろかせた。「ドアを閉めて」

喉に石が詰まったようになって、わたしはおとなしく従い、エリックの隣の椅子に座った。足首を交差させて膝の上で両手を組み、エリックのほうを見ることは拒んだ――断固拒否した！　エリックの表情のはしばし、床を見つめる視線からこわばった口元まですべてが、エリックがわたしを裏切ろうとしていることを示していた。わからないのは、なぜか、という点だけだ。

〝そんな状況だったんです、オプラ。校長室で。わたしはひどい裏切りを経験したあとまた恋に落ちてしまい、結局またしても裏切られてしまったんです。人生ってすばらしいですよね？〟

「どうしてここに呼ばれたか、自分の口から説明したい？」

ブリュンヒルデの眉毛――わたしがその存在に気づいたのはこのときが初めてだった。ブリュンヒルデの眉毛は槍の穂先に似たかたちをしていた。異様なまでに鋭くとがり、まっすぐ生え際を目指して伸びている。「どうして呼ばれたのか、わかりません」わたしは言った。いっさいブリュンヒルデの思いどおりにはしたくない。

ブリュンヒルデはちらりとエリックを見てから、わたしに視線を戻した。「あなたたちふたりが関係を持っているとのうわさが広まっているのよ」

わたしはうつむいて自分のスカートを見つめた。典型的な罪悪感を示すしぐさだ。顔がかっと熱くなってくる。「そんな——」

「そんなのは真っ赤なうそだ、とすでに校長先生にお答えした」エリックの声は唐突に大きく響いた。怒りのこもった声だ。「くだらないゴシップだ。まともに取り合う必要もない」

あまりに強い拒絶を受けて、わたしはひるんだ。「えっ——誰がそんなうわさを？」

ブリュンヒルデはあからさまな軽蔑の表情で唇を引き結んだ。「誰かなんて問題ではありません。その人は目立たぬよう、わたしに知らせにきてくれたのよ」

わたしは激しい吐き気を覚えた。エリックとのことはミンディにしか話していない。ミンディがブリュンヒルデに告げ口するなんてありえない。そんなことするはずがない。わたしはエリックに目を向けたが、彼は口を固く閉じていた。

「この件を公式な記録に残すつもりはありません」ブリュンヒルデは、さも感謝しろと言わんばかりだった。「あなたがたの言っていることと、伝えにきてくれた先生の言っていることが食い違っていますからね。ただ、万が一なにかやましいことがあるのなら、即刻、終わらせてちょうだい、わかったわね？」

「わかりました」わたしははっきりしない声で返事をした。

エリックがわたしに怒りに満ちた視線を向けた。「終わらせることなどなにもありません。そもそも、なにもないんですから」

〝ぐさっ。背中に突き刺さったこのナイフをどうか抜かせて〟

わたしは頬の内側をぐっとかんだ。その痛みなんて、いま感じている胸の痛みにくらべればなんでもなかった。「話はこれで終わりですか？」

「いいえ」ブリュンヒルデは椅子をまわした。「今朝、遅刻したでしょう。わたしへの連絡もなしに」

わたしはごくりと唾をのんだ。「すみません。寝過ごしてしまって。不測の事態で——」

ブリュンヒルデは一本の指をあげて、わたしを黙らせた。「規則に従わないことは、不測の事態ではないでしょう、アレッタ。意図的なごまかしだわ。あなたみずから計画に携わっていた冬のコンサートの準備に参加しなかっただけでなく——おかげで、あなたの同僚たちがあなたの分も余計に働かなければならなかったのよ——始業時間に二十五分も遅刻して。あなたが駐車場から校舎に駆けこむところを見ていたのですからね」ブリュンヒルデは唇をすぼめた。「規則は明確よ。登校が遅れるなら、わたしかクレイマン先生に前もって連絡すること。わかりましたか」

わたしは恥ずかしさに耐えきれなくなって、膝の上で組んだ両手を見つめたまま答えた。

「わかりました」

「この件は、あなたの記録に公式に書き残すほかありません」

「なんですって？」わたしは椅子ごとブリュンヒルデの机に近づいた。「今日の遅刻を公式の記録に残す？　たった一度きりのことなのに！」

こんなことを記録に書かれたら、終身在職権が得られなくなってしまうかもしれない。年度末にはこの学校を辞めなくてはならないかもしれず、そうなったらおしまいだ。望ましい学校で望ましい職に就くことはとても難しく、競争は激しい。わたしはもう我慢できなくなって、涙が頬を伝い始めた。「一度あやまちを犯しただけです。そんなことはしないでください」

ブリュンヒルデはいっさい同情しなかった。「ルールには従わなければなりませんからね。すべて手引書に書かれているとおりにしなければならないのよ」ブリュンヒルデはエリックを向いた。「この件はあなたが処理してちょうだい」

エリックは心からショックを受けているようだった。「ぼくに、彼女の遅刻を報告書に書けと？」

「そうよ。そして、全員がサインをするの。わたしたち三人とも」ブリュンヒルデの小さな青い目が冷たい光を放った。「ふたりとも、あなたたちが関係を持っているなんてうわさはうそだと言うのでしょう。だったら利害の衝突にもあたらないわね」

わたしがいくら下唇をかんでも、涙は止まらなかった。これで仕事を失ってしまう。わたしはなんてばかなんだろう。信じられないくらいすばらしい人と思いきって恋に落ち、ある晩、夜更かししすぎた翌日、こんなことでクビになるかもしれないなんて。「も、もう行っていいですか？」

ブリュンヒルデはそっけなくうなずいた。「ええ。話は終わったわ」

わたしはとにかく早く校長室を出ていきたくてたまらなかった。屈辱感だけで充分死んでしまいそうだ。校長室から走り出て、廊下の角を曲がって教室が見えてきたところで、もうこらえられなくなった。泣き声がもれ始め、しゃくりあげ、卒業記念パーティーのダンス相手にすっぽかされたティーンエイジャーみたいにわけがわからない状態になった。だけど、そういうふうになってしまうものなのだ——ここまでの裏切りに遭って自尊心をずたずたにされると。

わたしはひどい状態だった。こんな顔のままでは外に出ていけない。たとえ車に乗りこんで家に帰るあいだだけでも無理だ。ポケットティッシュを求めて机のなかを探り、ようやくスーパーヒーローの絵が入ったティッシュを見つけた。わたしがそれではなをかんでいると、エリックが信じられない厚かましさを見せて教室の入り口に立った。

「なあ」エリックは言った。「話がしたい」

「わたしから言わせて。くたばっちまえ」わたしはティッシュをくずかごに投げ入れ、新しい一枚を取った。「こんなところに来たらまずいんじゃないの。わたしと寝てると思われるわよ」

エリックはいまだに硬い表情のまま、わたしを見つめた。「どうしてぼくらのことをみんなに話したりしたんだ？」

「話したりしてない。よくわたしのせいにできるわね？」

「じゃあ、誰が？」

わたしは手のなかのティッシュを握りつぶした。「わたしだって、なにがどうなってるのかわからないわ。だけど、わたしはなにも言ってないんだってば」

エリックはちらりとうしろを向いた。「声を小さくしてくれ」

「もう、どうだっていいわよ！　わたしは履歴書を書き直さなきゃいけないの。あなたはわたしのファイルに公式の記録を書き足すんでしょ。今朝、わたしが寝過ごして遅刻したって」わたしはくずかごを思いきり蹴っ飛ばしたい気持ちをこらえた。「そんな、ばかばかしいにもほどがある――」

「ぼくは悪いことはなにも書かないつもりだ」エリックは言った。「大丈夫だよ。なにも問題ない。グレッチェンもすんなりサインするさ」腕組みをして続ける。「今朝はどうして遅れたんだ？」

「目覚まし時計のアラームが鳴らなかったの」

エリックはまなざしをやわらげず、肩をこわばらせていた。「ぼくにメールでファイルを送っただろう。朝の四時に。間違って送ってしまったんだと思うが」

サアーッと全身の血の気が引いた。疲れ果てていたわたしは、マーシーに原稿を送るつもりで、間違えてエリックのメールアドレスの頭文字を打ちこんでしまったに違いない。原稿を書き終えて安堵の気持ちでいっぱいだったため、違うアドレスがオートコンプリートされたことに気づかなかったのだ。〝ああ、そんな〟でも、だからといって……。

「だからなに？　そうよ、わたしはエロティカを書いてる。出版社が買収されて、契約を満了しなきゃいけなかったから。別に法律を破ってるわけじゃないわ」

「アレッタ。ただエロティカを書いてるだけじゃないだろう。きみはぼ﹅く﹅た﹅ち﹅のエロティカを書いてるんだ」

「ほかの人にはそんなことわからないわよ」

「問題はそこじゃない」ついにエリックは教室に足を踏み入れ、声を落とした。「ぼくはあの原稿を読んでみたんだ。つい読んでみたくなって。そうしたら、ぼくがきみに言ったことや、ぼくたちがしたことが書いてあった。そんなものを書くなんて、ぼくにはひとことも言っていなかっただろう」

わたしはあごをあげた。「なにを書こうとわたしの勝手だわ。あれはフィクションだもの。最初から最後まで全部。わたしたちのことだって気づく人なんて誰もいないわよ」

「でも、きみはうそをついた」

「なんですって、ちょっと待って」わたしは腰に両手をあてて、まっすぐエリックの目を見据えた。「これに関してあなたにうそをついたことなんて一度もないわ。うそをついたって言えるのは、あなたにエロティカを書いてるのかって訊かれて、書いてないって答えた場合でしょ」

「きみのペンネームだってそうだ。ココ・クレイボーン」エリックは耐えられないというように顔をゆがめた。「ぼくらのラストネームまで組み合わせて」

「あなたが深読みしすぎなのよ。あれは完全な創作よ」わたしはあたふたと両腕をばたつかせた。「ペンネームを考えなくちゃいけなかったんだもの」

「ようやく納得がいったよ」エリックの顔に暗い影がよぎった。「きみは視野を広げたい、悪い男と寝てみたい、と言っていたよな。ようやくわかったよ。きみはずっと本を書くために、ぼくを利用していたんだ。しかも、ぼくを人の尻をひっぱたくような暴力男として書くなんて、いや、暴力男じゃなくて、なんだった？〝アルファ〟か。やっぱり、ぼくじゃ物足りなかったからなんだな。いい人なだけでは、きみに満足してもらえなかったってわけか」

エリックの声に表れている痛みに、わたしはびくっとした。「違うわ。完全に誤解してる」

「そうか？」エリックは首をかしげて疑り深い目をした。「じゃあ、誤りを正してくれ」

「できないわ」エリックが完全に間違っていると同時に完全に正しいことを説明するなんて、わたしには無理だ。確かに、最初わたしは自分の経験の幅を広げようとしていた。けれども、それから気持ちが通じ合う人を見つけたとたん、経験の幅なんてどうでもよくなった。完全に自然のなりゆきだった。「本当にわたしの本を読んだの？」小さな声で言った。

「一部分、読んだ」

「全部読んで。そしたら、あれが愛について書いた話で、セックスについて書いた話じゃないってわかるわ」わたしは両手で自分の髪をぐしゃっと握りしめた。「だって、ねえ、エリック。わたしはあなたから、わたしたちから、なにひとつ盗んだりしてないのよ。あなたを変えようともしてない。あなたからインスピレーションを受けたの。それって最高の名誉なのよ」

ここにきて初めてエリックは表情をやわらげた。「それでも、レッティ、無茶だよ、あんな本を書くなんて――」

「わたしに、あんなことはすべきでないなんて指図しないで。頼むから。決定を下すのはあなたじゃないわ。わたしよ」わたしはがっくりと肩を落とし、これで終わりだと悟った。わたしとエリックの仲はこれで終わり。とはいえ、わたしも不満を吐き出さずにはいられなかった。「どうしてグレッチェンに本当のことを言わなかったの？　わたしと関係を持ってるけど、仕事には影響しない。どのみち新しい教頭先生が教育委員会から選ばれしだい、自分はこの学校を去る。どうしてグレッチェンにそう言わなかったの？」

エリックは床に視線を落とした。「ぼくたちのことはふたりだけの秘密にしておこうと話し合って決めたじゃないか。ぼくに怒ってるのか……ぼくたちのことを勝手に本にしたのはきみなのに！」

「あなたになにも言わずに、わたしたちの生活の一部を本に書いたのは本当に申し訳ないと思うわ。だけど、保証します、わたしたちふたり以外の誰も現実と本の共通点に絶対気づかない。わたしにとってものすごくショックなのは、あなたがそれを恥じていることだわ。あなたはわたしのことも、わたしと関係を持ったことも恥じているのね。だけど、わたしはやっと本当の自分を見つけたわ、エリック。やっと、ありのままの自分が好きになった」わたしはあごを震わせた。怒りで全身が震えていた。「わたしのことを恥じている人と一緒にいるなんて、こちらからおことわりよ」

エリックはその場で凍りついたように立って、わたしを見つめていた。これ以上ここにいてもどうしようもない。わたしはバッグとコートをつかんだ。「もう行くわ。帰るとき、鍵をかけてね」そう告げて教室をあとにした。

ミンディはすべてをなげうって、わたしと話すためにうちに来てくれた。わたしはソファの上でシェニール織りの毛布をかぶって丸くなり、ミンディはその横で床に座ってオーディンのおなかを撫でた。「誓うわ」ミンディは言った。「あなたとエリックについて、誰かにひとことたりとももらしたことはない。本当に話したりしてないわ」わたしはミンディを信じた。

わたしはこれまでの出来事を思い返し、そういえば、一度エリックと用具入れでキスをしているとき、誰かがドアノブをまわそうとしてガチャガチャとドアを揺らしたことを思い出した。もちろん、わたしたちはドアに鍵をかけていた。でも、数分後にわたしたちがやましい気持ちで用具入れを出たとき、廊下を歩いていくイヴリン・ピアースの姿があった。「イヴリンかもしれない。あの人、わたしたちふたりのことを嫌っていそうだし」

「気づいてないといけないから言っておくけど、イヴリンが嫌ってない人なんていないわよ」今日のミンディは紫色の稲妻模様の入った明るいピンク色のレギンスと白いチュニックセーターを着ている。服装規定への皮肉をこめてこんなに派手なレギンスをはいているのだろうか。

「原稿を添付したメールを間違えてエリックに送っちゃったの」わたしは仰向けにソファに横たわり、目を閉じて現実を締め出そうとした。「朝の四時だったから、睡眠不足で半分意識がどこかへいってたみたい」

「あなたがエロティカを書いてるってエリックは知らなかったの？」

「ええ、でも、それよりエリックは、ふたりでした経験をわたしが本に書いたことのほうを怒ってるようなの」

ミンディは眉間にしわを寄せ、オーディンを撫でるのをやめた。オーディンはすぐに頭を持ちあげて、前足でミンディの脚をつついている。「自分の経験を生かして本を書くのはあたり前じゃない。ほかになにを使えっていうのよ？」

「そうでしょ。だけど、エリックは、わたしが彼をアルファに書きすぎてるって言うの。それから、ぼくじゃ物足りなかったからなんだなって責めて」

ミンディは唇を震わせ、頭を左右に振った。「あなたは自分が書いてるのはフィクションだって彼にちゃんと言ったのよね？」

「ええ、もちろんよ。間違いなくフィクションだもの」エリックがわたしの書いた本を読んで、どうしてあそこまで自分への攻撃みたいに受け止めるのかわからなかったけれど、わたしは傷ついていた。それに関係を強く拒否されたことにも傷ついたのだった。「エリックはブリュンヒルデの前で、わたしと本当につき合ってるって言うこともできたのよ。なのに、ほとんど迷いもせずに否定してた」

「男なんて一生理解できそうにないわ」

「うん。別れてせいせいした」

これを聞いてミンディは立ちあがり、ソファのわたしの隣に座った。「だめよ。聞いて。あなたはエリックと幸せを見つけたでしょ。まだ終わりではないはずだわ。別れてせいせいしたなんて思っちゃだめよ」

「ミンディ、もう本当に終わってしまったんだってば。わたしたちが同じ学校にいる限りは、離れていないといけない」

「もっといい解決策があるはずよ。わたしはいまも新しい校長を引き寄せようとしてるんだからね」

わたしは胎児のように体を丸めた。すかさずオーディンがそばに来て顔をなめてくれる。

「新しい校長先生が来たら新たな道が開けそうね。引き寄せがうまくいったら教えて」本気で期待はしていない。

この出来事で動揺しきったわたしは、夜のあいだずっと、夕食を作ってベッドに入るまで、エリックに電話やメールをしてはだめ、と自分に言い聞かせ続けなければならなかった。次の週も普段の生活を続けながら、こんなふうに思い出すことが多かった。耳にしたおもしろい話をエリックに教えたり、ふたりで一緒に行ってみたい新しくできたレストランについてエリックに話したりすることは、もうできないのだと。なぜなら、もうエリックとわたしは〝ふたりで一緒〟ではないからだ。もう戻れない。わたしは事務室の前を通ることを避けるため、わきにあるドアを使って校舎を出入りしていた。

とりあえずマーシーは原稿を気に入ってくれたのでよかった。メールを送った一週間後にマーシーから電話がかかってきて、今回は〝いやらしい雌犬ちゃん〟と呼ばれることもなかった。「徹夜して読んじゃったわ」マーシーは言った。「ジェイスって、すっごくセクシーね。スターも好感度が高いわ。感情移入できる」

「エンディングを変えようかなって考えてたの」わたしはベッドに寝そべり、おなかの下に枕を抱えた。「もうちょっと悲劇的な終わりかたに」

「悲劇的？　どんなふうに？　エンディングはこのままで完璧だと思ったけど。わたしは、いいと思ったわ」

「うーん、こうしたらどうかしら……九章になら、スターが例の神父と話す場面を入れられそうな気がする。神父って誰のことかわかる？　その神父がね、スターにあるものを渡すのよ。たとえば、ルーフィー。眠り薬のロヒプノールを。二十三章でスターはそれを飲んで死んだと見せかける。そこへやってきたジェイスがスターは死んでしまったと思って失意に陥り、自刃して果てる。鈍い、錆びたナイフを使って。それから目を覚ましたスターも死んでいるジェイスを発見し、ナイフで自殺する。つまり、ふたりとも死んじゃうってエンディング」

マーシーはしばし沈黙していた。「そんなエンディングはどうかと思うわ」

「あまりにも『ロミオとジュリエット』っぽい？　わかったわ。了解。じゃあ、スターはみずから水に飛びこんで自殺する。それから、追ってきたアクセルがジェイスと決闘。アクセルは刃先に毒を塗った剣を使って——」

「だめよ。『ハムレット』もだめ。『ロミオとジュリエット』もだめ。これはエロティカよ。英文学の中間試験じゃなくて」

「だけど、そうしたらスターとジェイスがいつまでも幸せに暮らしましたっていうエンディングになっちゃう」

「とりあえず当面は幸せにってことね。エロティカはそうでなくちゃ。自殺はなし」

「わたしがいまあげたエンディングは、この世でもっともロマンティックな作品の――」

「だめよ。読者の期待を裏切らないで」マーシーは抑えた声でうめいた。「あなたにインスピレーションを与えたミスター・ペケってどんな人なのって訊こうとしてたのよ。だけど、いまは訊かないほうがいいような気がしてきたわ。よくないエンディングの気配がするから」

わたしは仰向けになり、ベッドルームの天井を見つめた。「いつも勘が鋭いわね、マーシー」

「だけど、あなたの創作活動はこれで終わりじゃないわよ。ココ・クレイボーンの頭のなかにはまだエロティックな構想がたくわえられているんでしょう？」

わたしはぎゅっと目を閉じた。ココ・クレイボーンのせいでたくさんの問題が生じてしまった。それでも、わたしはまだ彼女のことが好きだ。それに、本にしてほしがっている物語があといくつか彼女の頭のなかで騒いでいることも確かだ。「これで終わりなんかじゃないわ。何カ月か待ってくれたら、続編を送ります」

わたしはドクター・ブーブレに、思いきってすき間を埋めました、と話した。ドクター・

ブーブレは、頭をふたつ生やした人を見るみたいな目でわたしを見た。「ほら、例のすき間のことです。ジェイムズに捨てられたせいで空いていたすき間」

「ああ。そうでしたね」

「そこを埋めたんです。感謝の気持ちと、創作活動における挑戦と、愛で。そしたら、愛はわたしの目の前で見事に砕け散りました。どうやら愛は、わたしが創作活動における挑戦によって成し遂げたことが気に入らなかったみたいです」

ドクター・ブーブレはわたしの言うことを懸命に理解しようとしているらしく顔をしわくちゃにした。「あなたのボーイフレンドは――」

「元ボーイフレンド。完全に元彼になってます」

「その彼が、あなたがエロティカを書いていることを気に入らなかったんですか？」

「彼が気に入らなかったのは、わたしが書いている人物がなんとなく彼に似ていて、それでいて彼より少し危険で、エキサイティングだった点だと思います。だけど、それは読者の期待に応えるためです！　そういうものを書かなくてはいけないんです」

ドクター・ブーブレはなにやらカルテに書きこんだ。「あなたは、彼にもっと危険で、エキサイティングであってほしいと願っているのですか？」

いいえ。そんなことは願っていない。わたしはもうこれについてひとりで考えてみた。ひょっとしてエリックの言うとおりなのだろうかと考え、いや、そうではないと結論に達していた。エリックは完全に間違っている。「いいえ。エリックはすごく強い人ですけど、優しいんです。それに、おもしろい。わたしは、そのままのエリックが好きなんです」

わたしの人生には鞭や手錠なんて必要なかった。図体の大きな子どものように大暴れする男性も。わたしはごくありふれた人間で、社会に適応した大人と一緒に過ごせるほうがよかった。ファンタジーはおもしろいけれど、それ以上のものではない。エロティカを書く行為は、わたしの脳を解き放って、自由に遊びまわらせるような体験だった。いい運動になるけれど、それだけだ。

「そう彼に言いましたか？」

「いいえ。言ってないと思います」

「彼に言うべきだと思いますか？」

「いいえ。だって、わたしがそのままのエリックのことを好きだろうと、どうにもならないんです。エリックのほうも、そのままのわたしのことを好きになってくれない限りは」

「そのままのあなたとは？」

エロティカを書いている幼稚園の先生。そこらでいちばんの美人ではないけれど、まあまあ。人がいいけれど、いつもそうとは限らない。内向的かつ外向的。家族のみんなのことをそれぞれほんの少し頭がおかしいと思っているけれど、みんなをすごく大事に思っている。恋がしたいと本気で思いながらも、怯えている。いつも、ちょっと食いしんぼう。「しばらくのあいだ、自分は二重人格だと思っていたんです。でも、よく考えると、ただ、たくさんの面があるだけだと思います」わたしは答えた。

ドクター・ブーブレの声は優しかった。「つまり、あなたは人間であるということですね。病気でもなんでもありません」

やっぱり、そうか。それでも、人間であることは、ときどき人生をすごく複雑にする。

21

エリックは頭痛に悩まされていた。アレッタと別れた先週からずっと、アスピリンをキャンディみたいに口に放りこんでいる。あごのつけ根をもみ、口を開けたり閉じたりして筋肉の緊張をほぐす。そうしても、まったく役に立たない。机の上に置いてある薬瓶に手を伸ばした。

恋人との仲がうまくいかなくなったのはこれが最初ではないし、たぶん最後でもないだろう。ぐずぐずと落ちこんでいても仕方ない。それに、自分はアレッタがなにを考えているのかわからないところに惹かれたのではなかったか？　アレッタの謎を解明したいと考えていたのでは？　これこそ痛恨のミスひとつ目だ。

あのメールが届いたとき、そこにはアレッタのエージェントか編集者と思われる人物へのメッセージがちゃんと添えられていた。だから、最初はレッティに感じよく返信して知らせようと思ったのだ。アドレスを間違えてメールを送っているよ、と。だが、メールの内容をよくよく読んでよかったのだ。そうしなければ、現実を見過ごしてしまっていただろうから。

あのメールを思い出すだけで、いまだにみぞおちを締めつける痛みを覚えた。

宛先：eclayman@noahwebsterelementary.ct.ed

差出人：alittleosbourne523@gmail.com
件名：短編エロティカ

親愛なるマーシー

次の本の原稿を送ります。締め切りの時刻より二、三時間早いでしょ！　イエーイ！　シノプシスも添付したけど、短く言うと、これはスターとジェイスという主人公たちの薄幸の恋の物語よ。ジェイスはスターと同年代だけど、彼女の上司でもあって、つき合っていることを知られたら、ふたりとも一巻の終わりなの。この前の作品よりよく書けてると思う。実は最近、正しいミスター・ペケとめぐり合えて、ラブシーンの創作を手伝ってもらってるの！

じゃあ、もう寝るわね。話の続きは、また今度。

レッティ

〝正しいミスター・ペケ〟この教頭室で、レッティはエリックとつき合うことがどんなに間違っているか力説し、そのすぐあと、ころりと態度を変えた。エリックにはわけがわからなかったが、このメールを読んで理解した。レッティが〈バー・ハーバー〉にいたときのようすも思い出した。見知らぬ男たちを品定めし、自分の本にふさわしい人材を探していたのだ……。エリックは利用されたように感じた。

正直言って、エリックはレッティが好きだ。とても。ひょっとしたら、愛してすらいるかもしれない。だとしても、エリックに荒くれた、タフで危険な男になってほしがっている女性と一緒になることはできない——だいたい、荒くれた、タフで危険な男とは、どういうやつだ？　いつも車のなかでセックスをしなければいけないのか？　首にタトゥーを彫らなければいけないのか？　エリックは元彼女から、彼氏として退屈すぎると言われたことがある。ああ……そうですか。エリックは安定が好きだ。いつもではないかもしれないが、ときどき退屈な人間になることもあるかもしれない。誰かとつき合うとしたら、そういうことも理解してそれでもいいと考えてもらえなければ無理だ。人生はエロティックなロマンス小説とは違うのだから。

だから、エリックはアレッタに対して、こう提案するつもりだった。ふたりの関係を始めるにあたってのアレッタの動機について納得のいかないところがあるため、しばし離れてみるべきではないか、と。ところが、登校した直後にグレッチエンにわきに引っ張っていかれ、そのままずばり、アレッタと寝ているのかと訊かれたため、エリックは感情を抑えきれなくなり、「そんなわけがありません」とかっとなって言ってしまったのだ。「誰がそんなことを言ったんです？」とも。

グレッチエンは驚いたように両眉をあげ、首をかしげてみせた。「誰かさんに聞いたのよ。

そういうふうになってしまう場合もあるでしょうけど、賢い行動ではないわ。しかも、それを隠していたとなると……」グレッチェンは間を置いた。「はっきり言うわ。わたしの学校では、そんな振る舞いは許しません。そのような振る舞いは、わたしの権威を、ひいてはあなたの権威をもむしばんでいくはずよ。地区内の他校の校長は考えが違うかもしれないけれど、わが校では認めません」

エリックは全身をこわばらせたが、落ち着いて、声を荒らげずに答えるよう努めた。「いま言ったとおり、そんなことは起こっていません」

グレッチェンはエリックの顔を探るように見て、ため息をついた。「ずっと、あの女のほうがあなたに色目を使っていると思っていたのよ。彼女はどうやら学校じゅうであなたの話を広めているようよ。この件について報告してくれた先生が、まっすぐ校長室に飛んできたくらいですから」

その話を聞いてエリックは凍りついた。「アレッタが、ぼくと寝ているとみんなに話しているんですか?」

だとしたら最悪の裏切りだ。エリックはアレッタを信じていたのに。話し合って決めたとおり、つき合っていることはふたりだけの秘密にしていると思っていた。だが、違ったのだ。アレッタはエリックをばかにするような本を書いていただけでなく、職員用ラウンジでふたりのことをべらべらしゃべっていたのだ。それについて考えると、いまでも気分が悪かった。これまでずっと懸命に働き、相当な努力の末に築いてきた評判が、徹底的に損なわれてしままうところだった。

だから、エリックはうそをついた。「グレッチェン、ぼくとレッティのあいだには、いっさいなにもありません。ひどい誤解なんです。とにかく彼女とはなんの関係もないんです」どう考えても、これはエリックにとって誇れる瞬間ではなかった。だが、ここで本当のことを言っていたら大変な事態になっていたはずだ。それに、アレッタにはうそをつかれていたのだ。うその上に成り立っていた関係のために、両者のキャリアを危険にさらす理由などなにもないはずだ。

しかし結局、グレッチェンはエリックの言い分を信じていなかったのではないだろうか。だからこそ、エリックを罰するために、レッティの記録に残す戒告状を書けと命じたのだ――エリックはまだその仕事を終えることができていない。キーボードをたたき始めた。

アレッタ・オズボーンは寝過ごし、二十五分遅刻して登校した。遅刻する際は校長または教頭に連絡するよう注意を受けた。

エリックは椅子にもたれかかって、コンピューター画面を見つめた。完全に、だからなんだと思われる取るに足りない出来事だ。アレッタは、クラスの子どもたちのことをいちばんに考える、いい教師だ。彼女がこんなふうに罰を受けるべきではない。エリックはつねに規則に従う人間だったが、こんな規則ならまったく意味がない。

エリックは立ちあがり、グレッチェンがいる校長室へ向かった。グレッチェンはコンピューターに表示されているなにかを見ていた。とりあえず酒は飲んでいない。グレッチェンは顔をあげた。「どうしたの？」

「グレッチェン、アレッタ・オズボーンに対して書くよう命じられた戒告状について、話を聞いてください。要するに」エリックは胸の前で腕を組んだ。「ぼくは書くべきではないと思うんです」

「では、わたしが書くべきだというの？」グレッチェンの唇がゆがんだ。「あなたが書いたほうが優しい文になりそうだけど」

「いいえ、そういうことが言いたいのではないんです。アレッタはいい教師で、学校にとっては貴重な人材です。彼女が一日だけ遅刻したからといって——なんだというのですか？　ずっと問題にするようなことではないでしょう」

「手引書にそうしろと書いてあるのよ」グレッチェンはにべもなく言った。

「それはわかっています。ですが、今回の件に関しては、適用するのにふさわしい規則とは言えません。罰すること自体が目的になってしまいます。アレッタは意図して無責任な行動をとったわけではありません。寝過ごしましたが、人間なのだから、誰にでもあることです」

グレッチェンは机の上で両手を組んでエリックを見据えた。「あの人は、あなたと寝ているなんて話をみんなに広めてまわっていたのよ、エリック。さらには遅刻して、規則どおりに連絡することもしなかった。あの女性は使いものにならないわ。ここだけの話だけれど、あんな人がノア・ウェブスター小学校で終身在職権を得ることはないでしょうね、わたしが生きている限り」グレッチェンは一本の指で机上を指し、〝わたしが生きている限り〟のところで一語ごとに強く机を突いて言葉を強調した。「さあ。戒告状を書いてきてちょうだい。わたしがあの人に、もう戻ってこなくていいわ、と告げるときに必要な書類がそろっているように。あなたが書けないなら、わたしが書いてもいいのよ」言うだけ言って、グレッチェンはコンピューターに向き直った。

エリックは頭に血が上る音が轟音のように鳴り響くのを聞きながら、教頭室に戻った。グレッチェンの言葉も頭に響いていた。〝あんな人がノア・ウェブスター小学校で終身在職権を得ることはないでしょうね、わたしが生きている限り〟戻って、グレッチェンに真実を告げることもできる。アレッタとエリックは確かに関係を持っている、と。しかし、そうしてもどうにもならないはずだ。そうしてもグレッチェンは、上司と寝るなんてアレッタの判断力に問題がある、と言いだすに違いない。グレッチェンは是が非でもアレッタを追い出すつもりでいる。

エリックは教頭室のドアを閉め、両手で顔を覆った。体のなかでなにかが揺さぶられ、痛みを感じた。グレッチェンは、なんとしてでもアレッタを傷つけようとしている。それに対してエリックは、胸を突き破らんばかりの怒りを感じている。いまもまだアレッタのことを大切に思っているからだ。心の底から。たとえアレッタとの関係がうまくいかないとしても、アレッタから退屈な男だと思われているとしても、エリックはアレッタが傷つくところなど絶対に見たくない。エゴなど捨てて、男らしく振る舞うべきときだ。

ここまでは完全にしくじっている。アレッタを守るために、もっとなにかできたはずだ。アレッタからエリックに遅れそうだと電話で連絡があった、とグレッチェンに言えばよかった。怒りにとらわれて、そんなこともできなかったのだ。

この状況を解決するための方法を見つけ出さなければならない。


クリスマスの一週間前、わたしはこれ以上、家でふさぎこんでばかりはいられないと決心し、フェイに電話して、車旅につき合って、と言った。このときばかりは、わたしが指示を出す番だった。「双子のことはウィンに任せて。女子旅にするんだから」

電話越しにフェイはため息をついた。「どうしようかしら――」

「いいでしょ、だって、この前、ふたりでこういう楽しいことをしたのっていつ?」〝一回もないわ〟わたしは思った。わたしたち姉妹は一緒に楽しいことをした経験が一度もない。だから、当然いますぐ始めなくてはいけない。

わたしの車で、わたしが運転していくことにした。フェイは小さなクーラーボックスにおやつを詰めてきた。「持ってきたのはピーナッツバターとクラッカー――」

「オレンジ味のクラッカーのこと?」

「そう。あと、オートミール、レーズンクッキーに、フルーツグミ。チョコレートバーだって一本あるわよ」

「目的地までは二、三時間で着くって知ってる？　あと、わたしは幼児じゃないんだけど？」

フェイはチョコレートバーの包みを開け、ひとかけ折った。「休日のお出かけでしょ。わたしのバケーション」

ボストンへ向かうあいだ、わたしたちはノンストップでしゃべっていた。ウィンとはうまくいっている、とフェイは話した。ドクター・ルイストンは奥さんとともに家を売りに出し、フロリダ州へ引っ越すそうだ。「きっと、それがいちばんよね。ウィンとわたしはまだ結婚生活カウンセラーに会ってるけど、アドバイスも役に立ってると思うの」フェイはまたチョコレートバーを折り、はしをかじった。「わたしは結婚生活がこのままうまくいけばいいと思ってる。ウィンもそう思ってるわ。いつの間にか道を間違えてしまったみたいだけど、また正しい道に戻れればと願ってるの」

「それを聞いて本当にうれしいわ、フェイ。じゃあ、もう、パパの結婚繰り返し遺伝子を受け継いでしまってるんじゃないかって心配する必要はないのね？」

「遺伝子があってもなくても、わたしはそんなものにコントロールされる気はないわ。それに、いまのパパは、これまで見たことがないくらい幸せそうよ！　二、三週間前にパパの家に寄ったら、玄関のドアに鍵がかかってなかったの。あれは絶対わざとよ」

「愛にはそこまで人を変える力があるのね」

「サディはエロティカを書き始めるしね。きっとふたりで極上のセックスライフを楽しんでるのよ」

わたしはきっと姉をにらみ、ハンドルを握りしめた。「もう二度とパパのセックスライフの話はしないって約束して」

ジェイムズとの別れは、わたしの人生にすき間を残しただけではなかった。わたしの自意識を粉々にしてしまった。だからエリックとの別れが、ポジティブな結果をもたらしてくれるとは思えない。いっぽうで、ジェイムズと別れたあとのわたしは自己破壊へ突き進んでいたのだから。いっぽうで、エリックとともに過ごした一カ月は、あれだけ情熱と希望に満ちていたのに対し、エリックと別れたあとのわたしは、ひたすら回復を目指して突き進んでいる。

正午直前にボストンに着いた。フェイがクリスマスのショッピングができるように、車は〈プルデンシャル・センター〉に停めた。「どこで待ち合わせにする?」フェイが訊いた。

「パブリック・ガーデンにしましょう。そんなに長くかからないから」

フェイと待ち合わせの時間を決めたあと、わたしは十二月の冷たい空気のなかを歩いていった。

庭園へ入る鍛鉄製の門の前でジェイムズが待っていた。懐かしい灰色のウールのピーコートを着ている。同じく灰色のスエードの肘あてがついているコートだ。ジェイムズがこのコートを何年も着ていることにわたしは全然気づいていなかったのに、いまになって懐かしく思い出すなんて、おかしなものだ。わたしに気づいたジェイムズは手を振り、手袋をはめた両手を口元に近づけて息で温めている。ジェイムズと再会したら、お互いにどうすればいいのだろう、とわたしはずっと悩んでいた。抱きしめればいいのか、キスすればいいのか、それとも握手すればいいのか迷って、ふたりで変なダンスを踊ってしまうのではないかと心配していた。ところが、ジェイムズは迷うことなくわたしを引き寄せ、ぎゅっと抱きしめた。

「きみに会えて本当にうれしいよ」耳にかかるジェイムズの息は温かかった。

「あなた、凍えちゃってるでしょ。ランチでも食べない？」

「すぐそこに、よく行ってた――」

「ええ、わたしもそこがいいと思ってたの」

わたしたちはニューベリー・ストリートのカフェに行くことにした。お気に入りの店だったそこで、トマトスープと、ブリ・チーズやナシを挟んだ贅沢グリルドチーズパニーニを注文した。お互いに家族の近況や仕事について訊いた。ジェイムズは教職課程の単位履修で大忙しのようだが、幸せそうだった。春には自分の論文のためにもっと時間を取れそうだという。わたしはジェイムズの左手に光る銀の指輪を指さした。「もう結婚したの？」

ジェイムズはその指輪をはめたままました。「まだ婚約中。夏にする予定なんだ」

わたしは椅子の上で姿勢を正し、深く息を吸った。今日ここに来たのは、このためだったからだ。「この前あなたと電話したときにはちゃんと話せなかったから、あやまりたかったの。あなたが幸せになって、本当に、わたしもうれしいわ。あなたがわたしたちの結婚を取りやめようって言い出したこと、それでよかったんだと思う。あなたは、ありのままの自分でいなければいけなかったのよね。誰もそれを変えようとしてはいけなかった」

こう告げる瞬間まで、ジェイムズがどんなに緊張して硬くなっていたか、わたしは気づいていなかった。ジェイムズの額や肩からしだいに力が抜け、まなざしがやわらかくなった。「きみを傷つけることがいやでたまらなかったんだ。きみは大事な人だから。これからもずっと大切な人だ」

ジェイムズがテーブル越しに手を伸ばし、わたしの手を握った。すると、どうしてしまったのだろう。ジェイムズがどこかの蛇口をまわしたに違いない。わたしは泣きだしていた。みっともない泣きかたではない。ただ、涙がどっと流れた。わたしは握られた手を引いて、顔をこすった。「やだ。今日は珍しくマスカラもしてきたのに」

ジェイムズは静かな笑い声を発し、さっきからつついているだけだった料理を見おろした。「ぼくのせいだね。大切な人だなんて言うべきではなかった」

わたしはハンドバッグからティッシュを取り――最近はいつも肌身離さずティッシュを持ち歩いている――ダメージをぬぐい去ろうとした。「ううん、大丈夫よ。ほっとしたから泣いてるの」料理の皿を押しのけ、テーブルに両方の肘をついた。「だいぶ長いあいだ、自分には愛し愛される資格がないと思いこんでいたの。おかしいわよね？　非論理的だわ。だけど、人間の脳ってすべてを論理的に処理できるわけじゃないみたい」これもドクター・ブーブレから教えてもらったことだ。「それどころか、なにか悪いことが起こると、説明をつけるために物語を作り出すそうよ。人間は生まれながらにしてフィクション作家なのね。あなたと別れたあと、わたしが自分のなかで作り出した物語はこうよ。世界は危険に満ちた場所で、わたしは根本的に愛されるはずのない存在だから、誰かを愛そうとなんてしたら、その人から同じ感情が返ってくるわけがないから、不安定な立場に立たされることになってしまう。愛した人に捨てられる。そうなの」わたしはつけ加えた。「しばらく、セラピストのところに通ってたのよ」

長い沈黙があった。「きみにそんな思いをさせてしまって、すごくつらい」

ジェイムズは苦しそうに額にしわを寄せていた。それを見たわたしの心は、ふっと軽くなった。ジェイムズは悪い人でも、愛情のない人でもなかった。ジェイムズはありのままの自分でいようとしたけど、わたしを〝裏切った〟わけではなかったのだ。わたしが自分に言い聞かせていた物語は、完全にでたらめな作り話だった。

「ううん」わたしはそっと言った。「あなたはわたしになにもさせてないわ。わたしが自分で自分にそう感じさせてたの。でも、もうそんなことしてない」

わたしたちはコーヒーを頼み、ピーカンナッツがのったパンプキンスパイスコーヒーケーキひと切れを分け合った。別れるとき、わたしはジェイムズの頬にキスをし、ジェイムズは結婚式に招待するよ、と約束した。これで、なにもかも丸く収まった。わたしは長いあいだジェイムズを愛してきたけれど、あのカフェに座っているあいだ、感じてしまうのではないかと恐れていた愛は感じなかった。親しみと懐かしさは感じたけれど、それは愛ではなかった。ジェイムズが言っていたとおり、わたしたちの心は徐々に離れていっていたのかもしれない。あのまま結婚していたら、悲しい夫婦になっていただろう。

広い目で見れば、わたしはついに自分を乗り越えられた、とも思った。ジェイムズ事件は、わたし自身や、わたしの不器用さや、〈シアーズ・ポートレイト〉で撮ったわたしとフェイの写真とは無関係だった。ジェイムズにとっての重要な事件だったのだ。

ずいぶんと感情の重荷をおろしたあとだったので、〈プルデンシャル・センター〉に戻る足取りは軽かった。

重荷をおろしてきてよかった。なぜなら、フェイがふたりでないと持ちきれないほどの大荷物を買いこんでいた。待ち合わせの場所にいたフェイは、紫色のベロアのトラックスーツを着た中年女性の横でベンチに座り、十個もの買い物袋に囲まれていたのだ。

「すごいセールが開催中だったの」わたしの顔じゅうにありありと浮かんでいたに違いない疑問に答えて、フェイは言った。「こんなクリスマス間近にそんなはずないって思うかもしれないけど――」

「残り物には福があるっていうものね。さあ、運ぶのを手伝うわ」

「あなたはお店を見てまわらなくていいの？」

「買い物はネットでするから」

わたしたちは駐車場のエレベーターへ歩いていった。「どうだった？」フェイが尋ねた。

わたしはうなずいた。「楽しかった。ジェイムズは幸せそうだったし、わたしたち、折り合いをつけられたわ。ジェイムズに会えて、すごくよかった」

「ふうん」フェイはど派手なエレベーターをまっすぐ見つめていた。「じゃあ、前へ進む準備ができたということ？」

わたしの胸は痛んだ。わたしがすでに前へ進もうとして、無残にも砕け散ったことを、フェイは知らない。今日ジェイムズと会って気づいたことは、もうひとつあった。ジェイムズとエリックをくらべて、わたしはエリックが恋しくなっていた。

「準備ができたら」わたしが口を開くと同時に、わたしたちがいる階にエレベーターがガタンと到着した。「誰かに恋するかもしれない」

オーディンはわたしを恋しがりすぎて、洗濯物かごから洗濯物を引っ張り出し、階段じゅうにばらまいていた。わたしが玄関のドアを開けたとき、オーディンはわたしの黒いTシャツを首に巻きつけた姿で階段の横に座りこみ、罪悪感など微塵もないようすで尻尾を振っていた。つきまとうオーディンとともに、わたしは洗濯物を拾い集め、かごに戻した。

「あなたをいったいどうしたらいいの、オーディン？」

オーディンはごろりと仰向けになり、四本の足を宙に突き立てた。

「そうよね」わたしはオーディンをぎゅっと抱きしめた。

その夜、わたしは寂しくなった。土曜の夜、家で愛するわんことふたりきり。それだけでは耐えられなくなった。ミンディは初対面の相手とのブラインドデートに出かけている。フェイはウィンや双子と一緒に家にいる。エリックがどこでなにをしているかなんて、知るわけない。たぶん〈バー・ハーバー〉でイケメンバーテンダーとして魅力を振りまき、さっさと気持ちを切り替えて人生を楽しんでいるのだろう。だから、かなりへこんだ状態にあったわたしは、ある決断をしてしまった。

その電話番号を三度も打ち直した末に、ようやく度胸をかき集めて発信ボタンを押した。相手が出るのを待っているあいだ、わたしは固く目を閉じて下唇をかんでいた。これも内診や二度目の予防注射と同じ、不安だけれどなんとか切り抜けなければいけないことなのだ。発信音が四回鳴ったあとで、相手が電話に出た。「もしもし、レッティかい」驚いている声だ。わたしは自分が相手を驚かせてしまったことがいやでたまらなかった。

「もしもし。ひょっとしたら明日、一緒に出かけられないかしらって思ったの。ディナーかなにかに。全然あらたまったことじゃないのよ。ただ出かけるだけ」

わたしは、これをデートとは全然考えていなかった。まさか。ただ、電話をかけた相手とはずっと仲よくしてきたし、エリックを失って、わたしはまたすき間を感じ、そこを埋めたいと思っていた。そこを友だちで埋めたっていいだろう。それに、マックスからはこれまでに何度もディナーにいこうと誘われている。単にいまになってようやく、そうしてもいいと思えるくらい、わたしは寂しくなってしまったのだ。

「えっ、予定を確認させてくれ」マックスは笑い声をあげた。「冗談だって。きみからの誘いだぜ？　もちろん行ける。六時に迎えにいこうか？」

「お店で待ち合わせましょう。どこかに寄ってから行くかもしれないから」マックスがうちに来ると思うと落ち着かなかった。それは親密すぎる。

「よっしゃ、わかった。店を決めてから連絡するよ。それでいいかい？」

「ええ。わたしの番号――？」わたしは途中で言葉を切った。もちろん、わたしの電話番号なんて知ってるに決まっている。

マックスは軽く笑って言った。「知ってるよ、ベイビー。いま、かけてくれてる番号だろ。緊張すんなよ、かみついたりしないからさ。そうしてっていうなら別だけど」また笑っている。

うーん。

電話を切ってから、わたしは懸命に自分を納得させようとした。マックスとディナーにいくのは、単にエリックとのことを乗り越えて、前へ進むためだ――エリックもきっと同じことをしているに違いない。自分の選択の幅を広げて、可能性に心を開くのは、道理にかなった、責任ある大人のやりかただ。マックスとは同僚どうしフレンドリーにディナーを楽しめるはずだ。だいたい、これまでマックスがビール樽とホームレスをベンチプレスするさまを想像して大笑いしてきたので、申し訳なく、罪滅ぼしがしたいという気持ちもあった。なんにせよ、またひと晩オーディンとふたりきりでソファに丸まり、どんよりと寂しい時間を過ごしたくないから、こうするわけではないのだ。

ときどき、わたしはうそがすごく下手になる。

翌日の晩、わたしたちは〈シーダー・ヒル・タヴァーン〉で会うことになった。リバージャンクションのはずれにある、飾り気のない小さなバーだ。わたしが入っていくと、店内はぬくもりを感じさせるクリスマスの飾りつけがされていた。生花のガーランドとリースには赤いビロードのリボンと、白いライトが巻きつけられている。天井の梁はむき出しで、無垢材の床板は幅が広く、こすれて味が出ていた。バーカウンターは古材を再利用して作られたようだ。気取りのない、くつろげる店のチョイスだ。わたしは少しリラックスして、出かけることにしたのは、やっぱりそんなに間違っていなかったのかもしれないと思った。

「おーい！」

視線をあげると、バーの奥からマックスが手を振って大声を出していた。食事中のお客さんたちの視線が痛い。わたしは勇気を出して微笑み、手を振り返した。〝ええ、もうあなたがいることに気づいたわ。コートをかけるからおとなしくしてて〞ところが、マックスは叫び続けた。「なにか飲むかい？　注文しといてやるよ」

わたしは指を一本立てて待ってと合図をし、急いでコートかけに向かったが、ハンガーが引っかかって取れない。若いウエイトレスがわたしを哀れに思ったのか声をかけてくれた。「お預かりします」本当の意味はこうだ。〝預かるから、さっさと行って、あの叫んでる人を黙らせて〞

わたしが近づいていくと、マックスはわたしを二度見して言った。「おしゃれしてきたんだな」

わたしはグレイのニットワンピースと黒いタイツとグレイのバレエシューズという姿だった。きちんとしているけれど、そこまでがんばっている感はないはず。がんばっておしゃれをしてきたと思われるのは、はっきり言って避けたかったからだ。だから、マックスの格好を見た瞬間、わたしはがっくりきた。マックスは雪の結晶みたいなデザイン入りの赤いセーターにジーンズという格好だった。カジュアルだ――これでは、おしゃれをしてきたのはわたしのほうということになってしまう。わたしはこの時点でもう、誤ったシグナルを送ってしまっている。

「どうも。あなたの格好も決まってるわ」

マックスは立ちあがってわたしの椅子を引こうとしたが、わたしは手を振って遠慮した。マックスは言った。「訊いときたいんだけど、どうして電話してくれたんだ？　もちろん、うれしかったなあ、ただ、驚いたもんだから」

さっそく始まったわ。「外食がしたい気分だったの。ミンディとはしょっちゅう出かけてるのよ」わたしは言い足し、真剣な誘いではないかと考える理由などいっさいないのだとマックスにわかってもらおうとした。マックスは正真正銘のミスター・ペケだ。わたしの人生にもそういう人たちの居場所はあるかもしれないけれど、永住されたら困る。〝海で迷子になったときは、どんな港でもすばらしく見えてくるものなんだ〟「同僚とディナーを楽しむのは、ごく自然なことでしょ」

マックスは片方の肩をがっくりと落とし、背もたれに寄りかかった。「そうだよな。ひょっとしたら、もっと深い意味があるんじゃないかって思ったんだ、なにしろ――」

「はい？」

「――きみはひとり者で、おれもひとり者だから」

「ああ、まあね」話題をデートとか、わたしの人恋しい気持ちのほうへ持っていってはいけない。わたしは氷水をひと口飲み、メニューを手に取った。「ここではなにがおいしいの？　なんだかいいにおいがするわ」

メニューには、おなじみの料理に新たなひねりを加えたもの――たとえば、ロブスター入りのマカロニアンドチーズ――もあれば、定番のチーズバーガーといった昔ながらの人気料理もあった。結局、わたしはマカロニアンドチーズを、マックスはドレッシング別添えのグリルチキンサラダを注文した。このとき、マックスは押しつけがましく顔をしかめ、わたしの頼んだ料理に含まれる脂肪の量についてなにかぶつぶつ言っていたが、わたしは聞こえなかったふりをした。「最近、トレーニングの調子はどう？」

わたしは椅子にもたれ、マックスがトレーニングの内容について長々と話すのを辛抱強く聞いていた。「今日、鍛えたのは、ハムストリング筋、大腿四頭筋、大臀筋、腓筋だ。下半身をいじめ抜いたぜ。おまけに、バーピーだってやってるから――」

「なんなの、それ？」

「バーピー。五つのステップがあるんだけど、強力な脂肪燃焼が望めるスクワットだ。これをやれば、かなり太腿を引きしめられる。水着シーズンに備えて鍛えられるよ」

ああ、やめて。よりによってマックスと、わたしの太腿の悲しい状況について話し合いたくなんてない。「覚えておくわ、ありがとう」

「体の組成の八割は食事で決まるんだぜ」マックスは言い、さっと黒いナプキンを膝に広げた。「人間の体は効率よくできてる。だから、トレーニングをしても、みんなが思ってるほどカロリーを消費しないんだ。バーピーを一時間したって、きみがこれから食べようとしてるマカロニアンドチーズのカロリーを燃やし尽くすことはできないんだぞ」

あっそ。

わたしは少し椅子をテーブルに近づけ、テーブルの上に両手を置いた。「いい、マックス？　わたしは気にしないわ。わたしはマカロニアンドチーズが食べたいの。そのせいで太腿にえくぼができたって気にしない」

マックスは口元をゆるめて、うなじをこすった。「うん、それはそれですごい。ほとんどの女の子はビーチでセクシーに締まった体を見せびらかしたがるだろ、そう思っただけだよ」

「わたしはそういうタイプじゃないの」落ちていたパンくずを払いながら、わたしはあっさり言った。「生きていられる時間は貴重だし、食べ物はおいしいでしょ。ビキニのモデルになるつもりはないし。わたしは違う生きかたをするわ」

「自信を持ってるきみが好きだ。正直に言っていいか？」マックスは前のめりになり、わたしの返事を待たずに正直な話に突入した。「太腿にえくぼがあろうとなかろうと、おれは最初からきみにほれてた」

「ありがたいわ、マックス」

「本気だぜ。最初に会ったとき、こう思ったんだ。なんてかわいくて、おもしろい子なんだ。まさに家に連れていきたい女の子、うちのおふくろが絶対気に入る彼女だって」

わたしは自分が家でどんな小説を書いて出版しているか、マックスに話すところを想像し、笑ってしまいそうになってこらえた。「ありがとう。そんなふうに言ってもらえて本当にうれしいわ」わたしもほめ言葉を返さなければいけなかった。「わたしの父も、あなたを気に入ると思う」

「そうかい？」

「父も走るのが好きそうだから」〝クマに追いかけられでもしたらね〟

「それなら、お父さんとは話が弾みそうだ」マックスは氷水を一気飲みし、グラスをドンと置いた。「あのさ、これから本当のことを言わせてくれ。もっと早く言うべきだったんだ、きみが電話をくれたときに。でも、あんまり意外だったからさ……」マックスが一本の指でこめかみをかいたとき、わたしは彼の生え際がだいぶ後退していることに気づいた。「ただ、その……おれ、ある人とつき合い始めたんだ」

わたしはあまりにびっくりして腕を引き、ナイフやフォークをパンの皿にぶつけてしまった。「わっ、やめて」両手でナイフとフォークを押さえる。「ええっと、それはすごくよかったわね」

「ほんと、こんなの初めてなんだけどさ、彼女、すごくいい子なんだ」マックスはしきりに服の襟を引っ張っている。「つまり、悪い意味で取らないでくれよ、数週間前なら、きみとデートできて、大喜びしてたはずなんだ」

「そうだったの」

「だけど、きみは、その、二週間ばかり遅かったっていうか」マックスがにっと笑ったので、いちばん奥の奥歯まで見えた。「なのに、きみがそんなおしゃれしてきちまって、おれは――きみをだますようなまねはできないんだ、わかるかい？　今日のこれは、デートじゃない」

信じらんない、わたし、マックスに振られてる――しかも、デートすら無理だって！　おなかの底からなにかが泡立つようにじわじわと上ってきて、わたしは笑いだした。これはわたしの身に起こったことのなかでも最高にばかげた一件だから。わたしが自分からマックスをディナーに誘ったなんて知ったら、ミンディは笑いすぎて死んでしまうに違いないから。そして、わたし自身、どうしてそもそもこんなまねをしてしまったのか、全然わからないからだ。いったいなんで、マックスとディナーに出かけるべきだなんて思ったの？　自分の本能は全力でマックスの脳は筋肉でできてるって告げているのに、それは間違いかもしれないって希望を抱いていたの？　本能は全然間違ってなかった！

マックスはいっときわたしを見つめていたが、すぐに落ち着かないようすで笑い始めた。間違いなく、なにがおかしいのかはわかっていない。「じゃあ、全然気にしてないってことで、いいんだよな？」

「もう、マックス。ごめんなさい。わたし、ここ何日か疲れてたの」わたしは目尻にたまった涙をぬぐった。「もちろん、すばらしいことだわ。あなたが幸せになって、うれしい。気を悪くするなんてとんでもないわ、ほんとよ」

まだ小さく笑い声をもらしながら、わたしは水を飲んだ。おかしくて仕方ない。ミンディなら笑いすぎて肋骨を折るはずだ。

「さっきも言ったけど」マックスが口を開いた。「きみから電話がかかってきて驚いたんだ」

「そう？」〝実は自分でも驚いてるの〟

「だって、てっきり――いや、違ってたのかな」マックスはいたずらっぽく口の片はしをあげて笑った。「ひょっとして、教頭とできてるんじゃないかって思ってたから」

「エリックと？」わたしの顔から一瞬で笑みが消え去り、両腕に鳥肌が立った。「どうしてそんなふうに思ったの？」

マックスはうつむいた。「教頭がきみを見る目が気になってさ。あれは仕事中にする目つきじゃないぜ。セクシャルハリスメントだ」〝ハラスメント〟と言いたかったらしい。

胸焼けのような感覚が上ってきて、わたしは唾をのんだ。マックスに感づかれていた。そうなると、教職員の半数から、エリックとわたしが寝ていると思われていてもおかしくない。確かに、ある時点までは、その推測は正しかったのだ。わたしはテーブルに片肘をついて身を乗り出し、声を低くした。「聞いて、はっきりとは言えないんだけど――けっこう恥ずかしい話だから。でもね、誰かが実際にブリュン――グレッチェンのところに行って、エリックとわたしが関係を持ってるって話したらしいの。おかげでエリックもわたしも、とても困ったことになったわ」

わたしの言葉を聞くうちに、マックスは視線を落とし、テーブルの溝を親指の爪でほじり始めた。「そのせいで、きみまで困ったことに？」

マックスの言いかたから、わたしはいやな予感を覚えた。なんとなく罪悪感の漂う口調だったからだ。「もちろんよ。グレッチェンはわたしを校長室に呼び出したんだから。屈辱よ」

マックスは本格的に溝をほじりだし、目を合わせようとしなかった。どういうことなのかわかってきて、わたしはみぞおちを締めつけられるような心地がした。「マックス。あなたがそのことについてグレッチェンになにか言ったの？」

「言ってない」マックスはそう答えつつもテーブルの溝をいじり続け、肩を丸めていた。「きみを困った目に遭わせたくはなかったんだ。悪いのは、やつだ！」

わたしはうめき声をあげ、両手で頭を抱えた。「わかってないのね。それでなくても、グレッチェンはわたしを嫌ってるのに！」

「きみを？」マックスは目を丸くした。「なんで？」

「知らないわよ。あの校長には理屈なんて通じないわ。だけど、肝心なのはそこじゃない。あの人は、わたしへの戒告を記録に残そうとしてるのよ。そうなったら、わたしはもう終身在職権を得られないかもしれない」泣きそうな声になった。考えるだけで恐ろしい事態だ。

マックスは砂糖の袋を手に取り、それでテーブルをトントンたたき始めた。「そんなのは間違ってる。おれはあの校長に、エリックがきみに気があるみたいだって話しただけだ。きみらふたりが寝てるなんて、ひとことも言ってない」

「じゃあ、あの校長はあなたのちょっとした情報から、想像をはばたかせたのね。そのことでエリックとわたしを脅すために」どうして校長のこんなひどさに驚きが全然わいてこないのだろう?

　給仕人がわたしたちの夕食を持ってきてくれたが、わたしの胃は石みたいにこわばっているからなにも消化できそうになかった。ブリュンヒルデは、わたしからロブスターマカロニアンドチーズまで奪ったのだ。許すことはできない。

「おれがきみのためになんとかする」マックスは言った。「明日の朝、校長室に行って本当のことを話す。あれは全部おれのでっちあげだって。きみはなにも間違ったことはしていないってな」

　わたしはぎゅっと口を閉じた。こう言ってくれるマックスは立派だ。だけど、突きつめて考えれば、マックスの言う本当のことは本当じゃない。エリックとわたしは本当に関係を持っていた。ほかの学校であれば、わたしたちが単純に関係を明かせばすんだ話だろう。だが、ここでは、誰がなにを言ったところで、ブリュンヒルデがわたしに対する考えを変えることはないはずだ。

「あなたはこれ以上かかわらないほうがいいわ。でも、ありがとう。最後は丸く収まると思う。人の記憶って短いし」

　マックスはフォークをドレッシングに浸してから、グリルチキンを刺した。「グレッチェンは違うと思うな。あの人はゾウに似てる。ゾウって記憶力がいいんだろ、絶対に忘れない」

「じゃあ、あの人がクビになるか、自分から辞めてくれることを願うしかないわね」わたしは力なくジョークを言った。

マックスはサラダに入っているホウレンソウを皿の上でひっくり返しながら、考えこんだ顔でもぐもぐかんでいた。「ほんとのとこ、あの校長がまだクビになってないことに驚いてるんだ」

「どうしてなの？」

マックスはにっと笑った。「マカロニアンドチーズは食べないのかい？」

わたしは自分の注文した料理をちらっと見おろした。青い小鍋に盛られて焼きあげられたそれにはパン粉がたっぷりかかっていて、セルライトが増えようがなにしようが食べる価値があるように見えた。「これを食べたら、グレッチェンがクビになるべき理由を教えてくれる？」

「ふたりとも腹がふくれたら、あとはなにか話をするしかないよな？」

わたしは急に元気になり、フォークを手に持った。「わかった、食べるわ」クリーミーなロブスターにかじりつき、食感を楽しんだ。「はい。話しましょう」

マックスはにやりとし、わたしたちは話し始めた。

22

エリックが家を出たとき、ＳＵＶにはうっすらと雪が積もっていた。十二月の朝の空気は身を刺すように冷たく、乾いており、あかぎれができそうだった。エリックは昔から寒いのが嫌いだ。もうすぐクリスマスなのに、いまだにアレッタへの未練を断ち切れずにいるため、寒さがいっそう身にこたえた。まるで、世界じゅうの自分以外の人から乱暴に幸せを見せつけられているような気がするのだ。イグニッションに差したキーをまわし、吐いた息が白く上っていくさまを見ながら、早く何カ月か過ぎて春になってほしいと願っていた。

これまでつき合ってきた女性たちと別れたときは、別れる際に自分がどんな態度をとったにせよ、そうするのが正しかったと思うことができた。時間と距離を置けば置くほど、その考えは強くなった。ところが、今回は違う。アレッタとの最後の会話を思い出せば思い出すほど、本質が見えてきた。アレッタが本を書いてなにが悪い、と怒るのはあたり前だ。エリックには、それについてどうこう言う筋合いなどなかった。落ち着きを取り戻してから、エリックはアレッタの原稿を最初から最後まで通して読み直した。アレッタの言うとおりだった。これを読んでエリックのことだとわかるような内容はいっさいなかった。まったく。アレッタが書いた薄幸の恋人たちをめぐる話は、エリックとアレッタ自身の恋愛から着想を得たものに違いないだろうが、それだけだった。そして、男女がセックスするだけの話などでは決してなかった。アレッタが書いていたのは愛の物語だった。ふたり自身の愛から生まれた物語だ。

早い話、エリックは自分のことで頭がいっぱいの、自分に自信が持てないくそ野郎だったのだ。

エリックがふたりの愛をだめにしてしまった。アレッタはすばらしい女性だったのに、エリックは彼女との関係をぶち壊してしまった。もう二度とアレッタに口を利いてもらえない。たぶん。ただエリックがアレッタのためになにかいいことができたら、アレッタももう一度心を開いて、謝罪を受け入れてくれるのではないだろうか。わずかな可能性だが、ひょっとしたらそうなるかもしれない。

いまのところエリックが目をつけているのは、教頭室で発見した払い戻し領収書だ。マレーネ・キトリッチは出席していない会議の名目で払い戻しを受けていた。これらの書類にグレッチエンはサインしていた。なぜだ？　あのグレッチェンなら自分に提出されるすべての書類の真偽を疑ってかかるはずだ。ところが、このケースに限ってはそうしていない。エリックは動かぬ証拠を見つけさえすればいいのだ。グレッチェンが疑問も抱かずにマレーネにこれらの金を払った理由を明らかにする証拠を。その情報を手に入れてどうするかまでは考えていない。しかし、危険なほど脅迫に近い手段に訴えてしまえ、と意識が命じてくるときがあった。〝アレッタに手を出すな、そうすれば黙っていてやる〟警察は警察で、自力で捜査すればいい。

これまでのところ、エリックの捜査は実を結んでいなかった。マレーネのハードドライブもファイルもすべて警察に渡してしまったのだ。エリックは探偵のようにこっそりと事務室のファイルを探り続けていたが、グレッチェンが明らかに虚偽である領収書の払い戻しを認めたのはなぜか示す証拠はいっこうに見つからなかった。エリックはしだいにあせりを覚え始めた。

マスコミも情報を得るという点でうまくいってはいないようだが、カーラ・フレデリクソンは実は一目置くべき存在であることがわかってきた。マレーネ・キトリッチの事件の捜査にしつこく食いさがっているとまでは言わないが、少なくとも週に一回はエリックに電話をかけてきて、最新の捜査の進展状況についてエリックの意見を聞き出そうとしている。質問に答えるのはエリックの役目なのだが、弁護士たちからは今後、口にしていい回答は〝ノーコメント〟のみだと指示されている。そのため、月曜の朝に登校してすぐ、事務室の前にカメラマンとともに立っているカーラの姿を見るなり、エリックは首を横に振った。

「おはようございます、ミスター・クレイマン」カーラは胸元でマイクを握りしめ、茶色いフォルダーを小わきに抱えていた。「もしよろしければ――」

「ノーコメント」エリックは強引にカーラのわきをすり抜け、事務室の受付コーナーに入っていった。「おはようございます、みなさん」

「おはよう」事務員たちからは気の抜けたあいさつが返ってきた。

背後からカーラが必死に追ってくる足音がした。「わたしがなにをお訊きしようとしていたか、わかってもいないのに――」

「なにを訊かれようと、答えは〝ノーコメント〟だ」エリックが教頭室のドアを開けると、明かりがついた。うしろにはまだカメラを引き連れたカーラがいる。「カーラ、ここにカメラを持ちこんでもらっては困る。インタビューを受けるつもりはない」

カーラはいったん考える顔をしたあと、カメラマンに向かって手を振って言った。「ちょっと待ってて」それからエリックに向き直る。「オフレコならどう？」カーラは白いチュニックに青いレギンスとハイヒールという姿で、脚線美がむき出しの脚をすっと片方前に出し、気を引くポーズをとった。

エリックは窓のブラインドを開け、机の前に座った。マレーネ・キトリッチの話はうんざりだ。この学校に着任した日から、マレーネ・キトリッチからは頭痛しかもらっていない。カーラにもうんざりだったが、ひょっとすると、彼女からエリックが必要としている謎を解く鍵が得られるかもしれない。「オフレコなら」エリックは答えた。「だが、なにも約束はできない。きみがさっき言ったとおり、なにを訊かれるかもわかっていないのでね」

「ええ、もちろんそうね」カーラは明るい笑みを浮かべて教頭室に入り、ドアを閉めると、さっそくエリックの向かいにある椅子に腰をおろした。上着のポケットから小さいメモ帳を取り出して開き、なめた指先でぱらぱらめくって目あてのページを見つける。「ええとですね……昨日、記者会見が開かれたのですが、どうも警察は、マレーネが学校から受け取ったお金を犯罪の資金にあてていたのではないかと考えているようなんです。出席してもいない会議の費用と偽って。これに関してコメントはあります？」

「ノーコメント」エリックはコンピューターの電源を入れ、ログインしてメールをチェックした。「その件に関しては前にも質問したじゃないか」

「ええ、でも今回始めて、情報源から証言が得られたんです。納税者から集められたお金を、マレーネが犯罪に使用していたと」

エリックは歯を食いしばった。まさに、こうなることを恐れていた。大ごとになってしまった。「コメントはない。これで終わりかい？」

「いいえ」カーラは椅子の肘掛けにメモ帳を置いて、膝にのせていた茶色いフォルダーを手に取って見せた。前屈みになってエリックに顔を近づける。「数週間前の全校集会のとき、わたしもその場にいました。校長が共通テストの成績をあげたとして表彰されたでしょう」カーラはいったん間を置いてから続けた。「あなたの姿は見かけませんでしたが、あなたもそのことは知ってますよね」

エリックは思い出そうとして眉間にしわを寄せた。ああ、そうだ、あの日、エリックはミセス・デラコートが安全な家に身を寄せて、夫に対する接近禁止命令を申請できるよう手配していた。「あの日は、別の件で面談をしていたんだ。だが、もちろん、共通テストの件は知っている」

「びっくりするくらいすごいですよね。テストの点数が、あんなに急にあがるなんて。校長にそれについてお訊きしました――」

「ハウスチャイルド博士に？」

「ええ、そうです。彼女にお訊きしたんです。だって、こう思ったんですもの。この大幅な改善は、なんらかの新しいカリキュラムのおかげなのだろうかって。ほかの学校も試してみるべき、試験的なカリキュラムなのでは、ともね。ところが、それらの質問への校長の答えはノーだったんです。いい点数を取れたのは、朝の読書に重点的に取り組んだおかげであるとおっしゃって」

「ええ、それで？」このオフレコのインタビューが長引くにつれ、エリックはいら立ちを覚え始めた。

「それで」カーラは椅子ごとエリックの机に近づき、興奮の光る目を見開いた。エリックは思わず身構えたが、自分がなにに身構えているのかはわかっていなかった。「疑問に思ったんです。読書の量を増やしただけで、翌年のテストの点数が一五パーセントもあがる？　秘密はなんなの？」

エリックは共通テストの点数についてじっくり考えてみたことなどなかったが、これを聞いてぎょっとした。「一五パーセントだって？　そんなに点数があがっていたのか？」

カーラはこくこくとうなずいた。「正確には一四・八パーセントです」

「そんなにあがるなんて考えられない」エリックはつい考えをゆっくり言葉にしてしまい、はっとした。「これはオフレコだからね」

「もちろん」

エリックはコンピューターから椅子を離し、指で机をたたいた。四、五パーセントならあがってもおかしくない。だが、一年で一五パーセントなんて、なんらかの不正が行われたとしか考えられない。エリックはカーラが手にしている茶色いフォルダーに向かってうなずいた。「それはなんだい?」

「これ? 教育省から手に入れたものよ。学校ごとにテストの点数を分析した結果なんです」

エリックは手を差し出した。「見せてもらっても?」

「どうぞ。わたしも見たんだけど、見たところでなにもわからないんです。急激な点数の上昇について、もっと納得のいく説明があるのではと思っているんですけどね」

エリックは中学校の共通テストを管理していたので、採点法については熟知している。教育省はマークシート上のマークの誤りや、判別不能な解答にいたるまで、すべてを記録している。マークが消された跡もだ。誤答から正答のマークへと変えられた場合は特に重要だ。誤答から正答への消し跡が一定の割合であるのは普通だが、一定の割合を超えている場合は、改ざんやカンニングが疑われる。測定結果や点数が並ぶ最後から二番目の列に埋もれつつも、ひとつの数字が明らかに浮かびあがってきた。情報がどのように整理されているかくわしい者が見なければ、わからない程度の異常だ。

これを見て、エリックの胃に緊張が走った。ノア・ウェブスター小学校のマークシートに残された消し跡の率は、地区内のどの学校よりも高かった。はるかに高い。

どのようなことが起きたのか可能性を考えていくにつれ、背筋がこわばった。何者かが共通テストの結果を改ざんしたのか？　共通テストを受けたのは三年生だけなので、動機がある人間の数は非常に限られている。とはいえ、三年生を担当する教師たちは解答シートを取り扱うことは許されていない。集められた解答シートはすぐに校長のもとへ――。エリックの耳にドクドクと自分の心臓の音が響きだした。テストの点数が向上したおかげで、グレッチェンは一万ドルのボーナスを受け取った。グレッチェンは誰よりも得をした。さらには、グレッチェンこそ最後にテストの解答シートを取り扱い、封をして、採点のために発送した人物だ。マレーネはなにかのきっかけで、そのことを知ったのだろうか？　そして、それを理由にグレッチェンを脅迫していたのか？

〝これこそ、動かぬ証拠だ〟

考えこむエリックを、カーラはじっと観察していた。もっと確たる証拠を手に入れない限り推測にすぎないが、取っかかりにはなる。

「残念だが、ぼくから言えることはなにもない」エリックは言った。

カーラはがっかりした顔をした。「本当に？　これほどの点数アップに関しての説明は全然ないんですか？」

エリックは机にファイルを滑らせてカーラに返した。「信じられないほどの点数アップだ」

カーラは眉間にしわを寄せた。「それしか言うつもりはないんですか？」

「公式には、それすら言っていないことにしてほしい。ハウスチャイルド博士が朝の読書に新しい手法を導入したのは事実だ。わが校のやりかたのなにかがうまくいっていると考えるしかない」

カーラは唇を薄く引き結んだ。怒っているようだ。「あなたはなにかを知っているのに、わたしに話す気はないんですね」

「なにか言えるようになったら、きみに伝える。約束するよ、カーラ。きみはスクープを手に入れる」

エリックは約束を守るつもりだった。カーラのおかげでマレーネとグレッチェンのつながりが見えてきたのだから、そのくらいしなければならない。カーラは優秀なリポーターだ。だが、現時点でエリックが疑惑について述べるのは無責任というものだろう。グレッチェンがテストの点数を改ざんしたかもしれないなどと重大な疑いを抱いているとは、ほのめかすことすら避けるべきだ——決定的な証拠を手に入れない限り。

カーラは顔をしかめ、フォルダーを手にして席を立った。「まだあきらめないわよ、エリック。ハウスチャイルド博士に伝えてちょうだい、どこまでも追及を続けるって——」

「だろうね」教頭室を出ていくカーラにエリックは手を振った。「それを聞いたら、ハウスチャイルド博士も喜ぶよ。気をつけて」

カーラを見送ってからドアを閉め、向きを変えてがらんとした教頭室を見つめた。共通テスト。どうしていままで気づかなかったのか？

わたしは事務室を目指して廊下を歩きながら、指の震えを止めることができなかった。エリックとはもう何週間も話していない。でも、この話は一刻も早く伝えなければいけない。すべてをエリックに話し、彼が信じてくれることを願うしかない。エリックがわたしを信じてくれなかったら、マックスにも証言してもらわなければ。

教頭室のドアは開いていた。わたしは息を詰め、ドアをノックした。〝彼は顔をあげ、彼女の姿を認めて驚くと同時に、こみあげる喜びを感じた。彼女の体のぬくもりや肌の味を恋しがっていた。情熱が高まったときに彼女が発する、なまめかしい声も――〟

「レッティ。入ってくれ」

エリックの声は優しかった。怒りや無関心になら対処できたはずだ。けれども、優しさはわたしの不意を打ち、痛みをもたらした。わたしは教頭室に入ってドアを閉め、どうしてここまで落ち着かない気持ちになっているのだろうと思った。「実は話があって――」

「ぼくから先にいいかい？」エリックは机の向こう側に立っていた。力強い体が背後の窓から降り注ぐ日の光に縁取られている。いつもなら堂々として立派に見えるのだが、このときはむしろ穏やかで、いっそう優しげに見えた。

わたしはうなずき、喉の奥をふさぐ石みたいなつかえを通してどうにか返事をした。「ええ」

エリックは、じっとのぞきこむようにわたしの目を見た。「あやまりたいんだ。きみに言ってしまったことすべて。ぼくらの関係を否定してしまったことに対しても。千回もあのときのことを思い返しているんだが、いまだにどうしてあんなふうになったのか――」エリックはいったん黙って、豊かな茶色い髪をかきあげた。「きみの本を読んだよ。好きになった。

ぼくは大げさに反応しすぎたんだ」

「いいのよ」

「いや、よくない。あんなふうにきみに言ってしまって。要するに、ぼくは、きみがああいうのを求めていると思いこんでしまったんだ。ジェイスのような男を」

わたしの口から思わず笑い声が飛び出した。「ジェイス？　彼はファンタジーのなかの登場人物よ。しかも、わたしのファンタジーから生まれた理想の人でもない。ジェイスの人物設定は多くの読者に好かれるように——」

エリックは恥ずかしそうに視線を落として、足を踏み換えた。「そう言われると、よくわかる。納得したよ。ただ……ぼくは前につき合っていた彼女から退屈な人だと言われたことがあって」

「あなたが退屈ですって？」わたしは心からあぜんとしていた。「いままで一瞬だってそんなふうに思ったことないわ！」

「ぼくも自分がこの世でいちばんエキサイティングな人間であるはずがないことはわかってるんだ。それでも、もしきみが縛られたいとか、そういう願望を持っているなら——」

わたしは想像して笑ってしまった。エリックはなんて優しいのだろう。きみのためなら変態になってもいいと言ってくれるなんて。

「まあ、いいのよ。エリック。別にああいうのが趣味というわけではないの。わたしはありのままのあなたと一緒にいられることが好きなのよ。どんなふうにであれ変わってほしくなんてない」わたしはどう説明したらいいのかわからなくなって両手をあげた。「わたしはエロティカを書いて楽しんでるし、読むのも楽しんでる。楽しい本もあるの。だけど、あなたは現実で、エロティカは空想だわ。本当にその違いはわかってる。それにね、あなたとつき合っていたこと、わたしは誰にも話してないのよ。話したのはマックスだったの」わたしは下唇をかんだ。

「マックスが話した？　でも、どうして彼が――」

「マックスが、ちょっとわたしに気があったからなの。去年のクリスマス・パーティーのとき、マックスにキスされたのよ。ひどいでしょ。だけど昨日、わたしたち一緒にディナーを食べて、そのときマックスはすべてを話してくれたわ」エリックの顔つきを見て、わたしは言葉を切った。「やきもちは焼かないで。マックスには、いまつき合ってる人がいる。わたしたちは友人どうしディナーにいっただけよ。大事な話はこっち、マックスはブリュンヒルデに、あなたがわたしに気がありそうだって言っただけなんですって。教頭としてどうかと思うって。だから、わたしたちが寝ているっていうのは、ブリュンヒルデがひとりで勝手に考えついたことだったのよ」

エリックは深く息を吸い、胸をふくらませた。「その話は興味深い。あの校長は本当にすばらしい人格者だな」そう言ったあと、エリックは身を屈め、わたしが愛してやまないセクシーな笑みをやんわり浮かべた。「じゃあ、ぼくらはやり直せるのか？　もう一度？」

「新たな始まりは好きよ」

エリックは両腕を差し伸べながら机をまわってこちらへやってきた。わたしはエリックに抱き留められ、彼の左胸に耳を押しあてて、この上ない安堵を覚えた。やがてエリックはわたしのあごを指で支え、ためらっているようにも思える優しさで唇を重ねた。キスはやわらかくて甘く、わたしはくらりとなった。「きみが恋しかった」とささやきかけられる。

「わたしも、あなたがとても恋しかったわ」

それから、現実を思い出した。わたしは微笑みを引っこめ、うしろにさがった。「でも聞いて、話さなくてはいけないことがあるの。深刻な話よ」わたしは椅子に座った。

エリックは表情をくもらせて、隣の椅子に座った。「聞かせてくれ」

「昨日の夜、マックスに教えてもらったの。共通テストに関係する話を」

「共通テストだって？」エリックは椅子の上で背筋をぴんと伸ばしたかと思うと、身を乗り出した。

興味を覚えたようすのエリックを見て、わたしは不安になった。これからしようとしているのは非常に重大なことだ。校長の不正行為を告発するなんて。エリックなら信頼できる、この問題に慎重に対処してくれる、とわたしは自分に言い聞かせた。誰かを困った立場に追いこむような事態は避けたい。ただ教職員として正しい行動がしたいだけだ。この仕事を続けたい。そのためにはブリュンヒルデに非を認めてもらわなければいけない。

「毎年、共通テストを受けない学年を担当する教職員は、テストの管理を任されているの。人手はたっぷりあるわ。テストを受けるのは三年生だけだから。去年は、そのテスト係のふたりにマックスとわたしが選ばれた」口がからからに乾いたが、わたしは唇を湿らせようとした。「定められた手順は、テストが終了したらすぐ、それぞれが担当するクラスの解答シートを集めて、それを教頭先生のもとに届けるというものだったわ」

「教頭に?」エリックは真剣なまなざしで訊いた。「それは確かかい?」

わたしは顔をしかめた。どうして、そんな細かいことを訊くのかしら?「ええ、確かよ。わたしはジャスティンのクラスの解答シートを収めた封筒を持って、マレーネのところに届けたんだもの。マレーネが受け取って、それで終わり。だけど聞いて、マックスの場合は全然違ってたの」わたしはふたりの膝がふれ合うくらいエリックに近づき、声をぐんと落としてささやいた。「マックスがテストの解答シートを届けにいったとき、マレーネは教頭室にいなかった。だから、マックスはグレッチェンがいる校長室に行ったんですって」わたしはいったん言葉を切った。

「そこでなにを見たんだ?」エリックは椅子のはじぎりぎりまで身を乗り出し、わたしの手に手を重ねた。

「そこで、グレッチェンが解答シートに記入されたなにかを消しゴムで消すところをはっきり見たってマックスは言ってる」

言ってしまった。真実の爆弾だ――ドカーン! もう、あと戻りはできない。わたしは急に不安になって、椅子の上で身じろぎした。こんな告発をしたことで、わたしたちの新たな始まりがだめになってしまうかもしれない。

でも、見開かれたエリックの目は、明らかに興奮で光っていた。「確かに、マックスはグレッチェンが解答シートのマークを消すところを見たんだね？」

「マックスは、自分の名誉にかけて証言できると言ってたわ。見たときは信じられなかったんですって。だって、グレッチェンはああいう人で、ルールにはすごくこだわっているでしょう。わたしたちには絶対に解答シートにふれるなって、ものすごくうるさく言っていたのよ」

「グレッチェンはマックスを見たのか？　マックスになにか言ったんだろうか？」

「名前もちゃんと書けない生徒がどうのと、ぼそぼそ言っていたらしいわ。ちょっとした書き間違いを直しただけだって。だけど、そんなの、わかるでしょう」

「でたらめだ」

「ええ」

エリックは椅子にもたれ、ぼうぜんとしたようすで頭を左右に振った。「現実とは思えない。信じられないよ」エリックはわたしに目を向けた。「これからどうするつもりだい？」

「わたし？　別になにも。家に帰って、オーディを外に出してやらないと」

「この件についてグレッチェンと話をする時間はあるかい？」

わたしの胃はびくんとするほど緊張し、指は氷のように冷たくなった。「どうかしら。あの人にはすごく嫌われてるし――」

エリックは温かい手でわたしの手を包みこんだ。「きみはもう安心していいんだ。グレッ

「チェンは終わりだよ」

それ以上エリックにすべてを言われなくても、わたしは彼の考えていることがわかった。グレッチェンは終わりだ。わたしたちにはまだチャンスがある。わたしはこの仕事を続けられる。こんなすばらしいニュースは本当に久しぶりだった。

ブリュンヒルデは校長室で書類整理棚の前に立っていた。エリックがドアをノックしたとき、ブリュンヒルデは顔をあげもせずに「どうぞ」と言った。

「グレッチェン。五分お時間をいただけますか？」エリックはわたしとともに校長室に入ってドアを閉めた。いまのは質問ではなかった。

ブリュンヒルデはファイルを取って引き出しを閉めながら視線をあげた。「数分だけならいいわよ。今夜は教育委員会の会議があるから、パワーポイントで資料を作らなければならないの」わたしに気づいて、両方の眉をつりあげている。「オズボーン先生」

あんなあからさまに〝くたばれ〟と告げる目でにらまれたら、これまでのわたしなら怯えてもじもじしていたはずだ。でも、もう違う。わたしは冷ややかに微笑み、〝くたばって地獄へ落ちろ〟の視線でにらみ返した。「ハウスチャイルド博士」

「いいでしょう、座りなさい。いま言ったとおり、早くすませてもらいたいわ」ブリュンヒルデはデスクチェアにどっかりと腰をおろし、わたしたちはその向かいの椅子に座った。エリックが最初に口を開いた。

「グレッチェン。マレーネ・キトリッチが実際は負担していない経費の払い戻しを受けていた、とマスコミは報道しています。マレーネは領収書を偽造していました」

「ええ、その記事は読んだわ」ブリュンヒルデは長々とため息をつき、首を横に振った。

「これだから、人を信頼なんてすると――」

「そこなんですよ」エリックは身を乗り出し、両肘を膝にのせた。「あなたは人を信頼しない。ぼくも問題の領収書を見ました。ひと目で偽造されたとわかるものでした。それなのに、あなたは見て見ぬふりをした」

それが悔やまれて仕方ないとでもいうようにブリュンヒルデは肩をすくめた。「そのことはわたしも後悔しているわ。なんと言えばいいの？　ちょうど、あのころはわたしも私生活でいろいろあったし、マレーネを信頼していたのよ。ここだけの話、精神的にかなりまいったわ」

「そうですか。この期に及んでうそを言うのですね」

エリックはあまりにはっきりと、単刀直入にそう言ったので、ブリュンヒルデもわたしもショックを受けて彼を見つめた。

ショックから立ち直ったブリュンヒルデは目つきを鋭く、剣呑なほどとがらせた。「わたしに向かって、いまなんと言ったの？」

「いまのところ、それは置いておきましょう。ノア・ウェブスター小学校の昨年の共通テストの点数は、前年にくらべて一五パーセント上昇しました。一五パーセントですよ。さらに重要なのは、わが校の解答シートに残された消し跡の数が他校より非常に多かった点です」

今回ばかりはブリュンヒルデが椅子の上でもじもじとし始め、興味がないふうを装ってファイルに目を向けている。「別に驚くことではないわ。われわれは子どもたちに口をすっぱくして言っていますからね。答えを何度も見直すのは大事だって――」

「誤答から正答へとマークし直された率が異常なほど高かったんです」エリックは言った。

「奇妙じゃありませんか？　そんなにたくさんの子どもたちが、みんな一様に間違えた答えを正しい答えに直すなんて？」

とうとうブリュンヒルデはエリックをまともに見た。「そんなこと、わたしはなにも知らないわ」

「うそよ、知っているはずだわ！」わたしは声をあげた。「答えを勝手に変えたのはあなたよ！　あなたがそうするところを教職員のひとりが見ていたんだから」

「誰が？」ブリュンヒルデは恐ろしい剣幕で訊いた。

「誰かさんよ」わたしはふくれあがる怒りを感じながら、首を横に振った。「わたしたちにはあんなに散々ルールを押しつけておいて。ペーパークリップ一本持ち出すのにもサインさせて。身に着けていいセーターや靴まで指定しておいて。自分は不正行為を働いていたのね、グレッチェン」

「それだけじゃない」エリックは続けた。「マレーネもあなたの不正行為に加担していたんでしょう。あなたたちふたりは協力関係にあったんじゃないですか。あなたはマレーネが実際には負担していない経費の払い戻しを認め、マレーネはあなたがテストの点数を改ざんしても見て見ぬふりをしていた。どちらも得をする。マレーネは金を手に入れ、あなたはノア・ウェブスター小学校を見事に立て直したように見せかけられる」

「おまけに、教育委員会からは多額のボーナスをもらったのよね」わたしは言い足した。

「そう。それもだ」エリックは椅子の背にもたれて足首を膝にのせて足を組み、おなかの上で手を組んだ。「さあ。どう思われますか？」

「あなたたちは途方もない想像力の持ち主だと思うわ。とんでもない度胸の持ち主だともね」

エリックは肩をすくめた。「けっこうです。ぼくは教育省にこの件の調査を求めるつもりです。そうすれば、こんな問題はすぐさま解決されてしまうでしょう。聞き取り調査をし、解答シートの原本を確認して精査すればすむことです。なにもかも明らかになるでしょう」

ブリュンヒルデは真っ青になった。机の上の記録簿に目を落とし、それから話しだした彼女の声はしゅんとなった子どものようだった。「戒告状を書くなんて言ったからなの？」ブリュンヒルデはわたしを見つめた。「忘れてくれない？　戒告状なんてなかったことにするから」

「そんなことですむ問題ではないんですよ、グレッチェン。あなたが行ったことは完全な不正行為だ。すでにマスコミもかぎつけています」エリックは両手をあげた。「ぼくはなにも言っていませんよ、本当に。ですが、マスコミが真実を暴いてしまうのも時間の問題です」

これがとどめになった。ブリュンヒルデは完全に打ちのめされたように見えた。怯えた子どものように。そんな彼女の姿に、わたしまで一抹の悲しみを感じてしまうほどだった。ブリュンヒルデは深刻なあやまちを犯し、そのつけを払うことになったのだ。そうなったときの気持ちは、わたしにも少しわかる。ブリュンヒルデは見開いたままの目をエリックに向けた。「わたしはどうすればいいの？」

エリックはすっと立ちあがった。それを見て、わたしも同じようにする。「決めるのはぼくではありません。この問題にどう対処するか、あなたは自分で決めなくてはなりません。ただ、ぼくがあなたを擁護するわけにいかないことは理解してください。カーラ・フレデリクソンが電話をかけてきたら、ぼくがなにを言おうと状況をよくすることはできないでしょう」

エリックは向きを変え、それ以上なにも言わずに校長室を出ていった。わたしもエリックに続いたが、出口で立ち止まった。ブリュンヒルデは両手で頭を抱えていた。このときばかりは、あまりにも弱々しく見えた。「グレッチェン、たぶんあなたが――」

「いいかげん黙りなさいよっ！」ブリュンヒルデは立ちあがり、恐ろしい目つきでわたしをにらんだ。「あれだけ言えりゃあ充分でしょ！」

わたしはぐっと口を閉じ、ドアの取っ手を握りしめた。〝もう終わり。怖じ気づくのは、もう終わりよ〟顔をあげて告げた。「いい夜を」わたしがドアを閉じた直後、ブリュンヒルデが投げつけたものが壁にぶつかる音がした。

23

その後、わたしがグレッチェンについて耳にしたのは、クリスマスの二日後にミンディから電話がかかってきたときだった。「ブリュンヒルデが学校を辞めたって」ミンディは興奮のあまり息を切らしていた。「引き寄せってほんとに効果あるんだって言ったとおりでしょ！」

わたしが授業の準備をするため大晦日前に登校するころには、うわさはまたたく間に広まっていた。グレッチェンは教育委員会あてに〝一身上の都合〟と書き記した辞職願を出し、クリスマスに紛れて静かに姿を消したらしい。マスコミは別の都合があったことを伝えた。報道によれば、グレッチェンとマレーネは昇給凍結の話に不安を覚え、自分たちで自分の手取りを増やす昇給をたくらんだ。グレッチェンは共通テストの点数を不正にあげて州からボーナスを得る。マレーネは領収書を偽造する。マレーネがその金を使って依頼殺人まで企てたりしなければ、すべて明るみに出ることなく見過ごされていたかもしれない。

「この件の教訓は、犯罪を行うなら本当に信頼できる相手とだけ手を組むことだな」エリックは言った。わたしたちは一緒に掲示板から十二月の飾りつけを取りはずし、新年の飾りに替えていた。

わたしは眉をひそめてエリックを見た。「ちょっと。どうしてそういうことに――」

「知恵の言葉に疑問を差し挟んではいけないよ、アレッタ。安全な場所に大事にしまっておくだけにするんだ」

「オーケー」

「もしも、きみが銀行強盗をするとしたら……」

「誰か、わたしと一緒に真摯に強盗をしてくれる人を探します」わたしは掲示板から紙でできたスノーマンを取りはずし、くしゃくしゃにならないように本棚の上に置いた。「感謝するわ、グレッチエン、こんな貴重な教訓を残してくれて」

わたしはしばらく黙って、うしろからエリックに見ほれた。本当にいい眺め。「こういうのっていいわよね。隠し立てしないで一緒にいられるなんて」

エリックは振り向いて肩越しに微笑んだ。「同感だ」

わたしたちはもう交際の発覚や校内の駆け引きについて心配する必要はなかった。グレッチエンはいなくなり、エリックはもうすぐノア・ウェブスター小学校をあとにする。教育委員会はこの学校の管理者を一掃し、校長代理を立てると同時に長期で務めてくれる教頭を迎えられればちょうどいいと考えているのだろう。新しい教頭先生はすてきな人のように見えた。熱心で、賢明で、温かみもある。彼女はまさに小学校の教頭先生はかくあるべきと思える人材だった。だけど、もう廊下でエリックとすれ違えなくなると思うと、わたしは少し寂しい。いっときは、エリックを避けたりもしていたくせに。

「中学校に戻るのが楽しみ？」わたしは訊いてみた。

「ああ」エリックは迷うことなく答えた。「ずっと思春期直前のドラマは大変だと思っていたんだけど、ここの教職員が繰り広げるドラマにくらべたらなんでもないってわかったんだ」

〝これには同意するしかない〟

すでに、わたしも手伝って教頭室の片づけと荷造りはすんでいた。残っているものはひとつだけだ。「誰かに教頭室の鍵を預けにいきましょうか？」

「そうだね」エリックは乗っていた本棚からおり、ホッチキスはずしをそこに置いた。それから不意にわたしを抱きしめた。「きみの教室でキスしたことが一度もなかった」

「悲劇ね」おもしろがって笑うわたしに顔を寄せ、エリックは優しいキスをした。エリックの唇はミントの香りのリップクリームの味がする。キスを終えて、わたしは言った。「あーあ。これでまたひとつ、あなたが恋しくなる思い出ができてしまったわ」

わたしたちは手を取り合って事務室がある翼へ歩いていった。新しい教頭先生は学校が始まってから来る予定だが、校長室からはすでにグレッチェンの家具がすべて運び出され、新しい校長先生が引っ越してきていた。おかげでもう、学校がより安全な場所になった気がする。開かれた校長室のドアに近づいていくとき、わたしは新しい校長先生の姿をちらりと確認しようとしたけれど、前に立っているエリックの体が大きすぎて見えなかった。「ケラハー博士？　いま教頭室の鍵を預かっていただいてよろしいでしょうか？」

「あら、もちろん大丈夫よ！　どうぞ入って」

返ってきた声は明るく活気に満ちていた。校長室に入っていくと、忙しそうに動きまわる校長先生の姿が見えた。黒い髪に白髪の筋が交ざる小柄な女性だった。ほがらかな微笑みを浮かべている。荷ほどきをしている校長先生の格好が赤いニットのワンピースに赤いハイヒールであることに気づいて、すごく好感が持てる、とわたしは思った。「もう、すごい混乱状態でしょ!」校長先生は両手を振って言った。「散らかってても気にしないでね。エリック」――エリックの手を両手で握りしめている――「あなたが行ってしまうなんて本当に残念だわ。とってもいい評判ばかり聞いていたから」

「こちらこそ、あなたはとてもいいかただとうかがっています」エリックは答えた。「一緒に働くことができなくて残念です」

エリックの話では、教育委員会はウェストボローの学校組織からレニー・ケラハーを引き抜いた。タフで意欲にあふれ、それでいて公平な人物だと評判だ。当初、教育委員会はケラハー博士に教頭を務めてもらおうと考えていたのだが、グレッチェンが辞めたため、ケラハー博士は着任前から昇進することになった。

ケラハー博士がわたしのほうを向いた。遠近両用眼鏡のおかげで青い目がぐんと大きくなっている。「こんにちは。レニーと呼んでね。正式な自己紹介はまだだったわね」

わたしの手も両手で包みこんでくれたケラハー博士の指は骨張ってひんやりしていたけれど、温かい気持ちが伝わってきた。「アレッタ・オズボーンです。幼稚園クラスで教えています」

「会えてうれしいわ! あなたが立ち寄ってくれてよかった。みんなと会うにはどうしたらいいだろうって考えていたんだもの。職員会議を開こうかしらって考えていたの」ケラハー博士は少し考えてから言った。「どう思う？」

わたしは目をぱちくりさせた。これまで校長先生からこういうふうに尋ねられた経験なんてなかったからだ。「あの、ええと。そうすれば先生たちが全員集まれますし、すばらしいアイデアだと思います。あ、それと、職員会議のときはいつもドーナツホールとアップルサイダーを用意してます」ケラハー博士が鼻にしわを寄せるのを見て、わたしはにこっとした。「オエッとなりますよね」

「だって、子どものおやつみたいじゃない。集まるのは大人でしょ」ケラハー博士は言った。「フルーツを出したら、みんな喜ぶかしら？　チーズとクラッカーも一緒にどう？」

わたしは力強くうなずいていた。「絶対、喜ばれると思います。実は、これまでは先生たちがお金を出し合って食べ物を用意しなくてはいけなかったんです。でも、お給料が凍結されてしまって、いろいろと不満も――」

「まあ、スウィーティ。わかってるわ」ケラハー博士はわたしの腕を力強く握った。「信じて。去年、あっちのウェストボローの学校でも先生たちとの交渉があったのよ。職員会議のような場での飲食物は、校長が提供するのが当然で公平だと思うわ。先生たちの日々の努力に感謝を表すための場でもあるし。あっ、そうだ、忘れる前に」ケラハー博士は眼鏡をはずし、首にかけている琥珀色のビーズネックレスの先にぶらさげた。「ハウスチャイルド博士の定めた規則を確認していたの。ここだけの話なんだけど、服装規定なんて、人をばかにしてるわよね。それに、学用品の持ち出しにサインが必要ってどうなの？　わたしはクレヨンの使用を取り締まるために博士号を取ったんじゃないわ。こういう規則を取っ払ったら、ひどく気を悪くしてしまう人がいるかしら？　思い入れのある規則なの？」

わたしはあぜんとしてしまった。「思い入れ？」

「ごめんなさい、もっとはっきり言うべきだったわね。こうした方針は、委員会や誰かの懸命な努力の結果、生まれたものなのかしら？　それとも、単に前の校長がこだわりすぎただけ？」

わたしは笑顔になった。この校長先生は好きになれる。とっても。「誰も思い入れはないと思います、まったく」

ケラハー博士はわたしの腕をぽんぽんとたたいた。「あなたはとても駆け引き上手ね。では、取っ払ってしまいましょ」目をぱちぱちさせている。「ほかに、思いつくことはある？」

〝ええ。あなたは現実の存在なんですか？〟わたしは口も利けないほど感激していたので、頭を左右に振るしかなかった。「いえ、いいえ、それで充分です」

「よかった」ケラハー博士は眼鏡をかけ直した。「アレッタ、わたしたち、どうやらうまくやっていけそうね」

ああ、この瞬間にこみあげてきた幸せときたら！　また登校するのが楽しみになる日がやってくるなんて！　わたしはすっかり舞いあがって、よく考えもしないうちに言ってしまった。「お話ししなければいけないことが、もうひとつあります」

横でエリックが身じろぎし、心配そうに咳払いしたけれど、わたしはエリックについてなにか言うつもりではなかった。ケラハー博士はあらためて眼鏡をはずし、すっと歩み寄った。

「どうぞ話して」

わたしは深く息を吸った。「わたしはエロティカを書いているんです。元々は子ども用の絵本を書いていたんですが、出版社が買収されてしまって、エロティカを書き始めたんです。始めてみて、幼稚園の先生をしながらそういう本を書くのはおかしいだろうかとも思い始めたのですが、創作活動を心から楽しむようにもなって、まわりの人に正直に話したくなったんです」わたしはそこまで言って口をつぐみ、遠慮がちに足首を交差させた。

ケラハー博士はしばし沈黙した。「ペンネームを使っているの？」

「はい」

ケラハー博士は肩をすくめた。「それなら、いいんじゃない」あっさり言って、机のほうに戻っていく。

拍子抜けしてしまうくらい、あっさりした反応だ。わたしは自分のこの一面を、これまでずっと必死に隠し通してきたのに。「それだけ……ですか？」

「わたしはそういう本を読まないんだけど、一冊の本を書きあげられるくらい打ちこめる人はすごいと思うわ。この学校にもそれくらい打ちこめる人が必要だもの。そうよね、エリック？」

エリックはぽかんと口を開いてしまっていたが、はっとしてわれに返り、うなずいた。

「ええ。まさしくそうですね」

「ですから、教室での授業と分けて、配慮を持って創作活動に取り組むのなら、それは言論の自由だと思うわ」ケラハー博士はにっこりした。「わたしも昔から小説を書くのが夢なの。わたしのコンピューターのなかではずっとスリラーの原稿が眠っているんだけど、死者数があまりにも多すぎて、この人、大丈夫かしらってみんなから思われないか心配してる!」

自分の冗談に笑う校長先生と一緒になって、いつしかわたしも笑いだしていた。よかった、本当によかった、と思いながら。

〝オプラ、このときわたしはこれ以上の幸せがあるだろうか、と思いました。心から愛する人とすばらしい関係を築けて、前途有望な仕事があって、自分のいちばんいい面を引き出して打ちこめる道も見つけたんですもの。オーディンはまだわたしの靴をかじるし、車はあいかわらず古いけれど、人生は上向きになったんです。エリックと、ふたりで一緒に住もうか、とまで話して。わたしのバンガローに移り住むよう、彼には強く勧めたんです〟

「いまのところはここでいいよ」エリックは言った。「でも、いずれは話し合って、自分たちの家を持とうよ。ふたりの家だ。いずれはね」

リックの胸に頭をのせていた。一緒にベッドに横たわり、わたしはエ

「だけど、わたしたちにはこの家で充分じゃないかしら。人目を気にしないで過ごせる庭もあるし、ベッドルームも三つあるし――」

「そうだけど、いつか別の場所に住みたいってきみも考えるんじゃないかと思って。もっと広いところとか。家族も増えていることだしね」

エリックはそう言って、わが家の新しい家族であるボーダーコリーの女の子、ジンジャーを撫でた。ベッドのエリックの隣に寝そべっている。これを習慣にしてはいけないのかもしれないけれど、ジンジャーがかわいすぎてやめられない。

エリックはものほしそうに天井を見あげた。「フェイの家とか、いいところだったなあ――」

「ハッ！」わたしは片肘をついてエリックの目を見おろした。「コッパーヒルよ」

「そうだね」

「まさか、本気じゃないでしょ」

エリックは首をかしげてわたしを見つめ返し、微妙な笑みを浮かべた。「本気だよ。でも、きみはこれからぼくの考えがどう間違ってるか言いたくてたまらないみたいだね」

わたしはさっそく張りきって反対理由をあげていった。コッパーヒルなんか行ったら、わたしたちは浮く。乗っている車が違う。行きつけの店も違う。「だいたい、あなたもわたしも芝生を手すきで整えたりしないでしょ」

エリックは笑いだしていた。「レッティ――」

「だめよ、真剣に反対してるの！」言いつつ、わたしも笑いだしていた。エリックのそばにいると、ずっと落ちこんでもいられないし、真剣でもいられない。

「わかった。なんでもきみの言うとおりにするよ。世界には、ほかにもいろんな場所があるしね」

「コッパーヒルはだめ。約束してくれる？」

エリックはわたしのおでこにキスをした。「約束する」

念には念を入れて、わたしはエリックに指切りげんまんをさせた。とはいえ、なにがあろうと、エリックとわたしがコッパーヒルで暮らし始めるなんてありえない、とわたしにはわかっている。ラブストーリーの結末は、ちゃんと登場人物の設定に添ったものにしなければならない。それはプロポーズのときもあれば、赤ちゃん誕生のときもあれば、ただひとりの女性に、死がふたりを分かつまで、魔法のおちんちんの独占使用権が捧げられるときもある。わたしとエリックについて言えば、わたしたちのラブストーリーは、コッパーヒルの大邸宅とカントリークラブの会員権とともにエンディングを迎えたりしない。わたしたちのエンディングは、わたしがずっとうすうす感づいていたとおりになる。わんこたちを後部座席に乗っけた車で、コップーホールの夕日に向かって走っていくのだ。

あれ、ちょっと待って、いまのはなし。わたしたちのラブストーリーは全然終わりじゃなかった。いま、始まったばかりだった。

謝辞

本の表紙にわたしの名前だけが載っているのを見ると、これでは真実を表しきれていないと心苦しく感じるときがあります。最終的に本が完成するまでのあいだに、わたしを支え、貢献してくださった人たちがたくさんいるからです。まず、わたしのエージェントである〈ホロウェイ・リテラリー〉のレイチェル・バーコットに心から感謝します。彼女は、わたしが半狂乱になって送ったメールにも忍耐強く、プロ意識を持って、すばやく答えてくださり、しかも、ソーシャルメディア上で快く友だちにもなってくれました。おかげで、すばらしいチームになることができました。続いて、最高の編集者であるケイト・ドレッサーと、本作りの仲間である〈サイモン&シュスター〉のみなさんに感謝します。わたしが書く言葉を、大事に育ててくださいました。わたしは前世で燃えさかる孤児院から子どもたちを救い出したに違いないと思えるほど、自分の原稿がこんなにも有能な人たちの手にゆだねられていることを幸運に感じています。機会を与えてくださり、ありがとうございます。

長く、先の見えない執筆作業のあいだ、励まし、支えてくれた人たちもいます。大親友のメーガンとケイト。ふたりとも、わたしのことをなにからなにまですべて知っているのに、いまだにわたしが電話したとき応答してくれる。すごくありがたいことだと思っています。ママとジェス。わたしの冗談に笑って、次の章ではどうなるのって訊いてくれて、ありがとう。ママ、うちの娘はポルノを書いてるのっていろんな人にしゃべったこと、許してあげる。ライアン。あなたがいなかったら、こんなことひとつもできていなかったと思います。いつも信じて支えてくれて、ありがとう。わたしはこの世でいちばんの幸せ者です。子どもたち。思ってもみなかったところで喜びを発見する方法を教えてくれて、ありがとう。

娘の幼稚園のキングマン先生にも感謝せずにはいられません。キングマン先生に感銘を受け、すばらしい先生としてのレッティの長所が生まれました。温かく、惜しみのない愛情を注いでくださる、幼稚園の先生に必要とされるすべてを兼ね備えた先生です。でも、念のためですが、先生がエロティカを書いている、なんて思っているわけではありませんからね。

最後になりましたが、読者のみなさんに感謝しています。読んでくださるかたがいるからこそ、わたしは活動を続けられています。facebook.com/writernataliecharles へのアクセス、または writernataliecharles@gmail.com へのメールをお待ちしています。もしこの本を気に入っていただけましたら、ぜひお友だちへもご紹介ください。

訳者あとがき

二十八歳のアレッタはコネチカット州の穏やかな町で小学校付属の幼稚園の先生として働きながら、子どもたちにマナーの大切さを伝えるための愛らしい絵本を書いている。もうすぐ優しくて将来有望なフィアンセと結婚し、穏やかで幸せな生活を送り続けることができる……と思いきや、フィアンセは結婚式の二日前に「ぼくはゲイだ」と打ち明けてアレッタのもとを去り、さらにはアレッタの絵本を出していた出版社がエロティカ大手の出版社に買収され、本一冊の前払い金をすでに受け取っていたアレッタはエロティック・ロマンスを書くしかなくなる。

と、まさにヒロインにとっては踏んだり蹴ったりな始まりかたをするロマンティック・コメディなのですが、アレッタが度重なる不運に打ちのめされそうになりながらも、腕利きのセラピストや、自己啓発にはまっている親友のアドバイスを受けて、なんとか前向きに恋愛経験を積んでエロティカを書いていこうとする姿が、とてもおもしろいのです。特にロマンス小説執筆の研究のために、たまたま突っこみどころ満載のエロティック・ロマンスを手に取ってしまったアレッタの感想が率直すぎて、ロマンス小説をよく知る人はもちろん、そうでなくても楽しめます。それに、人生うまくいかないことがあったときに陥りがちな思考にとらわれたアレッタが守りに入ってしまったり、逆に無謀な行動に走ったりしてしまう場面では、共感したり、驚いたりして、とても親近感を覚えられるように描かれています。たとえば、アレッタはいつも、よく知らない近所の人に対しても、絵本の売りあげに関しても、あとでショックを受けないように最悪の予想をしておく癖があります。がっかりしないように、できるだけ前もって悪いほうに考えておく……慎重派にとっては大いに身に覚えがある思考方法です。日常、落ちこむようなことがあったとき、悪いほうにばかり考えて、もうやってられるかと自暴自棄になったりしないためには、作中でアレッタがしているように、ちょっと離れた視点からいまいる状況を眺めて笑える要素を見つけられるかどうかが大切なのかもしれません。ユーモアたっぷりに心の回復や成長を描いた本書を楽しみながら思いました。

作者のナタリー・チャールズはロマンティック・サスペンスの作品で二〇一五年にロマンティック・タイムズ誌のレビュワーズ・チョイス賞を受賞したのち、ユーモアあふれるコンテンポラリー・ロマンスも書き始めました。本作もその一冊で、ほかに『A Sweet Possibility』や『The Coffee Girl』といった題名も表紙もおいしそうな作品が並ぶシリーズを発表しています。

ナタリー・チャールズはヒーローのようなだんなさんと読書好きなふたりの子どもたちとともにコネチカット州に暮らしていて、本作もコネチカット州の穏やかな町を舞台にしています。アメリカ北東部にあるコネチカット州はニューヨーク大都市圏に含まれる地域もあり、ニューヨークに近いせいか、本書にはニューヨークを強く意識した登場人物たちのせりふもちらほら。そんなコネチカット州には、安定志向の裕福な人が多く住んでいる、といった落ち着いたイメージがあるようです。それでも州内にはやはり収入の格差があり、治安の面では二〇一二年に小学校で銃乱射事件が起きています。アレッタが勤める小学校でも、校内に銃を持った不審者が侵入したときに備えて避難訓練が行われるようすが描かれていて驚いたのですが、一見穏やかなアメリカの町の現実にある側面を反映してのことなのでしょう。なにがあっても子どもたちを守らなくてはならない真剣な教育現場の緊張感や、児童たちの学力向上をテストの点数というかたちで求められるプレッシャーなども丁寧に書かれています。

本書のヒーローは、その小学校に新しく代理の教頭先生としてやってきたハンサムな眼鏡男子。この小学校の校長先生、休職中の教頭先生、教職員がそろって強烈な個性を持つ曲者ばかりなので、まじめで人あたりがよく、心優しい常識人であるヒーローにヒロインが惹かれてしまうのも無理はありません。不器用に行ったり来たりしながらの、心温まるふたりの恋模様をお楽しみください。

二〇一七年八月

ロマンス作家の恋のお悩み

2017年11月16日　初版発行

著　者　ナタリー・チャールズ
訳　者　多田桃子
（翻訳協力：株式会社トランネット）
発行人　長嶋うつぎ
発　行　株式会社オークラ出版
〒153-0051　東京都目黒区上目黒1-18-6　NMビル
営　業　TEL：03-3792-2411　FAX：03-3793-7048
編　集　TEL：03-3793-8012　FAX：03-5722-7626
郵便振替　00170-7-581612（加入者名：オークランド）
印　刷　中央精版印刷株式会社

定価はカバーに表示してあります。
乱丁・落丁はお取り替えいたします。当社営業部までお送りください。

ISBN978-4-7755-2716-0